LA FONTAINE

ET

LES FABULISTES

PAR

M. SAINT-MARC GIRARDIN

MEMBRE DE L'ACADÉMIE FRANÇAISE

PROFESSEUR A LA FACULTÉ DES LETTRES DE PARIS

TOME SECOND

PARIS

MICHEL LÉVY FRÈRES, LIBRAIRES ÉDITEURS

RUE VIVIENNE, 2 BIS, ET BOULEVARD DES ITALIENS, 15

A LA LIBRAIRIE NOUVELLE

1867

LA FONTAINE

ET

LES FABULISTES

II

PARIS. — IMP. SIMON RAÇON ET COMP., RUE D'ERFURTH, 1.

LA FONTAINE

ET

LES FABULISTES

QUATORZIÈME LEÇON

LE TABLEAU DE LA VIE HUMAINE DANS LES FABLES DE LA FONTAINE

J'ai souvent entendu dire que le mérite singulier de la Fontaine est de faire quelque chose de rien : « Voyez, dit-on, comme il nous instruit et nous amuse avec ses lapins, ses rats et ses belettes. Il n'y a que lui pour faire un pareil miracle. » Je ne crois pas que la Fontaine fasse en cela aucun miracle. Ses animaux représentent les hommes : c'est là ce qui nous les rend intéressants.

Tout parle en mon ouvrage, et même les poissons ; ·
Ce qu'ils disent s'adresse à tous tant que nous sommes .
Je me sers d'animaux pour instruire les hommes [1].

La Fontaine n'a pas mis en scène l'histoire naturelle, mais l'histoire morale. Voici l'âne qui passe gravement, portant des reliques, et tout le monde le salue. L'âne prend pour lui ses hommages. Quelqu'un l'avertit :

> Ce n'est pas vous : c'est l'idole
> A qui cet honneur se rend.

Ce quelqu'un est assurément un mal-appris : pourquoi détromper l'âne? pourquoi lui ôter l'illusion qui faisait son bonheur? De plus, j'y trouve un inconvénient : l'âne dorénavant portera moins bien les reliques; il aura l'air moins grave et moins solennel. Il faut croire en ce monde aux reliques qu'on porte. Il y a cependant aussi un autre inconvénient, c'est d'y trop croire, ou plutôt de croire en soi-même à cause des reliques qu'on porte. Faut-il un exemple? Nous avons relevé le principe d'autorité, qui était tombé par terre, et nous avons eu raison; nous le portons avec révérence, et en cela encore nous avons raison. Mais ne croyons pas que ce principe puisse rendre vénérables et sacrés tous ceux qui le portent. Sans cela, gare à la fable de l'âne qui porte des reliques!

[1] Dédicace à Mgr le Dauphin.

Souvent il y a plusieurs défauts ou plusieurs hommes raillés sous la figure d'un seul animal : le lion ou l'aigle, par exemple, suffit à peindre toutes les sortes d'orgueils, de fiertés, de duretés instinctives et presque involontaires, qui sont propres aux princes. Quelle définition de l'égoïsme des rois que ces mots adressés à l'aigle par le hibou !

> Comme vous êtes roi, vous ne considérez
> Qui ni quoi : rois et dieux mettent, quoi qu'on leur die,
> Tout en même catégorie [1].

L'aigle lui-même sait mieux que personne peindre les ennuis de la royauté, et qui sont le rachat du souverain pouvoir. Qui ne se souvient de l'admirable description que madame de Maintenon, dans ses *Conversations*, fait de l'ennui de Versailles?

> Si le maître des dieux assez souvent s'ennuie,

dit l'aigle,

> Lui qui gouverne l'univers,
> J'en puis bien faire autant, moi qu'on sait qui le sers [2],

Avec le léopard, le fabuliste peint les habits brodés :

> Combien de grands seigneurs, au léopard semblables,
> N'ont que l'habit pour tout talent [3] !

---

[1] Liv. V, f. XVIII.
[2] Liv. XII, f. II.
[3] Liv. IX, f. III.

Mais comme ils le portent! avec quelle élégance! avec quelle souplesse! Et peu importe que la forme ou la couleur de l'habit vienne à changer; peu importe même que l'habit devienne une carmagnole ou une blouse. Ils porteront la carmagnole, la blouse ou l'habit doré avec le même air de satisfaction : ne sont-ils pas de la cour?

> Je définis la cour un pays où les gens,
> Tristes, gais, prêts à tout, à tout indifférents,
> Sont ce qu'il plaît au prince, ou, s'ils ne peuvent l'être,
> Tâchent au moins de le paraître.
> Peuple caméléon, peuple singe du maître [1]...

Le singe est courtisan; il a de la vocation pour le métier : il imite, ce qui est une flatterie d'autant plus délicate qu'elle paraît involontaire. Mais il a un défaut : il exagère. Si le prince sourit, il éclate de rire; s'il est triste, il pleure; si le prince est sévère, le singe lui conseille d'être cruel :

> Le singe approuva fort cette sévérité,
> Et, flatteur excessif, il loua la colère
> Et la griffe du prince, et l'antre, et cette odeur :
>   Il n'était ambre, il n'était fleur
> Qui ne fût ail au prix. Sa sotte flatterie
> Eut un mauvais succès et fut encor punie [2].

Le vrai maître des flatteurs est le renard; il ne flatte

---

[1] Liv. III, f. xiv.
[2] Liv. VII, f. vii.

jamais que par calcul, pour servir son intérêt ou pour
nuire aux autres.

Vous voyez bien qu'en dépit des noms de lion, d'aigle,
d'âne, de singe ou de renard, il n'y a là que des hommes.
Il est donc tout naturel que cette comédie humaine
nous amuse. J'ajoute que, dans cette comédie, l'homme
n'est pas toujours représenté en mal. Si elle était
toujours satirique et moqueuse, la comédie de la Fontaine ne serait pas un tableau fidèle du monde. Il y a
autre chose que le mal ici-bas : il y a de bonnes âmes
et de bons sentiments. Il y a donc aussi de bonnes et
douces bêtes parmi les acteurs de la Fontaine : il y a
le rat qui délivre le lion du filet où il s'était laissé
prendre; il y a la colombe qui sauve la fourmi qui
allait se noyer, en lui jetant un brin d'herbe :

> Ce fut un promontoire où la fourmis arrive :
>   Elle se sauve...

et, en bête reconnaissante, voyant un villageois qui
allait, avec son arbalète, tirer sur la colombe, la fourmi
le mord au talon :

> Le vilain retourne la tête;
> La colombe l'entend, part et tire de long [1].

Les deux pigeons peignent l'amour, et, comme la
Fontaine avait aussi le culte de l'amitié, il a voulu dire

---

[1] Liv. II, f. xii.

aussi dans ses fables ce que c'est que l'amitié, quelle
en est la force et le charme. Voyez *le Corbeau, la Ga-*
zelle, la Tortue et le Rat :

> La Gazelle, le Rat, le Corbeau, la Tortue,
> Vivaient ensemble unis : douce société !
> Le choix d'une demeure aux humains inconnue
>   Assurait leur félicité.
> Mais quoi ! l'homme découvre enfin toutes retraites.
>   Soyez au milieu des déserts,
>   Au fond des eaux, au haut des airs,
> Vous n'éviterez point ses embûches secrètes.
> La Gazelle s'allait ébattre innocemment,
>   Quand un chien, maudit instrument
>   Du plaisir barbare des hommes,
> Vint sur l'herbe éventer la trace de ses pas.
> Elle fuit ; et le Rat, à l'heure du repas,
> Dit aux amis restants : « D'où vient que nous ne sommes
>   Aujourd'hui que trois conviés ;
> La Gazelle déjà nous a t-elle oubliés ? »
>   A ces paroles, la Tortue
>   S'écrie et dit : « Ah ! si j'étais
>   Comme un corbeau d'ailes pourvue,
>   Tout de ce pas je m'en irais
>   Apprendre au moins quelle contrée,
>   Quel accident tient arrêtée
>   Notre compagne au pied léger ;
> Car, à l'égard du cœur, il en faut mieux juger. »
>   Le Corbeau part à tire-d'aile :
> Il aperçoit de loin l'imprudente Gazelle
>   Prise au piége et se tourmentant.
> Il retourne avertir les autres à l'instant ;
> Car, de lui demander quand, pourquoi ni comment
>   Ce malheur est tombé sur elle,

Et perdre en vains discours cet utile moment,
   Comme eût fait un maître d'école,
   Il avait trop de jugement.
   Le Corbeau donc vole et revole.
   Sur son rapport, les trois amis
   Tiennent conseil. Deux sont d'avis
   De se transporter sans remise
  ·Aux lieux où la Gazelle est prise.
« L'autre, dit le Corbeau, gardera le logis :
Avec son marcher lent, quand arriverait-elle?
   Après la mort de la Gazelle. »·
Ces mots à peine dits, ils s'en vont secourir
   Leur chère et fidèle compagne,
   Pauvre chevrette des montagnes.
   La Tortue y voulut courir; ·
   La voilà comme eux en campagne,
Maudissant ses pieds courts avec juste raison,
Et la nécessité de porter sa maison.
Rongemaille (le Rat eut à bon droit ce nom)
Coupe les nœuds du lacs : on peut penser la joie.
Le chasseur vient et dit : « Qui m'a ravi ma proie? »
Rongemaille, à ces mots, se retire en un trou,
Le Corbeau sur un arbre, en un bois la Gazelle;·
   Et le chasseur, à demi fou
   De n'en avoir nulle nouvelle,
Aperçoit la Tortue et retient son courroux.
   « D'où vient, dit-il, que je m'effraye?
Je veux qu'à mon souper celle-ci me défraye. »
Il la mit dans son sac. Elle eût payé pour tous,
Si le Corbeau n'en eût averti la Chevrette.
   Celle-ci, quittant sa retraite,
Contrefait la boiteuse et vient se présenter.
   L'homme de suivre et de jeter
Tout ce qui lui pesait; si bien que Rongemaille
Autour des nœuds du sac tant opère et travaille

Qu'il délivre encor l'autre sœur
Sur qui s'était fondé le souper du chasseur.
Pilpay conte qu'ainsi la chose s'est passée.
Pour peu que je voulusse invoquer Apollon,
J'en ferais, pour vous plaire, un ouvrage aussi long
    Que l'Iliade ou l'Odyssée ; .
Rongemaille ferait le principal héros,
Quoiqu'à vrai dire ici chacun soit nécessaire.
Porte-maison l'infante y tient de tels propos
    Que monsieur du Corbeau va faire
Office d'espion et puis de messager.
La Gazelle a d'ailleurs l'adresse d'engager
Le chasseur à donner du temps à Rongemaille.
    Ainsi chacun, dans son endroit,
    S'entremet, agit et travaille.
A qui donner le prix? Au cœur, si l'on m'en croit.
Que n'ose et que ne peut l'amitié violente?
Cet autre sentiment que l'on appelle amour
Mérite moins d'honneur. Cependant chaque jour
    Je le célèbre et je le chante.
Hélas! il n'en rend pas mon âme plus contente !!

Quel éloge et surtout quel tableau de l'amitié! Ce
n'était pas la première fois, aussi bien, que la Fontaine chantait l'amitié et qu'il lui attribuait avec raison
toutes les douceurs et même quelques-unes des inquiétudes de l'amour :

Deux vrais amis vivaient au Monomotapa ;
L'un ne possédait rien qui n'appartînt à l'autre.
    Les amis de ce pays-là
    Valent bien, dit-on, ceux du nôtre.

Liv. XII, f. xv.

Une nuit que chacun s'occupait au sommeil
Et mettait à profit l'absence du soleil,
Un de nos deux amis sort du lit en alarme;
Il court chez son intime, éveille les valets :

. . . .

L'ami couché s'étonne; il prend sa bourse, il s'arme,
Vient trouver l'autre et dit : « Il vous arrive peu
De courir quand on dort; vous me paraissez homme
A mieux user du temps destiné pour le somme.
N'auriez-vous point perdu tout votre argent au jeu?
En voici. S'il vous est venu quelque querelle,
J'ai mon épée : allons...

. . . .

— Non, dit l'ami; ce n'est ni l'un ni l'autre point.
      Je vous rends grâce de ce zèle.
Vous m'êtes, en dormant, un peu triste apparu;
J'ai craint qu'il ne fût vrai; je suis vite accouru.
      Ce maudit songe en est la cause. »
Qui d'eux aimait le mieux? Que t'en semble, lecteur?
Cette difficulté vaut bien qu'on la propose.
Qu'un ami véritable est une douce chose!
Il cherche vos besoins au fond de votre cœur;
          Il vous épargne la pudeur
          De les lui découvrir vous-même :
          Un songe, un rien, tout lui fait peur,
          Quand il s'agit de ce qu'il aime[1].

Nous commençons à découvrir ici quel est le secret de
la poésie de la Fontaine; et ce secret, ne nous y trompons
pas, est le même que chez les autres poëtes. Le secret
de la poésie est en effet de dire mieux que tout le
monde ce que pense tout le monde. C'est par les sen-

[1] Liv. VIII, f. xii.

timents généraux que le poëte se met en communica-
tion avec la foule; c'est par l'expression particulière
de son génie et de son caractère qu'il s'approprie ces
sentiments généraux, les marque de son empreinte et
leur donne un air original et nouveau. Dans mon cours
sur la poésie chrétienne[1], j'ai dit que la poésie sacrée
était à la fois ce qu'il y avait de plus général et de plus
individuel : de plus général, car la poésie sacrée a pour
sujet les sentiments qui sont communs entre tous les
hommes : l'idée de Dieu, le sentiment de la faiblesse
humaine, le recours à la justice et à la miséricorde divine; de plus individuel, car le poëte exprime ces sentiments avec son âme et son génie particuliers. Voyez
la prière. Tout le monde prie Dieu avec le même sentiment; mais chacun y met son âme, sa personne, ses
émotions du jour et de l'heure. Chacun dit *Notre père*,
et chacun le dit avec un cœur diversement ému, diversement affligé, diversement joyeux, diversement
reconnaissant, de telle sorte que toutes les supplica-
tions se ressemblent et que tous les suppliants diffèrent.

Il en est un peu de toutes les poésies comme de la poésie sacrée : elles ont toutes ce double caractère ; elles
sont générales pour le fond des sentiments, individuelles
par l'expression. Otez à la poésie l'inspiration qu'elle

[1] Cours professé à la Sorbonne pendant trois ans, 1855-56, 1856-57
1857-58.

prend dans les grands sentiments qui sont communs à
l'humanité, elle tombe dans ce qu'on appelle de nos
jours la poésie individuelle, c'est-à-dire dans la fantaisie, dans le caprice, dans la fausse originalité. On a
semblé croire que la poésie, et la poésie lyrique surtout, était faite pour exprimer les émotions ou les rê-
veries du premier venu. De là tant de confessions ou
de confidences faites au public, qui ne les demandait
pas; de là tant d'humoristes qui n'en avaient pas l'é-
toffe. Qui sommes-nous, en effet, hommes médiocres
et vulgaires presque tous, qui sommes-nous pour entretenir le public des accidents de notre vie, où, ce
qui est encore plus impertinent, des accidents de notre
pensée? Qu'a votre *moi* de plus que le mien pour se dépeindre et pour se raconter devant le monde? Êtes-vous
Lara, Manfred ou lord Byron? — Alors je puis vous
écouter, parce que vous avez quelque chose à me dire,
et surtout parce que vous me direz mieux que tout le
monde ce que vous ressentez peut-être comme tout le
monde. Car enfin que veulent Lara et Manfred, Wer-
ther ou Faust, les grands rêveurs de notre siècle? tout
savoir et tout posséder? Nous le voulons tous aussi;
nous avons tous nos désirs de science et de jouissance,
plus ou moins grands, plus ou moins ardents. Le
poëte est celui qui sait les exprimer le plus fortement,
de telle sorte que là encore la poésie consiste à exprimer d'une manière vive et originale les sentiments gé-

néraux de l'homme, et qu'il n'y a de bons humoristes
que ceux qui le sont dans les lieux communs. Les
hommes véritablement originaux sont ceux qui donnent un tour particulier et personnel aux sentiments
de tout le monde. Ceux qui ont des sentiments d'exception, ceux-là sont des maniaques et non des originaux.

Je ne voudrais pas cependant que l'amour du lieu
commun allât jusqu'à la banalité. Un poëte qui, s'in-
spirant des sentiments de tout le monde, les expri-
merait avec l'esprit et le langage de tout le monde,
serait un poëte banal et insipide. Dieu me garde d'a-
voir jamais à choisir entre l'ennui que cause le poëte
banal et l'impatience que cause l'humoriste médiocre
et prétentieux !

Prenons quelques-uns des grands lieux communs de
la pensée ou plutôt de la vie humaine, les rencontres
imprévues et soudaines de la mort, l'instabilité de la
fortune, l'égalité de l'homme dans le tombeau et devant Dieu. Tout le monde en parle sans cesse. D'où
vient donc qu'il n'y a que quelques grands poëtes et
quelques grands orateurs qui sachent les exprimer de
manière à nous y faire réfléchir? Par la même raison
que, toutes les formes, toutes les couleurs et tous les
sons étant dans la nature, il n'y a pourtant que les
grands musiciens qui sachent faire de la musique avec
ces sons partout épars et dispersés, les grands peintres

qui sachent faire de la peinture en recueillant et en coor-
donnant toutes ces formes, toutes ces couleurs, et en
les marquant de leur pensée individuelle.

La nature universelle ne vit que sous des formes
particulières. Les grands lieux communs de l'humanité
ne vivent aussi que dans les vers de quelques grands
poëtes ou dans les phrases de quelques grands orateurs. La liberté, c'est Démosthènes repoussant Phi-
lippe, c'est Cicéron attaquant Antoine; l'amour de
Dieu, c'est saint Augustin ou Fénelon; la mort, que
nous ne pouvons pas éviter et que nous ne voulons
pas prévoir, c'est Bossuet. Il y a pourtant des jours et
des heures où chacun de nous ressent l'instabilité de
la vie et la tristesse de la mort aussi vivement que si
Bossuet parlait : c'est quand le lieu commun devient
un fait particulier; c'est quand la mort frappe auprès de nous. Alors l'émotion personnelle se substitue
au lieu commun; alors nous trouvons les sentiments
et les paroles qu'il faut pour exprimer notre douleur.
La mort! la mort! il n'y a rien à quoi on soit si indifférent pour les autres, et si sensible pour soi et pour les
siens. Que de fois n'est-il pas arrivé à chacun de nous,
en revenant de voyage, de trouver, parmi je ne sais combien de lettres, un certain nombre de billets de mort!
nous décachetons ces billets d'une main négligente;
nous les lisons d'un œil inattentif. Tout à coup le nom
d'un parent, d'un ami, vient frapper nos regards :

alors nous nous écrions; alors le fait général se singu-
larise et prend une signification fatale; alors cette mort
se sépare et se distingue des autres par le sentiment
qu'elle nous inspire. Elle nous fait même comprendre
ce que c'est que la mort d'autrui, et elle donne un sens
à tous ces billets funèbres.

Qu'est cela, sinon l'effet de la forme particulière
qu'a prise le lieu commun? Les grands poëtes et les
grands orateurs ne font pas autre chose que de donner, par la force de leur expression, un accent particulier au lieu commun : ils font ce que fait l'émotion
personnelle.

Il en est de la part que nous prenons aux lieux communs de la vie humaine comme de celle que nous
prenons au sol et au territoire d'un pays : le coin qui
nous appartient est celui qui a le plus d'intérêt pour
nous. C'est en vain que vous me vantez les belles
montagnes de la Suisse ou des Pyrénées, les lacs de
l'Italie septentrionale, la mer Méditerranée vue des
hauteurs de Sorrente, les grands bois, les eaux limpides, la neige sur la montagne, le soleil dans la vallée :
tout cela charme un instant mes regards. Mais il y a,
dans les plaines de la Beauce ou de la Brie, deux ou
trois arpents de terre plate qui m'appartiennent, où
j'ai mis ma maison et mon jardin. La propriété prête
à cette terre sans grâce un charme particulier; c'est là
qu'est mon cœur; c'est là que le repos m'est doux;

c'est là que le chagrin m'est moins amer. Tant il est
vrai que l'homme ne sent que ce qu'il s'approprie et
ce qu'il touche. Où son *moi* n'est pas en action, soit
pour jouir, soit pour souffrir, l'homme n'est pas. La
terre ne me dit tout ce qu'elle peut dire à l'homme
que là où je la possède; la mort ne se révèle tout entière à mon âme que lorsqu'elle me frappe dans les
miens. Sans cela, la terre pour moi n'est qu'un espace,
et la mort n'est qu'un lieu commun.

La Fontaine est un de ces poëtes qui, par la vérité et
la vivacité de leur peinture, font que les grands lieux
communs de la vie humaine nous émeuvent, comme
s'ils venaient de nous toucher personnellement. Il a sa
manière de traiter ces grands lieux communs. Il ne faut
point, par exemple, lui demander de parler de la mort
et de l'instabilité de la vie comme le fait Bossuet; mais,
pour être moins grave et moins triste, sa manière n'est
pas moins efficace et moins instructive. Il ne veut pas
nous effrayer de la nécessité de la mort; il veut nous y
accoutumer et nous l'adoucir, si je puis parler ainsi :

> La Mort ne surprend point le sage;
> Il est toujours prêt à partir,
> S'étant su lui-même avertir
> Du temps où l'on se doit résoudre à ce passage.
> Ce temps, hélas! embrasse tous les temps :
> Qu'on le partage en jours, en heures, en moments,
> Il n'en est point qu'il ne comprenne
> Dans le fatal tribut; tous sont de son domaine;

Et le premier instant où les enfants des rois
 Ouvrent les yeux à la lumière
 Est celui qui vient quelquefois
 Fermer pour toujours leur paupière.
 Défendez-vous par la grandeur,
Alléguez la beauté, la vertu, la jeunesse,
 La Mort ravit tout sans pudeur :
Un jour le monde entier accroîtra sa richesse.
 Il n'est rien de moins ignoré,
 , Et, puisqu'il faut que je le die,
 Rien où l'on soit moins préparé [1].

Voilà, pour ainsi dire, le premier point du sermon de la Fontaine. La mort est inévitable; elle est égale pour tous, pour les grands comme pour les petits. Le sage ne doit donc point s'étonner de la mort; mais l'homme sur ce point n'est jamais sage; il ne trouve jamais qu'il ait assez vécu, eût-il cent ans. Vient le tableau du mourant; et ce mourant, c'est vous, c'est moi, c'est tout le monde. Que nous ayons cent ans ou que nous en ayons cinquante, nous mourons tous ayant quelque chose à faire et nous plaignant que la mort ne nous laisse pas achever notre œuvre :

 Un mourant, qui comptait plus de cent ans de vie,
 Se plaignait à la Mort que précipitamment
 Elle le contraignait de partir tout à l'heure,
  Sans qu'il ait fait son testament,
 Sans l'avertir au moins : « Est-il juste qu'on meure
 Au pied levé? dit-il; attendez quelque peu;

[1] Liv. VIII, f. 1ᵉʳ.

Ma femme ne veut pas que je parte sans elle;
Il me reste à pourvoir un arrière-neveu;
Souffrez qu'à mon logis j'ajoute encore une aile.
Que vous êtes pressante, ô déesse cruelle!
— Vieillard, lui dit la Mort, je ne t'ai point surpris;
Tu te plains sans raison de mon impatience :
Eh! n'as-tu pas cent ans? Trouve-moi dans Paris
Deux mortels aussi vieux; trouve-m'en dix en France!
Je devais, ce dis-tu, te donner quelque avis
　　　Qui te disposât à la chose :
　　J'aurais trouvé ton testament tout fait,
Ton petit-fils pourvu, ton bâtiment parfait.
Ne te donna-t-on pas des avis, quand la cause
　　　Du marcher et du mouvement,
　　　Quand les esprits, le sentiment,
Quand tout faillit en toi? Plus de goût, plus d'ouïe;
Toute chose pour toi semble être évanouie;
Pour toi l'astre du jour prend des soins superflus :
Tu regrettes des biens qui ne te touchent plus.
　　　Je t'ai fait voir tes camarades
　　　Ou morts, ou mourants, ou malades :
Qu'est-ce que tout cela, qu'un avertissement?
　　　Allons, vieillard, et sans réplique.
　　　Il n'importe à la république
　　　Que tu fasses ton testament [1].

Ces camarades,

　　Ou morts, ou mourants, ou malades,

qui doivent nous servir d'avertissements, nous les
voyons tous, et nous les oublions tous. Le trait de la
Fontaine est vif et piquant, j'allais dire plaisant, quoi-

[1] Liv. VIII, f. 1er.

qu'il ait le fond de tristesse qui convient au sujet. Voulez-vous voir le même trait dans Bossuet, exprimé avec
le grave et sévère génie de l'orateur chrétien?

« Tout nous appelle à la mort. La nature, comme si
elle était presque envieuse du bien qu'elle nous a fait,
nous déclare souvent et nous fait signifier qu'elle ne
peut pas nous laisser longtemps ce peu de matière
qu'elle nous prête, qui ne doit pas demeurer dans les
mêmes mains et qui doit être éternellement dans le
commerce : elle en a besoin pour d'autres formes, elle
la redemande pour d'autres ouvrages. Cette recrue continuelle du genre humain, je veux dire les enfants qui
naissent, à mesure qu'ils croissent et qu'ils s'avancent
semblent nous pousser de l'épaule et nous dire : « Re-
« tirez-vous; c'est maintenant notre tour. » Ainsi,
comme nous en voyons passer d'autres devant nous,
d'autres nous verront passer, qui doivent à leurs successeurs le même spectacle [1]... »

« J'entre dans la vie avec la loi d'en sortir; je viens
faire mon personnage; je viens me montrer comme les
autres : après, il faudra disparaître... Ma vie est de
quatre-vingts ans tout au plus; prenons-en cent. Qu'il
y a eu de temps où je n'étais pas! qu'il y en a où je
ne serai point, et que j'occupe peu de place dans ce

---

[1] *Sermon sur la mort*, pour le vendredi de la quatrième semaine
de carême. — *OEuvres de Bossuet*, édition de Firmin Didot, t. II,
p. 493.

grand abîme des ans! Je ne suis rien... Je ne suis
même que pour faire nombre; encore n'avait-on que
faire de moi, et la comédie ne serait pas moins bien
jouée, quand je serais demeuré derrière le théâtre [1]. »

Ainsi l'orateur et le fabuliste traitent le même lieu
commun avec la même vivacité, quoique avec des sentiments différents, l'un gourmandant notre orgueil par
la représentation de notre néant, l'autre mettant dans
une petite comédie sans aigreur un centenaire qui ne
veut pas mourir encore, et le poëte alors nous dit comment il comprend la mort :

. . . . Je voudrais qu'à cet âge
On sortit de la vie ainsi que d'un banquet,
Remerciant son hôte, et qu'on fit son paquet :
Car de combien peut-on retarder le voyage?
Tu murmures, vieillard ! Vois ces jeunes mourir;
    Vois-les marcher, vois-les courir
A des morts, il est vrai, glorieuses et belles,
Mais sûres cependant, et quelquefois cruelles.
J'ai beau te le crier, mon zèle est indiscret :
Le plus semblable aux morts meurt le plus à regret[2].

Bossuet dit, dans son oraison funèbre de la duchesse
de Bourgogne, qu'elle fut douce avec la mort; je dirais
volontiers que la Fontaine est bonhomme avec la mort.
Il écarte tout ce qui en fait l'horreur et l'amertume : ce

[1] Bossuet, *Fragment sur la brièveté de la vie et le néant de
l'homme*. Édit. Firm. Didot, t. II, p. 499.
[2] La Fontaine, liv. VIII, f. 1re.

n'est plus que la sortie d'un banquet, et il ne faut même pas oublier de remercier son hôte. Ces grands lieux communs prennent donc l'empreinte de chaque génie et de chaque caractère; ils se prêtent à toutes les formes. La mort est, selon le sentiment du fabuliste, de l'orateur, du poëte dramatique, du théologien, la fin d'un banquet, le témoignage du néant de l'homme, l'affranchissement des peines de la vie, l'acheminement au bonheur céleste. « Il n'y a qu'un pécheur larmoyant qui ait pu appeler la mort un squelette, dit, dans *l'Intrigue et l'amour* de Schiller, l'héroïne de la pièce, Louise, se préparant au suicide et l'excusant d'avance; c'est un doux et aimable enfant, au visage rose comme le dieu de l'amour, mais moins trompeur; un génie silencieux et secourable, qui offre son bras à l'âme fatiguée du pèlerin, qui la fait monter sur les degrés du temps, lui ouvre le magique palais, lui fait un signe amical et disparaît[1]. »

Cette définition de la mort ressemble, trait pour trait, à celle qu'en fait le P. Quesnel, dans son beau livre : *Bonheur de la mort chrétienne* : « Celui qui a la foi, loin de regarder la mort comme son ennemie et de la fuir comme son malheur, devrait aller au-devant d'elle par ses désirs, et la recevoir, quand elle se présente, comme sa libératrice et comme une amie qui le

---

[1] Schiller, *Intrigue et amour*, acte V, sc. 1ʳᵉ.

décharge d'un fardeau pesant et incommode, pour le faire passer d'un pays ennemi dans un lieu de sûreté, et de la région de la mort au séjour aimable et délicieux de la vie bienheureuse [1]. »

Quelle ressemblance et quelle différence! ressemblance pour les idées, différence pour les- sentiments; d'un côté, la mort cherchée par la passion désespérée, de l'autre attendue avec espoir par la foi. Que parlez-vous donc de la stérilité et de la monotonie des lieux communs? Ils ne sont stériles que pour les esprits stériles; ils ne donnent rien à qui ne leur apporte rien. Il en est sur ce point des sentiments généreux comme des lieux consacrés par la religion ou par l'histoire, Jérusalem, Rome, Athènes. J'ai souvent entendu des gens qui avaient fait ces pèlerinages se plaindre de n'y avoir pas trouvé l'émotion ou l'inspiration qu'ils espéraient. Je sais bien pourquoi ils n'y trouvaient rien, c'est qu'ils n'y apportaient rien. Ils n'étaient pas préparés au pèlerinage, qu'ils faisaient seulement par mode ou par caprice. Vous allez à Jérusalem, à Rome, à Athènes : quelle offrande y apportez-vous? Je ne parle pas ici des offrandes d'argent ou d'encens : je parle de la seule offrande digne des sanctuaires que vous allez visiter, celle d'un cœur ému par la foi ou touché du respect du passé.

[1] Le P. Quesnel, *Bonheur de la mort chrétienne*, première journée.

Les grands lieux communs de l'humanité ont besoin
aussi de l'offrande de cœurs et d'esprits émus. A qui
leur apporte une émotion individuelle, une imagination vive et ardente, ou douce et gracieuse, ils donnent la force et la grandeur, faisant en cela ce que
les sanctuaires sacrés font aux pèlerins, et redoublant
la foi qu'ils trouvent dans les âmes. Et, de même
que cette foi, vivifiée par le pèlerinage, sert à tout dans
la vie, à l'accomplissement des petits devoirs aussi bien
que des grands, à la patience des tracas quotidiens
aussi bien que des grandes épreuves; de même aussi le
lieu commun se fait tout à tous, s'élevant ou s'abaissant selon l'esprit qui le traite, tantôt grave et profond, tantôt vif et gracieux, changeant sans cesse d'accent comme d'écho, et comme l'écho aussi ne s'éveillant
que si quelqu'un lui parle d'une voix distincte et pure,
ne répétant pas les bruits confus et vagues ; et, comme
l'écho enfin, multipliant la voix qu'il a entendue, lui
donnant plus de force et plus de portée. Les lieux communs ne valent tout leur prix que traités par les grands
poëtes et les grands orateurs. Les grands poëtes et les
grands orateurs ne valent aussi tout leur prix qu'en
traitant les lieux communs.

J'ai montré avec quelle originalité la Fontaine a traité
le grand lieu commun de la mort. Voyons comment il
traite le lieu commun qui en est le plus voisin, l'instabilité de la vie.

A côté du vieillard qui ne veut pas mourir, quoiqu'il
ait cent ans, il nous montre le jeune homme qui ne sait
pas qu'il peut mourir, quoiqu'il n'ait que vingt ans. Et,
comme la jeunesse ne sait jamais se tempérer, les
jeunes gens que le poëte va mettre en scène ajoute-
ront à la confiance qu'ils ont en la vie le dédain et la
raillerie pour la vieillesse; ils seront coupables, afin
d'être moins plaints :

> Un octogénaire plantait.
> « Passe encor de bâtir; mais planter à cet âge!
> Disaient trois jouvenceaux, enfants du voisinage;
> Assurément il radotait.
> Car, au nom des dieux, je vous prie,
> Quel fruit de ce labeur pouvez-vous recueillir [1]?
> Autant qu'un patriarche il vous faudrait vieillir.
> A quoi bon charger votre vie
> Des soins d'un avenir qui n'est pas fait pour vous?
> Ne songez désormais qu'à vos erreurs passées;
> Quittez le long espoir et les vastes pensées [2] :
> Tout cela ne convient qu'à nous.
> — Il ne convient pas à vous-mêmes,
> Repartit le vieillard. Tout établissement
> Vient tard et dure peu. La main des Parques blêmes
> De vos jours et des miens se joue également.
> Nos termes sont pareils par leur courte durée.
> Qui de nous des clartés de la voûte azurée

---

[1]   ..... quem fructum capis
   Hoc ex labore? quodve tantum est præmium?
                         (Phæd., livre IV, fable xv.)

[2]   Vitæ summa brevis spem nos vetat inchoare longam.
                         (Hor. I, od. iv, v. 15.)

Doit jouir le dernier? Est-il aucun moment
Qui vous puisse assurer d'un second seulement?
Mes arrière-neveux me devront cet ombrage.
      Hé bien! défendez-vous au sage
De se donner des soins pour le plaisir d'autrui?
Cela même est un fruit que je goûte aujourd'hui :
J'en puis jouir demain et quelques jours encore;
      Je puis enfin compter l'aurore
      Plus d'une fois sur vos tombeaux. »
Le vieillard eut raison : l'un des trois jouvenceaux
Se noya dès le port, allant en Amérique;
L'autre, afin de monter aux grandes dignités,
Dans les emplois de Mars servant la république,
Par un coup imprévu vit ses jours emportés;
      Le troisième tomba d'un arbre
      Que lui-même il voulut enter;
Et, pleurés du vieillard, il grava sur leur marbre
      Ce que je viens de raconter [1].

Rien ne manque au tableau : l'orgueil de la vie dans la jeunesse, et la dureté qui accompagne toujours l'orgueil :

Quittez le long espoir et les vastes pensées :
      Tout cela ne convient qu'à nous.

Autant il sied aux vieillards de parler de leur âge et de la mort qui s'approche, autant il sied peu qu'on leur en parle. Dire à quelqu'un : « Vous mourrez demain, » c'est le faire mourir dès aujourd'hui. Il n'y a que le prêtre qui puisse sans dureté parler au mourant

---

[1] Livre XI, f. VIII.

de la mort, parce qu'il lui parle en même temps de
l'immortalité. Le vieillard de la Fontaine a une sérénité
d'humeur qui fait qu'il ne se laisse pas abattre aux paroles des trois jeunes hommes : il est de l'école du sage
que souhaitait la Fontaine :

> La Mort ne surprend pas le sage;
> Il est toujours prêt à partir.

Mais, comme il est prêt à sortir de la vie, et que
l'idée de la mort ne l'épouvante pas, il garde, en face
de cette idée, toute sa liberté d'esprit; et, de même
qu'il sait que la mort est l'inévitable voisine de la vieillesse, de même il sait aussi que la vie est la chose du
monde la plus voisine de la mort et la moins sûre,
même pour les jeunes gens :

> . . . . La main des Parques blêmes
> De vos jours et des miens se joue également.

La fragilité de la vie fait donc un sort égal aux vieillards et aux jeunes gens; mais, dans cette égalité de
condition, les vieillards ont un avantage sur les jeunes
gens : ils ont une idée douce et forte qui est propre à
l'âge mûr et à la vieillesse, l'idée de l'hérédité, qui ra-
chète, pour ainsi dire, l'homme de la nécessité et de la
tristesse de sa fin. L'hérédité, qui, pour le jeune homme,
s'il ne s'en défend pas, est une idée de jouissance, est
pour le vieillard une idée de dévouement. Elle est donc

bonne aux vieillards; elle les soutient, elle les console,
elle oppose au néant du *moi*, si pénible à prévoir, l'a-
venir de la famille, si doux à espérer; elle perpétue
l'homme en même temps qu'elle le détruit; elle fait
qu'il se résigne à n'être plus, pensant qu'il revivra
dans ses enfants :

> Mes arrière-neveux me devront cet ombrage.
>   Hé bien! défendez-vous au sage
> De se donner des soins pour le plaisir d'autrui?
> Cela même est un fruit que je goûte aujourd'hui :
> J'en puis jouir demain et quelques jours encore.

La Fontaine, dans sa fable, veut donc que nous nous
intéressions au vieillard, plus qu'aux jeunes gens, et
qu'au moment où les jeunes gens périront, nous ne re-
grettions pas trop leur jeunesse si vite interrompue.
Il a craint le cri mélancolique qui s'élève souvent de la
poitrine des vieillards :

> Hélas! que j'en ai vu mourir de jeunes hommes!

Non que chacun de nous en vieillissant regrette de
n'être pas mort à la place de tant de jeunes gens qui
ont péri sous nos yeux : la vie est un bien qui n'a pas
de satiété. Cependant nous sommes tous ainsi disposés,
que, lorsqu'il s'agit des autres, nous aimons mieux voir
mourir les vieux que les jeunes. La Fontaine a fait que,
comme nous nous intéressons au vieillard, qui est sage
et bon, nous consentons de bon cœur qu'il puisse

compter l'aurore plus d'une fois sur le tombeau des
jeunes gens. La parole est dure, mais elle est méritée.
Ils périssent donc sans que nous soyons tentés de les
pleurer. Mais, ce que nous ne faisons pas, le vieillard
le fait, afin qu'il ait jusqu'au bout notre affection : il
pleure les jeunes gens, il fait leur épitaphe, et, la mort
ayant expié le tort qu'ils avaient, nos yeux, en finissant
cette belle et grave histoire, se reposent sur le tableau
le plus touchant que nous puissions imaginer, la vieillesse pleurant sur la mort des jeunes gens.

Je trouve, dans les Mémoires de Joinville, une histoire qui ressemble de bien près à la fable de la Fontaine. « Le jour où Mgr Hue de Landricourt fut mis
en terre, dit Joinville, comme il était en sa bière, dans
ma chapelle, six de mes chevaliers, qui étaient appuyés
sur plusieurs sacs d'orge[1], se mirent à parler haut et à
troubler le prêtre. Je leur allai dire qu'ils se tussent,
et leur dis qu'il n'était pas séant à des chevaliers et à
des gentilshommes de parler tandis que l'on chantait la
messe des morts. Ils me commencèrent à rire et me
dirent qu'ils causaient à qui se remarierait la femme du
sire de Landricourt. Je les réprimandai fort et leur dis
que de telles paroles n'étaient ni bonnes ni belles, et
qu'ils avaient bien vite oublié leur compagnon. Le lendemain, ce fut la grande bataille, où ils furent morts.

[1] C'était en Orient, pendant la croisade de saint Louis, et la chapelle est une tente.

ou blessés à mort; et ainsi il fallut que ce fût leurs
femmes qui se remariassent toutes six[1]. »

L'histoire est belle; mais elle a quelque chose de
triste et de terrible. Le dernier trait est presque sublime, d'un sublime dur et qui exprime la vengeance
de Dieu. J'aime mieux le dénoûment de la Fontaine :

> Et, pleurés du vieillard, il grava sur leur tombe
> ·Ce que je viens de raconter.

La pitié y est à côté de la justice.

La certitude de la mort et l'incertitude de la vie,
quels lieux communs! Mais aussi quels mystères pour
l'intelligence humaine, et par conséquent aussi quelles
inspirations pour la poésie, qui aime ce qui surpasse la
portée ordinaire de l'homme! Le poëte est celui dont
l'esprit a un peu plus de divin que ce que nous en
avons tous, *Cui mens divinior*, et qui en même temps
sait expliquer ce qu'il sait voir, *Atque os magna sona-*
turum[2]. Ces grands mystères, ou plutôt ces grands
lieux communs sont le cadre de la vie humaine, et il
semble en vérité que, dans un pareil cadre, et pressé
de tous côtés par la mort, l'homme ne devrait avoir ni
agitation, ni soucis, ni ambition, ni vanité. Pourquoi

---

[1] *Histoire de saint Louis*, par Joinville, édit. Didot, 1858.

[2] ..... Cui mens divinior atque os
Magna sonaturum, des nominis hujus honorem.

(Horace, liv. I", sat. IV)

s'agiter en effet? Pourquoi s'inquiéter? Pourquoi s'enor-
gueillir, puisque nous devons mourir tôt ou tard, jeunes ou vieux? Qu'est-ce qu'une œuvre? Qu'est-ce qu'un
nom? Et non-seulement ce nom, si retentissant que
nous croyions qu'il soit, finira bien vite dans le temps,
quand nous ne serons plus; mais il ne va guère loin
dans l'espace, même quand nous le portons encore.
M. de Lamartine raconte, dans son *Voyage d'Orient*,
qu'étant allé visiter lady Stanhope dans le Liban, elle
lui demanda son nom. « Je le lui dis. — Je ne l'avais
jamais entendu, reprit-elle avec l'accent de la vérité. —
Voilà, milady, ce que c'est que la gloire! J'ai composé
quelques vers dans ma vie, qui ont fait répéter un million de fois mon nom par tous les échos littéraires de
l'Europe; mais cet écho est trop faible pour traverser
votre mer et vos montagnes, et ici je suis un homme
tout nouveau, un homme complétement inconnu, un
nom jamais prononcé. »

M. de Lamartine fut quelque peu étonné, quoiqu'il
ne le dise pas, que son nom fût tout à fait inconnu
dans le Liban. Nous en sommes tous là. « Eh! vous
voilà, mon cher Cicéron, disait à celui-ci un de ses amis
qu'il rencontrait à Rome, au retour de son gouvernement de Cilicie; d'où revenez-vous donc? — Comment ne savez-vous pas que j'étais préteur en Cilicie?
— Non, par Hercule! » Ce que c'est que la gloire! Je
demandais un jour, il y a de cela quinze ou vingt ans,

à un préfet, homme de beaucoup d'esprit, pourquoi il
ne venait pas plus souvent à Paris, et pourquoi, quand
il y venait, il n'y restait pas plus longtemps. Il me répondit : « D'abord, ma place est dans mon département, et nous sommes, comme les évêques, obligés à
résidence; mais, de plus, à vous parler franchement, je
n'aime pas beaucoup votre monde de Paris. — Pourquoi cela? — Tenez, reprit-il en riant, vous aimez les
observations morales. En voici une que j'ai faite sur
moi-même. Dans mon département, je suis monsieur
le préfet, et c'est quelque chose. A Paris, dans un
salon, on annonce M. le préfet de ..., personne ne
tourne la tête, c'est impatientant. » Ce que c'est que
la gloire! Ce que c'est aussi que la puissance! Nous
nous surfaisons tous le bruit de notre nom; nous
croyons tous que le monde s'occupe de nous. Les
uns pensent que leur renommée va au moins jusqu'aux barrières de Paris : elle ne passe pas la Seine
et s'arrête sur la rive gauche. Il y a des noms pour
chaque quartier, pour chaque rue, pour chaque maison. Chacun a sa petite sphère de célébrité, et, tant
qu'il y reste, il est heureux. Mais nous voulons tous
en sortir, croyant que nous sommes connus hors de
notre village. C'est là que les échecs nous attendent;
c'est là que notre vanité se heurte contre l'ignorance
et l'inattention. « Je suis monsieur un tel, disons-
nous d'un petit air modeste. — Je ne connais pas, »

répond l'interlocuteur. Quel désappointement! Consolez-vous, vanités de clochers ou de salons! Cela est
arrivé à M. de Lamartine : il a dit son nom, et il a
trouvé que son nom n'était point connu. C'était dans
le Liban, il est vrai; et vous, c'est partout. Il n'y a
qu'une différence du plus au moins.

La Fontaine a mis en scène, de la façon la plus piquante, ces échecs de la vanité dans sa fable de *l'Éléphant et le Singe de Jupiter* :

> Autrefois l'Éléphant et le Rhinocéros,
> En dispute du pas et des droits de l'empire,
> Voulurent terminer la querelle en champ clos.
> Le jour en était pris, quand quelqu'un vint leur dire
>   Que le Singe de Jupiter,
> Portant un caducée, avait paru dans l'air.
> Ce singe avait nom Gille, à ce que dit l'histoire.
>   Aussitôt l'Éléphant de croire
>   Qu'en qualité d'ambassadeur
>   Il venait trouver Sa Grandeur.
>   Tout fier de ce sujet de gloire,
> Il attend maître Gille, et le trouve un peu lent
>   A lui présenter sa créance [1].
>   Maître Gille enfin, en passant,
>   Va saluer Son Excellence.
> L'autre était préparé sur la légation :
>   Mais pas un mot. L'attention
> Qu'il croyait que les dieux eussent à sa querelle
> N'agitait pas encor chez eux cette nouvelle.
>   Qu'importe à ceux du firmament
>   Qu'on soit mouche ou bien éléphant?

[1] Ses lettres de créance.

Il se vit donc réduit à commencer lui-même.
« Mon cousin Jupiter, dit-il, verra dans peu
Un assez beau combat, de son trône suprême;
        Toute sa cour verra beau jeu.
— Quel combat? » dit le Singe avec un front sévère.
L'Éléphant repartit : « Quoi! vous ne savez pas
Que le Rhinocéros me dispute le pas,
Qu'Éléphantide a guerre avecque Rhinocère[1]?
Vous connaissez ces lieux : ils ont quelque renom.
— Vraiment, je suis ravi d'en apprendre le nom,
Repartit maître Gille : on ne s'entretient guère
De semblables sujets dans nos vastes lambris. »
        L'Éléphant, honteux et surpris,
Lui dit : « Et parmi nous que venez-vous donc faire?
— Partager un brin d'herbe entre quelques fourmis.
Nous avons soin de tout. Et, quant à votre affaire,
On n'en dit rien encor dans le conseil des dieux :
Les petits et les grands sont égaux à leurs yeux[2]. »

Il y a là un vers sublime :

        . . . . . Et parmi nous que venez-vous donc faire?
        — Partager un brin d'herbe entre quelques fourmis.

Mais comme ce sublime est simple! Comme le poëte
le trouve sans le chercher! Quelle réfutation de l'orgueil par un mot! Soyez éléphant, soyez fourmi, peu
importe : Dieu a soin également de tous les êtres.

L'insecte vaut un monde : ils ont autant coûté,

---

[1] Noms inventés par la Fontaine pour signifier la capitale des
éléphants et celle des rhinocéros.
[2] Liv. XII, f. xxi.

a dit M. de Lamartine. Ne vous mesurez donc pas sur
la grandeur que vous vous attribuez, ou même sur celle
que les hommes vous reconnaissent. Mesurez-vous devant Dieu : qu'êtes-vous alors ?

> Les petits et les grands sont égaux à ses yeux.

Que les petits pourtant ne tournent point en insolence contre les grands cette égalité universelle. Les
petits ne sont pas dispensés d'être humbles. Un rat, un
jour, s'étonnait qu'on admirât tant la masse pesante de
l'éléphant :

> Comme si d'occuper ou plus ou moins de place
> Nous rendait, disait-il, plus ou moins importants !
> Mais qu'admirez-vous tant en lui, vous autres hommes ?
> Serait-ce ce grand corps qui fait peur aux enfants ?
> Nous ne nous prisons pas, tout petits que nous sommes,
>   D'un grain moins que les éléphants[1].

Et le rat aurait continué cette belle déclamation sur
l'égalité, si un chat, s'élançant sur lui, ne l'avait
croqué.

Quelle est la conclusion à tirer des deux fables ? Que
les éléphants, quoique grands, ne doivent pas être orgueilleux, et que les rats, quoique petits, ne doivent
être ni envieux ni insolents.

[1] Livre VIII, f. xv

QUINZIÈME LEÇON

DE LA DESTINÉE DE L'HOMME ET DES DIVERSES PROFESSIONS DE LA VIE DANS LES FABLES DE LA FONTAINE

La destinée de l'homme ici-bas dépend de deux choses, de ses actions et des événements de sa vie. Ce sont souvent les actions de l'homme qui font sa vie; mais le hasard ou le sort y a aussi une grande part. Croire que l'homme fait seul sa destinée par ses vertus ou par ses vices, qu'il faut prendre tous les heureux de ce monde pour des justes et des sages, et tous les malheureux pour des fous ou des pervers, c'est attenter à l'idée que nous avons de la justice, c'est contredire le cri de la conscience humaine. Croire, d'un autre côté, que le caractère de l'homme n'est pour rien dans sa destinée et que nous ne sommes jamais ni heureux ni malheureux par notre volonté et par notre faute, c'est faire

.e même affront à la conscience humaine. Il y a du
hasard dans la vie de tous les hommes; mais il y a
aussi de la conduite. Maintenant, que pouvons-nous
ôter à la fortune par conseil ou par prévoyance, comme
dit Bossuet? Comment pouvons-nous augmenter chaque jour la part de la conduite dans les événements de
notre vie, et diminuer la part de la fortune? Voilà où
peut et doit s'exercer la sagesse humaine. Ne nions pas
le hasard : il existe; nous le rencontrons sans cesse en
face de nous, tantôt sous la forme d'une bonne occasion, tantôt sous la forme d'un accident. Les sages de
ce monde sont ceux qui savent saisir la bonne occasion
et éviter, corriger ou supporter l'accident. Les sots et
les fous sont ceux qui perdent les bonnes occasions
par négligence, et qui augmentent les accidents par
impatience. Ceux-là se disent malheureux et ils gâ-
tent la cause des malheureux, parce qu'ils donnent
le droit de croire que le malheur vient presque toujours
d'une sottise. Il importe aux vrais malheureux que le
triage soit fait entre les faux et les vrais malheurs. Les
malheurs nés de l'imprudence ou de la méchanceté
humaine sont de faux malheurs, qu'il ne faut pas reprocher à la justice divine : ils la justifient, au contraire, au lieu de l'accuser. Ce sont des justices plutôt
que des infortunes. Les malheurs que l'homme ne mérite pas et qu'il supporte avec fermeté, voilà les seuls
vrais malheurs, les seuls dignes de la pitié et du respect

des hommes. Et ne dites pas que ces malheurs-là accu-
sent la justice divine : ils la justifient d'un autre côté,
en montrant que la justice divine ne se consomme et
ne s'accomplit pas tout entière ici-bas, et qu'il y en
a une partie, la meilleure, celle qui contient la punition des coupables heureux et la récompense des honnêtes gens opprimés, qui reste cachée au sein de Dieu.
Quiconque a un peu vécu et un peu contemplé le spectacle des choses humaines doit rester convaincu de ces
deux choses : la première, c'est que Dieu montre ici-
bas assez de sa justice pour nous assurer qu'il y en a
une et que nous avons raison de l'invoquer; la seconde,
c'est que cette justice ne s'accomplit pas toujours ici-bas
tout entière, et que, par conséquent, ce qui en manque à ce monde est réservé à l'autre. La justice de
Dieu a son aurore sur la terre et son midi dans le ciel;
mais l'aurore suffit pour m'annoncer le jour.

Il y a donc un triage à faire dans les bonheurs
et dans les malheurs d'ici-bas : ceux qui viennent
de notre conduite et ceux qui viennent du hasard.
L'homme a trouvé une manière fort simple de faire ce
triage : il attribue à son mérite tout ce qui lui arrive de
bon, et à la fortune tout ce qui lui arrive de mauvais.
« Un trafiquant sur mer, dit la Fontaine,

Un trafiquant sur mer par bonheur s'enrichit.
Il triompha des vents pendant plus d'un voyage :

Gouffre, banc ni rocher n'exigea de péage.
D'aucun de ses ballots; le sort l'en affranchit.
Sur tous ses compagnons, Atropos et Neptune
Recueillirent leurs droits, tandis que la Fortune
Prenait soin d'amener son marchand à bon port.
Facteurs, associés, chacun lui fut fidèle,
Il vendit son tabac, son sucre, sa cannelle
   Ce qu'il voulut, sa porcelaine encor;
Le luxe et la folie enflèrent son trésor;
    Bref, il plut dans son escarcelle.
On ne parlait chez lui que par doubles ducats;
Et mon homme d'avoir chiens, chevaux et carrosses,
    Les jours de jeûne étaient des noces.
Un sien ami, voyant ces somptueux repas,
Lui dit : — Et d'où vient donc un si bon ordinaire?
— Et d'où me viendrait-il que de mon savoir-faire?
Je n'en dois rien qu'à moi, qu'à mes soins, qu'au talent
De risquer à propos et bien placer l'argent.
Le profit lui semblant une fort douce chose,
Il risqua de nouveau le gain qu'il avait fait;
Mais rien, pour cette fois, ne lui vint à souhait.
    Son imprudence en fut la cause.
Un vaisseau mal frété périt au premier vent;
Un autre, mal pourvu des armes nécessaires,
    Fut enlevé par les corsaires;
    Un troisième, au port arrivant,
Rien n'eut cours ni débit. Le luxe et la folie
    N'étaient plus tels qu'auparavant.
    Enfin, ses facteurs le trompant,
Et lui-même ayant fait grand fracas, chère lie,
Mis beaucoup en plaisirs, en bâtiments beaucoup,
    Il devint pauvre tout d'un coup.
Son ami, le voyant en mauvais équipage,
Lui dit : — D'où vient cela? — De la Fortune, hélas!
— Consolez-vous, dit l'autre; et, s'il ne lui plaît pas

Que vous soyez heureux, tout au moins soyez sage.
        Je ne sais s'il crut ce conseil;
Mais je sais que chacun impute, en cas pareil,
        Son bonheur à son industrie;
Et, si de quelque échec notre faute est suivie,
        Nous disons injures au sort.
        Chose n'est ici plus commune;
Le bien, nous le faisons; le mal, c'est la Fortune:
On a toujours raison, le Destin toujours tort.

                        (LA FONTAINE, liv. VII, f. XIV.)

Il y a, de nos jours, un autre être mystérieux que
nous accusons volontiers de nos malheurs, et qui en est
moins coupable encore que la fortune: c'est la société.
Que de plaintes, que de malédictions contre elle! Archias est né pauvre: c'est vraiment la faute du sort;
mais, comme Archias n'a ni activité ni industrie, il
reste pauvre; alors il accuse la société de sa pauvreté.
« Cette société, dit-il, est mal organisée: point de
justice, point d'équité, point d'ordre. Tout va au re-
bours du bon sens. » Que faut-il donc pour qu'Archias trouve que la société est bien organisée? Il faut
qu'il y soit riche et oisif. C'est à ce prix seulement
qu'il déclarera qu'il n'y a plus de révolution à faire.
Celle qui l'a élevé doit être la dernière; c'est la seule
juste et légitime.

    Le portrait du Riche et du Pauvre de la Bruyère est
encore de mise de nos jours, comme il le sera de tout
temps. Il y a cependant quelques traits à ajouter.

« Giton a toujours le teint frais, le visage plein... l'œil
fixe et assuré, les épaules larges... la démarche ferme
et délibérée... » Il est toujours « enjoué, grand viveur,
impatient, présomptueux, colère, libertin... » Il se croit
toujours des talents et de l'esprit ; mais il a de plus son
système sur l'état de la société : il croit que les rangs
sont bien distribués, que tout y est à sa place, hommes
et choses : il est riche.

Phédon, de son côté, a toujours « les yeux creux, le
teint échauffé, le corps sec et le visage maigre... » Il
est toujours « libre sur les affaires publiques, chagrin
contre le siècle, médiocrement prévenu des ministres
et du ministère. » Il va même plus loin aujourd'hui :
il a un plan complet de réforme pour la société, et le
principe fondamental de cette réforme est de mettre en
haut ce qui est en bas, et en bas ce qui est en haut,
tout cela au nom des droits de l'homme et des progrès de la civilisation : il est pauvre.

J'ajoute que, de nos jours, Giton et Phédon changent
continuellement de rôle ; il n'y a souvent de distance
entre eux que celle de la hausse à la baisse dans les
spéculations de la Bourse, et ce perpétuel changement
de condition a son influence sur le caractère réciproque
de Giton et de Phédon. L'enrichi n'est pas le riche, et
l'homme ruiné n'est pas le pauvre. Phédon, devenu
millionnaire, a bien « l'ample mouchoir » de Giton, et
« le fauteuil où il s'enfonce en croisant les jambes

l'une sur l'autre ; » mais, s'il prend la plupart des
vices et des ridicules du riche, il ne perd pas aussitôt
ceux du pauvre, ce qui fait qu'il est un parvenu au lieu
d'être un riche. Il n'y a qu'une chose qu'il oublie de
la meilleure foi du monde, ce sont ses plaintes d'hier
sur la condition que la société fait aux pauvres, sur
l'injustice et la dureté des riches. Phédon, enrichi par
un coup du sort, fait comme le trafiquant de la Fontaine : il attribue ses succès à son mérite, à son industrie, et si ses compagnons d'hier continuent leur misère,
c'est leur faute : ils sont paresseux ou sots ; voilà pourquoi ils ne réussissent pas. Quant à Giton ruiné, ne
croyez pas non plus qu'il devienne, du jour au lendemain, le Phédon de la Bruyère, « qu'il parle brièvement
et froidement, qu'il ne se fasse pas écouter ; » il a beaucoup gardé de ses anciennes habitudes. « Il parle encore
avec confiance, » et il faut d'autant plus qu'on l'écoute,
qu'il prend l'inattention pour une marque d'orgueil et
de dédain. Ne pensez pas non plus que, comme l'ancien Phédon, « il sourie à ce que les autres lui disent ;
qu'il soit de leur avis, qu'il coure, qu'il vole pour
leur rendre de petits services ; qu'il soit complaisant,
flatteur, empressé ; » c'est tout le contraire : il est
rogue, hargneux, aimant à contredire, malveillant,
croyant qu'il s'abaisse s'il rend service. Surtout il est
frondeur, envieux des grands et des riches ; il dit sans
cesse que, de son temps, tout allait mieux ; que les

rangs n'étaient point bouleversés; que les heureux du
monde étaient charitables; qu'aujourd'hui chacun ne
pense qu'à soi. Que voulez-vous? Giton a aujourd'hui
l'égoïsme du pauvre, comme il avait autrefois l'égoïsme
du riche. Il est ruiné, et, comme le trafiquant de la
fable, il attribue ses malheurs à la fortune et à la société.

La Fontaine aime à défendre la fortune, où plutôt il
aime à renvoyer aux hommes les reproches qu'ils lui
font. Que de malheurs sont tout près de nous par
notre imprévoyance, et que la fortune nous épargne!
Que de fois ne sentons-nous pas que nous nous sommes
mis en péril par notre faute! Qui nous a sauvés? le
sort, le hasard. Si nous étions aussi malheureux et
aussi souvent malheureux que nous le méritons, nous
ne cesserions pas de l'être un seul jour. Ce qu'il y a
de bizarre dans le procédé de la fortune, c'est que,
nous préservant parfois des malheurs que nous méritons, elle nous envoie plus tard ceux que nous ne sem-
blons pas mériter. Elle sauve l'enfant qui dormait imprudemment au bord d'un puits; que fera-t-elle plus
tard de cet enfant devenu homme? Grand mystère.

> Sur le bord d'un puits très-profond
> Dormait, étendu de son long,
> Un enfant alors dans ses classes :
> Tout est aux écoliers couchette et matelas.
> Un honnête homme, en pareil cas,

Aurait fait un saut de vingt brasses.
    Près de là, tout heureusement,
La Fortune passa, l'éveilla doucement,
Lui disant : — Mon mignon, je vous sauve la vie ;
Soyez, une autre fois, plus sage, je vous prie.
Si vous fussiez tombé, l'on s'en fût pris à moi.
    Cependant, c'était votre faute.
    Je vous demande, en bonne foi,
    Si cette imprudence si haute
Provient de mon caprice. Elle part à ces mots.

    Pour moi, j'approuve son propos.
    Il n'arrive rien dans le monde
    Qu'il ne faille qu'elle en réponde.
    Nous la faisons de tous écots ;
Elle est prise à garant de toutes aventures.
Est-on sot, étourdi, prend-on mal ses mesures,
On pense en être quitte en accusant son sort :
    Bref, la Fortune a toujours tort.

                              (Liv. V, f. xi.)

La Fontaine, qui défend la fortune, ne prétend pas
cependant qu'elle soit toujours une loi juste et équitable : il sait bien que c'est une force capricieuse qui
échappe à toute prévoyance et qui déjoue bien souvent
les projets des hommes. Comment donc la déjouer à
notre tour? quel est le meilleur moyen d'éviter ses caprices? Est-ce par notre prévoyance, par notre bonne
conduite? Assurément nous pouvons quelque chose
par ce moyen ; mais il y a, selon la Fontaine, une meilleure manière de déjouer les caprices de la fortune.
Ici, l'ami du sommeil et du rien-faire reparaît. Écoutez

la fable, *l'Homme qui court après la Fortune et l'Homme qui l'attend dans son lit.*

Qui ne court après la Fortune?
Je voudrais être en lieu d'où je pusse aisément
Contempler la foule importune
De ceux qui cherchent vainement
Cette fille du Sort de royaume en royaume,
Fidèles courtisans d'un volage fantôme.
Quand ils sont près du bon moment,
L'inconstante aussitôt à leurs désirs échappe.
Pauvres gens! Je les plains : car on a pour les fous
Plus de pitié que de courroux.
Cet homme, disent-ils, était planteur de choux,
Et le voilà devenu pape !
Ne le valons-nous pas? Vous valez cent fois mieux
Mais que vous sert votre mérite?
La Fortune a-t-elle des yeux?
Et puis la papauté vaut-elle ce qu'on quitte,
Le repos? le repos, trésor si précieux
Qu'on en faisait jadis le partage des dieux !
Rarement la Fortune à ses hôtes le laisse.
Ne cherchez point cette déesse,
Elle vous cherchera : son sexe en use ainsi.

Certain couple d'amis, en un bourg établi,
Possédait quelque bien. L'un soupirait sans cesse
Pour la fortune. Il dit à l'autre un jour :
— Si nous quittions notre séjour?
Vous savez que nul n'est prophète
En son pays : cherchons notre aventure ailleurs.
— Cherchez, dit l'autre ami. Pour moi, je ne souhaite
Ni climats ni destins meilleurs.
Contentez-vous, suivez votre humeur inquiète :

Vous reviendrez bientôt. Je fais vœu cependant
   De dormir en vous attendant :

L'ambitieux, ou, si l'on veut, l'avare
   S'en va par voie et par chemin.
   Il arriva le lendemain
En un lieu que devait la déesse bizarre
Fréquenter sur tout autre ; et ce lieu, c'est la cour.
Là donc pour quelque temps il fixe son séjour,
Se trouvant au coucher, au lever, à ces heures
   Que l'on sait être les meilleures ;
Bref, se trouvant à tout et n'arrivant à rien.
Qu'est ceci ? se dit-il : cherchons ailleurs du bien.
La Fortune pourtant habite ces demeures ;
Je la vois, tous les jours, entrer chez celui-ci,
   Chez celui-là : d'où vient qu'aussi
Je ne puis héberger cette capricieuse ?

. . . .

Adieu, messieurs de cour ; messieurs de cour, adieu ;
Suivez jusques au bout une ombre qui vous flatte.
La Fortune a, dit-on, des temples à Surate :
Allons là. Ce fut un de dire et s'embarquer.

. . . .

L'homme arrive au Mogol : on lui dit qu'au Japon
La Fortune pour lors distribuait ses grâces.

. . . .

Le Japon ne fut pas plus heureux à cet homme
   Que le Mogol l'avait été ;
   Ce qui lui fit conclure en somme
Qu'il avait à grand tort son village quitté.
   Il renonce aux courses ingrates,
Revient en son pays, voit de loin ses pénates,
Pleure de joie et dit : Heureux qui vit chez soi,
De régler ses désirs faisant tout son emploi !
   Il ne sait que par ouï-dire

Ce que c'est que la cour, la mer et son empire.
Fortune, qui nous fais passer devant les yeux
Des dignités, des biens que jusqu'au bout du monde
On suit, sans que l'effet aux promesses réponde,
Désormais je ne bouge, et ferai cent fois mieux.
    En raisonnant de cette sorte
Et contre la Fortune ayant pris ce conseil,
    Il la trouve assise à la porte
De son ami plongé dans un profond sommeil.

(Liv. VII, f. xII.)

Il y a dans cette fable et dans le récit des aventures
du coureur de richesse un arrière-souvenir des *Deux
Pigeons*. Ne courons pas au loin pour chercher le bonheur ou la fortune : le bonheur est près de nous; il ne
s'agit que de savoir le goûter. La fortune aussi est
souvent près de nous, et nous nous en éloignons quand
nous courons la chercher. La meilleure et la plus sûre
fortune est celle que nous nous faisons sur place, dans
la condition que le sort nous a donnée, celle qui se
compose surtout de la modération de nos désirs. Désirer un peu moins qu'on n'a, c'est là notre plus vraie
fortune, et c'est celle-là qui est assise à notre porte.
Mais tout le monde ne sait pas la voir, de même que
tout le monde ne sait pas goûter le paisible bonheur
du foyer domestique. Le cœur de l'homme est ardent
et impétueux; il s'élance sans cesse au dehors; il aspire
à tout :

> Cet homme, disent-ils, était planteur de choux,
> Et le voilà devenu pape!
> Ne le valons-nous pas?.....

Ah! voilà le cri de l'ambition et de la vanité humaine!
Cet homme n'était rien, et le voilà ministre! ne le valons-nous pas? — Et celui-ci : Il est arrivé à Paris en
sabots, et le voilà quatre ou cinq fois millionnaire! Ne
le valons-nous pas? — Et ce grand poëte que j'ai connu
commis dans un bureau! et ce maréchal de France que
j'ai connu caporal! Ne les valons-nous pas? Je réponds
bien vite avec la Fontaine :

> .. .. Vous valez cent fois mieux.
> Mais que vous sert votre mérite?
> La Fortune a-t-elle des yeux?

Ne sait-on pas, dit aussi Boileau,

> Que le sort, en ce siècle de fer,
> D'un pédant, quand il veut, sait faire un duc et pair?

Ne nous plaignons donc pas de la Fortune, puisqu'elle
est aveugle; et j'avoue, quand j'y pense, que c'est un
grand bonheur pour les hommes que la Fortune soit
aveugle. Il n'y a rien de si consolant pour la vanité et
pour le mérite; il n'y a rien même de si commode et
de si avantageux pour le commerce du monde. Où en
serions-nous s'il nous fallait croire que la Fortune fait
une distribution équitable de ses faveurs et que qui-

conque est élevé mérite de l'être? Et où en serions-
nous aussi, d'un autre côté, si nous étions forcés de
penser que ceux que le sort a précipités du haut en bas
sont dignes de leur chute, et que quiconque est malheureux mérite de l'être? Plus de pitié pour l'infortune, plus de fidélité au malheur, plus de mépris pour
la fausse grandeur, plus de dédain pour la sotte opulence. Nous serions tenus de prendre les gens au pied
de ce qu'ils paraissent et non pas au pied de ce qu'ils
sont : cela serait très-gênant. Quand nous-mêmes nous
nous trouverions petits et obscurs, nous serions obligés
d'être modestes : c'est là ce qui serait le plus gênant.
Le bandeau qui est sur les yeux de la Fortune remet
l'ordre partout : nous n'avons plus à nous étonner ou
à nous affliger des injustices que nous voyons ou que
nous souffrons ; nous ne sommes plus contraints à
prendre les honneurs pour l'honneur, et les dignités
pour la dignité ; nous faisons les révérences d'étiquette,
et nous gardons notre respect pour qui le mérite.
Nous nous donnons le plaisir un peu amer, mais qui
n'en vaut pas moins, de mépriser plus grand ou plus
fort que nous ; nous nous faisons une hiérarchie dans
la conscience, que nous opposons à la hiérarchie de la
ville et de la cour. Voilà comment la justice se réta-
blit dans ce monde, en cassant les arrêts du sort.
La vanité ne trouve pas moins son compte que la justice dans cet aveuglement de la Fortune ; elle se con-

sole des échecs qu'elle éprouve en songeant que la Fortune ne sait pas voir le mérite et que le siècle a mauvais
goût. Nous nous disons les uns aux autres :

TRISSOTIN.

Si la France pouvait connaître votre prix...

VADIUS.

Si le siècle rendait justice aux beaux esprits...

TRISSOTIN.

En carrosse doré vous iriez par les rues.

VADIUS.

On verrait le public vous dresser des statues.

Il y a je ne sais combien d'agréables illusions, et il y
a aussi je ne sais combien de jugements réparateurs,
qui tiennent au bandeau que la Fortune a sur les yeux.
Quiconque le lui ôtera sera un ennemi des hommes et
des dieux.

Le calme, le repos, la retraite, et j'allais presque dire
l'insouciance universelle, voilà, selon la Fontaine, la
meilleure manière de déjouer les caprices de la Fortune.
C'est même la leçon de sa dernière fable et comme la
conclusion de son livre :

Trois saints, également jaloux de leur salut,

prirent chacun pour arriver au ciel une voie différente :
l'un se mit à concilier les procès des hommes ; l'autre
se fit infirmier dans les hôpitaux et soigna les malades ;
le troisième résolut de vivre dans la solitude. Le conci-

liateur s'aperçut bientôt que tout le monde le mau-
dissait : ce fut là la récompense de son zèle. Le saint
qui soignait les malades n'eut pas meilleur sort :

> Les malades d'alors, étant tels que les nôtres,
> Donnaient de l'exercice au pauvre hospitalier,
> Chagrins, impatients et se plaignant sans cesse :
> « Il a pour tels et tels un soin particulier;
>   Ce sont ses amis : il nous laisse. »

Découragés du métier qu'ils ont pris, le conciliateur
et l'hospitalier vont trouver le troisième saint, qui vivait dans les bois. Celui-ci leur apprend que le premier
des biens est de se connaître soi-même :

> Pour mieux vous contempler, demeurez au désert.

(Liv. XII, f. 1re.)

La retraite est donc le plus sûr moyen d'échapper
aux coups du sort et aux traits de la malice humaine.
Mais la Fontaine sait bien que ce conseil d'aller vivre
au désert n'est guère praticable. Où donc est le désert
qu'il recommande? Est-ce la Thébaïde des premiers
chrétiens? C'est bien austère pour la Fontaine. — Sa
retraite n'est-elle qu'une maison de campagne? Il faut
l'avoir, il faut la garder, il faut l'entretenir : que de
soins! — Vivons à la campagne chez nos amis. — Il faut
avoir des amis qui aient des maisons de campagne et
qui puissent nous y recevoir. Puis, dans le monde, qui
donc peut se passer d'avoir un état, un métier, fût-ce

même celui de poëte? La vie au désert pour s'étudier
et se connaître soi-même est une chimère. La Fontaine le sent, et, comme son imagination l'égare volontiers, mais ne l'empêche jamais de retrouver sa
route, il reprend et corrige doucement sa pensée dans
l'épilogue de la fable :

> Ce n'est pas qu'un emploi ne doive être souffert.
> Puisqu'on plaide et qu'on meurt, et qu'on devient malade,
> Il faut des médecins, il faut des avocats.
> Ces secours, grâce à Dieu, ne nous manqueront pas :
> Les honneurs et le gain, tout me le persuade.

Voilà l'activité humaine retrouvée et admise ; voilà
l'éloge de la vie contemplative tempéré par le souvenir
de la vie active et par l'aveu qu'il est bon en ce monde
d'avoir un état. Que deviendra donc ce goût de la retraite tant prôné et tant glorifié? Il faut tâcher de l'a-
voir, dût-on ne pas pouvoir toujours le satisfaire ; il
faut même faire en sorte d'avoir du temps à donner à
la retraite : c'est là qu'on se retrouve soi-même ; c'est
là surtout qu'il est bon que

> Les magistrats, les princes, les ministres

aillent de temps en temps réfléchir loin du bruit et loin
des flatteurs. La Fontaine est, on le voit, un solitaire
accommodant, qui n'impose pas la solitude à tout le
monde et qui consent, puisqu'on plaide et qu'on
meurt, à ce qu'il y ait des avocats et des médecins. La

Fontaine, en effet, est l'homme le plus raisonnable du monde, et à cause de cela le moins conséquent. Comme poëte, il aime l'excès et s'y abandonne volontiers ; mais il se hâte de revenir au bon sens, et même, s'il le faut, il se contredit, se sauvant de l'erreur par l'inconséquence. Se met-il à vanter la retraite, il s'y donne tout entier et pousse l'amour de la solitude jusqu'à l'apothéose du repos !

> Le repos, le repos, trésor si précieux
> Qu'on en faisait jadis le partage des dieux !

Mais, comme il comprend que le repos n'est pas à l'usage de tout le monde, et que la vie contemplative n'est bonne ni pour la société ni pour l'individu, il revient aux métiers, aux emplois, aux professions, c'est-à-dire à la condition ordinaire des hommes et des choses ici-bas.

Ces métiers et ces travaux indispensables à la vie humaine, il faut les exercer bravement, sans paresse, sans négligence, sans impatience. Il ne faut pas y rester les bras croisés, attendant tout du sort et rien de soi-même. Voilà ce que dit le bon sens et ce que vous prêche à son tour la Fontaine ; car le bonhomme recommande l'activité avec la même ardeur qu'il louait le repos, c'est-à-dire qu'étant poëte, il est tout entier à son idée du moment. Écoutez la fable du *Charretier embourbé* :

Le phaéton d'une voiture à foin
Vit son char embourbé. Le pauvre homme était loin
De tout. humain secours : c'était à la campagne,
Près d'un certain canton de la basse Bretagne
    Appelé Quimper-Corentin.
    On sait assez que le Destin
Adresse là les gens quand il veut qu'on enrage.
    Dieu nous préserve du voyage !
Pour venir au chartier embourbé dans ces lieux,
Le voilà qui déteste et jure de son mieux,
    Pestant, en sa fureur extrème,
Tantôt contre les trous, puis contre ses chevaux,
    Contre son char, contre lui-même.
Il invoque à la fin le dieu dont les travaux
    Sont si célèbres dans le monde :
Hercule, lui dit-il, aide-moi ; si ton dos
    A porté la machine ronde,
    Ton bras peut me tirer d'ici.
Sa prière étant faite, il entend dans la nue
    Une voix qui lui parle ainsi :
    Hercule veut qu'on se remue ;
Puis il aide les gens. Regarde d'où provient
    L'achoppement qui te retient.
    Ote d'autour de chaque roue
Ce malheureux mortier, cette maudite boue
    Qui jusqu'à l'essieu les enduit ;
Prends ton pic et me romps ce caillou qui te nuit,
Comble-moi cette ornière. As-tu fait? Oui, dit l'homme.
Or bien je vais t'aider, dit la voix ; prends ton fouet.
Je l'ai pris... Qu'est ceci ? Mon char marche à souhait !
Hercule en soit loué! Lors la voix : Tu vois comme
Tes chevaux aisément se sont tirés de là !
    Aide-toi, le ciel t'aidera.

                (Liv. VI, f. xviii.)

La Fontaine ne se contente pas de nous conseiller
l'activité ; il a, sur les diverses formes de l'activité
humaine, ses goûts et ses préférences, préférences,
du reste, qui n'ont rien de constant. Il n'est pas plus
conséquent et systématique en cela qu'en tout le reste.
Tantôt il semble préconiser le travail des mains opposé
à celui de l'esprit ; tantôt il donne la préférence aux
arts libéraux sur les arts mécaniques, et j'allais dire volontiers qu'il a toujours raison, quoique en se contredisant, parce qu'il nous donne toujours le conseil qui
est le plus à propos dans la circonstance. Si la Fontaine
était un publiciste ou un économiste *ex professo*, et
qu'il eût à comparer l'utilité des arts libéraux et des
arts mécaniques, je ne sais pas de quel côté il penche-
rait : peut-être d'aucun, si le Bonhomme consultait son
goût pour le repos. Il y a là, aussi bien, une question
souvent débattue et jamais résolue, parce qu'elle est
mal posée. Il me semble, en effet, qu'on oppose l'idée
d'une nation qui serait tout entière en rhétorique
à l'idée d'une nation qui serait tout entière dans les
fabriques : puis on demande quelle est de ces deux
nations celle qui vaut le mieux. Je ne veux ni de l'une
ni de l'autre : une nation de rhéteurs est gauche,
maladroite, guindée, orgueilleuse ; elle est molle et
timide, elle parle et elle écrit toujours, elle n'agit pas ;
elle n'a qu'un cerveau qui se remue, elle n'a ni corps
ni cœur. Une nation d'ouvriers et de mécaniciens ne

vaut pas mieux : elle n'entend que les conseils du corps,
elle n'a que l'activité du bras ; c'est, comme le peuple
rhéteur, une moitié de l'homme, et je n'ai même pas
besoin de dire que c'en est la moins bonne moitié. Toute
moitié est mauvaise : quand l'homme se gâte et se
pervertit, c'est ordinairement parce qu'il se partage,
donnant une prépondérance exclusive au corps sur
l'esprit, ou à l'esprit sur le corps. Les intelligences qui
usent leur corps font des malades de salons, c'est-
à-dire des gens dont la maladie devient l'état et la profession. Les corps qui étouffent leur intelligence font
des brutes de cabaret. Nous allons voir que la Fontaine ne veut ni de la nation des rhéteurs ni de la
nation des mécaniciens : il veut que dans une société
les arts libéraux et les arts mécaniques aient chacun
leur part. Il a raison ; on a besoin tantôt des uns et
tantôt des autres, selon les circonstances. J'ajoute que,
dans les arts mécaniques, comme dans les arts libéraux,
il y a de la science, aucun art ne pouvant se passer de
l'intelligence humaine. Aussi la Fontaine, en faisant
l'éloge de la science, ne nous dit pas de quelle science
il entend parler.

> Entre deux bourgeois d'une ville
> S'émut jadis un différend :
> L'un était pauvre, mais habile ;
> L'autre riche, mais ignorant.
> Celui-ci sur son concurrent

Voulait emporter l'avantage,
Prétendait que tout homme sage
Était tenu de l'honorer.
C'était tout homme sot; car pourquoi révérer
  Des biens dépourvus de mérite?
  La raison m'en semble petite.
  Mon ami, disait-il souvent
      Au savant,
  Vous vous croyez considérable;
  Mais, dites-moi, tenez-vous table?
Que sert à vos pareils de lire incessamment?
Ils sont toujours logés à la troisième chambre,
Vêtus au mois de juin comme au mois de décembre
Ayant pour tout laquais leur ombre seulement.
  La république a bien affaire
  De gens qui ne dépensent rien!
  Je ne sais d'homme nécessaire
Que celui dont le luxe épand beaucoup de bien.
Nous en usons, Dieu sait! Notre plaisir occupe
L'artisan, le vendeur, celui qui fait la jupe,
Et celle qui la porte, et vous, qui dédiez
  A messieurs les gens de finance
  De méchants livres bien payés.
  Ces mots, remplis d'impertinence,
  Eurent le sort qu'ils méritaient.
L'homme lettré se tut : il avait trop à dire.
La guerre le vengea bien mieux qu'une satire
Mars détruisit le lieu que nos gens habitaient.
  L'un et l'autre quitta sa ville.
  L'ignorant resta sans asile;
  Il reçut partout des mépris :
L'autre reçut partout quelque faveur nouvelle.
  Cela décida leur querelle.
Laissez dire les sots : le savoir a son prix.

                        (Liv. VIII, f. xix.)

Le savoir! lequel, celui qui s'appelle les *sciences* ou celui qui s'appelle les *lettres?* La Fontaine ne se prononce pas tout à fait. Je crois bien que son savant qui faisait des livres était un lettré, qui sait? peut-être un poëte. Alors le lettré eut du bonheur, quittant sa ville natale, d'en trouver une autre où les lettres étaient en crédit : cela montre qu'il était en pays civilisé. Peut-être était-il professeur ? il se fit maître d'école. Peut-être était-il médecin ? il soigna les malades.

Laissez dire les sots : le savoir a son prix.

Mais si, au lieu d'arriver dans une terre civilisée, le savant, le lettré, le mécanicien même arrive dans un pays sauvage ou grossier, que fera-t-il de sa science? La Fontaine alors n'hésite pas à préférer le travail des mains à celui de l'esprit. Avec le travail des mains, l'homme est sûr de ne jamais mourir de faim. Or, il y a des jours où l'homme se trouve réduit à cette suprême nécessité, et ces jours-là peuvent se rencontrer pour tous les hommes. Écoutez la fable intitulée *le Marchand, le Gentilhomme, le Pâtre et le Fils d'un roi,* et, en l'écoutant, songez à l'histoire de l'Europe depuis soixante et dix ans : la fable cessera de vous paraître fabuleuse.

Quatre chercheurs de nouveaux mondes,
Presque nus, échappés à la fureur des ondes,
Un trafiquant, un noble, un pâtre, un fils de roi,
Réduits au sort de Bélisaire,

Demandaient aux passants de quoi
Pouvoir soulager leur misère.
De raconter quel sort les avait assemblés,
Quoique sous divers points tous quatre ils fussent nés,
C'est un récit de longue haleine.
Ils s'assirent enfin au bord d'une fontaine :
Là le conseil se tint entre les pauvres gens.
Le prince s'étendit sur le malheur des grands.
Le pâtre fut d'avis qu'éloignant la pensée
De leur aventure passée,
Chacun fît de son mieux et s'appliquât au soin
De pourvoir au commun besoin.
La plainte, ajouta-il, guérit-elle son homme ?
Travaillons : c'est de quoi nous mener jusqu'à Rome.
Un pâtre ainsi parler ! Ainsi parler ? Croit-on
Que le ciel n'ait donné qu'aux têtes couronnées
De l'esprit et de la raison ;
Et que de tout berger, comme de tout mouton,
Les connaissances soient bornées ?
L'avis de celui-ci fut d'abord trouvé bon
Par les trois échoués aux bords de l'Amérique.
L'un (c'était le marchand) savait l'arithmétique :
A tant par mois, dit-il, j'en donnerai leçon.
J'enseignerai la politique,
Reprit le fils du roi. Le noble poursuivit :
Moi, je sais le blason : j'en veux tenir école :
Comme si, devers l'Inde, on eût eu dans l'esprit
La sotte vanité de ce jargon frivole !
Le pâtre dit : Amis, vous parlez bien ; mais quoi !
Le mois a trente jours : jusqu'à cette échéance
Jeûnerons-nous, par votre foi ?
Vous me donnez une espérance
Belle, mais éloignée ; et cependant j'ai faim.
Qui pourvoira de nous au dîner de demain ?
Ou plutôt sur quelle assurance

Fondez-vous, dites-moi, le souper d'aujourd'hui ?
        Avant tout autre, c'est celui
        Dont il s'agit. Votre science
Est courte là-dessus : ma main y suppléera.
        A ces mots, le pâtre s'en va
Dans un bois : il y fit des fagots dont la vente,
Pendant cette journée et pendant la suivante,
Empêcha qu'un long jeûne à la fin ne fît tant
Qu'ils allassent là-bas exercer leur talent.
        Je conclus de cette aventure
Qu'il ne faut pas tant d'art pour conserver ses jours,
        Et, grâce aux dons de la nature,
La main est le plus sûr et le plus prompt secours.

                              (Liv. X, f. xvi.)

Est-il vrai que

La main soit le plus sûr et le plus prompt secours ?

Cela dépend du milieu où l'homme se trouve placé.
Soyez en Californie, au milieu d'une société rude et
grossière, qui a plus besoin d'ouvriers que de lettrés,
à quoi servira la rhétorique ? il faut d'abord ne pas
mourir de faim, et pour cela le travail des mains est
le meilleur et le seul moyen. — Quoi! voulez-vous,
dira-t-on, que, comme dans l'*Émile*, nous apprenions
à nos enfants à être menuisiers ? — Il y a longtemps
que, sur ce point, j'ai pris la liberté d'être de l'avis de
J.-J. Rousseau. Je le défendais dès 1857, d'abord par
les raisons que donnait Rousseau ; je le défendais aussi
à l'aide des raisons que j'empruntais à saint Augustin
dans son traité *Du travail des moines, De opere*

monachorum. « Vous vous fiez, dit J.-J. Rousseau,
à l'ordre actuel de la société, sans songer que cet ordre
est sujet à des révolutions inévitables, et qu'il nous est
impossible de prévoir ou de prévenir celle qui peut
regarder nos enfants. Le grand devient petit, le riche
devient pauvre, le monarque devient sujet. Les coups
du sort sont-ils si rares que vous puissiez compter
d'en être exempts? Nous approchons de l'état de crise
et du siècle des révolutions. Je tiens pour impossible
que les grandes monarchies de l'Europe aient encore
longtemps à durer... Qui peut vous répondre de ce
que vous deviendrez alors[1]? »

« Prophétie curieuse, ajoutais-je en 1848, déjà ac-
complie sur une génération, celle des émigrés de 1792,
et qui a semblé près de s'accomplir sur une autre génération, sur la nôtre, laquelle a pu croire et peut croire
encore que le seul patrimoine solide que le père de fa-
-mille ait à laisser à ses enfants, c'est le métier qu'il leur
aura fait apprendre[2].

« Ce n'est pas seulement à cause de l'instabilité des
fortunes d'ici-bas que J.-J. Rousseau prêche l'apprentissage du travail manuel; il montre aussi quels sont
les avantages de cet exercice pour l'âme et pour le
corps; et de ce côté il se rapproche de saint Augustin
d'une manière imprévue. Ce que le grand docteur

[1] *Émile,* livre III.
[2] Écrit au mois d'août 1848,

chrétien trouve de bon dans le travail des mains, c'est
qu'il repose la pensée. L'âme ne peut pas toujours
penser ou prier : il faut donc passer d'un exercice à
l'autre et se délasser de l'activité de l'esprit par l'activité du corps. « Le grand secret de l'éducation, dit
« aussi J.-J. Rousseau, est de faire que les exercices du
« corps et ceux de l'esprit servent de délassement les uns
« aux autres. » De cette manière, l'équilibre s'entretient :
vous n'avez pas des intelligences d'élite et des mains
inhabiles et gauches. Il semble, en effet, que le monde
soit partagé en deux classes différentes, celle des
hommes qui sont toujours forcés de mettre les bras des
autres au bout des leurs, et ceux qui sont forcés de
mettre l'esprit des autres au bout du leur. Impuissance
du cerveau ou impuissance du bras, mêmes défauts,
quoique fort différents, mais qu'il faut corriger, comme
veulent saint Augustin et J.-J. Rousseau, en mêlant les
uns aux autres les exercices de l'esprit et du corps, le
travail de l'intelligence et le travail des mains[1]. »

La Fontaine, en louant le secours que le travail des
mains donne à la vie humaine, ne s'appuyait pas sur des
raisons aussi élevées que saint Augustin et J.-J. Rousseau ; il n'en traitait pas moins un des plus grands
problèmes de l'éducation des individus et de l'organisation des sociétés.

[1] Voir mes *Études* sur J.-J. Rousseau, publiées de 1848 à 1854 dans
la *Revue des Deux Mondes.*

SEIZIÈME LEÇON

DE LA CENSURE DE LA SOCIÉTÉ ET DE L'INDIVIDU
DANS LES FABLES DE LA FONTAINE

« Quel révolutionnaire que votre la Fontaine ! » me disait un de mes auditeurs après avoir entendu la fable du *Marchand, du Gentilhomme, du Pâtre et du Fils d'un roi.* Il avait raison. Oui, au premier coup d'œil, la Fontaine est un grand révolutionnaire, et de la pire espèce, parce qu'il a l'air de ne pas y toucher. Les révolutionnaires qui ont un système décèlent bien vite leurs intentions; ceux qui vont à eux savent où ils vont. Mais un révolutionnaire comme la Fontaine, qui, d'un air bonhomme, met çà et là un point d'interrogation; qui nous découvre, sans avoir l'air d'y penser, les fondements de la société, et qui, en les

découvrant, les ébranle tout doucement, comment s'en
défier? Un roi, une noblesse, une bourgeoisie, le
peuple, n'est-ce pas là une société tout entière avec ses
différents étages et ses différentes classes? C'était bien
là surtout, en y ajoutant le clergé, la société du dix-
septième siècle. Voyez comme, dans sa fable, la Fontaine démolit cette société de fond en comble. Le prince,
n'ayant plus son trône, sa couronne et sa cour, n'est
plus bon à rien; il regrette le passé :

> Le prince s'étendit sur le malheur des grands.

A quoi servent ces regrets? Il enseignera, dit-il, la
politique. A qui? Personne dans le pays ne songe qu'à
ne pas mourir de faim. L'art de régner et d'adminis-
trer n'est plus ici de mise. Dans les pays très-civilisés,
qui ont besoin, par conséquent, d'être très-gouvernés,
et qui ne peuvent vivre qu'à cette condition, les princes
sont nécessaires. Il faut, à ces pays-là, qui, outre le
besoin d'être gouvernés, ont souvent la manie du changement, il faut des gouvernements de rechange. Il ne
saurait y avoir trop de princes disponibles, afin de
suffire à toutes les vicissitudes politiques. Mais, dans
un pays grossier ou sauvage, où l'homme n'a d'autres
besoins que ceux de l'estomac, l'art de régner n'est
rien : l'art de vivre est tout.

Si le prince devient inutile, à quoi peut servir le
gentilhomme avec son blason? Et, plus hardi encore

contre la noblesse que contre la royauté, le poëte se
moque du gentilhomme qui veut enseigner le blason,

> Comme si, devers l'Inde, on eût eu dans l'esprit
> La sotte vanité de ce jargon frivole !

L'abolition de la noblesse et la nuit du 4 août 1789
sont déjà tout entières dans les vers du fabuliste. La
bourgeoisie et le commerce trouvent-ils au moins grâce
devant cet impitoyable niveleur? Non. Dans cette société élémentaire, imaginée par la Fontaine en dérision
de la société civilisée, le marchand avec son arithmétique est aussi inutile que le prince avec l'art de régner
et le noble avec son blason. Que reste-t-il donc debout
dans cette société démolie? Le pâtre ou le peuple :
c'est lui qui seul est utile et qui seul fait ce qu'il faut
faire. Tout le monde déraisonne ou parle hors de propos; le pâtre seul a raison, et, pour que nous n'igno-
rions pas la préférence déclarée qu'il donne au pâtre
sur tous les autres personnages, le poëte, après avoir
fait parler son héros avec un bon sens admirable,
s'écrie dans une intention toute démocratique :

> Un pâtre ainsi parler! ainsi parler? Croit-on
> Que le ciel n'ait donné qu'aux têtes couronnées
>   De l'esprit et de la raison,
> Et que de tout berger, comme de tout mouton,
>   Les connaissances soient bornées?

Ainsi le pâtre a tous les genres de supériorité : il est
le plus sensé, et il est le plus utile.

Ce n'est pas la seule fois que la Fontaine oppose ainsi l'esprit d'un pâtre et d'un paysan aux arts ou aux institutions de la civilisation : *Voyez le Paysan du Danube.* La barbarie l'emporte sur la civilisation. C'est la théorie de J.-J. Rousseau. L'ignorance primitive est plus près de la vertu que la science des peuples civilisés : les Romains ont conquis l'univers pour l'opprimer et pour le corrompre.

> Quel droit vous a rendus maîtres de l'univers?
> Pourquoi venir troubler une innocente vie?
> Nous cultivions en paix d'heureux champs; et nos mains
> Étaient propres aux arts ainsi qu'au labourage.
> > Qu'avez-vous appris aux Germains?
> > Ils ont l'adresse et le courage :
> > S'ils avaient eu l'avidité,
> > Comme vous, et la violence,
> Peut-être en votre place ils auraient la puissance
> Et sauraient l'exercer sans inhumanité!
>
> . . . .
>
> Rien ne suffit aux gens qui nous viennent de Rome:
> > La terre et le travail de l'homme
> Font pour les assouvir des efforts superflus.
> > Retirez-les : on ne veut plus
> > Cultiver pour eux les campagnes.
> Nous quittons les cités, nous fuyons aux montagnes;
> > Nous quittons nos chères compagnes.
>
> . . . . , ...
>
> > Quant à nos enfants déjà nés,
> Nous souhaitons de voir leurs jours bientôt bornés :
> Vos préteurs au malheur nous font joindre le crime.
> > Retirez-les : ils ne nous apprendront
> > Que la mollesse et que le vice;

Les Germains comme eux deviendront
Gens de rapine et d'avarice[1].

Tout à l'heure, c'était l'organisation sociale, celle
même du dix-septième siècle, la royauté, la noblesse,
la bourgeoisie, qui était censurée et condamnée par le
bon sens et le courage du pâtre; maintenant, c'est la
civilisation elle-même, dans un de ses plus mauvais
types, il est vrai, dans l'empire romain, c'est la civilisation elle-même qui est gourmandée avec une admirable éloquence.

Un des principaux éléments de la société du dix-
septième siècle, le clergé, n'avait pas sa part dans la
censure que le pâtre fait des divers états. Est-ce par
hasard oubli de la part du poëte? est-ce ménagement?
Non : lisez la fable du *Rat qui s'est retiré du monde.*

Les Levantins en leur légende
Disent qu'un certain rat, las des soins d'ici-bas,
Dans un fromage de Hollande
Se retira loin du tracas.
La solitude était profonde,
S'étendant partout à la ronde.
Notre ermite nouveau subsistait là-dedans.
Il fit tant des pieds et des dents,
Qu'en peu de jours il eut au fond de l'ermitage
Le vivre et le couvert : que faut-il davantage?
Il devint gros et gras : Dieu prodigue ses biens
A ceux qui font vœu d'être siens.

[1] Liv. XI, fable VII.

Un jour, au dévot personnage
Des députés du peuple rat
S'en vinrent demander quelque aumône légère :
Ils allaient en terre étrangère
Chercher quelque secours contre le peuple chat,
Ratapolis était bloquée :
On les avait contraints de partir sans argent,
Attendu l'état indigent
De la république attaquée.
Ils demandaient fort peu, certains que le secours
Serait prêt dans quatre ou cinq jours.
Mes amis, dit le solitaire,
Les choses d ici-bas ne me regardent plus :
En quoi peut un pauvre reclus
Vous assister? Que peut-il faire
Que de prier le ciel qu'il vous aide en ceci?
J'espère qu'il aura de vous quelque souci.
Ayant parlé de cette sorte,
Le nouveau saint ferma sa porte.
Qui désigné-je, à votre avis,
Par ce rat si peu secourable?
Un moine? Non, mais un dervis [1] :
Je suppose qu'un moine est toujours charitable [2].

Ainsi la Fontaine dans ses censures n'épargne aucune classe, aucun rang, ni la royauté, ni la noblesse,
ni le clergé; il ne fait pas grâce à la civilisation, quand
elle est corrompue, et sur ce point il a raison. Mais il
n'épargne pas plus les hommes en particulier que la
société en général, et c'est par là qu'il n'est pas révo-

[1] Moine turc,
[2] Liv. VII, fable III.

lutionnaire. J'avais hâte d'arriver à cette conclusion et
de me séparer, sur ce point, de mon auditeur. En effet, l'esprit révolutionnaire a pour caractère essentiel
de croire qu'en supprimant telle ou telle institution, en
renversant telle ou telle dynastie, on supprime le mal
dans la société. Eh non! vous changez les lois et le
gouvernement; mais changez-vous, du même coup,
vos vices en vertus? Devenez-vous plus sages, plus
scrupuleux, plus honnêtes? renoncez-vous à vos erreurs et à vos préjugés? Il y a une révolution qui n'a
point encore été tentée et qui mériterait de l'être; une
révolution qui serait la conversion ou l'amélioration
de chacun de nous. Je suis disposé à croire qu'à mesure que les individus vaudraient mieux, la société elle-
même deviendrait meilleure. Nous cherchons, depuis
plus de soixante ans, à résoudre un problème fort difficile, c'est-à-dire à faire un bon tout avec de mauvaises parties, à fonder la cité de Dieu sur les sept péchés capitaux. C'est là que gît l'erreur fondamentale de l'esprit révolutionnaire. Il veut créer un gouvernement parfait, et il commence par lâcher la bride
aux vices du cœur humain; il prend par l'enfer pour
arriver au paradis, et il s'étonne de rester en chemin!

La Fontaine est plus avisé. Il censure parfois la société et ses institutions; mais il censure plus vivement
encore les fautes et les travers des hommes. Non qu'il
soit un moraliste austère ou un misanthrope grondeur;

loin de là, il censure par la comédie; il met en action
les vices et les ridicules de l'homme. Quel est de nos
défauts, quelle est de nos passions celle dont vous voulez trouver la satire dans la Fontaine? Vous n'avez
qu'à choisir; non pas la satire irritée et violente, mais
la satire à la fois plaisante et instructive. Voyez *le Cheval qui veut se venger du Cerf :* c'est l'amour de la vengeance. Que j'en ai rencontré, dans l'histoire de nos
troubles civils, anciens et modernes, de chevaux qui
ont voulu se venger du cerf et qui s'en sont vengés!
Mais leur vengeance leur a coûté la liberté. Que leur
avait fait le cerf? Je ne sais. Peut-être les avait-il heur-
tés de ses cornes. Le cerf est un animal hardi et fier;
il porte haut la tête. Vous savez que déjà un jour

> Un animal cornu blessa de quelques coups
>   Le lion qui, plein de courroux,

bannit de ses États tous les animaux cornus. S'étant
fait une affaire avec le lion, le cerf a bien pu s'en faire
une avec le cheval, et, comme celui-ci ne pouvait pas se
venger par lui-même, il s'est adressé à l'homme : grande
faute. La charité nous prescrit de remettre les offenses
qui nous sont faites; la politique, d'accord avec la
charité, par un autre motif, nous prescrit aussi de remettre les offenses qui nous sont faites, celles surtout que nous ne pouvons pas venger nous-mêmes. La
vengeance est funeste à qui l'emprunte. Je sais bien ce

que vous m'allez répondre : Le parti contraire au nôtre
est insupportable, injuste, violent, déprédateur. — Si
nous pouvons le vaincre, vainquons-le; mais, si nous
ne pouvons pas le vaincre nous-mêmes, contentons-
nous de lutter contre lui — Non! il faut l'anéantir.
— Et comment? — Créer un dictateur, lui confier
un pouvoir absolu, suspendre toutes les lois. — J'entends :

> L'homme lui mit un frein, lui sauta sur le dos,
> Ne lui laissa point de repos
> Que le cerf ne fût pris et n'y laissât la vie.

Enfin, nous l'emportons, notre ennemi est vaincu;
et maintenant remercions le dictateur à l'aide duquel
nous avons remporté la victoire :

> Et cela fait, le cheval remercie
> L'homme son bienfaiteur, disant : Je suis à vous ;
> Adieu ; je m'en retourne en mon séjour sauvage.
> Non pas cela, dit l'homme ; il fait meilleur chez nous.
> Je vois trop quel est votre usage.
> Demeurez donc : vous serez bien traité,
> Et jusqu'au ventre en la litière.
> Hélas! que sert la bonne chère
> Quand on n'a pas la liberté?
> Le cheval s'aperçut qu'il avait fait folie ;
> Mais il n'était plus temps; déjà son écurie
> Était prête et toute bâtie.
> Il y mourut en traînant son lien :
> Sage, s'il eût remis une légère offense.
> Quel que soit le plaisir que cause la vengeance,

C'est l'acheter trop cher que l'acheter d'un bien
    Sans qui les autres ne sont rien [1].

Cheval, mon ami, vous êtes un bel et brillant animal; mais vous êtes trop naïf, si vous avez cru que
celui que vous preniez pour votre sauveur ne voudrait
pas être votre maître. Vous avez voulu satisfaire votre
haine : soit! vous n'avez plus d'ennemi; mais vous
avez un maître, et le fabuliste vous dira, une autre
fois, que

> Notre ennemi, c'est notre maître.

D'ailleurs, Cheval, mon ami, vous étiez fait, par vos
bonnes et par vos mauvaises qualités, pour le métier que
vous allez faire. Vous aimez le luxe des harnachements,
vous portez la selle à merveille; vous vous redressez
d'un air magnifique; vous savez enfin mieux caracoler
que vous cabrer : Cheval, mon ami, vous étiez né pour
avoir un cavalier. De plus, vous aimez la bonne litière
et la bonne nourriture. Vindicatif, vaniteux et volup-
tueux, trois causes pour vous de domesticité. L'homme
vous eût fait tort, s'il vous eût laissé retourner en
votre séjour sauvage.

De tous les vices de l'homme, de toutes les causes
de nos malheurs ou de nos ridicules, la vanité est la
cause la plus féconde et la plus ordinaire. Aussi la va-

---

[1] Liv. IV, fable xiii.

nité est celui de nos défauts que la Fontaine censure le
plus souvent et le plus vivement. Il a une raison particulière pour attaquer fréquemment la vanité :

> Se croire un personnage est fort commun en France;
>   On y fait l'homme d'importance
>   Et l'on n'est souvent qu'un bourgeois.
>   C'est proprement le mal françois.
>   La sotte vanité nous est particulière.
>   Les Espagnols sont vains, mais d'une autre manière
>   Leur orgueil me semble, en un mot,
>   Beaucoup plus fou, mais pas si sot.

Si la vanité est notre défaut national, la Fontaine
n'a rien omis pour nous en corriger. Que de satires
diverses de la vanité depuis l'*Ane vêtu de la peau du
lion*, avec ces vers à notre adresse!

>   Force gens font du bruit en France
>   Par qui cet apologue est rendu familier.
>   Un équipage cavalier
>   Fait les trois quarts de leur vaillance[1].

Que de personnages de notre connaissance s'offrent,
à chaque instant, à notre vue, et *la Mouche du Coche*!
et *le Corbeau qui veut imiter l'Aigle*! et *le Geai paré des
plumes du Paon*! et *le Mulet se vantant de sa généa-
logie*! et *le Chameau*! et *les Bâtons flottants*, qui

>   De loin sont quelque chose et de près ne sont rien!

---

[1] Liv. V, fable XXI.

et *les Deux Chèvres* qui, traversant un ruisseau sur une planche étroite et ne voulant pas céder les honneurs du pas, tombent toutes les deux dans l'eau! et *les Deux Anes*[1] qui se félicitent l'un l'autre de la beauté de leur voix, qui trouvent que leur temps est venu de parler, à condition qu'au préalable ils feront taire l'homme!

> Les humains sont plaisants de prétendre exceller
> Par-dessus nous! Non, non; c'est à nous de parler,
>   A leurs orateurs de se taire.

La Fontaine est infatigable dans la guerre qu'il fait à la vanité; il ne lui laisse aucune excuse. Voici, par exemple, le pot de fer qui propose au pot de terre de faire ensemble un voyage. Le pot de terre est sage, et il refuse d'abord; mais quoi! Le pot de fer est bon prince : « Allons donc, mon cher, quel scrupule est-ce là? Croyez-vous que je ne sache pas bien que nous sommes tous égaux? Ne datons-nous pas tous de 89 ? Me prenez-vous pour un prince d'ancienne date ? Venez avec moi. » Comment résister à de pareilles prévenances? Ajoutez-y le plaisir secret que trouve la vanité à se mettre de pair avec plus grand que soi. « Je ne suis qu'un roturier, nous disons-nous tout bas, et me voilà de pair à compagnon avec un prince. C'est lui qui m'appelle, c'est lui qui me cherche : il y aurait de l'or-

---

[1] Liv. XI, fable v.

gueil à le refuser. » Pour ne pas être coupable d'orgueil,
la vanité cède ; et voilà la camaraderie qui commence
de la plus charmante manière : le prince tutoie et se
laisse tutoyer. C'est l'égalité parfaite. Seulement, comme
l'un en prend plus que l'autre au fond n'en donne, il
arrive un jour que tout change. Voltaire quitte *Sans-
Souci*, où Frédéric l'avait invité, et revient en maudissant celui qu'il appelle Busiris au retour, et qu'il appelait le Salomon du Nord au départ ; c'est l'histoire du
voyage des deux pots :

> Le pot de terre en souffre ; il n'eut pas fait cent pas·
> Que par son compagnon il fut mis en éclats,
>   Sans qu'il eût lieu de se plaindre.
> Ne nous associons qu'avécque nos égaux ;
>   Ou bien il nous faudra craindre
> Le destin d'un de ces pots [1].

La présomption est voisine de la vanité ; c'en est
une des formes les plus communes. La Fontaine l'a
mise en action de la manière la plus plaisante dans
la fable de *l'Ours et les deux Compagnons*. Il n'a
pas, du reste, cette fois plus que les autres, le mérite
de l'invention du sujet. Voici ce que raconte Commines :

« Le roi Louis XI avait envoyé à l'empereur Frédéric III un ambassadeur pour lui proposer de s'unir
contre le duc de Bourgogne, dont la puissance crois-

---

[1] Liv. V, fable II.

sante inquiétait à la fois la France et l'Allemagne.
Louis XI proposait à l'Empereur « qu'ils s'assurassent
« bien l'un de l'autre, de ne faire paix ni trêve l'un
« sans l'autre, et que l'Empereur prît toutes les sei-
« gneuries que ledit duc tenait de l'Empire, et qui par
« raison en devaient être tenues, et qu'il les fît décla-
« rer confisquées à lui ; et que le roi prendrait celles
« qui étaient tenues de la couronne de France, comme
« Flandre, Artois, Bourgogne et plusieurs autres. Com-
« bien que cet empereur eût été toute sa vie homme
« de très-peu de vertu, il était bien entendu, et, pour
« le long temps qu'il avait vécu, il avait beaucoup
« d'expérience ; et puis, ces partis d'entre nous et lui
« avaient beaucoup duré ; par quoi il était las de la
« guerre, combien qu'elle ne lui coûtât rien ; car tous
« ses seigneurs d'Allemagne y étaient à leurs dépens,
« comme il est de coutume, quand il touche le fait de
« l'Empire. »

« Ledit empereur répondit aux ambassadeurs du
roi : « Qu'auprès d'une ville d'Allemagne y avait un
« grand ours, qui faisait beaucoup de mal. Trois com-
« pagnons de ladite ville, qui hantaient les tavernes,
« vinrent à un tavernier à qui ils devaient, prier qu'il
« leur accordât encore un écot et qu'avant deux jours
« le payeraient du tout, car ils prendraient cet ours
« qui faisait tant de mal et dont la peau valait beau-
« coup d'argent, sans les présents qui leur seraient

« faits et donnés des bonnes gens. — Ledit hôte ac-
« complit leur demande, et, quand ils eurent dîné, ils
« allèrent au lieu où hantait cet ours, et, comme ils
« approchèrent de la caverne, ils le trouvèrent plus
« près d'eux qu'ils ne pensaient. Ils eurent peur et se
« mirent en fuite. L'un gagna un arbre, l'autre fuit
« vers la ville; le troisième, l'ours le prit et le foula
« fort sous lui en lui approchant le museau fort près
« de l'oreille. Le pauvre homme était couché tout plat
« contre terre et faisait le mort. Or cette bête est de
« telle nature, que ce qu'elle tient, soit homme ou
« bête, quand elle le voit qui ne se remue pas, elle le
« laisse là, croyant qu'il est mort. Et ainsi ledit ours
« laissa ce pauvre homme sans lui faire guère de mal,
« et se retira en sa caverne. Quand le pauvre homme
« se vit délivré, il se leva et tira vers la ville. Son com-
« pagnon qui était sur l'arbre, lequel avait vu ce mys-
« tère, descend, court et crie après l'autre qui allait
« devant, qu'il attendît; lequel se retourna et l'atten-
« dit. Quand ils furent joints, celui qui avait été des-
« sus l'arbre demanda à son compagnon, par ser-
« ment, ce que l'ours lui avait dit en conseil, qui si
« longtemps lui avait tenu le museau contre l'oreille.
« A quoi son compagnon lui répondit : Il me disait
« que jamais je ne marchandasse de la peau de l'ours,
« jusqu'à ce que la bête fût morte. »

    « Et avec cette fable l'empereur paya notre roi, sans

faire autre réponse à son homme, sinon en conseil,
comme s'il voulait dire : « Venez ici, comme vous
« avez promis, et tuons cet homme, si nous pouvons,
« et puis partageons ses biens[1]. »

La Fontaine n'a eu qu'à traduire. Il a ajouté seulement, en vrai poëte comique, tout ce qui met le mieux
en relief la présomption des deux compagnons.

> Deux compagnons, pressés d'argent,
>   A leur voisin fourreur vendirent
>   La peau d'un ours encor vivant,
> Mais qu'ils tueraient bientôt, du moins à ce qu'ils dirent.
> C'était le roi des ours, au compte de ces gens.
> Le marchand à sa peau devait faire fortune ;
> Elle garantirait des froids les plus cuisants ;
> On en pourrait fourrer plutôt deux robes qu'une.
> Dindenaut[2] prisait moins ses moutons qu'eux leur ours :
> Leur, à leur compte, et non à celui de la bête[3].

Les deux compagnons ne doutaient pas qu'ils ne
tuassent l'ours et qu'ils n'eussent sa peau. Et qui donc
doute de la réussite de ses projets et de ses spéculations? La laitière doute-t-elle de la vente de son lait, et
de l'achat du cochon, de la vache et du veau?

> Perrette, sur sa tête ayant un pot au lait
>   Bien posé sur un coussinet,
> Prétendait arriver sans encombre à la ville.
> Légère et court vêtue, elle allait à grands pas,

---

[1] *Mémoires de Commines*, liv. IV, ch. III.
[2] Marchand de moutons dans le *Pantagruel* de Rabelais.
[3] Liv. V, fable xx.

Ayant mis ce jour-là, pour être plus agile,
    Cotillon simple et souliers plats.
    Notre laitière ainsi troussée
    Comptait déjà dans sa pensée
Tout le prix de son lait ; en employait l'argent ;
Achetait un cent d'œufs, faisait triple couvée :
La chose allait à bien par son soin diligent.
    Il m'est, disait-elle, facile
D'élever des poulets autour de ma maison ;
    Le renard sera bien habile
S'il ne m'en laisse assez pour avoir un cochon.
Le porc à s'engraisser coûtera peu de son ;
Il était, quand je l'eus, de grosseur raisonnable :
J'aurai, le revendant, de l'argent bel et bon.
Et qui m'empêchera de mettre en notre étable,
Vu le prix dont il est, une vache et son veau,
Que je verrai sauter au milieu du troupeau ?
Perrette là-dessus saute aussi, transportée :
Le lait tombe ; adieu veau, vache, cochon, couvée.
La dame de ces biens, quittant d'un œil marri
    Sa fortune ainsi répandue,
    Va s'excuser à son mari,
    En grand danger d'être battue.
    Le récit en farce en fut fait ;
    On l'appella le *Pot au lait.*
    Quel esprit ne bat la campagne ?
    Qui ne fait châteaux en Espagne ?
Pichrocole [1], Pyrrhus, la laitière, enfin tous,
    Autant les sages que les fous.
Chacun songe en veillant ; il n'est rien de plus doux :
Une flatteuse erreur emporte alors nos âmes ;
    Tout le bien du monde est à nous,
    Tous les honneurs, toutes les femmes.

---

[1] Personnage de *Gargantua*, dans Rabelais.

Quand je suis seul, je fais au plus brave un défi ;
Je m'écarte, je vais détrôner le sophi [1];
　　On m'élit roi, mon peuple m'aime ;
Les diadèmes vont sur ma tête pleuvant :
Quelque accident fait-il que je rentre en moi-même ;
　　Je suis Gros-Jean comme devant [2].

Quels vers charmants, parce qu'ils sont vrais ! Oui,
nous faisons tous nos châteaux en Espagne ; mais personne ne les fait mieux que la Fontaine. Que ne rêve-t-il
pas ? qu'on l'élit roi et que son peuple l'aime. Je me
persuade qu'à force de rêver, le poëte en avait fait un
art à son usage, choisissant à dessein les chimères les
plus impossibles, non pas l'élection, mais l'amour du
peuple ; et sachant bien aussi que les chimères les plus
impossibles sont celles qui plaisent le plus. Ce qui
rend charmants les rêves de la Fontaine, c'est qu'il
n'y croit pas, même pendant qu'il les fait, et qu'il est
toujours prêt à s'éveiller pour être Gros-Jean comme
devant. Les bons rêveurs sont ceux qui ont toutes les
illusions à la fois, qui, lorsqu'ils se mettent à songer,
éveillés ou endormis, ne sont pas seulement riches,
mais qui sont aimables et aimés, qui ont tous les plaisirs et tous les honneurs, à qui cette abondance de
biens inspire un petit doute sur leur réalité, doute
charmant qui ne détruit pas la félicité des rêveurs, mais

[1] Le roi de Perse.
[2] Liv. VII, fable x.

qui fait que personne ne la leur envie sérieusement.
Laissons-les rêver, disons-nous tout bas, et ne troublons
pas une joie qui ne coûte et ne prend rien à personne.
Le spéculateur rêve aussi, assurément, mais d'une
autre manière. Il calcule, il suppute, il fait de la statis-
tique. Surtout le spéculateur ne rêve pas pour lui tout
seul : il veut faire rêver les autres. Ses songes sont
des prospectus. Les chiffres qu'il amoncelle ne sont
pas seulement destinés à charmer son imagination; il
y a des actionnaires à amorcer et à attirer. Ce sont
ceux-là dont l'imagination est aussi prompte aux illusions que celle de la Fontaine, mais dont les rêves
n'admettent pas le doute. Ce sont ceux-là aussi qui
sont destinés à s'éveiller Gros-Jean comme devant. Je
me trompe : le Gros-Jean de la Fontaine, quand il
s'éveille, n'a rien perdu; le Gros-Jean actionnaire s'é-
veille ruiné.

Un des auteurs de la fin du dernier siècle, Colin
d'Harleville, qui avait quelque chose de la bonhomie
malicieuse de la Fontaine, a fait une comédie intitulée : *les Châteaux en Espagne,* où le don de rêver
tout éveillé est parfois mis en scène d'une manière heureuse. Les *Châteaux en Espagne* ne sont point une comédie; il n'y a, à vraiment parler, ni caractère ni intrigue. Faire des châteaux en Espagne n'est point un
caractère; c'est seulement une tournure d'esprit, une
disposition d'imagination. Mais toutes les fois que, dans

sa pièce, Colin d'Harleville met en action cette tournure d'esprit, il plaît et il amuse. N'est-ce pas par
exemple une scène charmante que celle où le valet du
faiseur de châteaux en Espagne commence par se moquer des illusions de son maître, et finit par faire aussi
ses châteaux en Espagne, à propos d'un billet de loterie
qu'il a dans sa poche :

> Si je gagnais pourtant le gros lot !... quel bonheur !
> J'achèterais d'abord une ample seigneurie...
> Non, plutôt une bonne et grasse métairie ;
> Ah ! oui, dans ce canton : j'aime ce pays-ci ;
> Et Justine, d'ailleurs, me plaît beaucoup aussi.
> J'aurai donc, à mon tour, des gens à mon service !
> Dans le commandement je serai peu novice ;
> Mais je ne serai point dur, insolent, ni fier,
> Et me rappellerai ce que j'étais hier.
> Ma foi, j'aime déjà ma ferme à la folie.
> Moi, gros fermier !... j'aurai ma basse-cour remplie
> De poules, de poussins que je verrai courir ;
> De mes mains, chaque jour, je prétends les nourrir.
> C'est un coup d'œil charmant, et puis cela rapporte.
> Quel plaisir, quand le soir, assis devant ma porte,
> J'entendrai le retour de mes moutons bêlants,
> Que je verrai de loin revenir à pas lents,
> Mes chevaux vigoureux et mes belles génisses !
> Ils sont nos serviteurs, elles sont nos nourrices.
> Et mon petit Victor, sur son âne monté,
> Fermant la marche avec un air de dignité !
>
> . . . .
>
> Je serai riche, riche, et je ferai l'aumône.
> Tout bas, sur mon passage, on se dira : « Voilà
> Ce bon monsieur Victor ! » Cela me touchera.

Je puis bien m'amuser ; mais ce n'est pas sans cause ;
Mon projet est, au moins, fondé sur quelque chose,
Sur un billet. Je veux revoir ce cher... Eh! mais...
Où donc est-il? Tantôt encore je l'avais.
Depuis quand ce billet est-il donc invisible?
Ah! l'aurais-je perdu? Serait-il bien possible?
Mon malheur est certain : me voilà confondu.
Que vais-je devenir? Hélas! j'ai tout perdu [1].

Si Perrette n'avait pas renversé son lait, si le valet de
M. d'Orlange n'avait pas perdu son billet de loterie,
s'ils avaient l'un et l'autre vu leurs souhaits exaucés,
auraient-ils dès ce moment été heureux? Ils le croient ;
mais on peut voir ses souhaits accomplis et n'en être
pas plus heureux pour cela : Voyez le *Savetier et le
Financier*.

Un savetier chantait du matin jusqu'au soir :
        C'était merveille de le voir,
Merveille de l'ouïr ; il faisait des passages [2] ;
        Plus content qu'aucun des sept sages.
Son voisin, au contraire, étant tout cousu d'or,
        Chantait peu, dormait moins encor :
        C'était un homme de finance.
Si sur le point du jour parfois il sommeillait,
Le savetier alors en chantant l'éveillait ;
        Et le financier se plaignait
        Que les soins de la Providence
N'eussent pas au marché fait vendre le dormir,

---

[1] *Les Châteaux en Espagne*, acte III, sc. VIII.
[2] Roulades.

Comme le manger et le boire.
En son hôtel il fait venir
Le chanteur, et lui dit : « Or çà, sire Grégoire,
Que gagnez-vous par an? — Par an? Ma foi, monsieur,
  Dit avec un ton de rieur
Le gaillard savetier, ce n'est point ma manière
De compter de la sorte, et je n'entasse guère
  Un jour sur l'autre : il suffit qu'à la fin
    J'attrape le bout de l'année ;
    Chaque jour amène son pain. —
Eh bien, que gagnez-vous, dites-moi, par journée? —
Tantôt plus, tantôt moins : le mal est que toujours
(Et sans cela nos gains seraient assez honnêtes),
Le mal est que dans l'an s'entremêlent des jours
  Qu'il faut chômer ; on nous ruine en fêtes.
L'une fait tort à l'autre ; et monsieur le curé
De quelque nouveau saint charge toujours son prône. »
Le financier, riant de sa naïveté,
Lui dit : « Je vous veux mettre aujourd'hui sur le trône.
Prenez ces cent écus ; gardez-les avec soin
    Pour vous en servir au besoin. »
Le savetier crut voir tout l'argent que la terre
    Avait depuis plus de cent ans
    Produit pour l'usage des gens.
Il retourne chez lui : dans sa cave il enserre
    L'argent, et sa joie à la fois.
    Plus de chant : il perdit la voix
Du moment qu'il gagna ce qui cause nos peines.
    Le sommeil quitta son logis :
    Il eut pour hôtes les soucis,
    Les soupçons, les alarmes vaines.
Tout le jour il avait l'œil au guet ; et la nuit,
  Si quelque chat faisait du bruit,
Le chat prenait l'argent. A la fin le pauvre homme
S'en courut chez celui qu'il ne réveillait plus :

« Rendez-moi, lui dit-il, mes chansons et mon somme,
Et reprenez vos cent écus [1]. »

Le savetier n'avait ni demandé ni même souhaité
l'argent que lui donne le financier; il a plus qu'il ne
désirait, et dès ce moment il perd toute sa joie. N'allons
donc pas trop haut dans nos désirs; contentons-nous
de la fortune médiocre que le sort nous a faite, et rê-
vons le reste. Croyons-en la Fontaine : la plus commode et la plus sûre manière de posséder les grands
biens de la terre, est de les rêver.

Il n'est pas un des travers des hommes que la Fontaine ne mette en scène sous la figure des animaux;
mais les travers qu'il aime surtout à railler, ce sont
ceux des femmes; et il ne se donne même pas la peine,
sur ce point, de prendre les animaux pour acteurs. Il
censure, sous leur propre nom, les défauts des femmes,
et on peut trouver dans ses fables je ne sais combien de
portraits féminins, tous faits dans un esprit de raillerie,
auxquels le peintre cependant a toujours donné quelque chose d'aimable et de gracieux, soit par penchant
naturel, soit pour se faire pardonner ses moqueries.
Voulez-vous une image vive et piquante de la fragilité
des sentiments féminins, lisez la *Jeune Veuve*.

La perte d'un époux ne va point sans soupirs.
On fait beaucoup de bruit, et puis on se console.

[1] Liv. VIII, fable 2.

Sur les ailes du Temps la tristesse s'envole;
　Le Temps ramène les plaisirs.
　　Entre la veuve d'une année
　　Et la veuve d'une journée
La différence est grande : on ne croirait jamais
　　Que ce fût la même personne.
L'une fait fuir les gens, et l'autre a mille attraits.
Aux soupirs vrais ou faux celle-là s'abandonne;
C'est toujours même note et pareil entretien.
　　On dit qu'on est inconsolable;
　　On le dit; mais il n'en est rien,
　　Comme on verra par cette fable
　　Ou plutôt par la vérité.
　　L'époux d'une jeune beauté
Partait pour l'autre monde. A ses côtés sa femme
Lui criait : « Attends-moi, je te suis; et mon âme,
Aussi bien que la tienne, est prête à s'envoler. »
　　Le mari fait seul le voyage.
La belle avait un père, homme prudent et sage;
　　Il laissa le torrent couler.
　　A la fin, pour la consoler :
« Ma fille, lui dit-il, c'est trop verser de larmes;
Qu'a besoin le défunt que vous noyiez vos charmes?
Puisqu'il est des vivants, ne songez plus aux morts.
　　Je ne dis pas que tout à l'heure
　　Une condition meilleure
　　Change en des noces ces transports;
Mais, après certain temps, souffrez qu'on vous propose
Un époux beau, bien fait, jeune et tout autre chose
　　Que le défunt. — Ah! dit-elle aussitôt,
　　Un cloître est l'époux qu'il me faut. »
Le père lui laissa digérer sa disgrâce.
　　Un mois de la sorte se passe;
L'autre mois on l'emploie à changer tous les jours
Quelque chose à l'habit, au linge, à la coiffure;

Le deuil enfin sert de parure
En attendant d'autres atours.
Toute la bande des amours
Revient au colombier; les jeux, les ris, la danse
Ont aussi leur tour à la fin;
On se plonge soir et matin
Dans la fontaine de Jouvence.
Le père ne craint plus ce défunt tant chéri ;
Mais, comme il ne parlait de rien à notre belle :
« Où donc est le jeune mari
Que vous m'aviez promis ? dit-elle [1]. »

La jeune veuve est pressée de faire un choix, et la
Fontaine l'approuve : à quoi bon retarder? « Si vous
devez manger un jour, dit Arlequin à une veuve désolée, je vous conseille de le faire tout de suite. » Si
vous devez vous remarier un jour, semble dire aussi la
Fontaine, faites-le plus tôt que plus tard. Voyez ce
qu'il en a coûté à une belle et jeune fille d'avoir trop
attendu :

Certaine fille, un peu trop fière,
Prétendait trouver un mari . .
Jeune, bien fait et beau, d'agréable manière,
Point froid et point jaloux : notez ces deux points-ci.
Cette fille voulait aussi
Qu'il eût du bien, de la naissance,
De l'esprit, enfin tout. Mais qui peut tout avoir?
Le Destin se montra jaloux de la pourvoir :
Il vint des partis d'importance.

[1] Liv. VI, fable 21.

La belle les trouva trop chétifs de moitié :
« Quoi moi! quoi ces gens-là! l'on radote, je pense;
A moi les proposer! Hélas! ils font pitié :
  Voyez un peu la belle espèce ! »
L'un n'avait en l'esprit nulle délicatesse;
L'autre avait le nez fait de cette façon-là;
  C'était ceci, c'était cela;
  C'était tout, car les précieuses
  Font dessus tout les dédaigneuses.
Après les bons partis, les médiocres gens
  Vinrent se mettre sur les rangs.
Elle de se moquer : « Ah! vraiment je suis bonne
De leur ouvrir la porte! Ils pensent que je suis
  Fort en peine de ma personne :
  Grâce à Dieu, je passe les nuits
  Sans chagrin, quoique en solitude. »
La belle se sut gré de tous ces sentiments.
L'âge la fit déchoir : adieu tous les amants.
Un an se passe, et deux, avec inquiétude;
Le chagrin vient ensuite; elle sent chaque jour
Déloger quelques ris, quelques jeux, puis l'amour;
  Puis ses traits choquer et déplaire,
Puis cent sortes de fards. Ses soins ne purent faire
Qu'elle échappât au Temps, cet insigne larron.
  Les ruines d'une maison
Se peuvent réparer : que n'est cet avantage
  Pour les ruines du visage!
Sa préciosité changea lors de langage.
Son miroir lui disait : Prenez vite un mari.
Je ne sais quel désir le lui disait aussi :
Le désir peut loger chez une précieuse.
Celle-ci fit un choix qu'on n'aurait jamais cru;
Se trouvant, à la fin, tout aise et tout heureuse
  De rencontrer un malotru [1].

---

[1] Liv. VII, fable 5.

Eh! dira-t-on, si les filles sont sages de ne pas trop attendre pour se marier, pourquoi les hommes souvent attendent-ils tant? Ou pourquoi, quand ils se sont pressés de se marier, comme avait fait la Fontaine, ont-ils l'air de s'en repentir pendant toute leur vie, comme la Fontaine encore? Est-ce par hasard qu'il y a moins de chances pour les hommes que pour les femmes d'être bien mariés? Je ne sais; mais la Fontaine ne néglige aucune occasion d'attaquer le mariage. La femme, fille ou veuve, a bien des travers; après tout, cependant, la Fontaine leur est volontiers indulgent. Mais pour la femme mariée, il est impitoyable. Le mariage a l'air d'aggraver à l'instant pour lui tous les défauts de la femme. Aussi ne lui parlez pas de se marier : d'abord, il est marié, et sur ce point il sait à quoi s'en tenir. Mais, s'il ne l'était pas, tenez, voici son programme : trouvez une femme qui le remplisse!

> Que le bon soit toujours camarade du beau,
>   Dès demain je chercherai femme;
> Mais comme le divorce entre eux n'est pas nouveau,
> Et que peu de beaux corps, hôtes d'une belle âme,
>   Assemblent l'un et l'autre point,
> Ne trouvez pas mauvais que je ne cherche point.
> J'ai vu beaucoup d'hymens; aucuns d'eux ne me tentent.
> Cependant des humains presque les quatre parts
> S'exposent hardiment au plus grand des hasards :
> Les quatre parts aussi des humains se repentent.
> J'en vais alléguer un qui, s'étant repenti,
>   Ne put trouver d'autre parti

Que de renvoyer son épouse
Querelleuse, avare et jalouse.
Rien ne la contentait, rien n'était comme il faut :
On se levait trop tard, on se couchait trop tôt ;
Puis du blanc, puis du noir, puis encore autre chose.
Les valets enrageaient, l'époux était à bout :
Monsieur ne songe à rien, monsieur dépense tout,
Monsieur court, monsieur se repose.
Elle en dit tant que monsieur, à la fin,
Lassé d'entendre un tel lutin,
Vous la renvoie à la campagne
Chez ses parents. La voilà donc compagne
De certaines Philis qui gardent les dindons,
Avec les gardeurs de cochons.
Au bout de quelque temps qu'on la crut adoucie,
Le mari la reprend. « Eh bien, qu'avez-vous fait ?
Comment passiez-vous votre vie ?
L'innocence des champs est-elle votre fait ? —
Assez, dit-elle ; mais ma peine
Était de voir les gens plus paresseux qu'ici ;
Ils n'ont des troupeaux nul souci.
Je leur savais bien dire, et m'attirais la haine
De tous ces gens si peu soigneux. —
Eh ! madame, reprit son époux tout à l'heure [1],
Si votre esprit est si hargneux
Que le monde qui ne demeure
Qu'un moment avec vous, et ne revient qu'au soir,
Est déjà lassé de vous voir,
Que feront des valets qui, toute la journée,
Vous verront contre eux déchaînée ?
Et que pourra faire un époux
Que vous voulez qui soit jour et nuit avec vous ?

---

[1] Sur-le-champ.

Retournez au village : adieu. Si de ma vie
  Je vous rappelle et qu'il m'en prenne envie,
Puissé-je chez les morts avoir, pour mes péchés,
Deux femmes comme vous sans cesse à mes côtés [1] !

Je pourrais encore citer d'autres fables qui ne traitent guère mieux les femmes ; je pourrais même citer
le conte de Belphégor, ce diable qui, ayant dix ans à
rester sur terre et à y mener joyeuse vie, épousa, dès
la première année, une fille honnête et belle, mais fière
et impérieuse, qui le désespéra, si bien que, s'étant
échappé trois fois, mais étant sur le point de retomber
sous le joug de sa femme, il aima mieux retourner en
enfer avant les dix ans écoulés, que de vivre plus longtemps en mariage.

D'où vient donc qu'ayant ainsi censuré et raillé les
femmes, la Fontaine cependant ne leur déplaît pas?
D'où vient qu'il a trouvé des protectrices et des amies
parmi les plus grandes dames du temps et parmi les
plus aimables? D'où vient la faveur que lui témoignait
madame la duchesse de Bouillon, l'amitié de madame
de la Sablière, l'attachement de madame d'Hervart?
il y a un autre grand poëte du dix-septième siècle,
Boileau, qui a fait aussi la satire des femmes. A-t-il
trouvé grâce devant elles, comme la Fontaine? Non.
Les femmes ont senti que le fabuliste les aimait, et

---

[1] Liv. VII, fable 2.

et voilà pourquoi elles lui ont beaucoup pardonné. Pour Boileau, elles étaient peu de chose dans le monde; pour la Fontaine, elles étaient tout. Il n'exceptait de cette prédilection que sa femme, et cette exception même semblait l'acquérir à toutes les autres femmes. Comment se fâcher contre le poëte qui a dit :

> Je ne suis pas de ceux qui disent : ce n'est rien,
>   C'est une femme qui se noie.
> Je dis que c'est beaucoup, et ce sexe vaut bien
> Que nous le regrettions, puisqu'il fait notre joie[1]!

[1] Liv. III, fable 16.

DIX-SEPTIÈME LEÇON

LA MORALE DES FABLES DE LA FONTAINE JUGÉE PAR ROUSSEAU

Rousseau a beaucoup critiqué les fables de la Fontaine, et surtout l'habitude de les faire apprendre aux enfants. Je serais volontiers de son avis sur ce point, mais par d'autres raisons que lui. C'est nous gâter la Fontaine que de nous faire apprendre ses fables par cœur quand nous ne pouvons pas encore en sentir le charme. Beaucoup croient connaître la Fontaine parce qu'ils l'ont appris dans leur enfance. Ils l'ont appris; ils ne l'ont pas lu. Cela me rappelle le mot d'un ancien acteur de la Comédie française, qui était un de mes voisins de campagnes, M. Firmin. « Et vous ne venez point passer l'hiver à Paris? lui disais-je. — Non; je reste ici. — Vous ne vous ennuyez pas? —

Pas un instant : j'ai tant à lire! Quand j'étais au
théâtre, j'apprenais, mais je ne lisais pas. Je prends
ma revanche ici. »

Que de gens auraient besoin de prendre cette revanche avec la Fontaine et de le lire, n'ayant fait que l'apprendre!

« Émile, dit Rousseau, n'apprendra jamais rien par
cœur, pas même des fables, pas même celles de la
Fontaine, toutes naïves, toutes charmantes qu'elles
sont. Comment peut-on s'aveugler assez pour appeler
les fables la morale des enfants, sans songer que l'apologue en les amusant les abuse; que, séduits par le
mensonge, ils laissent échapper la vérité, et que ce qu'on
fait pour leur rendre l'instruction agréable les empêche
d'en profiter? Les fables peuvent instruire les hommes ;
mais il faut dire la vérité aux enfants : sitôt qu'on la
couvre d'un voile, ils ne se donnent plus la peine de le
lever. On fait apprendre les fables de la Fontaine à tous
les enfants, et il n'y en a pas un seul qui les entende.
Quand ils les entendraient, ce serait encore pis; car la
morale en est tellement mêlée et si disproportionnée à
leur âge, qu'elle les porterait plus au vice qu'à la vertu.
Ce sont encore là, direz-vous, des paradoxes : soit;
mais voyons si ce sont des vérités. Je dis qu'un enfant
n'entend point les fables qu'on lui fait apprendre,
parce que, quelque effort qu'on fasse pour les rendre
simples, l'instruction qu'on veut en tirer force d'y

faire entrer des idées qu'il ne peut saisir, et que le
tour même de la poésie, en les lui rendant plus faciles
à retenir, les lui rend plus difficiles à concevoir, en
sorte qu'on achète l'agrément aux dépens de la
clarté[1]. »

Il y a ici plusieurs questions qui touchent à l'éducation des enfants :

1° Selon J.-J. Rousseau, il ne faut rien faire apprendre par cœur aux enfants, parce qu'ils n'apprennent que les mots et point les choses;

2° La poésie, dont le tour aide la mémoire, est impossible à concevoir pour les enfants : l'agrément y
nuit à la clarté;

3° Le merveilleux est mauvais pour les enfants : il
leur cache la vérité, et il faut toujours dire la vérité
aux enfants;

4° Enfin la morale des fables est dangereuse aux enfants, et, s'ils la comprenaient bien, elle les porterait
au vice plutôt qu'à la vertu.

Je reprends brièvement ces diverses questions.

Est-il vrai qu'il ne faille rien apprendre par cœur
aux enfants, parce qu'ils n'apprennent que les mots, et
point les choses? Apprendre les mots est déjà beaucoup. L'enfant, quand il commence à parler, apprend
des sons, puis des mots, et ces mots, il les applique

---

[1] *Emile*, liv. II.

aux choses qu'ils représentent. Le lien est direct entre
les premiers mots qu'il apprend à prononcer et les premiers besoins qu'il ressent. Mais, comme le langage
des hommes s'élève et s'étend bien au-dessus de leurs
besoins matériels, comme la plupart des idées qui com-
posent l'esprit humain sont des idées morales et intel-
lectuelles, et qu'elles s'expriment par des abstractions,
il faut que l'enfant entre en participation de l'esprit
humain, comme il est entré en participation du langage; et il y entre aussi par les mots. Je reconnais
que, dans le monde des idées abstraites, le mot ne
manifeste pas aussitôt toute la chose à l'esprit de l'enfant, trop faible encore pour la concevoir; mais il en
manifeste une partie, celle qui est à la portée de l'enfant. Le philosophe entend, dans le mot de *vertu*, plus
que n'entend l'homme ordinaire, et l'enfant y entend
moins que l'homme ordinaire; mais l'enfant en comprend quelque chose, et, à mesure que son esprit se
fortifiera, il en comprendra plus. On pénètre ainsi
chaque jour davantage par les mots dans les choses;
mais il faut commencer par les mots. Apprendre par
cœur, c'est, je le veux bien, apprendre les mots et non
les choses; mais c'est apprendre le commencement
des choses, c'est avoir la clef qui conduit à la connaissance des choses. Je dirais même volontiers qu'il est
impossible que l'enfant n'apprenne pas par cœur. Il
exerce plus ou moins sa mémoire; mais tout ce qu'il

apprend, il l'apprend par cœur, même sans qu'on le lui donne à étudier, c'est-à-dire qu'en tout il va des mots aux choses : c'est la marche nécessaire de l'esprit. Rousseau a raison de dire qu'apprendre un morceau d'histoire, ce n'est pas apprendre l'histoire, ce n'est pas assurément comprendre le lien intime qu'il y a entre les causes et les effets, ce qui est le vrai fond de l'histoire. Mais, à ce compte, que de gens qui ne savent et ne sauront jamais l'histoire ! Apprendre par cœur un morceau d'histoire, c'est apprendre un certain nombre de faits sur lesquels notre intelligence s'exercera chaque jour davantage à réfléchir, à mesure qu'elle se fortifiera.

Est-il vrai, en second lieu, que la poésie soit ce qu'il y ait de plus mauvais à faire apprendre aux enfants ?. Si la poésie n'était qu'un ramage agréable, je ne vois pas en effet à quoi il pourrait servir aux enfants de leur faire apprendre des morceaux de poésie. Mais la poésie, quand elle est bonne, est un langage à la fois clair et élevé. Or, il est très-important d'apprendre aux enfants une langue claire, noble, élevée, brillante, au lieu de les habituer à une manière de parler confuse et négligée. Il faut faire en sorte, devant les enfants, de toujours bien parler ; non pas de parler d'une façon pompeuse ou prétentieuse : vous en feriez de petits pédants ou de petits beaux esprits. Il faut avec eux parler clairement, nettement, élégamment. Les enfants prennent

aisément l'empreinte des milieux où ils vivent; ils ré-
pètent le langage qu'ils ont entendu ; et le signe le plus
certain d'une bonne éducation de l'esprit, c'est de savoir s'exprimer d'une façon noble et aisée. L'usage
d'apprendre par cœur de beaux morceaux de poésie ou
de prose, ou tout au moins de lire toujours de bons
auteurs, aide les enfants à prendre l'habitude d'un bon
langage.

Le merveilleux, dit Rousseau, est mauvais pour les
enfants, auxquels il faut toujours dire la vérité. — En-
tendons-nous bien. Il ne faut jamais mentir aux enfants; mais le merveilleux n'est pas le mensonge. Le
mensonge est un vice du cœur, un péché de la conscience; il accompagne toujours le mal, soit pour le
cacher, soit pour le préparer. La fiction est un jeu de
l'imagination, et c'est à l'imagination aussi qu'elle s'a-
dresse. Qui a jamais pensé qu'Homère veuille nous
faire croire aux brillantes merveilles de ses fables, soit
dans l'*Iliade*, soit dans l'*Odyssée?* Il veut nous plaire
et nous amuser.

Il faut dans le merveilleux distinguer deux choses,
son principe et sa forme. Son principe est inné dans
l'esprit humain : l'homme est naturellement disposé à
croire qu'il y quelque chose au-dessus de lui. Je sais
bien qu'il y a une philosophie qui prétend que Dieu
n'est qu'une création ou plutôt même une expression de la pensée humaine. L'homme ayant la faculté

de concevoir l'idée de la sagesse, de la justice, de la
puissance, a poussé ces idées jusqu'à leur degré le plus
élevé : il les a divinisées, il les a faites Dieu; mais ce
Dieu n'est que dans l'homme et par l'homme; il n'est
ni hors de lui ni au-dessus de lui. Ce n'est plus Dieu
qui fait l'homme à son image : c'est l'homme qui fait
Dieu à son image. Philosophie hardie, moins neuve cependant que ne le croient ceux qui la prêchent. Fontenelle dit dans un petit écrit intitulé, l'*Origine des
fables :* « Les païens ont toujours copié leurs divinité
d'apres eux-mêmes. Ainsi, à mesure que les hommes
sont devenus plus parfaits, les dieux le sont devenus
aussi davantage. Les premiers hommes sont fort
brutaux, et ils donnent tout à la force; les dieux
seront presque aussi brutaux, et seulement un peu
plus puissants : voilà les dieux du temps d'Homère.
Les hommes commencent à avoir des idées de la sagesse et de la justice : les dieux y gagnent; ils commencent à être sages et justes, et le sont toujours
de plus en plus à proportion que ces idées se per-
fectionnent parmi les [hommes. Voilà les dieux du
temps de Cicéron, et ils valaient bien mieux que ceux
du temps d'Homère, parce que de bien meilleurs
philosophes y avaient mis la main. »

La théorie de l'homme créant Dieu par sa seule conception est tout entière dans ces paroles piquantes de
Fontenelle. Cette théorie, après tout, n'est que l'argu-

ment de saint Anselme et de Descartes sur l'existence de Dieu, retourné pour ainsi dire, et interprété contre ses auteurs. Le spiritualisme ancien, trouvant dans l'esprit de l'homme l'idée de l'infini et de l'absolu ou de Dieu, concluait de l'idée à l'être, ne supposant pas que l'homme puisse créer ce qui dépasse et contredit sa nature. Le panthéisme moderne croit que, si l'homme conçoit l'infini, il le crée, et que l'infini ou Dieu n'existe qu'en l'homme et par l'homme, sans se demander comment l'homme peut créer cette idée qui ne lui vient pas de sa nature.

Quant à moi, pour prouver que le surnaturel et le merveilleux sont des idées naturelles à l'homme, je n'ai pas besoin de chercher si l'idée de Dieu vient de Dieu à l'homme, comme je le crois avec les spiritualistes; ou si elle vient, pour ainsi dire, de l'homme à Dieu, comme le disent les anthropothéistes. Dans les deux cas, il est établi que l'homme a naturellement l'idée du surnaturel, soit qu'il la crée en lui-même, soit qu'il la reçoive d'au-dessus de lui. La croyance au surnaturel a pour forme et pour expression littéraire le merveilleux. Tous nous aimons les contes, les fictions, et l'invraisemblable ne nous choque pas. Il ne choque pas davantage les enfants. Est-il vrai qu'il les trompe et les égare? pas plus que nous. Qui de nous a jamais réglé sa vie et sa conduite sur le merveilleux? Qui de nous a jamais cru qu'il aurait dans ses mains la lampe merveilleuse de l'Aladin des *Mille et une Nuits?* L'enfant n'est pas plus dupe que nous. Il demande, il est vrai, une fois ou deux, si ce qu'on lui raconte est vrai : on lui dit que non, et cela ne fait pas qu'il écoute avec moins de plaisir.   ne demande pas non plus pourquoi on lui dit autre chose que la vérité. Il admet aussi aisément que l'homme adulte et sans plus d'inconvénients que lui, la distinction que l'homme fait sans cesse entre les fictions et la réalité.

J'ajouterai volontiers que, s'il y avait à craindre que le merveilleux pût avoir quelques mauvais effets sur l'esprit de quelqu'un, je le craindrais plus pour l'homme encore que pour l'enfant. L'enfant n'a pas ordinairement la faculté d'appliquer; c'est même pour cela qu'il échappe aux raisonnements. Il ne conteste ni les conseils que vous lui donnez, ni les maximes que vous alléguez ; seulement il ne se les applique pas. Et combien d'hommes sur ce point restent enfants toute leur vie! N'appliquant pas les raisonnements qu'on lui fait, pourquoi l'enfant voudrait-il appliquer le merveilleux qu'on lui raconte?

Reste le reproche que Rousseau fait à la morale des fables de la Fontaine, d'être médiocre et relâchée, plus propre à les porter au vice qu'à la vertu. Nous examinerons tout à l'heure ce reproche. Voyons d'abord l'analyse qu'il fait de la fable du *Renard* et du *Corbeau*, pour montrer comment les enfants ne peuvent pas comprendre les fables qu'on leur fait apprendre, et comment ce serait un mal qu'ils les comprissent.

Émile, liv. II.

Maître corbeau sur un arbre perché...

« Maître! que signifie ce mot en lui-même? que signifie-t-il au-devant d'un nom propre? quel sens a-t-il dans cette occasion? Qu'est-ce qu'un corbeau? »

Je ne sais pas trop ce que veut dire Rousseau par cette question; car enfin il ne peut pas croire que l'enfant ne sache pas ce que c'est qu'un corbeau, ou qu'il soit difficile de lui en montrer un. La difficulté est-elle d'expliquer ce que c'est que *Maître Corbeau?* Ici commence ce que j'appelle le parti pris de la fable. Les corbeaux de la fable ne sont pas ceux des champs, non plus que les renards de la fable ne sont ceux des bois. Ils parlent et ils conversent ensemble; ils ont les vices et les ridicules des hommes; ils ont même leurs titres, si vous voulez; les corbeaux et les renards y sont *maîtres,* comme le lion y est *sire,* comme le tigre et l'ours s'y traitent de *puissances*[1].

« Qu'est-ce qu'*un arbre perché?* L'on ne dit pas *sur un arbre perché;* l'on dit *perché sur un arbre.* Par conséquent, il faut parler des inversions de la poésie; il faut dire ce que c'est que prose et que vers. »

---

[1] Fable des *Animaux malades de la peste.*

Est-il donc si difficile de faire comprendre aux enfants que le langage de l'homme a deux formes différentes, la prose et les vers? L'oreille et l'esprit des
enfants sentent cette différence; mais pouvez-vous définir la poésie de manière à ce que l'enfant en ait une
idée juste? L'enfant ne demande pas cette définition.
S'il ne comprenait que ce qui est exactement défini,
l'enfant ne comprendrait que fort peu de choses dans
le monde. Et nous-mêmes, que comprendrions-nous?
La définition est un procédé de discussion plutôt que
d'enseignement.

> Tenait dans son bec un fromage.

« Quel fromage? Était-ce un fromage de Suisse, de
Brie ou de Hollande? Si l'enfant n'a point vu de corbeaux, que gagnez-vous à lui en parler? S'il en a vu,
comment concevra-t-il qu'ils tiennent un fromage à
leur bec? Faisons toujours des images d'après na-
« ture. »

Pourquoi les enfants n'ont-ils jamais fait ces questions? Rousseau les fait plus ignorants ou plus logi-
ciens qu'ils ne sont. Ils en savent plus que ne le croit
le philosophe, ou ils en demandent beaucoup moins
qu'il ne le veut. Ils ne s'inquiètent pas si le fromage
est de Brie, de Suisse ou de Hollande; et ils ne s'étonnent pas non plus qu'un corbeau de la fable tienne en

son bec un fromage. Ils n'exigent pas que dans un
conte les images soient faites toujours d'après la nature :
ils laissent de côté la réalité et se contentent de la vraisemblance poétique, celle qui s'attache à l'ensemble
plutôt que celle qui s'attache aux détails. Un corbeau
qui a une proie dans le bec, et le renard qui la lui dé-
robe en flattant sa vanité, voilà la vraisemblance générale et poétique, celle qui suffit à la fable, celle dont
l'enfant se contente et dont nous nous contentons tous.

Maître renard par l'odeur alléché...

« Encore un maître ! Mais pour celui-ci, c'est à bon
titre : il est passé maître dans les tours de son métier. Il faut dire ce que c'est qu'un renard, et distin-
tinguer son vrai naturel du caractère de convention
qu'il a dans les fables.

« *Alléché*. Ce mot n'est pas usité. Il le faut expliquer; il faut dire qu'on ne s'en sert plus qu'en vers.
L'enfant demandera pourquoi l'on parle autrement
en vers qu'en prose. Que lui répondrez-vous ? »

Je lui répondrai simplement qu'il y a diverses sortes
de langage, parce qu'il y a diverses sortes d'interlocuteurs; et il le sait déjà fort bien lui-même. Il sait déjà
qu'on ne parle pas à un paysan comme on parle dans
un salon, et cela par la raison que, si vous parliez au
paysan comme à un lettré, il ne vous entendrait pas. Il
sait déjà, pour avoir entendu lire son père ou sa mère,

qu'on ne parle pas dans un livre comme on parle dans
la conversation. Quoi donc! ne pas parler de même
à tout le monde; ne pas écrire comme on parle! Comment voulez-vous que l'enfant fasse ces distinctions?
— Eh bien, essayez un instant de ne pas faire ces distinctions : parlez à un paysan comme à un lettré, ou à
un lettré comme à un paysan; ou bien encore parlez
comme un livre, et vous verrez comme l'enfant sen-
tira bien vite le contre-sens que vous faites. S'il ne le
sentait par lui-même, l'étonnement des interlocuteurs
lui dirait l'erreur ou vous tombez.

Répondre à l'enfant qu'on parle autrement en vers
qu'en prose n'a donc rien qui puisse le déconcerter : il
est habitué à la différence des langages. C'est une nouvelle différence à noter; rien de plus.

> Lui tint à peu près ce langage.

Ce langage! Les renards parlent donc? ils parlent
donc la même langue que les corbeaux? Sage précepteur, prends garde à toi : pèse bien la réponse
avant de la faire; elle importe plus que tu ne penses. »

J'avoue que je ne sais pas pourquoi le précepteur
doit tant peser sa réponse avant de la faire. Rousseau
craint-il que l'enfant croie que les animaux ont un
langage et qu'il n'y a, après tout, entre ce langage des
bêtes et le langage des hommes, qu'une différence de
dictionnaire ou de grammaire? La question de la langue

des bêtes n'est pas ici de saison. Les renards parlen
dans la fable, parce que la fable est du temps que les
bêtes parlaient. Dans ce temps-là, les corbeaux, les renards, les lions, les fourmis, les ânes, les singes, tous
parlaient et tous s'entendaient; temps fabuleux, qu'il
suffit de nommer pour le caractériser, et qui, quoi
qu'en dise Rousseau, n'étonne et ne trompe personne.

Cette leçon vaut bien un fromage sans doute.

« Ceci s'entend, et la pensée est très-bonne. Cependant il y aura encore bien peu d'enfants qui sachent
comparer une leçon à un fromage, et qui ne préfé-
rassent le fromage à la leçon. Il faut donc leur faire
entendre que ce propos n'est qu'une raillerie! que
de finesse pour des enfants! »

Rousseau exagère évidemment la naïveté des enfants, ou plutôt il en fait de petits Socrate alléguant,
comme celui d'Athènes, leur prétendue ignorance,
afin de donner à leurs interlocuteurs l'embarras de tout
expliquer et de tout définir. Les enfants comprennent,
dans la fable du *Renard* et du *Corbeau*, que le Corbeau
est attrapé et que le Renard se moque de lui par-dessus
le marché. Voilà tout; et cela auffit à l'intention de la
fable. Quant aux finesses du récit de la Fontaine, ils ne
les sentent pas dès le premier moment; mais elles leur
reviennent peu à peu, et se font mieux sentir à mesure
que leur esprit se développe

« Passons maintenant à la morale, » dit Rousseau ;
et alors il attaque la morale ordinaire des fables de la
Fontaine plus vivement encore qu'il n'en a fait le style,
comme peu proportionnée à l'âge des enfants :

« Je demande si c'est à des enfants de six ans qu'il
faut apprendre qu'il y a des hommes qui flattent et
mentent pour leur profit? On pourrait tout au plus
leur apprendre qu'il y a des railleurs qui persiflent
les petits garçons et se moquent en secret de leur
sotte vanité; mais le fromage gâte tout : on leur apprend moins à ne pas le laisser tomber de leur bec
qu'à le faire tomber du bec d'un autre. C'est ici mon
second paradoxe; et ce n'est pas le moins important.

« Suivez les enfants apprenant leurs fables, et vous
verrez que, quand ils sont en état d'en faire l'application, ils en font presque toujours une contraire à
l'intention de l'auteur, et qu'au lieu de s'observer
sur le défaut dont on veut les guérir ou préserver,
ils penchent à aimer le vice avec lequel on tire parti
des défauts des autres.

« Dans toutes les fables où le lion est un des personnages, comme c'est d'ordinaire le plus brillant, l'enfant
ne manque point se faire lion, et, quand il préside
à quelque partage, bien instruit par son modèle, il
a grand soin de s'emparer de tout. Mais, quand le
moucheron terrasse le lion, c'est une autre affaire :

alors l'enfant n'est plus lion, il est moucheron ; il apprend à tuer un jour, à coup d'aiguillons, ceux qu'il n'oserait attaquer de pied ferme.

« Dans la fable du *Loup maigre et du Chien gras*, au lieu d'une leçon de modération qu'on prétend lui donner, il en prend une de licence. Je n'oublierai jamais d'avoir vu beaucoup pleurer une petite fille qu'on avait désolée avec cette fable, tout en lui prêchant toujours la docilité. On eut peine à savoir la cause de ses pleurs ; on la sut enfin : la pauvre enfant s'ennuyait d'être à la chaîne ; elle se sentait le cou pelé ; elle pleurait de n'être pas loup.

« Ainsi donc la morale de la première fable citée est pour l'enfant une leçon de la plus basse flatterie ; celle de la seconde[1] une leçon d'inhumanité ; celle de la troisième une leçon d'injustice ; celle de la quatrième une leçon de satire ; celle de la cinquième une leçon d'indépendance. Cette dernière leçon, pour être superflue à mon élève, n'en est pas plus convenable aux vôtres. Quand vous leur donnez des préceptes qui se contredisent, quel fruit espérez-vous de vos soins ? Mais peut-être, à cela près, toute cette morale qui me sert d'objection contre les fables fournit-elle autant de raison de les conserver. Il faut une morale en parole et une en action dans la so-

---

[1] La Cigale et la Fourmi, que Rousseau prenait par erreur comme étant la seconde du 1er livre des fables de la Fontaine.

ciété, et ces deux morales ne se ressemblent point.
La première est dans le catéchisme, où on la laisse;
l'autre est dans les fables de la Fontaine pour les
enfants, et dans ses contes pour les mères. Le même
auteur suffit à tout.

« Composons, monsieur de la Fontaine. Je promets,
quant à moi, de vous lire avec choix, de vous aimer,
de m'instruire dans vos fables, car j'espère ne pas
me tromper sur leur objet; mais, pour mon élève,
permettez que je ne lui en laisse pas étudier une
seule jusqu'à ce que vous m'ayez prouvé qu'il est
bon pour lui d'apprendre des choses dont il ne comprendra pas le quart; que, dans celles qu'il pourra
comprendre, il ne prendra jamais le change, et
qu'au lieu de se corriger sur la dupe, il ne se formera
pas sur le fripon [1]. »

Je ne serais pas éloigné, quant à moi, d'accepter la
transaction de Rousseau et de réserver les fables de la
Fontaine pour l'homme fait, non comme étant d'une
mauvaise morale, mais comme ayant un mérite et un
charme que l'âge mûr goûte mieux que l'enfance. Je
veux cependant faire quelques observations sur la censure qu'il fait de la morale des fables. Oui, la morale
a dans le monde, non pas deux principes, mais deux
procédés différents. Tantôt elle procède par le précepte

[1] *Émile*, liv. II.

ou, comme dit Rousseau, par le catéchisme; tantôt elle
procède par l'expérience. Ces deux méthodes sont-
elles contraires l'une à l'une? La morale de l'expérience contredit-elle la morale du catéchisme? Pas le
moins du monde. La morale du catéchisme dit de ne
pas avoir d'orgueil; la morale de l'expérience dit que
les orgueilleux sont ordinairement dupes et que tout
flatteur

> Vit aux dépens de celui qui l'écoute.

Où est la contradiction? — Mais prenez garde, dit
Rousseau, en lisant votre fable je suis tenté d'apprendre à être renard? — Qu'est-ce à dire? n'y a-t-il
donc pas de milieu entre l'astuce du renard et la sottise du corbeau, entre le fripon et la dupe? N'hésitons
pas d'ailleurs à le dire : presque tous les genres de
littérature ont sur ce point le même danger que les
fables de la Fontaine. Voici le *George Dandin* de Molière : direz-vous que le beau rôle est à Angélique et
que ce rôle tentera les femmes qui iront voir la comédie? La femme qui voudra être Angélique n'avait
rien à apprendre à la comédie, et ce n'est pas Molière
qui l'a pervertie. L'épouse coquette est la punition de
l'homme qui s'est sottement marié. Voilà la vraie moralité qui sort de la comédie de *George Dandin;*
voilà la leçon que donne l'expérience. Eh quoi! faut-il
donc nécessairement être George Dandin ou Angélique?

N'y a-t-il que des sots et des coquettes dans ce monde?
Je ne veux pas être le bourgeois gentilhomme; mais
je ne veux pas être non plus le Dorante qui escroque
l'argent de M. Jourdain, ou la marquise Dorimène qui
accepte complaisamment ses cadeaux. La comédie a
précisément pour but de m'instruire à éviter les deux
ridicules ou les deux vices qu'elle oppose l'un à l'autre,
la sottise vaniteuse des bourgeois et l'escroquerie des
faux gentilshommes. Elle ne veut pas nous faire prendre en gré le fripon, parce qu'elle nous fait rire de la
dupe. Je sais bien qu'il y a des gens qui, lisant *Clarisse Harlowe*, se sont mis à admirer et à imiter Lovelace. Ce que Richardson avait fait pour rendre vraisemblable l'amour que Clarisse a pu ressentir pour
Lovelace a trompé certains lecteurs : ils ont cru que
dans le roman le beau rôle était pour Lovelace, et,
comme l'auteur l'a fait aimable, quoique profondément corrompu, ils ont pensé que la corruption était
un acheminement nécessaire à l'amabilité.

Je ne crains pas d'avouer, quant à moi, que toutes
les fois que la littérature peint les passions humaines,
elle s'expose à les exciter dans l'âme du lecteur. Ce
qu'elle fait, sans toujours le vouloir pour les passions,
elle peut le faire aussi à son insu dans la peinture
des caractères : elle peut rendre le flatteur aimable,
l'escroc amusant, la dupe ridicule. Aussi je ne m'é-
tonne pas que Rousseau, qui critique les fables de la

Fontaine, ait si vivement censuré le théâtre. Toute littérature peut être mauvaise. Supprimerez-vous la littérature, c'est-à-dire supprimerez-vous l'esprit humain? car la littérature a les défauts de l'esprit humain; mais elle n'en pas plus que l'esprit humain. Ce n'est pas seulement depuis qu'il y a des livres que l'homme fait un mauvais usage de son esprit. Tant pis pour ceux qui, soit en allant au théâtre, soit en lisant les fables, croient que le poëte propose à notre imitation le vice qui s'est chargé de punir un autre vice, la coquetterie d'Angélique qui punit la vanité de George Dandin, la ruse du renard qui châtie la sottise du corbeau !

DIX-HUITIÈME LEÇON

LA FONTAINE PHILOSOPHE — L'AME DES BÊTES

La Fontaine aimait fort les questions philosophiques ; et il en est une qu'il a traitée *ex professo*, parce qu'elle lui appartenait de droit, la question de l'âme ou de la connaissance des bêtes. Descartes prétendait, dit-on, que les bêtes n'étaient que de purs automates. Descartes n'allait peut-être pas si loin que cela ; mais ses disciples y allaient, et cette opinion devait surtout déplaire à la Fontaine. Aussi trouvons-nous dans ses fables deux plaidoyers en règle pour défendre la connaissance des bêtes[1]. Je veux examiner ces deux plaidoyers en les rapprochant de divers ouvrages qui ont traité la même question : au dix-septième siècle, le traité de

[1] Fable première du Xe livre, fable neuvième du livre XI.

la *Connaissance des bêtes* du jésuite Pardies[1] ; au dix-huitième siècle, l'*Amusement philosophique sur le langage des bêtes*, par le P. Bougeant, jésuite aussi[2] ; enfin, de nos jours, le mémoire sur l'*Instinct et l'intelligence des animaux*, par M. Flourens. Je prendrai çà et là dans ces divers auteurs des points de rapprochement avec la Fontaine, pour montrer comment le Bonhomme traite, en pleine connaissance de cause, cette question philosophique.

Où donc la Fontaine avait-il fait des études philosophiques? Nulle part et partout. Grand lecteur de toutes sortes de livres, grand admirateur de Platon et de Descartes aussi, grand causeur quand il se mettait à causer, et toujours préoccupé d'une seule idée et d'un seul livre, celui qui venait d'attirer son attention, il argumentait ardemment. Chez madame de la Sablière la conversation se prêtait aussi volontiers à ces causeries sérieuses qu'aux causeries légères; et c'est peut-être une de ces conversations chez madame de la Sablière, mêlées de philosophie et de bagatelle, que la Fontaine a résumée, dans son plaidoyer pour la connaissance des bêtes.

Voyons d'abord l'exposition de la doctrine de Descartes, telle que la fait le poëte :

[1] 1672.
[2] 1739.

> . . . Ils disent donc
> Que la bête est une machine;
> Qu'en elle tout se fait sans choix et par ressorts:
> Nul sentiment, point d'âme; en elle tout est corps.
> Telle est la montre qui chemine
> A pas toujours égaux, aveugle et sans dessein.
> Ouvrez-la, lisez dans son sein :
> Mainte roue y tient lieu de tout l'esprit du monde;
> La première y meut la seconde,
> Une troisième suit; elle sonne à la fin.
> Au dire de ces gens, la bête est toute telle.
> L'objet la frappe en un endroit:
> Ce lieu frappé s'en va tout droit,
> Selon nous, au voisin en porter la nouvelle;
> Le sens de proche en proche aussitôt la reçoit;
> L'impression se fait. Mais comment se fait-elle?
> Selon eux, par nécessité,
> Sans passion, sans volonté.
> L'animal se sent agité
> De mouvements que le vulgaire appelle
> Tristesse, joie, amour, plaisir, douleur cruelle,
> Ou quelque autre de ces états.
> Mais ce n'est point cela : ne vous y trompez pas.
> Qu'est-ce donc? une montre. Et nous? c'est autre chose[1].

Est-ce bien là la doctrine de Descartes? M. Flourens, dans son ingénieux et savant mémoire sur *l'Instinct et l'intelligence des animaux*, cite une lettre de Descartes qui accorde aux animaux la vie et le sentiment: « Il faut remarquer, dit Descartes, que je parle de la « pensée, non de la vie et du sentiment, car je n'ôte la

---

[1] Liv. X, f. 1re.

« vie à aucun animal[1]... Je ne leur refuse pas même
« le sentiment autant qu'il dépend des organes du
« corps. Ainsi mon opinion n'est pas si cruelle aux
« animaux[2]. »

Me voilà presque rassuré, car je dis volontiers avec
le père Bougeant : « Vous avez une chienne que
« vous aimez et dont vous croyez être aimée[3]. Je
« défie tous les Cartésiens du monde de vous per-
« suader que votre chienne n'est qu'une machine.
« Comprenez, je vous prie, le ridicule qui en ré-
« sulterait pour tout ce que nous sommes, qui ai-
« mons des chevaux, des chiens, des oiseaux. Re-
« présentez-vous un homme qui aimerait sa mon-
« tre comme on aime un chien, et qui la caresse-
« rait parce qu'il s'en croirait aimé au point que,
« quand elle marque midi ou une heure, il se per-
« suaderait que c'est par un sentiment d'amitié pour
« lui, et avec connaissance de cause qu'elle fait ses
« mouvements. Voilà précisément, si l'opinion de Des-
« cartes était vraie, quelle serait la folie de tous ceux
« qui croient que leurs chiens leur sont attachés et les

---

[1] M. Flourens retranche ici un petit membre de phrase qui me semble avoir son importance : « Je n'ôte la vie à aucun animal, ne la faisant consister que dans la seule chaleur du cœur. » La vie des animaux ainsi expliquée me parait se rapprocher du pur automatisme des
bêtes.

[2] M. Flourens, p. 13, édition de 1851.

Le P. Bougeant adresse son livre à la duchesse de Chaulnes

« aiment avec connaissance et ce qu'on appelle senti-
« ment[1]. »

Ce qui fait que l'argumentation de la Fontaine en
faveur des bêtes ressemble à une vraie conversation entre gens d'esprit, c'est que les plus graves questions s'y
trouvent posées comme en jouant, sans que le badinage
de la forme ôte rien à la gravité de la pensée. Ainsi
parle-t-il de Descartes dont les païens eussent fait un
dieu,

> . . . . . et qui tient le milieu
> Entre l'homme et l'esprit, comme entre l'huître et l'homme
> Le tient tel de nos gens, franche bête de somme[2].

N'est-ce là qu'une plaisanterie? Non : c'est une grosse
question philosophique. Écoutez Leibnitz : « Il est mal-
« aisé de voir où le sensible et le raisonnable commen-
« cent.... Il y a une différence excessive entre certains
« hommes et certains animaux brutes; mais, si nous
« voulons comparer l'entendement et la capacité de
« certains hommes et de certaines bêtes, nous y trou-
« vons si peu de différence qu'il sera bien malaisé
« d'assurer que l'entendement de ces hommes soit
« plus net et plus étendu que celui des bêtes[3]. »

Ainsi, s'il y a des hommes qui témoignent de la dis-

---

[1] Le P. Bougeaut, *Amusement philosophique sur le langage des bêtes*,
1750, p. 6 et 7.
[2] Liv. X, f. 1re.
[3] Citation de M. Flourens, p. 53.

tance qu'il y a entre nous et les animaux, il y en a
d'autres qui témoignent du voisinage et qui feraient
croire à la continuité; mais gardons-nous de confondre
ici la continuité avec la conformité. La continuité des
êtres, qui est la doctrine de Leibnitz, procède par degrés. Or, peu importe que les degrés soient très-rap-
prochés l'un de l'autre, s'ils sont infranchissables. Ils
doivent se toucher, car la nature ne procède pas par
bonds, *Natura non procedit per saltus;* mais ils ne
doivent jamais se confondre. Dans la hiérarchie des
êtres, les rangs sont infinis; ils ne sont jamais mêlés.
Un centimètre de distance, s'il est insurmontable,
suffit à la séparation ; et c'est de cette manière que nous
sommes liés à toute la nature, et que nous avons, pour
ainsi dire, des parents plus ou moins proches parmi les
êtres de la création, sans y avoir de frères. Nous ne
sommes frères qu'entre hommes.

La question de l'âme des bêtes, comme on disait au
dix-septième siècle, est donc une question de proximité
dans les degrés de parenté. A quelle distance de parenté
les bêtes sont-elles avec nous, sans que jamais pourtant
la parenté puisse abolir la différence des familles? Tel
est le point qui se débattait entre les disciples de Descartes, qui, faisant des bêtes de pures machines, niaient
toute proximité entre elles et nous, et introduisaient,
dans la hiérarchie des êtres une discontinuité impossible, et ceux qui, se faisant les défenseurs des ani-

maux et allant trop loin dans l'apologie, semblaient
presque abolir toute différence entre l'homme et la
brute.

La Fontaine ne va pas jusque-là : il reste dans un
milieu équitable ; il sait même fort exactement quelle
est la vraie doctrine de Descartes. Il ne l'exagère pas
pour la combattre plus à son aise : il sait fort bien, par
exemple, que Descartes ne refuse pas aux animaux la vie
et le sentiment, mais qu'il leur refuse la pensée. Quant
à lui, il ne leur refuse pas la pensée ; il ne leur refuse
que la réflexion. Cette distinction est fine et profonde.
Voyons comment le poëte l'exprime :

> Sur tous les animaux, enfants du créateur,
> J'ai le don de penser et je sais que je pense.
> Or, vous savez, Iris, de certaine science,
> Que, quand la bête penserait,
> La bête ne refléchirait
> Sur l'objet ni sur la pensée.
> Descartes va plus loin et soutient nettement
> Qu'elle ne pense nullement.

Voilà donc la question nettement posée entre Descartes et la Fontaine. Descartes accorde à la bête la vie et
le sentiment ; mais il lui refuse la pensée. La Fontaine
lui accorde la pensée ; mais il lui refuse la réflexion.
C'est là, aussi bien, que M. Flourens pose la question :

« Les animaux reçoivent par leurs sens des impressions semblables à celles que nous recevons par les
nôtres ; ils conservent, comme nous, la trace de ces

impressions; ces impressions conservées forment, pour eux comme pour nous, des associations nombreuses et variées; ils les combinent, ils en tirent des rapports, ils en déduisent des jugements; ils ont donc de l'intelligence.

« Mais toute leur intelligence se réduit là. Cette intelligence qu'ils ont ne se considère pas elle-même, ne se voit pas, ne se connaît pas. Ils n'ont pas la *réflexion*, cette faculté suprême qu'a l'esprit de l'homme de se replier sur lui-même et d'étudier l'esprit.

« La *réflexion*, ainsi définie, est donc la limite qui sépare l'intelligence de l'homme de celle des animaux. Il y a là une ligne de démarcation profonde. Cette pensée qui se considère elle-même, cette intelligence qui se voit et qui s'étudie, cette connaissance qui se connaît, forment évidemment un ordre de phénomènes déterminés, d'une nature tranchée, et auxquels nul animal ne saurait atteindre. C'est là, si l'on peut ainsi dire, le monde purement intellectuel, et ce monde n'appartient qu'à l'homme. En un mot, les animaux sentent, connaissent, pensent; mais l'homme est le seul de tous les êtres créés à qui ce pouvoir ait été donné de sentir qu'il sent, de connaître qu'il connaît, et de penser qu'il pense[1]. »

Ainsi la différence faite par la Fontaine entre la pen-

---

[1] M. Flourens, p. 39 et 40.

sée et la réflexion n'est pas une fantaisie de poëte
ou un argument d'apprenti métaphysicien : c'est
nœud même de la question ; c'est le fond du débat. La
réflexion ou la conscience psychologique, c'est-à-dire le
don qu'a l'homme de penser qu'il pense et de saisir
son existence intellectuelle dans le travail même de la
pensée, est l'attribut distinctif et exclusif de l'homme.
L'animal a peut-être tout le reste de l'intelligence humaine ; il a, selon la Fontaine, le souvenir, la comparaison, le raisonnement ; et la Fontaine cite des exemples à l'appui de son opinion ; mais il n'a pas la
réflexion. C'est par là qu'il n'atteindra jamais à
l'homme. Le degré qui le sépare est petit ; mais il est
infranchissable. Il y a assurément beaucoup d'hommes
en qui la réflexion est à peine sensible, et chez qui le
degré de séparation entre l'homme et l'animal semble
s'effacer ; peu importe : il suffit de la moindre attention
pour le reconnaître et le retrouver, de même que, dans
la fouille des anciens édifices, ce qui se retrouve le plus
sûrement, ce sont les fondements mêmes. Les ruines
les ont laissés intacts.

Ce qui fait la grandeur de la réflexion ou de la conscience psychologique, c'est que par là l'homme s'assure de sa personnalité à travers le temps et l'espace.
Ceux qui vivent au jour le jour, ceux qui laissent
couler leur vie entre le dormir et le manger, comme
font les animaux, ont à peine conscience de leur per-

sonne. Que de fois même, voyant quelques-unes de ces
personnes obstinément attachées à la matière et dépen-
dant par routine des lieux et des temps, que de fois
n'avons-nous pas été tentés de nier qu'il y eût là des
personnes humaines ! Elles nous semblaient faire partie
de la maison ou du champ où elles vivaient ; elles
étaient serfs du sol ; elles étaient immeubles par desti-
nation. Et cependant ces automates humains sont
capables de réflexion : malheureux, ils s'inclinent sous
la main de Dieu ; heureux, ils se souviennent du temps
où ils ont souffert. Ils le peuvent, du moins, et le font
même quelquefois. Ils n'agissent pas seulement en vertu
des impressions qui les frappent dans tel ou tel moment ;
ils peuvent agir aussi en vertu des réflexions qu'ils font
sur leurs impressions. Ils se disent tantôt qu'ils ont eu
tort, tantôt qu'ils ont eu raison d'agir de telle ou telle
manière, dans tel ou tel temps ; et, en parlant ainsi, ils
attestent, sans le savoir, qu'ils sentent en eux une force
indépendante des choses extérieures, un moi, une personne enfin dont ils reconnaissent l'identité à travers
le temps, et la responsabilité à travers les impressions du corps. L'homme ne vit que par l'idée qu'il a
de sa personne indépendante et distincte de tous les
autres êtres. C'est là sa seule et sa vraie réalité. Par son
corps et par ses sens, il dépend du monde extérieur ;
par l'idée qu'il a de sa personne, il est indépendant.

N'y a-t-il donc dans l'animal aucune sorte de person-

nalité, aucune ombre de conscience psychologique?
Buffon lui accorde la conscience de son existence actuelle : « Si je me suis bien expliqué, dit-il, on doit
« avoir vu que, bien loin de tout ôter aux animaux, je
« leur accorde tout, à l'exception de la pensée et de la
« réflexion. Ils ont le sentiment, ils l'ont même à un
« plus haut degré que nous ne l'avons ; ils ont aussi
« la conscience de leur existence actuelle, mais ils n'ont
« pas celle de leur existence passée ; ils ont des sensa-
« tions, mais il leur manque la faculté de les compa-
« rer, c'est-à-dire la puissance qui produit les idées ;
« car les idées ne sont que des sensations comparées,
« ou, pour mieux dire, des associations de sensa-
« tions[1]. »

Qu'est-ce que cette *conscience de l'existence actuelle*
que Buffon accorde aux animaux en plus que Descartes,
qui ne leur accordait que le sentiment? Avez-vous vu
quelquefois, par une belle matinée d'été, les animaux
qui s'éveillent, les oiseaux qui prennent leur essor en
chantant, le cheval qui hennit en voyant son cavalier
s'approcher? N'est-ce pas un sentiment de joie qui
semble se répandre dans tous les êtres avec le retour
de la clarté? Et cette joie, quelle est-elle, sinon celle
qui vient du sentiment de la vie? N'y a-t-il dans ce sen-

---

[1] Buffon, *Discours sur la nature des animaux,* cité par M. Flourens,
p. 14.

timent qu'un pur effet du sang qui s'anime et s'é-
chauffe? ou y a-t-il une réflexion quelconque, une
opération de la conscience psychologique? L'animal, en
un mot, rapporte-t-il le sentiment qu'il a à sa personne? ou bien n'est-ce, pour ainsi dire, que la vie qui
en lui jouit d'elle-même? Personne n'est tenté de croire
que la lumière se sente lumineuse. L'animal se sent-il
joyeux, ou la joie éclate-t-elle en lui comme la lumière
éclate sur les choses? L'animal enfin a-t-il un moi dis-
tinct des autres êtres, et surtout ce moi se sait-il et se
connaît-il? Il m'est difficile, je l'avoue, de ne pas croire
que l'animal a son moi. Jusqu'à quel point ce moi se
rapproche-t-il du moi humain? Grand mystère. Souvenons-nous seulement que, pour établir la différence
entre nous et les animaux, nous n'avons pas besoin de
les tenir à grande distance : il suffit d'un degré qui ne
puisse être franchi. C'est assez pour maintenir la hiérarchie et pour rassurer notre orgueil. Ne craignons
donc pas d'observer et de constater les ressemblances
entre nous et les animaux, persuadés que nous sommes
que nous n'arriverons jamais jusqu'à la conformité.
L'homme peut se brutaliser par ses vices jusqu'à toucher à la bête; l'animal ne peut pas s'humaniser par
ses qualités jusqu'à atteindre l'homme.

La Fontaine aime à signaler ces ressemblances. L'a-
nimal, dit-on, ne raisonne pas. Qu'est-ce donc que raisonner? C'est avoir des sensations, les percevoir, les

comparer, les juger et en tirer des conséquences. L'a-
nimal fait-il tout cela? On dit que non;

> . . . Cependant, quand aux bois
> Le bruit des cors, celui des voix
> N'a donné nul relâche à la fuyante proie,
> Qu'en vain elle a mis ses efforts
> A confondre et brouiller la voie,
> L'animal chargé d'ans, vieux cerf et de dix cors,
> En suppose[1] un plus jeune, et l'oblige par force
> A présenter aux chiens une nouvelle amorce.
> Que de raisonnements pour conserver ses jours !
> Le retour sur ses pas, les malices, les tours,
> Et le change, et cent stratagèmes
> Dignes des plus grands chefs, dignes d'un meilleur sort!
> On le déchire après sa mort:
> Ce sont tous ses honneurs suprêmes.

> Quand la perdrix
> Voit ses petits
> En danger, et n'ayant qu'une plume nouvelle
> Qui ne peut fuir encor par les airs le trépas,
> Elle fait la blessée et va traînant de l'aile,
> Attirant le chasseur et le chien sur ses pas,
> Détourne le danger, sauve ainsi sa famille ;
> Et puis, quand le chasseur croit que son chien la pille[2],
> Elle lui dit adieu, prend sa volée et rit
> De l'homme qui, confus, des yeux en vain la suit[3].

L'exemple du cerf et de la perdrix semble prouver
que l'animal raisonne. Pour achever la démonstration,
la Fontaine prend l'exemple des castors :

[1] Substitue.
[2] Se jette dessus.
[3] Liv. X, f. ire.

Non loin du nord il est un monde
Où l'on sait que les habitants
Vivent, ainsi qu'aux premiers temps,
Dans une ignorance profonde.
Je parle des humains ; car, quant aux animaux,
    Ils y construisent des travaux
Qui des torrents grossis arrêtent le ravage,
Et font communiquer l'un et l'autre rivage.
L'édifice résiste et dure en son entier ;
Après un lit de bois est un lit de mortier.
Chaque castor agit : commune en est la tâche ;
Le vieux y fait marcher le jeune sans relâche ;
Maint maître d'œuvre y court, et tient haut le bâton.
    La république de Platon
    Ne serait rien que l'apprentie
    De cette famille amphibie.
Ils savent en hiver élever leurs maisons,
    Passent les étangs sur des ponts,
    Fruit de leur art, savant ouvrage ;
    Et nos pareils ont beau le voir,
    Jusqu'à présent tout leur savoir
    Est de passer l'onde à la nage.
Que ces castors ne soient qu'un corps vide d'esprit,
Jamais on ne pourra m'obliger à le croire[1].

M. Flourens nous prouve cependant que les castors
ne méritent pas la réputation d'intelligence que leur
fait la Fontaine :

« Le castor est un mammifère de l'ordre des *ron
geurs*, c'est-à-dire de l'ordre même qui a le moins d'in
telligence ; mais il a un instinct merveilleux, celui de

---

[1] Liv. X, f. 1re.

se construire une cabane, de la bâtir dans l'eau, de faire des chaussées, d'établir des digues ; et tout cela avec une industrie qui supposerait, en effet, une intelligence très-élevée dans cet animal, si cette industrie dépendait de l'intelligence.

« Le point essentiel était donc de prouver qu'elle n'en dépend pas ; et c'est ce qu'a fait F. Cuvier. Il a pris des castors très-jeunes ; et ces castors, élevés loin de leurs parents, et qui par conséquent n'en ont rien appris, ces castors, isolés, solitaires, qu'on avait placés dans une cage, tout exprès pour qu'ils n'eussent pas besoin de bâtir, ces castors ont bâti, poussés par une force machinale et aveugle, en un mot par un pur instinct[1]. »

Nous touchons ici à un nouveau point de la question, la différence fondamentale entre l'instinct et l'intelligence. Écoutons encore M. Flourens :

« L'opposition la plus complète sépare *l'instinct de l'intelligence*.

« Tout, dans l'*instinct*, est aveugle, nécessaire et invariable ; tout, dans l'*intelligence*, est électif, conditionnel et modifiable.

« Le castor qui se bâtit une cabane, l'oiseau qui se construit un nid, n'agissent que par *instinct*.

« Le chien, le cheval, qui apprennent jusqu'à la

---

[1] M. Flourens, p. 36 et 37.

signification de plusieurs de nos mots et qui nous obéissent, font cela par *intelligence*.

« Tout, dans l'*instinct*, est inné : le castor bâtit sans l'avoir appris ; tout y est fatal : le castor bâtit, maîtrisé par une force constante et irrésistible.

« Tout, dans l'*intelligence*, résulte de l'expérience et de l'instruction : le chien n'obéit que parce qu'il l'a appris ; tout y est libre : le chien n'obéit que parce qu'il le veut.

« Enfin tout, dans l'*instinct*, est particulier : cette industrie si admirable que le castor met à bâtir sa cabane, il ne peut l'employer qu'à bâtir sa cabane ; et tout, dans l'*intelligence*, est général : car cette même flexibilité d'attention et de conception que le chien met à obéir, il pourrait s'en servir pour faire toute autre chose.

« Il y a donc, dans les animaux, deux forces distinctes et primitives : *l'instinct et l'intelligence*. Tant que ces deux forces restaient confondues, tout, dans les actions des animaux, était obscur et contradictoire. Parmi ces actions, les unes montraient l'homme supérieur à la brute, et les autres semblaient faire passer la supériorité du côté de la brute. Contradiction aussi déplorable qu'absurde ! Par la distinction qui sépare les actions aveugles et nécessaires des actions électives et conditionnelles, ou, en un seul mot, *l'instinct de l'intelligence*, toute contradiction cesse, la clarté succède à

la confusion : tout ce qui, dans les animaux, est *intelligence*, n'y approche, sous aucun rapport, de l'intelligence de l'homme ; et tout ce qui, passant pour *intelligence*, y paraissait supérieur à l'intelligence de
l'homme, n'y est que l'effet d'une force machinale et
aveugle[1]. »

Cette différence entre l'instinct et l'intelligence est
extrêmement importante dans la question qui nous
occupe. Chose curieuse, la supériorité et la sûreté
même de l'instinct font son infériorité à côté de l'intelligence. Par son instinct, l'animal ne peut pas se
tromper, tandis que par son intelligence il peut faire
plus ou moins bien. Par son intelligence faillible, il
s'approche plus ou moins de l'homme ; par son instinct
infaillible, il s'approche des choses. La gravitation est
une loi encore plus sûre que l'instinct et qui conduit
plus infailliblement les astres dans leurs mouvements
que l'instinct ne conduit les animaux. L'astre peut bien
moins se tromper dans sa marche que l'astronome
dans ses calculs. L'astronome cependant vaut mieux
que l'astre, parce qu'il est une intelligence et une
personne, tandis que l'astre est une chose qui suit sa
loi sans la connaître, à moins que, selon une vieille
croyance de l'Orient, nous ne donnions à chaque astre
un ange qui le conduise, c'est-à-dire une intelligence.
et une personne.

[1] P. 37, 58 et 59. .

La Fontaine n'a point fait la distinction entre l'instinct et l'intelligence chez les animaux. De là deux
erreurs. Premièrement, il attribue à l'intelligence des
animaux beaucoup de choses qui ne sont que l'effet de
l'instinct; et, comme les choses que l'animal fait par
instinct sont accomplies avec une industrie merveilleuse, la Fontaine est disposé à croire que sur certains
points l'intelligence des animaux est supérieure à celle
des hommes. Secondement, il oublie une remarque
importante : par l'instinct, les animaux de chaque
espèce sont égaux entre eux ; par l'intelligence, ils sont
supérieurs et inférieurs les uns aux autres. J'ajoute
que l'intelligence individuelle des animaux travaille sur
leur instinct et le développe ; c'est-à-dire que tous les
chiens ayant l'instinct de la chasse, il y a cependant
des chiens qui chassent mieux que d'autres, parce qu'il
y a des chiens qui ont plus d'intelligence et qui par
leur intelligence ont développé leur instinct.

Il est donc très-important de déterminer ce qui dans
les animaux est l'effet de l'instinct et l'effet de l'intelligence, afin de ne pas croire à la supériorité de leur
intelligence en voyant la sûreté de l'instinct ou du mé-
canisme, et afin, d'autre part, de ne pas croire à l'égalité de l'intelligence chez les animaux dans chaque
famille. Les familles d'animaux ont, comme les familles humaines, leurs individus plus ou moins bien doués.
Les deux rats, par exemple, dont la Fontaine nous

raconte l'histoire, sont, selon moi, des rats d'élite :

> Deux rats cherchaient leur vie ; ils trouvèrent un œuf.
> Le diné suffisait à gens de cette espèce :
> Il n'était pas besoin qu'ils trouvassent un bœuf.
>   Pleins d'appétit et d'allégresse,
> Ils allaient de leur œuf manger chacun sa part,
> Quand un quidam parut : c'était maître renard,
>   Rencontre incommode et fâcheuse :
> Car comment sauver l'œuf ? Le bien empaqueter,
> Puis des pieds de devant ensemble le porter,
>   Ou le rouler ou le traîner,
> C'était chose impossible autant que hasardeuse.
>   Nécessité l'ingénieuse
>   Leur fournit une invention.
> Comme ils pouvaient gagner leur habitation,
> L'écornifleur étant à demi-quart de lieue,
> L'un se mit sur le dos, prit l'œuf entre ses bras,
> Puis, malgré quelques heurts et quelques mauvais pas,
>   L'autre le traîna par la queue.
> Qu'on m'aille soutenir, après un tel récit,
>   Que les bêtes n'ont point d'esprit !

L'exemple des deux rats de la Fontaine ne prouve pas que tous les animaux aient autant d'intelligence qu'en ont montré ces deux bêtes ; il ne prouve même pas que tous les rats soient aussi avisés. Ce n'est pas là un effet d'instinct, mais un effet d'intelligence. Ces deux rats, s'ils sont de l'histoire et non de la fable, étaient des individus évidemment supérieurs à ceux de leur espèce.

Voyons enfin quelle est la conclusion de la Fontaine, elle ne manque ni de hardiesse ni de justesse :

Pour moi, si j'en étais le maître,
Je leur en donnerais[1] aussi bien qu'aux enfants.
Ceux-ci pensent-ils pas dès leurs plus jeunes ans ?
Quelqu'un peut donc penser, ne se pouvant connaître.
  Par un exemple tout égal,
  J'attribuerais à l'animal,
Non point une raison selon notre manière,
Mais beaucoup plus aussi qu'un aveugle ressort.
Je subtiliserais un morceau de matière,
Quintessence d'atome, extrait de la lumière,
Je ne sais quoi plus vif et plus mobile encor
Que le feu.....
          Je rendrais mon ouvrage
Capable de sentir, juger, rien davantage
  Et juger imparfaitement,
Sans qu'un singe jamais fît le moindre argument
  A l'égard de nous autres hommes,
Je ferais notre lot infiniment plus fort ;
  Nous aurions un double trésor :
L'un, cette âme pareille en tous tant que nous sommes,
  Sages, fous, enfants, idiots,
Hôtes de l'univers sous le nom d'animaux ;
L'autre, encore une autre âme, entre nous et les anges
  Commune en un certain degré ;
  Et ce trésor à part créé
Suivrait parmi les airs les célestes phalanges,
Entrerait dans un point sans en être pressé,
Ne finirait jamais, quoiqu'ayant commencé :
  Choses réelles, quoique étranges.
  Tant que l'enfance durerait,
Cette fille du ciel en nous ne paraîtrait
  Qu'une tendre et faible lumière :
L'organe étant plus fort, la raison percerai

---

[1] De l'esprit.

Les ténèbres de la matière,
Qui toujours envelopperait
L'autre âme imparfaite et grossière.

Nous voilà, si je ne me trompe, en pleine philosophie. Et d'abord cette comparaison entre l'âme de l'homme enfant et l'âme des bêtes n'est point une invention de la Fontaine. Aristote, cité par M. Flourens, dit que, « si l'on considère l'homme dans son « enfance, son âme ne diffère en rien, pour ainsi dire « de celle des bêtes. Ce n'est donc point aller contre la « raison de dire qu'il y a entre l'homme et les ani- « maux des facultés communes, des facultés voisines « et des facultés analogues[1]. » Ces deux âmes, dont l'une nous est commune avec les animaux, et l'autre avec les anges, sont les deux âmes ou plutôt les deux vies de saint Augustin : *vita corporis anima, vita animæ Deus*[2]. Enfin cette âme des animaux, moitié matérielle et moitié spirituelle, que la Fontaine essaye de nous faire comprendre en disant :

Qu'il subtiliserait un morceau de matière,

Voici ce qu'en disait, dès 1672, le père Pardies dans

---

[1] Aristote, *Histoire des animaux*, liv. VIII. — M. Flourens, p. 43 et 44.

[2] Voici la citation exacte de saint Augustin : « Vita carnis tuæ anima tua. Vita animæ tuæ Deus tuus. » (*In Jeannem, tractatus* 47.)

son excellent traité de la *Connaissance des bêtes*[1] :
« ..... Quelque soin que nous prenions de considérer les bêtes, nous ne pouvons jamais rien découvrir
qui nous fasse reconnaître que leurs actions se font autrement que celles des nôtres, qui se font par le moyen
des connaissances purement sensibles, sans aucune
perception intellectuelle ; et voilà la nécessité qui nous
oblige à reconnaître des âmes matérielles. Quelque difficulté qu'il puisse y avoir à former une idée claire et
distincte de la nature de ces âmes, nous ne devons pas
hésiter là-dessus, puisque nous sommes persuadés
qu'en une infinité de rencontres il nous faut reconnaître
des choses que nous ne pouvons d'ailleurs nous représenter clairement. La divisibilité à l'infini, l'incommen-
surabilité des lignes, l'union de l'âme spirituelle et du
corps, sont assurément des choses qui passent la plupart des hommes. Nous avons bien de la peine à concevoir tout cela, et néanmoins nous sommes certains que
cela est[2]. »

Commentant la Fontaine par Aristote, par saint Augustin et par le père Pardies, j'ai voulu montrer une
fois de plus comment le fabuliste aimait à traiter les
questions de philosophie, et les traitait presque en

[1] La Fontaine n'a publié les livres VII, VIII, IX, X et XI de ses fables qu'en 1678 et 1679.

[2] *Discours de la connaissance des bêtes*, par le père Pardies, de
Compagnie de Jésus, 2ᵉ éd., Paris, 1678, p. 262, 263 et 264. — L
1ʳᵉ édition est de 1672.

homme du métier, y mettant seulement la grâce de son
génie; avec quelle justesse d'esprit enfin il discutait la
question de l'âme des bêtes, sans se faire l'apologiste
des animaux jusqu'à déprécier l'homme, sans élever
l'homme jusqu'à nier toute parenté entre lui et les
animaux. Mais ne croyez pas que ces questions de philosophie qui touchent à la nature des animaux, et par
conséquent à la condition des acteurs du drame de la
Fontaine, ne soient traitées par lui qu'une seule fois
et dans la fable que nous venons de voir: il y revient
plusieurs fois avec une prédilection visible. Ce retour
du poëte à ses idées favorites nous fournira l'occasion de
quelques nouveaux rapprochements avec divers philosophes.

DIX-NEUVIÈME LEÇON

SUITE DU CHAPITRE PRÉCÉDENT — LA FONTAINE PHILOSOPHE — L'AME DES BÊTES — LE SYSTÈME DU PÈRE BOUGEANT

J'ai parlé du père Bougeant, et de son ouvrage intitulé : *Amusement philosophique sur le langage des bêtes*. Je dois en dire quelques mots : je ne veux pas, en effet, passer sous silence le bizarre système du bon père sur la nature des animaux, et les arguments plus bizarres encore à l'aide desquels il le défend.

Les bêtes, selon le père Bougeant, sont ces innombrables démons qui se sont révoltés contre Dieu et qu'en attendant le jugement dernier, Dieu a punis en les transformant en animaux de toutes sortes et en les soumettant à la puissance de l'homme. Parmi les démons révoltés, les plus importants sont restés dans leur état

naturel de diables, sans être assujettis à prendre la
forme des bêtes : « Ils s'occupent à tenter les hommes,
à les séduire, à les tourmenter... Ce sont ces esprits
malfaisants que l'Écriture appelle les puissances des ténèbres et les puissances de l'air... Des autres, Dieu en
a fait des millions de bêtes de toute espèce, qui servent
aux usages de l'homme... Et, si ces esprits superbes
connaissent leur état, quelle humiliation pour eux de
se voir ainsi réduits à n'être que des bêtes[1] ! »

Dans cette transformation en bêtes du peuple des démons, tandis que les chefs gardent leur taille gigan-
tesque, le père Bougeant imite, sans le savoir peut-être,
Milton, qui, ne pouvant pas faire tenir tous ses démons
dans son Pandémonium, c'est-à-dire dans la salle de
son assemblée infernale, a pris le parti de transformer
en petits animaux de toute espèce la populace des diables, laissant aux chefs seulement leur taille et leur
figure. Ce qui dans Milton est une invention à la fois
grande et bizarre, devient dans le père Bougeant le sujet de plaisanteries prétentieuses qui sentent à la fois
le boudoir et la sacristie. Mettez dans les *Précieuses
ridicules* un abbé, au lieu d'un marquis, il parlera
comme le père Bougeant fait parler les interlocuteurs
de son dialogue : « Une dame fort aimable interrompant
l'auteur du nouveau système, — Monsieur, lui dit-elle

---

[1] Pages 31 à 33. Édit. de 1750.

avec beaucoup de vivacité, il m'importe fort peu que les diables soient humiliés ou non, et qu'ils souffrent dès à présent les peines de l'enfer; mais je ne veux pas que les bêtes soient des diables. Comment! ma chienne serait un diable qui coucherait la nuit avec moï et qui me caresserait tout le jour? Je ne vous le passerai jamais. — J'en dis autant de mon perroquet, reprit une eune demoiselle. Il est charmant; mais, si j'étais persuadée que ce fût un petit diable, il me semble que je ne le pourrais souffrir [1]. »

Les objections que l'auteur se fait faire par des dames aimables ne le déconcertent pas : il trouve que son système a toutes sortes d'avantages. Voici, par exemple, un de ces avantages : « Persuadés que nous sommes que les bêtes ont du sentiment, à qui de nous n'est-il pas arrivé mille fois de les plaindre des maux excessifs auxquels la plupart d'entre elles sont exposées et qu'elles souffrent réellement? Que les chevaux sont à laindre! disons-nous à la vue d'un cheval qu'un impitoyable charretier accable de coups. Qu'un chien que l'on dresse à la chasse est misérable! Que le sort des bêtes qui vivent dans les bois est triste! Continuellement elles essuyent toutes les injures de l'air; toujours agitées de la crainte de devenir la proie des chasseurs ou d'un animal plus féroce; obligées de chercher sans

---

[1] Pages 33 et 34.

cesse avec beaucoup de fatigue une légère et insipide nourriture; souffrant souvent une faim cruelle, et sujettes d'ailleurs aux maladies et à la mort. Que les hommes soient assujettis à toutes les misères qui les accablent, la religion nous en apprend la raison : c'est qu'ils naissent pécheurs. Mais quel crime ont commis les bêtes pour naître sujettes à des maux si cruels[1]? »

Si nous consentons à croire avec l'auteur du nouveau système que les bêtes sont des démons condamnés à la souffrance et attendant les châtiments éternels que leur réserve le jugement universel, tout s'explique alors. Les chevaux sont accablés de coups par les charretiers : quoi de plus juste? Ne sont-ce pas des démons que Dieu veut châtier? Les cerfs sont poursuivis par les chasseurs et par les chiens : quoi de plus juste? « Les esprits rebelles méritent un châtiment encore plus rigoureux[2]. » Ce système éclaircit tout : « Les bêtes carnassières et les oiseaux de proie sont cruels; beaucoup d'insectes de la même espèce se dévorent les uns les autres; les chats sont perfides et ingrats; les singes sont malfaisants[3]. » Ne vous en étonnez pas : ce sont des démons.

Mais il y a de bonnes bêtes, douces, aimables, point malfaisantes : sont-ce aussi des diables? Le père Bou-

[1] Pages 35 et 56.
[2] Page 37.
[3] Page 38.

geant ne s'explique pas sur ce point. Peut-être, com-
prenant, comme il le fait, le langage des bêtes, a-t-il
reçu même des meilleures bêtes, des confidences qui
l'amènent à croire que les bêtes qui passent pour bonnes
n'ont cette réputation que parce que nous ne savons
pas le fond de leurs pensées. Il a du moins appris,
dans les entretiens qu'il a eus avec les animaux, qu'ils
sont soumis aux lois de la métempsycose : les démons
passent sans cesse du corps d'un animal dans un autre.
Cela ne fait pas, ce me semble, que le système du père
Bougeant soit moins singulier et moins étrange.

Ce système, après tout, est-il une plaisanterie? on
pourrait le croire au ton de badinage que prend l'auteur; mais alors, sans vouloir reprocher au père Bougeant ce que ce badinage sur des choses qui tiennent
à la religion, a de messéant dans la bouche d'un ecclésiastique, je dirai, m'en tenant à la critique littéraire,
que je trouve la plaisanterie trop longue et pas assez
piquante. L'auteur essaye de prouver que les bêtes ont
un langage, et il nous traduit, pour ainsi dire, la conversation de deux moineaux qui ont un nid et des petits : « Comment concevoir, dit-il, que deux moineaux,
dans la ferveur de leurs amours, ou dans les soins que
leur donne l'éducation de leurs petits, n'aient pas mille
choses à se dire? Ce serait ici le lieu d'égayer la matière par des détails intéressants; mais je ne veux pas
qu'un ouvrage philosophique dégénère en plaisanterie.

e ne m'attache, comme vous voyez, qu'à des raisons solides ; et je soutiens qu'il est impossible, dans l'ordre de la nature, qu'un moineau qui aime sa femme n'ait pas, pour se faire écouter, un langage plein d'expression et de tendresse. Il faut qu'il la gronde lorsqu'elle fait la coquette ; il faut qu'il menace les galants qui viennent la cajoler ; il faut qu'il puisse l'entendre lorsqu'elle l'appelle ; il faut, tandis qu'elle couve assidûment ses œufs, qu'il puisse pourvoir à ses besoins, et distinguer si c'est de la nourriture qu'elle demande, ou quelques plumes pour réparer son nid ; et, pour tout cela, il faut un langage [1]. »

Que dites-vous de ce faux esprit et de ces fausses amabilités ? Quoi, voilà ce que les animaux se disent ! Je ne me plains pas alors de ne point les entendre. Il y a dans la Fontaine deux pigeons qui s'entretiennent, l'un voulant voyager, l'autre voulant le retenir : quel langage différent !

> Deux pigeons s'aimaient d'amour tendre :
> L'un d'eux, s'ennuyant au logis,
> Fut assez fou pour entreprendre
> Un voyage en lointain pays.
> L'autre lui dit : « Qu'allez-vous faire ?
> Voulez-vous quitter votre frère ?
> L'absence est le plus grand des maux ;
> Non pas pour vous, cruel ! Au moins que les travaux,
> Les dangers, les soins du voyage,

---

[1] Pages 72 et 73.

Changent un peu votre courage !
Encor, si la saison s'avançait davantage !
Attendez les zéphyrs. Qui vous presse ? Un corbeau
Tout à l'heure annonçait malheur à quelque oiseau.
Je ne songerai plus que rencontre funeste,
Que faucons, que réseaux. Hélas ! dirai-je, il pleut :
 Mon frère a-t-il tout ce qu'il veut,
 Bon soupé, bon gîte et le reste ? »
 Ce discours ébranla le cœur
 De notre imprudent voyageur ;
Mais le désir de voir et l'humeur inquiète
L'emportèrent enfin. Il dit : « Ne pleurez point,
Trois jours au plus rendront mon âme satisfaite ;
Je reviendrai dans peu conter de point en point
 Mes aventures à mon frère ;
Je le désennuierai. Quiconque ne voit guère
N'a guère à dire aussi. Mon voyage dépeint
 Vous sera d'un plaisir extrême.
Je dirai : j'étais là ; telle chose m'avint :
 Vous y croirez être vous-même. »
A ces mots, en pleurant ils se dirent adieu.
Le voyageur s'éloigne ; et voilà qu'un nuage
L'oblige de chercher retraite en quelque lieu.
Un seul arbre s'offrit, tel encor que l'orage
Maltraita le pigeon en dépit du feuillage.
L'air devenu serein, il part tout morfondu,
Sèche du mieux qu'il peut son corps chargé de pluie,
Dans un champ à l'écart voit du blé répandu,
Voit un pigeon auprès : cela lui donne envie ;
Il y vole, il est pris : ce blé couvrait d'un las
 Les menteurs et traîtres appas.
Le las était usé ; si bien que, de son aile,
De ses pieds, de son bec, l'oiseau le rompt enfin :
Quelque plume y périt, et le pis du destin
Fut qu'un certain vautour, à la serre cruelle,

Vit notre malheureux, qui, traînant la ficelle
Et les morceaux du las qui l'avait attrapé,
        Semblait un forçat échappé.
Le vautour s'en allait le lier [1], quand des nues
Fond à son tour un aigle aux ailes étendues.
Le pigeon profita du conflit des voleurs,
S'envola, s'abattit auprès d'une masure,
        Crut, pour ce coup, que ses malheurs,
        Finiraient par cette aventure.
Mais un fripon d'enfant, cet âge est sans pitié,
Prit sa fronde, et du coup tua plus d'à moitié
        La volatile malheureuse,
    Qui, maudissant sa curiosité,
        Demi-morte et demi-boiteuse,
        Droit au logis s'en retourna.
        Que bien, que mal, elle arriva
        Sans autre aventure fâcheuse.
Voilà nos gens rejoints ; et je laisse à juger
De combien de plaisirs ils payèrent leurs peines.

                              (IX, f. 2.)

Voilà comme il faut entendre le langage des animaux ; voilà, quand on l'entend, comme il faut le traduire. Le langage que la Fontaine prête à ses deux pigeons est le langage des cœurs amoureux ; il élève les
bêtes jusqu'à l'homme en leur donnant la vivacité et la
grâce des plus douces passions humaines. Montaigne,
au contraire, le grand et piquant docteur du seizième siècle, quand il compare l'homme aux animaux,
aime mieux nous abaisser jusqu'à eux par ses railleries.

_____
[1] Le saisir.

— Nous disons que les bêtes n'ont point de langage entre
elles : qu'en savons-nous? L'argument est que nous ne
les entendons point : « C'est à deviner à qui est la faute
de ne nous entendre point ; car nous ne les entendons,
non plus qu'elles nous. Par cette même raison, elles
nous peuvent estimer bêtes, comme nous les estimons.
Ce n'est pas grand'merveille, si nous ne les entendons
pas : aussi ne faisons-nous les Basques et les Troglo-
dytes [1]. »

Il y a, comme on le voit, deux manières de rapprocher les animaux de l'homme : on peut abaisser
l'homme jusqu'à eux ; on peut les élever jusqu'à
lui. Le plain-pied se fait en haut ou en bas. Quand
Montaigne joue avec sa chatte, « Qui sait, dit-il, si elle
passe son temps de moi plus que j'en fais d'elle ? Nous
nous entretenons de singeries réciproques. Si j'ai mon
heure de commencer ou de refuser, aussi a-t-elle la
sienne [2]. » Voilà l'homme mis sans façon au niveau de
l'animal. L'homme n'y gagne pas, cela est évident ;
l'animal y gagne peu. Quand, au contraire, la Fontaine
fait, de ses deux pigeons, deux amants dont l'un déses-
père l'autre par ses goûts d'aventures, voilà les animaux élevés au niveau des passions et des aventures
humaines. L'homme n'y perd pas ; les animaux y gagnent. Je dirais même, si je ne craignais de paraître

_____
[1] Montaigne, liv. II, ch. xii.
[2] *Ibidem.*

trop disposé à glorifier les animaux, que de cette manière le niveau moral de la création s'entretient et s'élève. Je ne crains pas pour l'homme de voir ses bons sentiments représentés par les animaux, l'amour fidèle par les pigeons, l'amitié persévérante par le chien. Car si ces bons sentiments, nécessaires au maintien de l'ordre moral en ce monde, venaient à manquer parmi les hommes, ils pourraient au moins se retrouver à l'aide des animaux, et la tradition ne s'en perdrait pas. N'oublions pas que les bons sentiments s'entretiennent l'un par l'autre. On disait à un pauvre qui avait à peine du pain et qui nourrissait un chien : « Il faudrait quitter votre chien. — Eh, monsieur, qui m'aimera, si je quitte mon chien ? » Cri admirable, cri d'une âme affectueuse, que l'amitié de son chien défendait seule de l'égoïsme du désespoir.

Nous pouvons donc croire qu'il est de la sagesse divine, qu'il y ait de bons sentiments chez les animaux. J'aime que la Fontaine prête à ses bêtes toutes sortes d'affections humaines, et même les meilleures ; j'aime qu'il les rapproche de nous en les élevant. Je n'ai pas peur que ce rapprochement devienne jamais une confusion, puisque des deux âmes que la Fontaine trouve en nous, il y en a une, celle qui est toute spirituelle et émanant de l'âme divine, qu'il nous réserve exclusivement. Il n'y a que l'autre âme, celle qui est à la fois matérielle et spirituelle, celle qui est la vie, qui nous

soit commune avec les animaux. Les rangs sont donc
gardés. Mais, une fois la hiérarchie des êtres mise à
l'abri de tout désordre, pourquoi la Fontaine n'exami-
nerait-il pas à plaisir et sans scrupule cette seconde âme
qui fait notre proximité avec les animaux? Pourquoi
n'essayerait-il pas d'en déterminer le caractère? Pourquoi même ne se laisserait-il pas aller à philosopher un
peu, selon son penchant, sur le caractère de l'âme
propre à chaque espèce? La Fontaine croit que chaque
espèce a sa nature originelle, que rien ne peut changer ; et cette nature ne dépend pas de la conformation
des organes de l'animal : elle a son essence primor-
diale et inaltérable. Il réfute ainsi, par avance, le système d'Helvétius, qui prétend que l'âme dépend des organes du corps ; que ce sont ces organes qui la déterminent et la qualifient ; que, si l'on donnait au cheval
la main de l'homme, le cheval serait homme, de même
qu'en donnant à l'homme la corne du cheval, l'homme
serait cheval.

La Fontaine a consacré deux fables[1] à réfuter cette
philosophie toute matérialiste, qui n'abaisse pas seulement l'homme jusqu'aux animaux, qui lui ôte son être
original pour ne plus lui laisser qu'un être accidentel ;
qui du même coup ôte aussi à chaque espèce d'animaux son originalité et son individualité, ne faisant plus

---

[1] *La Chatte métamorphosée en femme*, liv. II, f. 18, et *la Souris
métamorphosée en fille*, liv. IX, f. 7.

du monde vivant qu'un être immense qui se diversifie
en mille formes différentes, par accident et par hasard.
Étendez les nageoires jusqu'à en faire des ailes, les poissons sont des oiseaux; raccourcissez les ailes jusqu'à en
faire des nageoires, les oiseaux sont des poissons. La
forme est tout, l'espèce n'est rien. Plus de caractère
distinctif, sinon l'habitude ou plutôt la nécessité qu'im-
posent les organes d'agir de telle ou telle manière.

La Fontaine répugne à cette confusion, et il la combat à sa manière. Dans *la Chatte métamorphosée en
femme*[1], qui est une des fables de son premier recueil
ou des six premiers livres, il se borne au récit et ne
fait pas encore de philosophie. Il ne tient encore qu'à
montrer la force du naturel; il ne raisonne pas sur
ce que c'est que le naturel, quelle est cette force
mystérieuse et profonde qui constitue les êtres et qui

---

[1] Un homme chérissait éperdument sa chatte ;
  Il la trouvait mignonne, et belle, et délicate,
    Qui miaulait d'un ton fort doux;
    Il était plus fou que les fous.
  Cet homme donc, par prières, par larmes,
    Par sortiléges et par charmes,
    Fait tant qu'il obtient du destin
    Que sa chatte, en un bon matin,
    Devient femme; et, le matin même,
    Maître sot en fait sa moitié.
    Le voilà fou d'amour extrême,
    De fou qu'il était d'amitié.
    Jamais la dame la plus belle
    Ne charma tant son favori
    Que fait cette épouse nouvelle

les classe. Dans *la Souris métamorphosée en fille*, il
se met plus à son aise. Cette fable fait partie de son
second recueil, c'est-à-dire des six derniers livres : il
avait alors toute sa réputation ; il était plus sûr de lui et
de son public. Il n'en travaillait pas moins ses fables.
La confiance, chez les grands écrivains du dix-septième
siècle, n'allait jamais jusqu'à la négligence. La fable de

> Son hypocondre de mari.
> Il l'amadoue ; elle le flatte :
> Il n'y trouve plus rien de chatte ;
> Et poussant l'erreur jusqu'au bout,
> La croit femme en tout et partout :
> Lorsque quelques souris qui rongeaient de la natte
> Troublèrent le plaisir des nouveaux mariés.
> Aussitôt la femme est sur pieds.
> Elle manqua son aventure.
> Souris de revenir, femme d'être en posture :
> Pour cette fois elle accourut à point,
> Car, ayant changé de figure,
> Les souris ne la craignaient point.
> Ce lui fut toujours une amorce,
> Tant le naturel a de force !
> Il se moque de tout : certain âge accompli,
> Le vase est imbibé, l'étoffe a pris son pli.
> En vain de son train ordinaire
> On le veut désaccoutumer :
> Quelque chose qu'on puisse faire,
> On ne saurait le réformer.
> Coups de fourche ni d'étrivières
> Ne lui font changer de manières ;
> Et, fussiez-vous embâtonnés [1],
> Jamais vous n'en serez les maîtres.
> Qu'on lui ferme la porte au nez,
> Il reviendra par les fenêtres.
> (II, 18.)

[1] Armés de bâtons.

la Souris métamorphosée en fille est à la fois un des récits les plus poétiques de la Fontaine et une de ces dissertations philosophiques qu'il aimait tant, qu'il faisait si bien, couvrant toujours le sérieux du fond sous l'agrément de la forme :

Une souris tomba du bec d'un chat-huant.
 Je ne l'eusse pas ramassée ;
Mais un bramin le fit : je le crois aisément ;
 Chaque pays a sa pensée.
 La souris était fort froissée..
 De cette sorte de prochain
Nous nous soucions peu ; mais le peuple bramin
 Le traite en frère. Ils ont en tête
 Que notre âme, au sortir d'un roi,
Entre dans un ciron ou dans telle autre bête
Qu'il plaît au sort : c'est là l'un des points de leur loi.
Pythagore chez eux a puisé ce mystère.
Sur un tel fondement, le bramin crut bien faire
De prier un sorcier qu'il logeât la souris
Dans un corps qu'elle eût eu pour hôte au temps jadis.
 Le sorcier en fit une fille,
De l'âge de quinze ans, et telle et si gentille,
Que le fils de Priam pour elle aurait tenté
Plus encor qu'il ne fit pour la grecque beauté.
Le bramin fut surpris de chose si nouvelle.
 Il dit à cet objet si doux :
« Vous n'avez qu'à choisir, car chacun est jaloux
 De l'honneur d'être votre époux. —
 En ce cas, je donne, dit-elle,
 Ma voix au plus puissant de tous. —
Soleil, s'écria lors le bramin à genoux,
 C'est toi qui seras notre gendre. —
 Non, dit-il, ce nuage épais

Est plus puissant que moi, puisqu'il cache mes traits ;
   Je vous conseille de le prendre. —
Eh bien ! dit le bramin au nuage volant,
Es-tu né pour ma fille ? — Hélas ! non ; car le vent
Me chasse à son plaisir de contrée en contrée :
Je n'entreprendrai point sur les droits de Borée. »
   Le bramin fâché s'écria :
   « O vent, donc, puisque vent y a,
   Viens dans les bras de notre belle ! »
Il accourait : un mont en chemin l'arrêta.
   L'éteuf [1] passant à celui-là,
Il la renvoie et dit : « J'aurais une querelle
   Avec le rat, et l'offenser
Ce serait être fou, lui qui peut me percer. »
   Au mot de rat, la demoiselle
   Ouvrit l'oreille : il fut l'époux.
   Un rat ! un rat ! c'est de ces coups
   Qu'Amour fait ; témoin telle et telle.
   Mais ceci soit dit entre nous.

Voilà le conteur ; nous verrons tout à l'heure l'argumentateur. Quel tableau poétique ! Quelles images ! Quelles descriptions faites d'un mot ! Le soleil que le bramin adore à genoux, le nuage volant que le vent chasse de contrée en contrée, le vent lui-même qui, amoureux et rapide, accourait dans les bras de la belle : il y a là une pompe et un éclat de poésie cherchés à dessein pour faire contraste avec le dénoûment :

   Au mot de rat, la demoiselle
   Ouvrit l'oreille : il fut l'époux.

[1] La balle du jeu de paume.

Comme ces vers courts, vifs et malins, font ressortir la
magnificence des premiers! De plus, la Fontaine n'étant
pas seulement un poëte, mais un moraliste, il ne veut
pas que nous prenions son dénoûment pour une fiction comique, et il ajoute, avec cette grâce moqueuse
qui lui est propre :

> Un rat! un rat! c'est de ces coups
> Qu'Amour fait : témoin telle ou telle.
> Mais ceci soit dit entre nous.

Le philosophe cependant ne peut pas laisser passer
une si belle occasion d'argumenter à son aise. Que de
sujets en effet! L'histoire elle-même, le système de la
métempsycose, la distinction fondamentale des espèces,
la Fontaine suffit à tout. Il se fait d'abord logicien pour
critiquer le sujet même de sa fable :

> On tient toujours du lieu dont on vient. Cette fable
> Prouve assez bien ce point; mais, à la voir de près,
> Quelque peu de sophisme entre parmi ses traits.
> Car quel époux n'est point au soleil préférable
> En s'y prenant ainsi? Dirai-je qu'un géant
> Est moins fort qu'une puce? Elle le mord pourtant.
> Le rat devait aussi renvoyer, pour bien faire,
> > La belle au chat, le chat au chien,
> > Le chien au loup. Par le moyen
> > De cet argument circulaire,
> Pilpay jusqu'au soleil eût enfin remonté :
> Le soleil eût joui de la jeune beauté.

La Fontaine n'est pas fâché assurément que l'histoire
arrive au rat, qui est le dénoûment moral, la conclu-

sion philosophique du conte, et qui doit prouver la sta-
bilité de nature des espèces; mais il lui semble qu'elle
y arrive mal et par des sophismes que la Fontaine réfute en passant. Il vient de là au système de la métempsycose, dont il expose nettement les deux principaux
arguments : 1° l'unité de substance :

> Car il faut, selon ce système,
> Que l'homme, la souris, le ver, enfin chacun
> Aille puiser son âme en un trésor commun :
> Toutes sont donc de même trempe.

2° le caractère de chaque espèce résulte de ses organes : rien de fondamental et d'essentiel dans les
races; tout est accidentel, tout est relatif :

> Mais, agissant diversement
> Selon l'organe seulement,
> L'une (l'âme) s'élève, et l'autre rampe.
> D'où vient donc que ce corps si bien organisé
> Ne peut obliger son hôtesse
> De s'unir au soleil? Un rat eut sa tendresse.
> Tout débattu, tout bien pesé,
> Les âmes des souris et les âmes des belles
> Sont très-différentes entre elles.
> Il en faut revenir toujours à son destin,
> C'est-à-dire à la loi par le ciel établie :
> Parlez au diable, employez la magie,
> Vous ne détournerez nul être de sa fin.
>   (IX, 7.)

Si vous traduisez en langage philosophique ces deux
vers charmants et plaisants :

> Les âmes des souris et les âmes des belles
> Sont très-différentes entre elles,

qu'y trouvez-vous? le respect le plus sincère pour la
personnalité humaine et le maintien de l'individualité
des espèces. Changez si vous voulez par la pensée la
forme des organes; changez la chatte en femme et la
souris en fille; le caractère primitif de l'espèce se retrouvera à la première occasion, parce que chaque espèce a ses attributs moraux, et que ces attributs moraux déterminent et maîtrisent les attributs physiques,
au lieu d'être déterminés et maîtrisés par eux. La
chatte quoique femme, prendra des souris; la souris,
quoique fille, épousera un rat. Est-ce une chose
étrange, à votre avis, que les attributs moraux des espèces diverses ne puissent jamais être confondus entre
eux ni substitués les uns aux autres? Il n'y a rien de si
simple; voyez les hommes : quelle ressemblance entre
nous tous, soit pour le caractère, soit pour l'esprit !
Cependant nous avons chacun notre caractère et notre
esprit, qui ne se confondent jamais avec le caractère et
l'esprit de notre voisin. Nous pouvons nous imiter les
uns les autres; nous pouvons nous gâter ou nous amé-
liorer les uns par les autres : nous ne pouvons pas
nous substituer les uns aux autres. Nous gardons toujours la marque de nos penchants et l'empreinte de
notre caractère. Non que je veuille faire de notre caractère une prédestination irrésistible, qui nous pousse

au bien ou au mal, et qui anéantit notre liberté; nous
pouvons nous pervertir et nous pouvons aussi nous corriger par nous-mêmes. Ne nous y trompons pas pourtant : ces mots, se pervertir et se corriger, veulent dire
seulement que nous poussons vers le mal ou vers le
bien la force instinctive qui est en nous et qui fait ce
qu'on appelle le caractère. Cette force instinctive qui a
son tour particulier dans chacun de nous, ne se mêle
jamais à celle des autres. L'orme, à côté du chêne, ne
devient jamais un chêne, et Pierre ne devient jamais
Paul. Qu'y a-t-il cependant entre Pierre et Paul? Presque rien. Les hommes se ressemblent par je ne sais
combien de points et ne diffèrent que par un seul, qui
est presque imperceptible. Ce point de différence fait
leur individualité. Entre le moi de mon voisin et le
mien, la cloison est mince; mais elle est indestructible.
Il n'y a qu'un degré presque invisible, mais infranchissable. Ce degré, qui parmi les hommes sépare les personnes, parmi les animaux sépare les espèces, et dé-
termine leur nature ou leur destin, comme le dit la
Fontaine :

> Il en faut revenir toujours à leur destin,
> C'est-à-dire à la loi par le ciel établie.

VINGTIÈME LEÇON

LA CONDITION
DES ANIMAUX EST-ELLE SUPÉRIEURE A LA CONDITION HUMAINE ?
LA FONTAINE ET J. J. ROUSSEAU

———

J'ai montré comment la Fontaine réhabilite la nature des animaux et la défend contre les dédains de l'école de Descartes. Nous avons vu en même temps qu'à l'aide des deux âmes qu'il croit que nous avons, l'une qui nous est commune avec les animaux et l'autre avec les anges, il maintient la hiérarchie entre nous et les animaux et nous conserve la supériorité de rang. Mais la supériorité de rang fait-elle la supériorité de bonheur? la raison qui nous élève au-dessus des bêtes fait-elle que, pour être plus élevés, nous sommes plus heureux ?

Vous savez le grand aphorisme de Rousseau dans

son Discours sur l'inégalité des conditions humaines.
« L'état de réflexion est un état contre nature, et
l'homme qui réfléchit est un animal dépravé. » Je
ne veux pas combattre aujourd'hui ce paradoxe. Je
prends seulement la conclusion, et je dis : si l'homme
qui réfléchit est un animal dépravé, l'animal, qui ne
réfléchit pas, est plus heureux que l'homme, et alors il
vaut mieux assurément être animal qu'être homme ;
C'est la moralité de la fable des Compagnons d'Ulysse :

Les compagnons d'Ulysse, après dix ans d'alarmes,
Erraient au gré du vent, de leur sort incertains.
        Ils abordèrent au rivage
        Où la fille du dieu du jour,
        Circé, tenait alors sa cour.
        Elle leur fit prendre un breuvage
Délicieux, mais plein d'un funeste poison.
        D'abord ils perdent la raison ;
Quelques moments après, leur corps et leur visage
Prennent l'air et les traits d'animaux différents :
Les voilà devenus ours, lions, éléphants ;
        Les uns sous une masse énorme,
        Les autres sous une autre forme ;
Il s'en vit de petits, *exemplum ut talpa.*
        Le seul Ulysse en échappa :
Il sut se défier de la liqueur traîtresse.
        Comme il joignait à la sagesse
La mine d'un héros et le doux entretien,
        Il fit tant, que l'enchanteresse
Prit un autre poison peu différent du sien.
Une déesse dit tout ce qu'elle a dans l'âme :
        Celle-ci déclara sa flamme.

Ulysse était trop fin pour ne pas profiter
    D'une pareille conjoncture :
Il obtint qu'on rendrait à ses Grecs leur figure.
« Mais la voudront-ils bien, dit la nymphe, accepter?
Allez le proposer de ce pas à la troupe. »
Ulysse y court et dit : « L'empoisonneuse coupe
A son remède encore, et je viens vous l'offrir :
Chers amis, voulez-vous hommes redevenir?
    On vous rend déjà la parole. »
    Le lion dit, pensant rugir :
    « Je n'ai pas la tête si folle;
Moi renoncer aux dons que je viens d'acquérir !
J'ai griffe et dents, et mets en pièces qui m'attaque;
Je suis roi : deviendrai-je un citadin d'Ithaque!
Tu me rendras peut-être encor simple soldat.
    Je ne veux point changer d'état. »
Ulysse du lion court à l'ours : « Eh ! mon frère,
Comme te voilà fait! Je t'ai vu si joli! —
    Ah ! vraiment nous y voici,
    Reprit l'ours à sa manière :
Comme me voilà fait ! comme doit être un ours.
Qui t'a dit qu'une forme est plus belle qu'une autre?
    Est-ce à la tienne à juger de la nôtre?
Je me rapporte aux yeux d'une ourse mes amours.
Te déplais-je? Va-t'en; suis ta route, et me laisse.
Je vis libre, content, sans nul soin qui me presse;
    Et te dis tout net et tout plat :
    Je ne veux point changer d'état. »
Le prince grec au loup va proposer l'affaire ;
Il lui dit, au hasard d'un semblable refus :
    « Camarade, je suis confus
    Qu'une jeune et belle bergère
Conte aux échos les appétits gloutons
    Qui t'ont fait manger ses moutons.
Autrefois on t'eût vu sauver sa bergerie :

Tu menais une honnête vie.
Quitte ces bois et redevien,
Au lieu d'un loup, homme de bien. —
En est-il? dit le loup; pour moi, je n'en vois guère.
Tu t'en viens me traiter de bête carnassière;
Toi qui parles, qu'es-tu? N'auriez-vous pas, sans moi,
Mangé ces animaux que plaint tout le village?
Si j'étais homme, par ta foi,
Aimerais-je moins le carnage?
Pour un mot quelquefois vous vous étranglez tous;
Ne vous êtes-vous pas l'un à l'autre des loups?
Tout bien considéré, je te soutiens en somme
Que, scélérat pour scélérat,
Il vaut mieux être un loup qu'un homme.
Je ne veux point changer d'état. »
Ulysse fit à tous une même semonce:
Chacun d'eux fit même réponse,
Autant le grand que le petit.
La liberté, les bois, suivre leur appétit,
C'étaient leurs délices suprêmes [1].

J'ai bien des réflexions à faire sur cette fable. Et d'abord ce lion, si fier d'avoir griffe et dents, et de mettre en pièces quiconque l'attaque, me paraît fort proche parent du lion de Voltaire dans sa *satire du Lion et du Marseillais* [2]. Seulement le lion de Voltaire est plus philosophe que celui de la Fontaine. Fidèle à la doctrine de Voltaire, il aime à se moquer de l'huma-

---

[1] La Fontaine, liv. XII, f. 1°. Voir à la fin du volume la scène du Loup et d'Ulysse, dans *les Animaux raisonnables*, pièce du théâtre de la foire.

[2] Voir cette satire à la fin du volume.

nité et de son sort ici-bas. Il est des philosophes qui
plaignent la condition humaine; Voltaire s'en raille à
plaisir. Toutes ses satires se résument dans *Candide*, si
elles le précèdent; ou elles en émanent, si elles le suivent. Candide est la plus insolente et la plus bouffonne
caricature de l'humanité qui ait jamais été faite. On se
demande si elle a pu être écrite par un homme, tant elle
semble étrangère à tout sentiment de pitié humaine;
et elle mériterait d'avoir été écrite par un diable. Quelques-uns diront qu'il s'en fallait de peu. Cependant
Voltaire aimait les hommes; et il croyait sincèrement à
un Dieu miséricordieux. Mais quoi! les optimistes l'a-
vaient impatienté en répétant que tout était bien; et,
à cet optimisme qui approuve tout, et qui, en approu-
vant tout, ôte à la vie humaine et même à la création le
mystère dont il a plu à Dieu de la laisser enveloppée,
Voltaire opposait son pessimisme railleur, qui condamne tout et qui, en condamnant tout, ôte aussi à
Dieu le mystère de sa miséricorde et de sa justice. Le
lion qui veut dévorer le Marseillais et qui lui prouve
qu'il en a le droit, est évidemment le frère de Candide ou
Candide lui-même, qu'une autre Circé a métamorphosé.

Curieux rapprochement à faire entre tous les railleurs ou tous les censeurs de la condition humaine. Le
lion de Voltaire dit au Marseillais que, puisque l'homme
s'est arrogé le droit de manger les dindons, le lion a
bien le droit de manger l'homme. Le monde est un

état de guerre, et le droit du plus fort est le droit qui
varie le moins. Le loup de la Fontaine raisonne de la
même manière. L'homme mange les moutons : pourquoi ne les mangerais-je pas aussi? Les hommes font
bien pis : ils s'égorgent mutuellement.

Rousseau ne fait pas un tableau plus flatteur de la
société telle qu'elle s'est faite, aussitôt que l'homme est
sorti de l'état de nature, c'est-à-dire de l'état où
l'homme n'était pas encore un animal dépravé, n'ayant
pas réfléchi. La société est aussi l'état de guerre,
comme dit le loup de la Fontaine; non pas de guerre
ouverte et les armes à la main, mais de guerre sourde,
intestine et qui n'est pas moins pernicieuse. « Une fois
la société établie, dit Rousseau, être et paraître devinrent deux choses tout à fait différentes, et de cette distinction sortirent le faste imposant, la ruse trompeuse
et tous les vices qui en sont le cortége. D'un autre
côté, de libre et indépendant qu'était auparavant
l'homme, le voilà, par une multitude de nouveaux besoins, assujetti, pour ainsi dire, à toute la nature et
surtout à ses semblables, dont il devient l'esclave en un
sens, même en devenant leur maître. Riche, il a besoin de leurs services ; pauvre, il a besoin de leurs secours ; et la médiocrité ne le met point en état de se
passer d'eux. Il faut donc qu'il cherche sans cesse à les
intéresser à son sort, et à leur faire trouver en effet ou
en apparence leur profit à travailler pour le sien ; ce

qui le rend fourbe et artificieux avec les uns, impérieux
et dur avec les autres, et le met dans la nécessité d'a-
buser tous ceux dont il a besoin, quand il ne peut s'en
faire craindre, et qu'il ne trouve pas son intérêt à les
servir utilement. Enfin l'ambition enivrante, l'ardeur
d'élever sa fortune relative, moins par un véritable besoin que pour se mettre au-dessus des autres, inspirent
à tous les hommes un noir penchant à se nuire mutuellement, une jalousie secrète d'autant plus dangereuse que, pour faire son coup plus en sûreté, elle
prend souvent le masque de la bienveillance [1]. »

Qui ne se persuadera, en lisant cette vive censure de
la société, qu'il vaut mieux, comme l'ours de la Fontaine, être un honnête animal vivant au fond des forêts,
que d'être homme et de faire partie de l'humanité ? La
Fontaine, au surplus, est-il le premier qui, dans sa
fable des *Compagnons d'Ulysse*, ait posé la question de
la préférence à donner à la condition de l'animal sur
la condition de l'homme ? Non. Avant lui, un écrivain
italien du seizième siècle, Gelli, dans ses dialogues intitulés *Circé*, avait montré d'une façon très-piquante les
compagnons d'Ulysse transformés en animaux et refu-
sant de redevenir hommes. La Fontaine n'a fait qu'abréger et résumer les dialogues de Gelli, qu'il connaissait
sans doute ; et même il le cite dans son vers, *exemplum*

---

[1] Rousseau, *Discours sur l'origine de l'inégalité parmi les hommes.*

ut talpa. La taupe, en effet, est un des interlocuteurs d'Ulysse dans les dialogues de Gelli. Après la Fontaine, Fénelon reprit la même question dans son *Dialogue d'Ulysse et de Grillus,* imitant ainsi, mais comme Fénelon sait imiter, c'est-à-dire en auteur original, les dialogues de Gelli. On voit que Rousseau, dans sa préférence pour la condition des animaux sur la condition des hommes, a de nombreux et d'illustres devanciers. Seulement ses devanciers font en faveur de l'humanité des réserves qu'il a tout à fait abandonnées, craignant sans doute d'énerver son paradoxe, s'il le tempérait.

Examinons rapidement les dialogues de Gelli et de Fénelon, en notant les différences qui les séparent de Rousseau.

Dans Gelli [1], la première scène est entre Ulysse et un de ses compagnons que Circé a changé en huître. Ulysse a beau lui représenter quel animal imparfait est une huître, l'huître se trouve heureuse dans son état et ne veut pas redevenir homme. Ulysse alors aborde un autre de ses compagnons métamorphosé en taupe, et essaye de lui prouver qu'il vaut mieux être homme que taupe ; la taupe résiste :

Ulysse. — Eh! ma pauvre taupe, lui dit Ulysse, tu as fait comme l'huître : avec la forme humaine tu as perdu la raison. Veux-tu voir si je te dis la vérité?

----

[1] Né à Florence en 1498, mort en 1563. La *Circé* est de 1549.

Considère un peu quels animaux vous êtes; si encore vous étiez complets, je vous trouverais quelque raison.

La taupe. — Que nous manque-t-il donc?

Ulysse. — Ce qui vous manque? A l'huître, le sens de l'ouïe, de l'odorat, et, ce qui est bien important, le pouvoir de se transporter d'un lieu dans un autre; à toi, la vue, dont tu sais cependant tout le prix, puisqu'elle nous procure plus de connaissances qu'aucun autre sens.

La taupe. — Nous ne sommes pas incomplets pour cela; il vous plaît de nous appeler ainsi par comparaison avec ceux qui sont pourvus de tous les sens; mais pour être imparfaits, il faudrait qu'il nous manquât un sens nécessaire à notre espèce.

Ulysse. — Mais encore, ne vaudrait-il pas mieux les avoir tous?

La taupe. — Non, assurément. La vue, à moi qui suis taupe? L'ouïe, l'odorat à l'huître, et le pouvoir d'aller d'un lieu dans un autre? Écoute un peu, et tu comprendras que nous avons raison. Dis-moi : pourquoi la nature vous a-t-elle donné la faculté de vous mouvoir, si ce n'est pour chercher ce qui vous manque?

Ulysse. — Évidemment, la nature n'a pas eu d'autre but; aussi dit-on que chaque mouvement naît d'un besoin.

La taupe. — Ainsi donc, si vous trouviez près de

vous tout ce qui vous est nécessaire, vous ne change-
riez jamais de place.

ULYSSE. — Pourquoi faire?

LA TAUPE. — Eh bien! pourquoi l'huître aurait-elle
besoin de se mouvoir, si partout elle rencontre à côté
d'elle tout ce qui lui est nécessaire? Que ferait-elle de
l'odorat, puisque la nature lui fournit de quoi se nourrir sans qu'elle ait à rechercher si telle chose lui convient ou non? Et moi, qui veux demeurer sur la terre,
où je trouve de quoi me contenter, quel besoin ai-je
de la vue?

ULYSSE. — Tu peux n'en pas avoir besoin; mais encore devrais-tu la souhaiter.

LA TAUPE. — A quoi bon, si cette faculté ne convient
pas à ma nature? Il me suffit d'être parfaite dans mon
espèce. Mais toi, par exemple, as-tu jamais ambitionné
l'éclat d'une étoile, les ailes d'un oiseau?

ULYSSE. — Rien de tout cela ne nous convient.

LA TAUPE. — Mais encore, si les autres hommes
avaient reçu ces dons de la nature, tu les souhaiterais
pour toi.

ULYSSE. — Assurément.

LA TAUPE. — Et moi aussi, je voudrais voir, si les
autres taupes voyaient; mais puisqu'elles n'ont pas
cette faculté, je n'y pense pas, bien loin de la désirer.
Ne te fatigue donc plus à me prouver que je dois reprendre la forme humaine; parfaite pour mon espèce,

je vis sans penser au monde, et veux rester comme je
suis. A ne compter que les déplaisirs, la vie des hommes ne vaut pas la nôtre. Suis donc ta destinée ; pour
moi, je vais me retirer un peu plus avant sous la terre[1]. »

Ulysse s'adresse alors à un serpent. En vain il lui
dit qu'il aurait désormais la mémoire et l'imagination,
au lieu d'avoir seulement la perception des choses pré-
sentes : le serpent refuse, malgré ces belles promesses,
de redevenir homme :

« Merci, Ulysse, tu prends trop de peine ; je n'accepte pas la faveur que tu m'offres ; elle m'assujettirait
à mille infirmités, et je ne pourrais plus jouir de rien
tranquillement. Au moindre accident, je sentirais mille
douleurs, et, ce qui est bien pis, il faudrait encore me
tenir en garde contre la mort ; car enfin à chaque
instant je peux m'estropier. Me vois-tu réduit à vivre
contrefait et infirme[2] ? »

Vrais élèves de Rousseau, les animaux de Gelli crai-
gnent de réfléchir, de peur de se dépraver, c'est-à-dire
de redevenir hommes. C'est par la réflexion, en effet,
que l'animal entre dans l'humanité ; dans Gelli il s'arrête prudemment sur le seuil de cette porte, comme
d'une porte de malheurs et de soucis.

Refusé par le serpent, Ulysse va trouver le lièvre.

---

[1] La *Circé* de Gelli a été traduite en français vers 1680 ; j'ai refait en
partie la traduction.
[2] Pages 77 et 78.

Le lièvre est un penseur et un songeur : il ne doit pas craindre de réfléchir. Mais le lièvre non plus ne veut pas changer de condition. Il sait toutes les misères de l'humanité ; il sait que nos plaisirs ne sont que des douleurs déguisées ou oubliées.

LE LIÈVRE. — Tu me vantes vos plaisirs, Ulysse ; mais les hommes n'y trouvent-ils pas, quelle que soit leur condition, plus d'amertume que de douceur ? Un vieux poëte grec l'a dit : « Le plaisir qu'on rencontre dans le monde n'est pas le vrai plaisir ; c'est la douleur sous le costume du plaisir. »

ULYSSE. — Je voudrais bien savoir comment ton poëte prouve ce qu'il avance.

LE LIÈVRE. — Écoute et tu l'apprendras. Lorsque la boîte apportée par Pandore s'ouvrit sur la terre, tous les maux, toutes les misères de la vie humaines étaient déjà sortis, quand le plaisir sortit à son tour. Il se mit à courir le monde, séduisant tous les hommes ; si bien que pour le suivre, de toutes parts on désertait la route du ciel. Jupiter, irrité, résolut d'enlever le plaisir à la terre et de le rappeler parmi les dieux : il envoya les Muses après lui, et les neuf sœurs, l'attirant par leurs divines harmonies, le ramenèrent dans l'Olympe, mais, en route, il avait dû laisser tomber sa robe sur la terre, rien d'impur, aucun ornement corruptible ne pouvant trouver place au ciel. Cependant la douleur, repoussée de tous côtés, allait errant à travers le monde : cette robe frappa ses regards; la pensée lui vint de s'en revêtir; dès qu'on ne pourrait plus la connaître, on ne songerait plus à la chasser ; voilà donc la robe mise, et c'est ainsi que depuis ce jour la douleur, parcourant le monde sous le costume du plaisir, trompe éternellement les hommes.

Ulysse. — Mais quelle est la morale de cette fable?

Le lièvre. — C'est que toutes les choses que les hommes regardent comme des plaisirs portent une douleur avec elles; et la raison en est que tous les plaisirs du monde sont au fond des douleurs, revêtues d'une apparence de plaisir qui les dissimule. Enchantés par cette tromperie, les hommes s'y abandonnent avec ardeur, et l'expérience qu'ils en font leur laisse plus d'amertume que de joie [1]. »

N'ayant pu persuader le lièvre, Ulysse s'adresse à un bouc, qui le refuse comme les autres. « Si je m'adressais à quelque animal femelle, se dit Ulysse, peut-être serais-je plus heureux? » et il entre en conversation avec la biche. C'est celle-là surtout qui ne veut pas redevenir femme :

La biche. — Et n'avons-nous pas raison? ne voyons-nous pas les femmes traitées chez vous en esclaves ou en servantes, quand elles devraient être vos compagnes, ainsi que la justice l'exige. Prenez au hasard parmi les différentes espèces d'animaux : vous n'en

---

[1] Pages 106 et 108.

trouverez aucune où la femelle ne soit, non pas l'esclave, mais la compagne du mâle, partageant ses plaisirs comme ses fatigues. L'homme seul veut être
appelé maître et seigneur ; au fond, il n'est qu'un
tyran aussi injuste qu'insupportable, lui qui ose ainsi
traiter sa femme parce que la nature l'a faite moins
forte et moins résolue. »

En vain Ulysse se récrie et veut prouver à la biche
que les hommes regardent les femmes comme leurs
compagnes. « Agréable compagnie, en effet, reprend
la biche ; l'une toujours esclave, l'autre toujours maître ! Et, pour comble de misère, ne faut-il pas encore
que nous achetions au poids de l'or notre servitude?
car vous avez imaginé cette belle loi : quand l'une de
nous veut s'unir à quelqu'un de vous autres, ou, pour
parler votre langage, devenir sa compagne, il faut
qu'elle lui compte une dot.

Ulysse. — Mais si on a établi cet usage, c'est seulement dans votre intérêt.

La biche. — Dans notre intérêt! Quand les autres
payent pour qu'on leur obéisse, nous payerons, nous,
pour qu'on nous commande[1] ! »

Il n'y a qu'une chose qui pourrait décider la biche
à redevenir femme, ce serait qu'elle aurait le plaisir de
parler[2].

[1] Pages 160 et 162.
[2] Page 184.

Quant au lion de Gelli, qui refuse plus obstinément qu'aucun autre animal de redevenir homme, ce n'est pas seulement parce qu'il a griffe et dents, comme celui de la Fontaine, et qu'il met en pièces quiconque l'attaque; il est plus philosophe que son confrère, et il semble savoir d'avance par cœur le discours de Rousseau sur l'inégalité des conditions humaines. Qu'est-ce en effet qui fait l'inégalité des conditions ici-bas? C'est le développement de l'intelligence, c'est la réflexion, c'est l'industrie, c'est le travail des mains aidé du travail de l'esprit. Les conditions humaines sont inégales, dit Rousseau, parce que l'homme se développe et il se développe surtout dans la société. « L'inégalité, étant presque nulle dans l'état de nature, tire sa force et son accroissement du développement de nos facultés et des progrès de l'esprit humain. » Dans la société, en effet, les facultés de l'homme ont plus d'occasions et de chances de se développer que dans la solitude. Une fois que l'homme est en rapport avec ses semblables, il s'ingénie et s'avise, il se compare et se mesure; il y a des forts et des faibles, des habiles et des sots, des bons et des méchants; il y en a qui prévoient que, s'ils abattent l'arbre pour avoir le fruit, ils n'auront le fruit qu'une fois, et qu'au contraire, s'ils laissent vivre l'arbre et même s'ils le cultivent, ils auront le fruit tous les ans. Cette seule réflexion crée déjà entre les hommes du même pays une prodigieuse inégalité.

Écoutons le lion de Gelli, vrai disciple ou vrai précurseur de Jean-Jacques Rousseau :

Le lion. — Sans doute nous n'avons pas comme
vous la raison pour remédier à toutes les maladies de
l'âme, sinon complétement, au moins en partie ; mais
nous n'avons pas non plus votre malice, qui en accroît
la malignité ; nous n'avons pas vos appétits désor-
donnés, insatiables ; beaucoup de choses que vous connaissez, nous sont inconnues. Dis-moi un peu : comment l'ambition se glisserait-elle chez nous ? Étant tous
égaux, personne parmi nous ne songe à mépriser son
voisin ; nous ne reconnaissons ni royauté, ni aucune
de ces distinctions honorifiques dont la poursuite
pourrait nous entraîner à quelque injustice, comme
cela se voit trop souvent chez vous. Pour la jalousie,
entre animaux d'une même espèce, tous égaux entre
eux, elle ne saurait exister ; et, à l'égard des espèces
voisines, nous n'y songeons même pas, n'ayant aucun
moyen de connaître ou d'apprécier leur félicité. Quant
à être avares, nous ne savons pas même distinguer le
mien et le *tien*. »

Ainsi l'égalité, grâce à l'absence des idées, des sentiments et des désirs propres à l'âme humaine, voilà
l'idéal de Rousseau ; et c'est cette égalité sans passions
et sans réflexions que préconise aussi le lion philosophe
de Gelli.

Il n'est pas jusqu'au chien, toujours ami de

l'homme, qui ne regrette qu'Ulysse n'ait pas été con-
verti aussi en bête : il serait bien plus heureux :

LE CHIEN. — Je suis bien fâché que Circé ne vous ait
pas accordé le même bonheur qu'à moi.

ULYSSE. — Et quel est donc ce grand bonheur?

LE CHIEN. — Celui d'avoir été comme moi métamorphosé par Circé en quelque bête.

ULYSSE. — Comment! tu crois que c'est un bonheur
de perdre la forme humaine pour prendre celle d'une
bête brute?

LE CHIEN. — C'est mon sentiment, et ce serait aussi
le vôtre, si vous aviez éprouvé comme moi les douceurs
de notre condition. Si vous n'en êtes pas persuadé,
donnez-moi un moment d'audience, et je vais vous le
faire voir clairement. »

Voyez comme le dialogue a marché. Au commencement, c'était Ulysse qui ne doutait pas de persuader à
ses compagnons de redevenir hommes; et voici maintenant que le chien essaye de persuader à Ulysse qu'il
aurait mieux valu pour lui d'être changé en bête
comme les autres. Ulysse, ébranlé par les raisonnements
de ses compagnons et surtout par leur refus de redevenir hommes, Ulysse se laisse prêcher par le chien
la supériorité des animaux sur les hommes. La prée-
minence de l'espèce humaine va-t-elle donc être détruite? Le privilége qui nous distingue des animaux,
la raison, ne doit-elle plus être considérée que comme

la cause de tous nos maux ? Que faut-il croire ? Après
avoir tant plaidé pour les animaux, il est temps que
Gelli conclue pour l'homme, si c'est là la conclusion à
laquelle il veut arriver. Telle est, en effet, sa conclusion
un peu imprévue, et c'est l'éléphant qu'il prend pour
interprète. L'éléphant.est une bête avisée et qui accepte de redevenir homme, « pour avoir des notions
universelles, au lieu des notions particulières propres
à l'animal. »

Ainsi le dénoûment des dialogues de Gelli est favorable à la prééminence de l'humanité, et le dernier
chapitre du roman est, comme à l'ordinaire, en l'honneur de la morale. Il était temps. Rendons cependant
justice à l'auteur italien : à voir l'élévation et la force
des pensées de l'éléphant, nous devons le croire sincèrement convaincu de la supériorité de l'homme sur les
animaux, pourvu que l'homme n'abjure pas les droits
de sa raison et ne dégrade pas son âme par l'ignorance
ou par les passions. Citons quelques passages de ce
dernier dialogue, qui est la conclusion de l'ouvrage :

L'ÉLÉPHANT. — Il suffit, Ulysse, ne m'en dis pas davantage ; délivre-moi au plus vite de cette enveloppe
grossière et rends-moi ma première forme ; j'ai trop
perdu quand Circé m'a changé en éléphant.

ULYSSE. — Je t'accorde la grâce que tu demandes,
en vertu du pouvoir qu'elle m'a donné.

AGLAPHÈME (*l'éléphant devenu homme*). — O la belle

chose! ô la merveilleuse chose d'être homme! comme
j'en suis convaincu aujourd'hui plus que jamais, maintenant que j'ai éprouvé l'une et l'autre condition!
Combien la lumière semble belle à qui vit depuis longtemps dans les ténèbres! Comme le bien paraît meilleur quand on a connu et pratiqué le mal. Cent fois
malheureux et infortunés ceux qui pour un peu de ces
jouissances que les sens nous procurent, consentent à
vivre comme des bêtes! Je te remercie, Ulysse, du
fond de mon cœur; c'est ta sagesse qui m'a fait connaître la vérité, c'est ton éloquence qui m'entraîne à
te suivre. Puissent les dieux récompenser dignement
le service que tu m'as rendu! Mais je sens la nature
qui m'inspire; elle m'apprend que la reconnaissance
de l'homme est due avant tout au créateur; c'est donc
lui que je veux remercier mille fois de m'avoir fait connaître l'imperfection des autres créatures et la perfection de l'homme, pour me donner envie d'y revenir. »

Alors, dans le transport de sa reconnaissance, Aglaphème chante un hymne plus philosophique encore
que poétique, et qui finit par cette strophe :

« L'homme, qui est votre animal propre et particulier, ô moteur éternel, chante aujourd'hui votre
toute-puissance et désire de toutes les forces de son
âme qu'on vous rende à jamais toute sorte de gloire et
d'honneur.

ULYSSE. — N'aviez-vous pas, lorsque vous éti z élé-

phant, cette connaissance de la première cause de l'u-
nivers?

AGLAPHÈME. — Non, je ne l'avais pas; mais, dès que
j'ai eu repris la forme d'homme, je l'ai sentie naître
dans mon âme comme une propriété qui m'était naturelle, ou, pour parler plus juste, elle m'est revenue. Je
commence à croire que la première cause a aimé
l'homme plus que toutes les autres choses, puisqu'elle
lui a donné une nature fort élevée au-dessus des autres
créatures; et qu'ainsi la fin de l'homme ne doit pas être
semblable à celle des autres animaux, qui n'ont pas
comme lui la connaissance de cette première cause [1]. »

Ainsi, par le corps et par les sens, nous sommes inférieurs aux animaux; et, tant que nous ne tenons compte
que de ce qui dépend du corps et de ce qui concerne la
vie matérielle, mieux vaut être animal qu'être homme.
Nous ne sommes supérieurs aux bêtes que par l'âme et
par son rapport avec Dieu. C'est par là que, comme le
dit éloquemment l'éléphant, l'homme est proprement
l'animal de Dieu. Cette conclusion de Gelli est aussi
celle de Fénelon dans son charmant dialogue d'*Ulysse
et Grillus* :

ULYSSE. — N'êtes-vous pas bien aise, mon cher Grillus, de me revoir et d'être en état de reprendre votre
ancienne forme?

---

[1] Pages 360-364.

GRILLUS. — Je suis bien aise de vous voir, favori de Minerve; mais, pour le changement de forme, vous m'en dispenserez, s'il vous plaît.

ULYSSE. — Hélas! mon pauvre enfant, savez-vous bien comment vous êtes fait? Assurément vous n'avez point la taille belle; un gros corps courbé vers la terre, de longues oreilles pendantes, de petits yeux à peine entr'ouverts, un groin horrible, une physionomie très-désavantageuse, un vilain poil grossier et hérissé. Enfin vous êtes une hideuse personne; je vous l'apprends, si vous ne le savez pas. Si peu que vous ayez de cœur, vous vous trouverez trop heureux de redevenir homme.

GRILLUS. — Vous avez beau dire, je n'en ferai rien : le métier de cochon est bien plus joli. Il est vrai que ma figure n'est pas fort élégante; mais j'en serai quitte pour ne me regarder jamais au miroir. Aussi bien, de l'humeur dont je suis depuis quelque temps, je n'ai guère à craindre de me mirer dans l'eau et de m'y reprocher ma laideur : j'aime mieux un bourbier qu'une claire fontaine.

ULYSSE. — Cette saleté ne vous fait-elle point horreur? Vous ne vivez que d'ordure; vous vous vautrez dans des lieux infects; vous y êtes toujours puant à faire bondir le cœur.

GRILLUS. — Qu'importe? tout dépend du goût. Cette odeur est plus douce pour moi que celle de l'ambre, et cette ordure est du nectar pour moi.

ULYSSE. — J'en rougis pour vous. Est-il possible que vous ayez sitôt oublié tout ce que l'humanité a de noble et d'avantageux?

GRILLUS. — Ne me parlez plus de l'humanité : sa noblesse n'est qu'imaginaire; tous ses maux sont réels, et ses biens ne sont qu'en idée. J'ai un corps sale et couvert d'un poil hérissé, mais je n'ai plus besoin d'habits; et vous seriez plus heureux dans vos tristes aventures, si vous aviez le corps aussi velu que moi pour vous passer de vêtements. Je trouve partout ma nourriture, jusque dans les lieux les moins enviés. Les procès et les guerres, et tous les autres embarras de la vie ne sont plus rien pour moi. Il ne me faut ni cuisinier, ni barbier, ni tailleur, ni architecte. Me voilà libre et content à peu de frais. Pourquoi me rengager dans les besoins des hommes?

ULYSSE. — Il est vrai que l'homme a de grands besoins; mais les arts qu'il a inventés pour satisfaire à ses besoins se tournent à sa gloire et font ses délices.

GRILLUS. — Il est plus simple et plus sûr d'être exempt de tous ces besoins que d'avoir les moyens les plus merveilleux d'y remédier. Il vaut mieux jouir d'une santé parfaite sans aucune science de la médecine, que d'être toujours malade avec d'excellents remèdes pour se guérir.

ULYSSE. — Mais, mon cher Grillus, vous ne comptez donc plus pour rien l'éloquence, la poésie, la musique, la science des astres et du monde entier, celle des figu-

res et des nombres? Avez-vous renoncé à notre chère
patrie, aux sacrifices, aux festins, aux jeux, aux dan-
ses, aux combats et aux couronnes qui servent de prix
aux vainqueurs? Répondez.

GRILLUS. — Mon tempérament de cochon est si
heureux qu'il me met au-dessus de toutes ces belles
choses. J'aime mieux grogner que d'être aussi éloquent
que vous. Ce qui me dégoûte de l'éloquence, c'est que
la vôtre même, qui égale celle de Minerve, ne me persuade ni ne me touche. Je ne veux persuader personne :
je n'ai que faire d'être persuadé. Je suis aussi peu curieux de vers que de prose : tout cela est devenu viande
creuse pour moi. Pour les combats du ceste, de la lutte
et des chariots, je les laisse volontiers à ceux qui sont
passionnés pour une couronne, comme les enfants pour
leurs jouets; je ne suis plus assez dispos pour rempor-
ter le prix, et je ne l'envierai point à un autre moins
chargé de lard et de graisse. Pour la musique, j'en ai
perdu le goût, et le goût seul décide de tout. Le goût
qui vous y attache m'en a détaché; n'en parlons plus.
Retournez à Ithaque; la patrie d'un cochon se trouve
partout où il y a du gland. Allez, régnez, revoyez Pénélope, punissez ses amants. Pour moi, ma Pénélope
est la truie qui est ici près[1]; je règne dans mon étable,
et rien ne trouble mon empire. Beaucoup de rois, dans

---

[1] Voir à la fin du volume la scène du Cochon et d'Ulysse dans *les Animaux raisonnables*, pièce du théâtre de la foire.

des palais dorés, ne peuvent atteindre à mon bonheur
On les nomme fainéants et indignes du trône quand ils
veulent régner comme moi, sans se mettre à la gêne et
sans tourmenter tout le genre humain.

ULYSSE. — Vous ne songez pas qu'un cochon est à la
merci des hommes et qu'on ne l'engraisse que pour l'é-
gorger. Avec ce beau raisonnement, vous finirez bientôt votre destinée. Les hommes, au rang desquels vous
ne voulez pas être, mangeront votre lard, vos boudins
et vos jambons.

GRILLUS. — Il est vrai que c'est le danger de ma profession; mais la vôtre n'a-t-elle pas aussi ses périls et
ses alarmes? Je m'expose à la mort par une vie douce
dont la volupté est réelle et présente; vous vous expo-
sez de même à une mort prompte par une vie malheureuse et pour une gloire chimérique. Je conclus qu'il,
vaut mieux être cochon que héros. Apollon lui-même
dût-il chanter un jour vos victoires, son chant ne vous
guérirait point de vos peines et ne vous garantirait
point de la mort. Le régime d'un cochon vaut mieux.

ULYSSE. — Vous êtes donc assez insensé et assez
abruti pour mépriser la sagesse, qui égale presque les
hommes aux dieux?

GRILLUS. — Au contraire, c'est par sagesse que je
méprise les hommes. C'est une impiété de croire qu'ils
ressemblent aux dieux, puisqu'ils sont aveugles, injustes, trompeurs, malfaisants, malheureux et dignes

de l'être, armés cruellement les uns contre les autres, et autant ennemis d'eux-mêmes que de leurs voisins. A quoi aboutit cette sagesse que l'on vante tant? Elle ne redresse point les mœurs des hommes; elle ne se tourne qu'à flatter et à contenter leurs passions. Ne vaudrait-il pas mieux n'avoir point de raison que d'en avoir pour exécuter et pour autoriser les choses les plus déraisonnables? Ah! ne me parlez plus de l'homme : c'est le plus injuste, et par conséquent le plus déraisonnable de tous les animaux. Sans flatter notre espèce, un cochon est une assez bonne personne; il ne fait ni fausse monnaie ni faux contrats; il ne se parjure jamais; il n'a ni avarice ni ambition; la gloire ne lui fait point faire de conquêtes injustes; il est ingénu et sans malice; sa vie se passe à boire, manger et dormir. Si tout le monde lui ressemblait, tout le monde dormirait aussi dans un profond repos, et vous ne seriez point ici; Pâris n'aurait jamais enlevé Hélène; les Grecs n'auraient point renversé la superbe ville de Troie après un siége de dix ans; vous n'auriez point erré sur mer et sur terre au gré de la fortune, et vous n'auriez pas besoin de conquérir votre propre royaume. Ne me parlez donc plus de raison, car les hommes n'ont que de la folie. Ne vaut-il pas mieux être bête que méchant et fou?

Ulysse. — J'avoue que je ne puis assez m'étonner de votre stupidité.

Grillus. — Belle merveille qu'un cochon soit stu-

pidel chacun doit garder son caractère. Vous gardez le
vôtre d'homme inquiet, éloquent, impérieux, plein
d'artifice et perturbateur du repos public. La nation à
laquelle je suis incorporé est modeste, silencieuse, ennemie de la subtilité et des beaux discours; elle va,
sans raisonner, tout droit au plaisir.

ULYSSE. — Du moins, vous ne sauriez désavouer que
l'immortalité réservée aux hommes n'élève infiniment
leur condition au-dessus de celle des bêtes. Je suis ef-
frayé de l'aveuglement de Grillus, quand je songe qu'il
compte pour rien les délices des Champs-Élysées, où
les hommes sages vivent heureux après leur mort.

GRILLUS. — Arrêtez, s'il vous plaît. Je ne suis pas encore tellement cochon que je renonçasse à être homme,
si vous me montriez dans l'homme une immortalité véritable. Mais pour n'être qu'une ombre vaine après ma
mort, et encore une ombre plaintive, qui regrette jusque dans les Champs-Élysées, avec lâcheté, les misérables plaisirs de ce monde, — j'avoue que cette ombre
d'immortalité ne vaut pas la peine de se contraindre.
Achille, dans les Champs-Élysées, joue au palet sur
l'herbe; mais il donnerait toute sa gloire, qui n'est plus
qu'un songe, pour être l'infâme Thersite au nombre
des vivants. Cet Achille, si désabusé de la gloire et de
la vertu, n'est plus qu'un fantôme; ce n'est plus lui-
même; on n'y reconnaît plus ni son courage ni ses sentiments : c'est un je ne sais quoi qui ne reste de lui que

pour le déshonorer. Cette ombre vaine n'est non plus
Achille que la mienne n'est mon corps. N'espérez donc
pas, éloquent Ulysse, m'éblouir par une fausse apparence d'immortalité. Je veux quelque chose de plus réel;
faute de quoi, je persiste dans la secte brutale que j'ai
embrassée. Montrez-moi que l'homme a en lui quelque
chose de plus noble que son corps, et qui est exempt
de la corruption; montrez-moi que ce qui pense en
l'homme n'est point le corps, et subsiste toujours après
que cette machine grossière est déconcertée; en un
mot, faites-moi voir que ce qui reste de l'homme après
cette vie est un être véritable et véritablement heureux;
établissez que les dieux ne sont point injustes, et qu'il
y a, au delà de cette vie, une solide récompense pour
la vertu, toujours souffrante ici-bas : aussitôt, divin°
fils de Laërte, je cours après vous au travers des dangers; je sors content de l'île de Circé; je ne suis plus
cochon, je redeviens homme, et homme en garde contre tous les plaisirs. Par tout autre chemin, vous ne me
conduirez jamais à votre but. J'aime mieux n'être que
cochon gros et gras, content de mon ordure, que d'être
homme faible, vain, léger, malin, trompeur et injuste,
qui n'espère d'être, après sa mort, qu'une ombre triste
et un fantôme mécontent de sa condition[1]. »

Quand on lit ce dialogue, on se prend à croire que

---

[1] Fénelon, *Dialogues des morts*, dialogue sixième.

Fénelon a en même temps fait et réfuté d'avance le
discours de Rousseau sur l'inégalité des conditions.
Oui, l'homme qui réfléchit est un animal dépravé, si la
destinée de l'homme est d'être un animal borné aux
besoins matériels. Oui, si toutes les fins de l'homme
sont sur cette terre, Grillus et tous les animaux de Gelli
et de la Fontaine ont raison contre Ulysse, Rousseau
contre la réflexion, le lion de Voltaire contre le Marseillais ; de telle sorte qu'à prendre la grave et belle
conclusion de Fénelon, de toutes les choses nécessaires à la vie terrestre, la vie céleste devient la plus
nécessaire, puisque, s'il n'y avait pas une vie qui suit
la mort, la vie qui la précède n'aurait vraiment plus
elle-même ni cause ni raison d'être.

VINGT-UNIÈME LEÇON

POURQUOI BOILEAU N'A-T-IL PAS PARLÉ
DE LA FABLE ET DE LA FONTAINE DANS L'ART POÉTIQUE
L'ÉCOLE DE LA FONTAINE AU DIX-SEPTIÈME SIÈCLE

Je n'ai jamais eu la prétention de commenter l'une après l'autre toutes les fables de la Fontaine. Ce serait une œuvre infinie. J'ai seulement voulu donner une idée de la fécondité et de la variété de son génie, montrer les divers points de vue qu'il ouvre à chaque instant sur l'homme, sur la société, sur la nature, et combien c'est un grand maître de la vie humaine. J'ai surtout voulu combattre l'opinion que ses fables étaient faites pour les enfants. Elles sont bonnes pour les enfants; elles sont meilleures pour les hommes. Non qu'il faille chercher dans la Fontaine un manuel systématique de morale. Son mérite comme moraliste,

c'est qu'il fait beaucoup penser et beaucoup réfléchir,
ceux du moins qui ont un peu de goût et de vocation
pour la réflexion. Il y a des auteurs qui enferment im-
périeusement leurs lecteurs dans le cercle de leurs
pensées : ce sont les dogmatiques ; ils enseignent et ils
prêchent. La Fontaine ne fait ni sermon ni formulaire;
mais il réfléchit sur toutes choses, il fait réfléchir, et
de cette manière il enseigne à l'homme à ne point agir
au hasard et à ne point, non plus, agir sur la parole
du maître ou du directeur. Le nombre est grand des
gens qui vivent sans jamais penser par eux-mêmes, se
contentant de suivre l'occasion ou la foule. La Fontaine, pourvu qu'on le lise avec un peu d'esprit d'application, nous préserve de cette inertie de pensées.
Ses animaux avertissent l'homme de se servir de sa
raison, ou plutôt c'est la Fontaine lui-même qui prend
soin à chaque instant de nous en avertir :

> Ce n'est pas aux hérons
> Que je parle; écoutez, humains, un autre conte :
> Vous verrez que chez vous j'ai puisé mes leçons[1].

Je veux maintenant jeter un coup d'œil rapide sur
les fabulistes contemporains de la Fontaine et sur ses
successeurs jusqu'à nos jours. Je sais bien que ce coup
d'œil me ramènera souvent encore vers la Fontaine et
qu'il y aura lieu, presque malgré moi, à de fréquents

---

[1] Livre VII, fable IV.

rapprochements entre la Fontaine et ses imitateurs. Non
que je veuille les écraser par la comparaison avec le fabuliste incomparable. Il ne me déplaît pas cependant, je
dois l'avouer, d'avoir cette nouvelle occasion de pénétrer encore d'un peu plus près dans l'imagination de la
Fontaine, comme dans une mine inépuisable, en rapprochant de son génie le talent de ses successeurs.

J'ai déjà montré que ce n'était pas la Fontaine qui
avait fait la popularité du genre de la fable : il a trouvé
cette popularité toute faite, et il l'a augmentée. Il y a
donc, du temps de la Fontaine et après lui, beaucoup
de fabulistes, Benserade [1], Perrault [2], Furetière, Pelis-
son, Lenoble, Coulange, Regnier-Desmarais, Grécourt,
Vergier, Valincourt, Pavillon, Senecé, Fénelon, le
père Bouhours, etc. Quel choix faire dans ce grand
nombre? J'oublie encore Ménage et le père Commire,
qui ont fait des fables latines.

Quand je parle de la popularité qu'avait la fable
au temps de la Fontaine, je ne puis pas pourtant me
dissimuler qu'il y a dans l'histoire de la littérature,
à ce moment, un témoignage contraire à cette popularité. Pourquoi, si la fable était tellement en vogue
au milieu du dix-septième siècle, Boileau n'en-a-t-il
pas parlé dans son *Art poétique?* Est-ce par jalousie
contre la Fontaine que Boileau a gardé le silence sur

[1] J'en ai parlé dans la leçon sur Ésope, t. I, 2ª leçon.
[2] Voir la leçon sur Faërne, t. I, 8ª leçon.

la fable? ou bien, est-ce par ignorance du mérite de
la fable comme genre de poésie? Il serait triste de
croire que ce soit par jalousie contre la Fontaine que
Boileau s'est tù, et il est difficile de penser qu'il n'ait pas
senti le charme de l'apologue, car il a fait lui-même
deux fables; il est vrai qu'elles sont médiocres ou mauvaises; mais Boileau, certainement, ne croyait pas que
ses fables fussent mauvaises, et, puisqu'il les a faites et
conservées parmi ses œuvres, il avait du goût pour le
genre de la fable, au moins quand il le traitait.

Il y a là une énigme dont plusieurs écrivains ont
cherché le mot, les uns accusant Boileau, les autres le
justifiant. Boileau, à mes yeux, n'est ni si coupable,
ni si innocent qu'on le fait.

On sait que Boileau, Racine et la Fontaine étaient
fort amis dans leur jeunesse. Ayant l'amour des lettres
et étant encore obscurs, ils avaient ce qui lie le plus
les hommes, la même passion sans rivalité. Dans ces
associations littéraires de la jeunesse, que d'espérances
en commun! que de prédictions mutuelles de gloire!
Assurément toutes les prophéties ne réussissent pas,
et quelques-uns des associés restent en arrière. Ils
avaient de l'imagination à vingt ans, et même du génie, comme ils se le disaient; mais ces dons de leur
jeunesse n'ont pas grandi avec l'âge. Ce qui faisait la
grâce et la force de leurs vingt ans, fait leur médiocrité à quarante. La camaraderie de Boileau, de Racine

et de la Fontaine n'a pas eu de ces échecs : ils sont tous trois arrivés à la gloire par des talents qui devenaient plus différents à mesure qu'ils croissaient, et c'est cette différence qui sépara Boileau et Racine de la Fontaine.

Ils aimaient tous trois ardemment les lettres, mais non peut-être de la même manière. La Fontaine les aimait surtout pour le plaisir qu'il y trouvait. Racine et Boileau les aimaient pour elles-mêmes ; ils aimaient aussi ce qu'elles donnaient : la gloire, l'honneur, la faveur à la cour. Ils sentaient dans leurs caractères les qualités nécessaires pour profiter de ces biens de la fortune. La Fontaine ne les méprisait pas ; seulement il les attendait et les prenait comme ils venaient. Ce n'était pas un solitaire : il aimait le monde et savait s'y faire aimer ; mais il n'avait ni l'attention ni l'assiduité d'un homme du monde ou d'un courtisan. Tout se faisait en lui par goût et par plaisir, rien par règle et par calcul. Il plaisait comme savaient plaire aussi ses deux amis ; mais il ne plaisait pas aux mêmes personnes. Cela fit que, quand ils écrivirent et qu'ils devinrent célèbres, ils n'eurent pas le même public, ou tout au moins les mêmes admirateurs. Rien ne sépare tant les hommes de lettres comme de n'avoir pas le même public : chacun va naturellement trouver ses partisans. C'est de cette façon que les trois amis, sans rompre ensemble, s'éloignèrent peu à peu

l'un de l'autre, Racine et Boileau continuant à être
unis, et l'étant chaque jour davantage, par la ressemblance de leurs goûts littéraires et la communauté
de leur faveur à la cour; la Fontaine restant seul,
sans l'avoir cherché et sans s'en affliger ni s'en offenser.

Autre remarque à faire pour expliquer l'oubli que
Boileau a fait de la Fontaine et de la fable dans son
Art poétique. Dans ces sociétés de jeunes littérateurs
que j'ai essayé de dépeindre, il se fait nécessairement
des rangs entre les genres de talents. Les rangs sont
souvent dérangés par le public et par la postérité; mais
les hiérarchies primitives durent plus longtemps qu'on
ne le croit entre les membres de ces sociétés, et influent
sur le jugement qu'ils font les uns des autres. Or il
est facile de comprendre, d'après certaines traditions
qui nous ont été conservées, qu'entre Racine, Boileau
et la Fontaine, ce n'était pas la Fontaine qui avait le
haut du pavé. Il n'avait ni l'activité, ni la régula-
rité, ni le labeur industrieux et élégant du génie de
Racine et de Boileau. Il était laborieux, mais à sa façon, à ses heures, sans suite et sans dessein fixé d'a-
vance; il suppléait par la grâce à l'élégance et à la
beauté qui vient de l'art. Ce n'aurait jamais été Boileau qui eût fait ce vers :

Et la grâce plus belle encor que la beauté.

La Fontaine, dont c'était là la vraie poétique, la pratiquait dans sa poésie, trop ingénûment pour que tout
le monde en pût sentir le charme. Ses deux amis, par
exemple, épris de la beauté de l'art et de la sûreté de
ses principes, ne sentaient pas assez le mérite de cette
grâce supérieure à tout. Molière ne s'y trompait pas. Il
faisait partie, dans les commencements, de la société de
Boileau, de Racine et de la Fontaine, et c'était la Fontaine qu'il semblait préférer aux deux autres. Quand
Boileau et Racine commençaient déjà à réussir et
jouissaient avec un peu d'orgueil peut-être de ces premiers rayons de gloire, « Nos beaux esprits ont beau
se trémousser, disait Molière à Chapelle, ils n'effaceront jamais le bonhomme. »

J'ai dû indiquer l'espèce d'infériorité que Racine et
Boileau s'étaient, dans leur jeunesse, habitués à assigner à la Fontaine et dont celui-ci ne s'inquiétait pas
de se relever. A cette infériorité mal avisée du poëte,
ajoutez l'infériorité du genre de poésie que traitait
la Fontaine : c'est à peine si la fable passait pour appartenir à la poésie. Le fabuliste était, avant la Fontaine, un moraliste ingénieux et habile ; ce n'était pas
un poëte. Ici nous avons le témoignage de la Fontaine lui-même dans la préface de ses fables : « Un
des maîtres de notre éloquence (Patru) désapprouvait,
dit-il, mon dessein de mettre les fables en vers ;
il croyait que leur principal ornement était de n'en

avoir aucun ; que d'ailleurs la contrainte de la poésie, jointe à la sévérité de notre langue, m'embarrasseraient en beaucoup d'endroits et banniraient de la plupart de ces récits la brièveté qu'on peut fort bien appeler l'âme du conte. »

Cette opinion de Patru, que la Fontaine ne combat qu'avec beaucoup de timidité, était l'opinion du temps. La fable n'était pas un des genres de poésie reconnus et consacrés ; elle pouvait figurer à côté des ouvrages de morale, à côté des quatrains du conseiller Pibrac, et c'était sous cette forme de quatrains que Benserade avait publié les fables d'Ésope. Mais personne n'avait songé que Benserade fut poëte pour s'être fait fabuliste. Il l'était, au jugement de Boileau, pour ses madrigaux, pour ses ballades, pour ses devises; il ne l'était pas pour ses fables. L'idée de mettre la fable, comme genre de poésie, à côté de la comédie, de l'ode, de l'élégie, n'entrait dans l'esprit de personne. Ne nous étonnons donc pas que Boileau ne l'ait pas fait figurer dans l'*Art poétique* parmi les divers genres de poésie. Quand on y regarde de près, on voit que, loin d'avoir oublié la fable à cause de la Fontaine et par une mesquine jalousie, c'est à cause de la fable qu'il a oublié la Fontaine.

La Fontaine a réhabilité et relevé la fable par le charme de son génie; il l'a fait entrer dans la poésie, et c'est à cause de la Fontaine que nous nous étonnons maintenant que la fable n'ait pas sa place et son rang

dans l'*Art poétique*. Personne n'en a été surpris au
dix-septième siècle. La fable appartenait alors à la
poésie légère, c'est-à-dire à ce genre de poésie que
rien ne définit, que rien ne règle et dont la Fontaine
est le grand maître avant Voltaire. Quand, en 1668,
il fit paraître son premier recueil de fables, il n'était
connu encore que par quelques-uns de ses contes, qui
lui avaient fait une réputation dans le monde élégant
et licencieux. Ses fables continuèrent cette réputation
et l'agrandirent en l'épurant, sans la faire sortir pourtant du cercle de la poésie légère. Ce n'est que peu à
peu et avec le temps que le dix-septième siècle com-
prit la perfection de ces petits drames qu'on continuait à appeler des fables, et qu'il s'avisa qu'il avait un
grand poëte dans un petit genre. Le genre même ne
parut plus petit, traité par un pareil homme. Les
fables, sans quitter tout à fait la morale populaire,
entrèrent donc dans la littérature, et je suis persuadé
que, si Boileau avait fait son *Art poétique* après la
publication du second recueil de fables de la Fontaine,
il eût donné son rang à la fable et au fabuliste [1].

J'ai voulu expliquer l'oubli de Boileau, quoique je
lui en veuille un peu. Il eût été digne de lui d'ensei-

---

[1] Le premier recueil des fables de la Fontaine a paru en 1668; il con-
tenait les six premiers livres. La seconde partie, contenant cinq livres
nouveaux, parut en 1678 et 1679. C'est en 1694 seulement qu'il publia
le douzième ou dernier livre. — L'art poétique de Boileau est de 1674.

gner à ses contemporains que la fable était un genre
de poésie charmant et que la Fontaine était un grand
poëte. Il ne l'a pas fait et il en a été puni, puisqu'il a
composé deux fables médiocres : l'une, *la Mort et le
Bùcheron*, que je ne veux pas comparer à la fable de
la Fontaine sur le même sujet : la distance est trop
grande entre les deux fables ; — l'autre, *l'Huître et les
Plaideurs* [1] :

> Un jour, dit un auteur, n'importe en quel chapitre,
> Deux voyageurs à jeun rencontrèrent une huître.
> Tous deux la contestaient, lorsque dans leur chemin
> La Justice passa, la balance à la main.
> Devant elle, à grand bruit, ils expliquent la chose ;
> Tous deux avec dépens veulent gagner leur cause.
> La Justice, pesant ce droit litigieux,
> Demande l'huître, l'ouvre et l'avale à leurs yeux,
> Et, par ce bel arrêt terminant la bataille,
> Tenez, voilà, dit-elle, à chacun une écaille.
> Des sottises d'autrui nous vivons au palais.
> Messieurs, l'huître était bonne. Adieu, vivez en paix.

Voyons maintenant la fable de la Fontaine :

> Un jour deux pèlerins sur le sable rencontrent
> Une huître que le flot y venait d'apporter ;
> Ils l'avalent des yeux, du doigt ils se la montrent :
> A l'égard de la dent il fallut contester.
> L'un se baissait déjà pour ramasser la proie ;
> L'autre le pousse, et dit : Il est bon de savoir

---

[1] La fable de l'*Huître et des Plaideurs*, dans Boileau, faisait d'abord
partie de la première épître au roi, qui date de 1668. — La même
fable, dans la Fontaine, fait partie des cinq derniers livres, qui datent
de 1678 et 1679.

Qui de nous en aura la joie.
Celui qui le premier a pu l'apercevoir
En sera le gobeur; l'autre le verra faire.
— Si par là l'on juge l'affaire,
Reprit son compagnon, j'ai l'œil bon, Dieu merci!
— Je ne l'ai pas mauvais aussi,
Dit l'autre, et je l'ai vue avant vous, sur ma vie.
— Eh bien, vous l'avez vue, et moi je l'ai sentie.
Pendant tout ce bel incident,
Perrin Dandin arrive; ils le prennent pour juge.
Perrin, fort gravement, ouvre l'huitre et la gruge,
Nos deux messieurs le regardant.
Ce repas fait, il dit d'un ton de président :
Tenez, la cour vous donne à chacun une écaille,
Sans dépens; et qu'en paix chacun chez soi s'en aille[1].

Personne n'hésitera, je crois, à préférer la fable de
la Fontaine à celle de Boileau. Qu'est-ce que ce début
de Boileau :

Un jour, dit un auteur, n'importe en quel chapitre?

Le chapitre arrive ici, mis trop visiblement pour rimer
avec l'huitre. Qu'est-ce aussi que la Justice qui passe
dans le chemin des plaideurs, la balance à la main?
J'aime mieux le Perrin Dandin de la Fontaine : c'est
un personnage plus vivant que l'allégorie de la Justice
avec sa balance symbolique. La conversation ou plutôt
la dispute des plaideurs est plus animée aussi et nous
représente mieux la scène que le vers de Boileau :

Tous deux avec dépens veulent gagner leur cause.

[1] Livre IX, fable ix.

Tous les plaideurs, je pense, en sont là. C'est seulement à la fin de sa fable que Boileau soutient sans
trop de désavantage la comparaison avec la Fontaine ;
son dernier vers même a mérité de devenir proverbe :

> Messieurs, l'huitre était bonne. Adieu, vivez en paix.

Si nous prenons la Fontaine comme le grand maitre
de la poésie légère au dix-septième siècle, et si nous
renfermons la fable dans le cercle de la poésie légère,
comme le faisaient les contemporains de la Fontaine,
il faut faire une distinction parmi ses successeurs et
ses disciples : il y a ceux qui se sont particulièrement
adonnés à la poésie légère dans sa variété infinie, et
ceux qui se sont plus particulièrement appliqués à la
fable. Parmi les premiers, je prends Vergier, Pavillon
et Senecé [1].

Des trois poëtes que je viens de citer, Vergier est
celui qui a le plus fréquenté la Fontaine et a voulu le
plus l'imiter. Il n'y a guère réussi. Il a fait des contes
licencieux, mais sans élégance; quelques fables, qui ne
sont que des amusements de société; des couplets galants, qui souvent étonnent par le contraste du sujet
avec le lieu et la circonstance où ils ont été faits. Que

---

[1] Vergier, mort en 1721, assassiné à Paris par des gens de la bande
de Cartouche; Pavillon, né en 1632, élu membre de l'Académie française en 1691, mort en 1705; Senecé, né en 1643, mort en 1737.

penser, par exemple, de cette chanson adressée de
Londres à madame d'Hervart, pendant la révolution
de 1688?

> Je vous écris de ce lieu qui du Tibre
> Vient d'arrêter le cours trop véhément,
> De ce séjour libre et charmant,
> Mais où bientôt rien ne serait plus libre,
> Si vous pouviez y paraître un moment.

Ce madrigal, écrit à travers la révolution qui ren-
versait Jacques II et mettait sur le trône d'Angleterre
le plus redoutable ennemi de la France, Guillaume III,
ce madrigal est aussi fade qu'étrange, et je ne le cite
que par ce qu'il nous montre quelle était la société de
madame d'Hervart, qui était celle de la Fontaine. La
société de madame d'Hervart est peu religieuse et peu
sévère de ton, tout au moins. Elle applaudit volontiers
à la révolution de 1688, parce que cette révolution est
contraire au catholicisme, et ne paraît pas s'inquiéter
si elle n'est pas du même coup contraire à la France.
Vergier a aussi, comme la Fontaine, des relations, non
pas avec l'Angleterre, mais avec la société de Saint-
Évremond et de madame la duchesse de Mazarin en
Angleterre; enfin, comme la Fontaine encore, Vergier
est de la société du Temple ou de M. de Vendôme, et il
loue beaucoup Campistron, secrétaire des commande-
ments du duc de Vendôme[1].

---

[1] Dans une épître adressée en 1691 à M. de Monticourt. Vergier, qui

C'est par ces traits de mœurs et ces détails de société qui nous font connaître le monde où vivait la
Fontaine, c'est par là, plus que par ses vers, que Vergier mérite de n'être pas oublié parmi les disciples de
la Fontaine. C'était, du reste, un disciple peu res-
pectueux. Nous avons déjà cité de lui[1] quelques vers
sur le grand poëte, vers gracieux, mais qui man-
quaient un peu de la révérence que nous accordons volontiers au génie. Il est vrai que le bonhomme ne prêtait guère à ce sentiment. Vergier, dans une lettre à
madame d'Hervart, continue à parler de lui d'un ton
dédaigneux et comme d'un vieil enfant gâté : « Le bonhomme me marque qu'il va passer six semaines avec
vous à la campagne. Voilà un bonheur que je lui envie fort, quoiqu'il ne le ressente guères, et vous
m'avouerez bien, à votre honte, qu'il sera moins aise
d'être avec vous que vous ne serez de l'avoir...

> Je voudrais bien le voir aussi,
> Dans ces charmants détours que votre parc enserre,
> Parler de paix, parler de guerre,
> Parler de vers, de vin et d'amoureux souci ;

était à Bergues, en Flandre, commissaire de la marine, demande à
son ami des nouvelles de Paris :

> Le théâtre français a-t-il des nouveautés?
> Que fait l'auteur de *Tiridate?*
> Dans le loisir obscur d'une paresse ingrate,
> Perdrait-il des moments par Apollon comptés.
>   (*OEuv.* de Vergier, t. II, p. 122.)

[1] Voir, dans le premier volume, la leçon sur la vie de la Fontaine

Former d'un vain projet le plan imaginaire,
Changer en cent façons l'ordre de l'univers,
Sur doutes proposer mille doutes divers,
Puis tout seul, brusquement, s'écarter d'ordinaire,
Non pour rêver à vous qui rêvez tant à lui,
Mais pour varier son ennui.

« Car vous savez, madame, qu'il s'ennuie partout, et même, ne vous en déplaise, quand il est auprès de vous, surtout quand vous vous avisez de vouloir régler ou ses mœurs ou sa dépense[1]. »

Lettre curieuse, dont les détails font surtout honneur à madame d'Hervart, et nous la font aimer de plus en plus comme l'amie attentive et compatissante de la Fontaine, tâchant d'être sa directrice, n'y réussissant guères mais ne se lassant pas des travers du vieux poëte, du désordre de sa vie, de la brusquerie de ses manières, ni même de ses ennuis qu'il ne cachait pas. Rien dans la Fontaine ne rebutait madame d'Hervart; elle n'exigeait de lui aucune assiduité, aucune attention, et elle pensait sans cesse à lui qui pensait peu à elle. Le bonhomme, dans cette lettre de Vergier, son disciple, son compagnon de plaisir et de monde, ne paraît guère en beau; il est moins aimable que nous ne voulons nous le figurer. Mais Vergier lui-même ne paraît point en beau, et je lui sais mauvais gré de sa sévérité méprisante pour la Fontaine. Je reconnais là

---

[1] *OEuvres* de Vergier, t. II, p. 84.

l'égoïsme intolérant qui règne ordinairement entre
épicuriens, les gens du monde les moins disposés à
se rien passer entre eux.

Pavillon n'était pas, comme Vergier, un disciple et
un imitateur de la Fontaine; mais il s'était fait aussi
une réputation dans la poésie légère. Il n'était pas non
plus de la société du bonhomme; il était d'un monde
plus sérieux, quoiqu'il excelle aussi dans la galanterie et dans la moquerie ingénieuses; il n'allait jamais jusqu'à la licence. Homme de goût, très-savant
dans les lettres, écrivain spirituel, nommé membre de
l'Académie française, en 1691, après la mort de Benserade; ami de Boileau, d'abord magistrat, neveu de
Pavillon, évêque d'Aleth, qui fut presqu'un saint, il
gardait, soit dans sa vie, soit dans ses écrits, la réserve
et la décence qui convenaient à sa famille et à son âge.
Quoique galant par habitude et faiseur de petits vers,
il n'avait, étant vieux, ni les propos ni les manières
qui dans la Fontaine étonnaient, selon Vergier, les
jeunes filles du monde peu austère de madame d'Iler-
vart.

Si je pouvais vous voir souvent sans m'engager,

écrit-il à une jeune dame qui lui reprochait qu'il ne
l'allait pas voir,

Je ne voudrais faire autre chose.
Mais pardonnez-moi, si je n'ose

M'exposer désormais à ce charmant danger.
C'est en vain que mon cœur serait fidèle et tendre;
Un barbon à l'amour doit-il s'abandonner?
    On ne peut trop craindre d'en prendre,
    Quand on ne peut plus en donner[1].

L'art et le mérite de ces petits vers de société, que
je ne veux pas trop vanter, que je ne veux pas non plus
trop déprécier, étaient de pouvoir tout dire avec esprit
et avec grâce, c'est-à-dire avec bienséance, non pas la
bienséance d'un parloir de couvent, mais d'un salon
de bonne compagnie.

Le sérieux, qui ne fait jamais tort à l'agrément et
qui même le soutient, se rencontre partout dans Pavillon. Tandis que Vergier, à Londres, en 1688, en
pleine révolution, faisait une chanson de fade galanterie
pour madame d'Hervart et ne paraissait pas se douter
de la gravité des événements, Pavillon, qui avait, parmi
ses amis, des protestants, grands partisans de 1688,
qui lui vantaient la révolution et ceux qui l'avaient faite,
c'est-à-dire le prince et la princesse d'Orange, fille de
Jacques II, Pavillon ne se laisse pas prendre à ces
louanges, il fait ses réserves : « Il n'y a rien de si spirituel que l'éloge que vous faites de madame la princesse d'Orange, écrit-il à madame de Pelissari, une de
ses amies protestantes et exilée; elle n'a jamais été
peinte avec tant de force et tant de grâce, et, si je

---

[1] Pavillon, p. 96. Paris, 1720.

pouvais oublier la dernière action de sa vie, je la re-
connaîtrais avec plaisir dans le portrait que vous m'a-
vez envoyé :

> Cette princesse est fort aimable :
> Elle est, si vous voulez, en tout incomparable ;
> Elle a de la bonté, de l'esprit, du savoir
>   Et toutes les vertus ensemble ;
>   Mais Dieu vous préserve d'avoir
>   Une fille qui lui ressemble !

« Il faudrait prendre garde de trop près à ce que l'on
ferait avec des enfants d'un pareil mérite, et je ne
connais point de père qui en voulût de si habiles à
succéder. On n'a pas eu dessein, dites-vous, de pousser les choses à l'extrémité où elles sont : cette entreprise n'était seulement que l'effet d'un zèle qui ne
prétendait autre chose que la conservation de la religion protestante.

> A l'égard de l'intention,
> Au jugement du ciel un chrétien l'abandonne ;
> Mais souffrez que l'homme soupçonne
>   Un acte de religion
>   Qui s'empare d'une couronne[1]. »

Ce que Pavillon a de sagesse épicurienne est aussi
de meilleur aloi et de meilleur ton que ce qu'en
a Vergier. On sent partout, dans ce mondain aimable
et honnête, le goût de l'ordre et de la règle ; rien de

---

[1] Pavillon, p. 18.

grave et de guindé, mais rien non plus de licencieux
et de désordonné. Donne-t-il une direction de vie à
l'une de ses amies du monde, quelle expérience, quels
préceptes de bon goût et de bon sens, égayés seulement d'une pointe de malice ou de galanterie !

> Soyez par tous aimée et vivez sans amour ;
> Dormez toute la nuit, travaillez peu le jour ;
> Gardez avec grand soin ce qu'on ne peut vous rendre ;
> Laissez parler le monde et faites toujours bien ;
> Ne prêtez point, n'empruntez rien ;
> Toujours égale, toujours saine ;
> Un revenu commode et des plaisirs sans **peine** ;
> Soyez dévote sans excès ;
> Nulle affaire, point de procès ;
> Exempte de haine et d'envie,
> Et, contente de votre sort,
> Vivez sans crainte de la mort,
> Mourez sans regretter la vie.
> Iris, voilà les vœux que mon cœur fait pour vous.
> S'ils ne répondent point aux vôtres,
> Parlez, il lui sera plus doux
> Et plus aisé d'en faire d'autres[1].

On voit que, si je mets Pavillon dans l'école de
la Fontaine, ce n'est pas qu'il ait tout à fait le même
fond d'idées et de sentiments que le bonhomme : c'est
pour avoir beaucoup pris de sa gaieté et de sa délicatesse, de sa malice sans méchanceté, avec un tour de
correction dans le style et dans la vie que la Fontaine ne
se piquait point d'avoir, ou dont tout le monde croyait

[1] Pavillon, p. 357.

qu'il pouvait se passer. Les deux pièces de Pavillon, que je comparerais le plus volontiers avec la Fontaine, sont : *le Gentilhomme de l'arrière-ban en* 1689, et la fable intitulée : *l'Honneur, le Feu et l'Eau.*

On sait qu'en 1689 Louis XIV convoqua l'arrière-ban de la noblesse. Il croyait y trouver une force; ce ne fut qu'un embarras pour l'armée, un ridicule pour la noblesse de province et un dernier coup porté à la féodalité ou à ce qui en restait encore. Ces hobereaux du temps passé ou ces nobles d'hier, qui venaient à l'armée avec beaucoup de vanité et peu d'usage des armes, excitèrent partout des risées, des satires, des épigrammes. C'est l'usage en France de railler volontiers ce qui est vieux et suranné, et il n'y a pas de pays où la vieillesse soit plus vite en face d'une jeunesse pressée de la croire inutile. La vieillesse devrait, dans un pays de ce genre, tâcher de discerner les services qu'elle peut rendre encore, au lieu de se targuer de ses souvenirs. Au ridicule du passé, s'ajoutait contre l'arrière-ban le ridicule des bourgeois-gentilshommes, qui avaient acheté des lettres de noblesse et qui se trouvaient avoir acheté des lettres de service. C'est un de ces soldats malgré lui que Pavillon fait parler dans son piquant tableau du *Gentilhomme de l'arrière-ban* :

Dans ma maison des champs, sans chagrins, sans envie,
Je passais doucement ma vie

> Avec quelques voisins heureux,
> Peu guerriers et fort amoureux.
> Ma bergère, mes prés, mes bois et mes fontaines
> Ou faisaient mes plaisirs, ou soulageaient mes peines.
> J'allais à Paris rarement;
> Mais Paris quelquefois venait dans mon village
> Me voir et manger mon potage.
> Je les traitais fort sobrement;
> Mes pigeons, mes poulets, tout leur semblait charmant.
> On parlait de l'amour et jamais de la guerre.
> Je plaignais le roi d'Angleterre,
> Sans dessein de le soulager;
> Je laissais aux héros le soin de le venger.
> La gloire et les honneurs n'étaient pas ma faiblesse,
> Et je me piquais de noblesse,
> Seulement pour ne pas payer
> La taille et les impôts que paye un roturier.
> Aujourd'hui j'ai regret d'être né gentilhomme;
> Ce titre glorieux m'assomme;
> Hélas! il me contraint, dans ce malheureux an,
> De paraître à l'arrière-ban.
> O vous, mon bisaïeul de tranquille mémoire,
> Dont les armes n'étaient que l'aune et l'écritoire,
> Qui viviez en bourgeois et poltron et prudent,
> Reconnaissez en moi votre vrai descendant!
> Pourquoi de votre argent votre fils et mon père
> Ont-ils acquis pour moi ce qui me désespère,
> Cette noblesse enfin, qui par nécessité
> Me fait être guerrier contre ma volonté?[1]...

La fable de Pavillon, l'*Honneur*, le *Feu* et l'*Eau*, quoique se rapprochant de la Fontaine par le genre de poésie, s'en éloigne sur un point important : elle

_____
[1] Pavillon, p. 375.

est d'invention au lieu d'être de tradition. J'examine-
rai plus tard quel est le mérite de l'invention dans la
fable. Je l'estime beaucoup moins qu'on ne le fait, et
je vois que la Fontaine ne semblait pas s'en soucier
beaucoup, puisqu'il n'a inventé le sujet de presque
aucune de ses fables. De plus, celles qu'il a inventées
sont peut-être les moins bonnes. Le défaut des fables
d'invention, c'est qu'exprimant la pensée particulière
des auteurs par une allégorie qu'ils inventent et qui
n'est pas une tradition générale et populaire comme
les allégories d'Ésope, elles ôtent à la fable un de ses
principaux avantages, celui d'être acceptée et crue par
tout le monde, c'est-à-dire ce qui en fait la vraisemblance poétique. D'un autre côté, dans les fables d'invention, les personnifications abstraites dominent; ce ne
sont plus des animaux, le lion, le renard, le loup, l'âne,
la cigogne, qui remplissent la fable : ce sont des êtres
fictifs, des qualités et des défauts de l'homme, l'ambition, le plaisir, l'humilité, l'honneur. Qui doute de
l'entretien du renard et du corbeau? il y a prescrip-
tion pour y croire. Au contraire, qui ajoute foi aux
actions et aux conversations des personnages abstraits,
si chers aux fabulistes modernes? Voyez, par exemple, la fable de Pavillon :

> Un jour le Feu, l'Honneur et l'Eau
> Conclurent de faire voyage. .
> Ils partirent tous trois par un temps assez doux;

Mais, comme en voyageant quelquefois on s'égare,
« Convenons, dirent-ils, chacun d'un rendez-vous,
    Si quelque accident nous sépare. »

Le Feu dit que, quoiqu'il soit fort visible, il y a des
lieux et des moments où on ne le voit pas. Ce n'est
donc pas à la lueur seule qu'il faut le reconnaître :

    Où vous verrez de la fumée,
    Vous me trouverez à l'instant.

L'Eau enseigne aussi à quels signes on pourra la
trouver.

        L'Honneur, ce fantôme adoré,
        Qui dans le devoir tient nos belles
    Et pour qui nos guerriers, d'un cœur délibéré,
    Vont affronter la mort sous des formes cruelles,
        L'Honneur, dis-je, voulant parler,
    « Pour moi, s'écria-t-il, je ne le puis céler,
    Gardez-moi, mais si bien que rien ne nous sépare ;
        Ayez sur moi des yeux d'Argus ;
        Car, si loin de vous je m'égare,
        Vous ne me retrouverez plus [1]. »

---

[1] Il y a dans la Correspondance de Grimm, tome XIV, page 312,
avril 1789, une fable de M. Grainville, imitée ou plutôt calquée de
celle de Pavillon :

        Dans un pays (ce n'était pas en France,
        Et son nom même est perdu par malheur),
        On dit que le Plaisir, suivi de l'Espérance,
        Un jour sur son chemin rencontra la Pudeur.
            Puisque le hasard nous rassemble,
            S'écria le plus gai des dieux,
        Tous trois, si vous voulez, nous ferons route ensemble.
        — Très-volontiers. Alors par maints propos joyeux,
            Par le plus léger badinage,

L'idée de cette fable est excellente ; mais comme on voit, dès les premiers mots, qu'au lieu de procéder de l'imagination populaire, elle procède de l'imagination d'un poëte ingénieux! Qui peut se figurer l'association que font entre eux l'honneur, le feu et l'eau, et leur voyage et leurs rendez-vous? Comme la vraisemblance manque! Le poëte veut nous avertir que l'honneur est plus impossible à retrouver que le feu et l'eau ; sa fable n'est qu'une métaphore, au lieu d'être une action ; ses personnages n'ont pas de corps. Ils ont, dit-on, le mérite d'avoir été inventés par le poëte : qu'importe qu'il les invente, s'il ne les fait pas vivre? L'imagination populaire a peut-être moins d'esprit que Pavillon; mais elle a le don de savoir admirable-

> Le Plaisir sut tromper les ennuis du voyage;
>   Mais il fallut se séparer :
> On ne peut pas toujours aller de compagnie,
> Et puis, d'ailleurs, tout prend fin dans la vie.
> Où pourrons-nous nous rencontrer?
> Dit alors le Plaisir ; car votre connaissance
>   M'est précieuse, en vérité.
> Le froid séjour de la vaine opulence
> En aucun temps n'est par moi fréquenté. —
> Moi, je suis trop souvent, interrompt l'Espérance,
> Chez les amants et les gens à projets. —
> Pour moi, dit à son tour la Pudeur ingénue,
>   Quand une fois on m'a perdue,
>   On ne me retrouve jamais.

Cette imitation, qui est presque un plagiat, prouve-t-elle que la fable de Pavillon était encore connue en 1789, ou déjà oubliée, puisqu'on pouvait l'imiter de si près, sans que Grimm dît un mot de l'original? Quoi qu'il en soit, le Plaisir, l'Espérance et la Pudeur ne sont point des personnages plus vivants et plus vraisemblables que le Feu, l'Eau et l'Honneur.

ment choisir les personnages qu'elle appelle à la vie ;
elle sait ceux qui sont capables de vivre, et ceux qui
ne le sont pas. Aussi, dans les vieilles fables, il n'y a
pas, je crois, un seul personnage abstrait.

Pavillon rappelle parfois la Fontaine par la grâce
élégante de ses vers, sans qu'il cherche à l'imiter.
Senecé le rappelle aussi ; mais il vise à l'imitation,
il est visiblement et veut-être l'élève de la Fontaine. Il
l'invoque comme son modèle [1], il fait comme lui des
contes ; mais il a le bon esprit de ne pas les faire licencieux et de ne pas, comme Vergier et Grécourt,
imiter le maître dans son libertinage, ne l'imitant pas
dans son génie. Il a dans ses récits des tours, des
pensées, des réflexions qui font souvenir de la Fontaine. Voyez le conte de *la Confiance perdue :*

> Aussi tout étendu dormit-il comme un roi :
> Posez le cas qu'un roi dorme mieux qu'un autre homme ;
> Je pense au rebours, quant à moi.

Senecé a fait encore des poëmes moitié comiques et
moitié sérieux, comme quelques-uns des poëmes de
la Fontaine [2]. *Les Travaux d'Apollon,* par exemple,

---

[1]   Dieu fasse paix au gentil Arioste
    Et daigne aussi mettre en lieu de repos
    Jean la Fontaine.

(Début du conte du *Parfait amour. OEuvres* de Senecé, édit. de
M. Auger, 1806, p. 1.)

[2] Voyez dans la Fontaine les poëmes d'*Adonis,* de *Psyché,* du *Quin-
quina* et même de *Saint-Malo.*

ont beaucoup d'esprit et de gaieté. Ils portent aussi la
trace des différentes influences littéraires du temps :
la moquerie contre les médecins comme dans Molière,
la vieille mythologie tournée en caricature comme dans
Scarron, dans Boursault[1], dans l'*Amphytrion* de Molière lui-même. Voyez la colère de Pluton contre Esculape, qui vient de ressusciter Hippolyte pour com-
plaire à Diane :

> Déjà le demi-dieu[2], par son père inspiré,
> Signalait son savoir des hommes adoré ;
> Déjà de ses secrets les merveilles hardies
> Reléguaient aux enfers l'essaim des maladies ;
> Et, toujours bienfaisant, à la honte des dieux,
> Il dérobait la terre aux châtiments des cieux,
> Quand, par une entreprise à son art interdite,
> Pour complaire à Diane il ranime Hippolyte,
> Et, forçant de fléchir l'inflexible Destin,
> Des griffes de la mort il ravit son butin.
> Alors de l'Achéron le monarque barbare
> D'un coup de son trident entr'ouvrit le Ténare,
> Et sur un tourbillon de bitume et de poix
> Pousse au ciel obscurci sa foudroyante voix :
> Est-ce de ton aveu qu'on me fait cet outrage,
> Jupiter ? N'es-tu pas content de ton partage ?
> Et cet audacieux, superbe de son art,
> Vient-il me déclarer la guerre de ta part ?
> Ah ! si je le croyais !... La nature tremblante
> A ce cri menaçant, frissonne d'épouvante.
> Jupiter, d'un souris, rasséroant les airs :

---

[1] Voyez le *Phaéton* de Boursault.
[2] Esculape, fils d'Apollon.

Cesse de t'alarmer, dit-il, roi des enfers ;
Pour un qu'ôte Esculape à ton empire sombre,
Bientôt ses successeurs t'en enverront sans nombre[1].

Comme la Fontaine encore, Senecé raille volontiers
les femmes, et, comme la Fontaine aussi, il les aime
et il en est aimé. Il prétend qu'il a traduit de Quévédo,
auteur espagnol, sa pièce intitulée *Orphée;* il y a mis
certainement une pointe de gaieté française :

> Pour ravoir sa femme Eurydice,
> Orphée aux enfers s'en alla ;
> Est-il si bizarre caprice
> Dont on s'étonne après cela ?
>
> Dans un accès de ce délire
> Où son jugement se perdit,
> Pouvait-il chercher rien de pire
> Ni dans un endroit plus maudit ?
>
> Il chanta des airs pitoyables,
> Dont le tendre accompagnement
> Suspendit la fureur des diables
> Et des coupables le tourment.
>
> Sa voix ne touchait pas leur âme,
> Mais la seule admiration
> Qu'un sot, pour recouvrer sa femme,
> Témoignât tant de passion.
>
> Alors Pluton, hochant la tête,
> Dit au chanteur alangouri :

[1] Senecé, p. 72.

O maître fou comme poëte,
Et beaucoup plus comme mari !

Proserpine est bonne diablesse ;
Mais je te jure, sur ma foi,
Que les six mois qu'elle me laisse
Ne sont pas les moins gais pour moi.

Fût-elle aux cieux cent ans encore
Pour se soustraire à mon pouvoir,
Je n'irais point sur la mandore
Braire en bémol pour la ravoir.

Quand tu conçus quelqu'espérance
De nous fléchir par tes accords,
Ignorais-tu que le silence
Est le charme unique des morts?

Puisqu'une impertinente flamme
Bour le troubler t'a fait venir,
Parques, qu'on lui rende sa femme :
On ne saurait mieux le punir [1].

Nous n'avons de Senecé qu'une fable, et elle a le
malheur que la Fontaine avait traité le sujet avant lui.
Je ne sais donc pas pourquoi l'élève a refait ce que le
maître avait bien fait ; non qu'il n'y ait quelques jolis
vers dans la fable de Senecé, *le Chat et le Renard :*

Expédients pour se tirer d'affaire
Sont dans la vie un secours nécessaire ;
Qui trop en a n'est pas le mieux loti ;

---

[1] Senecé, p. 166.

Le nombre y nuit ; mais le plus salutaire
C'est d'être habile à prendre son parti [1].

Je ne veux pas comparer la fable de Senecé, pied à
pied, avec celle de la Fontaine, et punir de cette façon
l'élève d'avoir lutté contre le maître ; mais je suis
forcé de dire que les cinq vers de Senecé, quoiqu'ils
aient l'air d'avoir une certaine précision, n'expriment
pas aussi nettement la morale de la fable que les trois
vers de la Fontaine :

Le trop d'expédients peut gâter une affaire :
On perd du temps au choix, on tente, on veut tout faire.
N'en ayons qu'un, mais qu'il soit bon [2].

La Fontaine sait bien que le mot *expédient* veut
dire un secours pour se tirer d'affaire ; il se contente
donc du mot pour exprimer son idée, et, s'il ajoute
quelque chose, c'est pour expliquer de quelle manière le nombre nuit en nous faisant incertains. La
conclusion du vieux poëte est plus nette et plus vive
que celle de son successeur : N'ayons qu'un expédient,
mais qu'il soit bon. Soyons, nous dit au contraire
Senecé, soyons habiles à prendre notre parti. Quoi
donc ? choisir entre plusieurs partis ? Cette habileté
n'est pas celle que veut préconiser la fable. Les plus
habiles, selon la fable, sont ceux qui n'ont qu'un parti
à prendre : avoir trop de quoi délibérer est souvent le

[1] Senecé, p. 162.
[2] Liv. IX, f. xiv.

moyen d'avoir trop de quoi se tromper. J'aime donc
mieux la moralité de la Fontaine : elle est plus précise
et plus ferme.

Voyons maintenant dans Senecé l'action et les personnages qui, depuis la Fontaine, font une si grande
partie de la fable :

> En attendant, sous un épais bocage,
> Temps propre à faire une exécution,
> Un vieux renard, avec un chat sauvage,
> Passait une heure en conversation.

Cette heure de conversation sous un bocage me paraît s'éloigner un peu des mœurs des personnages.
Ceux de la Fontaine ont, il est vrai, beaucoup des
mœurs humaines, comme doivent en avoir tous les
héros de la fable; mais je retrouve aussi en eux les
mœurs du chat et du renard, et c'est ce mélange des
mœurs de l'animal et de celles de l'homme qui me
plaît et m'attire :

> Le Chat et le Renard, comme beaux petits saints,
> S'en allaient en pèlerinage.
> C'étaient deux vrais tartufs[1], deux archipatelins[2],
> Deux francs patte-pelus[3], qui des frais du voyage,
> Croquant mainte volaille, escroquant maint fromage,
> S'indemnisaient à qui mieux mieux.

Ces maraudeurs de voyage me paraissent plus vrais

---

[1] Hypocrites.
[2] Trompeurs.
[3] Faisant patte de velours.

chats et plus vrais renards que nos causeurs du bocage de tout à l'heure :

> Le chemin étant long et partant ennuyeux,
>   Pour l'accourcir ils disputèrent.
>   La dispute est d'un grand secours :
>   Sans elle on dormirait toujours.

La dispute a pour nous l'avantage de nous mettre aussitôt dans la question, à savoir quel est le plus habile.

>   Le renard au chat dit enfin :
>   Tu prétends être fort habile ;
> En sais-tu tant que moi ? J'ai cent ruses en sac.
> Moi, dit l'autre, je n'ai qu'un tour dans mon bissac ;
>   Mais je soutiens qu'il en vaut mille.

Les causeurs du bocage dans Senecé n'arrivent pas si
vite à leur sujet ; on voit qu'ils aiment à faire la conversation :

>   O genre humain, perverse nation !
>   Dit le Renard, quel dieu pour nous propice,
>   Nous délivrant de ton oppression,
>   Érigera la chambre de justice
>   Qui doit punir ta malversation !

Cette allusion contre les financiers poursuivis sous
Louis XIV ou dans les premiers temps de la régence,
pouvait faire rire les contemporains de Samuel Bernard
et de Law ; mais le langage est trop celui d'un moment particulier de notre histoire pour être le lan-

gage naturel des chats et des renards de tous les temps. Après l'allusion contre les financiers, vient une digression contre les chiens de chasse, qui est plus vraisemblable de la part du renard :

> Ce qui surtout est digne du tonnerre,
> C'est que le chien, ce lâche déserteur,
> Ce parasite impudent et flatteur,
> Assiste l'homme à nous faire la guerre.
> On s'en pourrait toutefois consoler,
> S'ils y venaient en bêtes de courage.
> Ils trouveraient souvent à qui parler.
> Mais cent contre un!...
>
> . . . .
>
> Bêtes et gens signalent leur effort;
> Abois de chiens, cris de valets s'unissent;
> Dans les vallons les échos retentissent;
> Et ce fracas est pour un lièvre mort.
> Ce que j'en dis, ce n'est pas pour mon compte:
> J'ai force tours, par moi seul inventés,
> A renvoyer, avec leur courte honte,
> De vingt châteaux les hourets [1] ameutés.
> Au bel esprit il n'est rien d'impossible;
> Je veux t'instruire, et tu peux faire état
> De mes secrets. Pour moi, reprit le chat,
> Je n'en ai qu'un; mais il est infaillible.

Voilà enfin nos deux interlocuteurs amenés au sujet de la fable ; mais qu'ils ont été lents! que de détours! que de paroles oiseuses! La Fontaine va plus vite, et, une fois arrivé à la dispute, comme il sait la peindre!

_____

[1] Hobereaux.

Eux de recommencer la dispute à l'envi,
  Sur le que si, que non...

Bientôt les chasseurs et la meute accourent : le renard
emploie tous ses tours, toutes ses ruses, et, malgré
tous ses tours, malgré toutes ses ruses, il est pris
et tué. Voyons d'abord Senecé :

Maître matou n'en fait point à deux fois,
Grimpe au sommet d'un chène qui le cache,
Et là, des chiens méprisant les abois,
Gronde ces mots, retroussant sa moustache :
« Compère, hélas! je te l'avais bien dit :
Trop de savoir perd celui qui s'y fie.
Vive un bon choix! heureux qui n'a d'esprit
Qu'autant qu'il faut pour conserver sa vie!

Ce dénoûment est bien raconté; mais celui de la
Fontaine me paraît plus simple et plus vif encore; on
n'y sent ni art ni effort de style ·

Le Chat dit au Renard : Fouille en ton sac, ami ;
    Cherche en ta cervelle matoise
Un stratagème sûr. Pour moi, voici le mien.
A ces mots, sur un arbre il grimpa bel et bien.
    L'autre fit cent tours inutiles,
Entra dans cent terriers, mit cent fois en défaut
    Tous les confrères de Brifaut.
    Partout il tenta des asiles,
    Et ce fut partout sans succès...
Au sortir d'un terrier, deux chiens aux pieds agiles
    L'étranglèrent du premier bond.

Trouvant les deux fables l'une à côté de l'autre, le

successeur à côté du devancier et l'élève à côté du maître, je n'ai pu résister au plaisir de prouver, une fois de plus, la supériorité de la Fontaine, même quand le successeur est un poëte ingénieux, piquant, et qu'il sait profiter des ressources qu'il trouve dans l'étude de son maître.

VINGT-DEUXIÈME LEÇON

LES FABULISTES CONTEMPORAINS DE LA FONTAINE
MÉNAGE — COMMIRE — FURETIÈRE — FIEUBET — GRÉCOURT
LENOBLE — FÉNELON

———

J'ai voulu expliquer pourquoi Boileau, dans son *Art poétique*, n'avait parlé ni de l'apologue ni de la Fontaine, quoique l'apologue soit un genre de littérature très-accrédité même avant la Fontaine et plus encore après lui. J'ait dit que ce genre de littérature ne passait pas pour appartenir à la poésie, mais à la prose. Telle était l'opinion de Patru, un des juges les plus autorisés en matière d'esprit, et nous avons vu que la Fontaine était tout près de s'incliner devant cette autorité. C'est pour cela, et non pour de mesquines raisons de jalousie, que Boileau n'a fait mention ni de la fable ni de la Fontaine. La Fontaine fut

presque le premier à faire entrer la fable dans la poésie, et il la fit entrer par la porte de la poésie légère, qui ne comptait pas non plus parmi les genres
ayant droit de cité dans l'*Art poétique*. J'ai indiqué
quels étaient ses élèves dans la poésie légère ; je
dois indiquer maintenant quels étaient ses devanciers, ses contemporains et ses successeurs au dix-
septième siècle, dans le genre de l'apologue, soit
que l'apologue fût traité en vers latins ou en vers
français.

La poésie latine, qui, au seizième siècle, traitait volontiers l'apologue, n'avait point perdu cette habitude
au dix-septième siècle, en France et ailleurs. Je trouve,
dans les poésies latines de la jeunesse de Milton, une
fable racontée en vers latins élégants et précis : c'est
un fermier qui avait dans son champ un pommier
donnant chaque année quelques fruits très-beaux, que
le fermier offrait à son propriétaire. Celui-ci, ravi de
la beauté des fruits, fit transporter l'arbre dans la
cour de sa maison ; l'arbre y périt, et le propriétaire
repentant se disait : « Pourquoi ne pas m'être contenté des pommes que me donnait mon fermier ?
Pour avoir voulu trop, j'ai perdu mon arbre et ses
fruits [1]. »

En France, parmi les fabulistes latins du dix-sep-

---

[1] Voir cette fable latine à la fin du volume.

tième siècle, le plus célèbre est le jésuite Commire ; mais je dois citer aussi Ménage.

Le savant dans Ménage a fait tort à l'homme de lettres. Ménage avait beaucoup d'esprit ; il aimait le monde, et y était fort goûté ; il tournait aussi bien qu'aucun poëte de l'hôtel de Rambouillet, les petits vers galants, les madrigaux et les ballades ; enfin mademoiselle de Scudéry lui reprochait d'être un coquet[1]. Cependant la renommée de l'érudition de Ménage a caché, pour ainsi dire, ses autres talents. Il est aussi un fabuliste, et son *Vieux Lion*, qui date de 1652, aurait mérité d'être imité de plus près par la Fontaine.

« Un vieux lion d'Afrique gisait couché dans la forêt, accablé par les ans et dépourvu de force. Autour de lui s'étaient rassemblés les chiens petits et grands, non pas ces braves chiens de chasse qui font retentir les forêts de leurs aboiements, non pas ces bons chiens de bergers qui défendent les moutons, non pas ces chiens fidèles qui veillent à la porte des riches ; mais ces chiens hargneux, toujours prêts à mordre les hôtes de leur maître, timides contre les voleurs et contre les loups. Le lion est devenu le jouet de cette troupe de lâches. Un d'entre eux, tout frisé et tout paré, nourri dans le sein des dames, sans cesse ca-

---

[1] Voir, sur Ménage comme poëte et homme du monde, le troisième volume de mon *Cours de littérature*, chap. 50 : *de la Pastorale dans Segrais*, etc.

ressé, au poil brillant et poli, aboyait de loin contre le lion ; il reprochait au vieillard épuisé de forces sa vieillesse, son ·col chauve et sans crinière ; puis, non content de ces outrages, il s'approche, lève sa jambe, salit la cuisse du lion, lui mord la queue et lui arrache les poils de la barbe. L'indignation rend le courage au vieux lion, et, rassemblant ce qui lui restait de force, il étend la griffe et brise la tête de l'aboyeur. Aussitôt tous les chiens s'enfuient, la queue entre les jambes, et cessent d'insulter le vieux lion [1]. »

[1]   Magnâ jacebat pœnus in sylvâ leo,
    Senio confectus et defectus robore.
    Circum jacentem belluam stabant canes,
    Stabant catuli, non illi venatici
    Clamore magno qui nemora circumtonant ;
    Non pastorales, fida vis balantibus ;
    Non divitum altas fidi qui servant domos ;
    Sed qui immerentes dente vexant hospites.
    Ignavi adversùm fures, adversùm lupos.
    Imbelli turbæ jocus est infirmus leo.
    Hos inter unus, crispulus, venustulus,
    Puellularum qui nutritus in sinu,
    Qui delenitus, corpus fecerat nitens,
    Latrare procul : defecto viribus seni
    Senium exprobrare, objicere deciduas jubas.
    Nec his contentus crispulus conviciis,
    Accedit propiùs, meiens conspurcat femur,
    Et mordet caudam, et barbam vellicat seni.
    Animum jacenti revocat indignatio ;
    Vires infirmus colligit superstites,
    Et pede sublato frangit latranti caput.
    Fugiunt paventes, caudâ demissâ, canes ;
    Senem leonem deridere desinunt.

       (*Poésies latines, grecques et françaises* de Ménage,
         7ᵉ édit. — Paris, 1680, p. 14.)

Le lion dans la Fontaine est de même :

> ..... attaqué par ses propres sujets,
>   Devenus forts par sa faiblesse.
> Le cheval s'approchant lui donne un coup de pied;
> Le loup, un coup de dent; le bœuf, un coup de corne.
> Le malheureux lion, languissant, triste et morne,
> Peut à peine rugir, par l'âge estropié.
> Il attend son destin sans faire aucunes plaintes,
> Quand, voyant l'âne même à son antre accourir :
> « Ah! c'est trop, lui dit-il ; je voulais bien mourir;
> Mais c'est mourir deux fois que souffrir tes atteintes. [1] »

Ce tableau du vieux roi outragé est admirable, et les deux derniers vers sont épiques. Mais j'aime mieux le dénoûment de Ménage : la vieillesse outragée est vengée, et la justice a dans la fable la part que nous aimons qu'elle ait dans l'histoire.

Une des fables du père Commire a eu la gloire d'être traduite par la Fontaine. Il est vrai que cette traduction est une des fables les plus faibles de la Fontaine, et je ne suis pas fâché que la poésie ait, ce jour-là, manqué au poëte, parce que sa fable manquait de générosité. La fable du père Commire, le *Soleil et les Grenouilles*, est une satire contre la Hollande, qui s'alarmait pour son indépendance des conquêtes que Louis XIV avait faites en Flandre. Changeant de parti, elle devint l'alliée de l'Espagne qu'elle ne craignait plus, et l'ennemie de la France dont elle redou-

---

[1] Liv. III, f. xiv.

tait la domination. La vanité nationale de la France se blesse aisément, et, comme l'orgueil de Louis XIV, qui s'irritait de se voir contrarié par ce petit État, s'accordait avec la vanité nationale, ce fut partout un concert de reproches contre les Hollandais. Tous les poëtes latins et français du temps attaquèrent à l'envi ces républicains qui ne voulaient pas sacrifier à la France l'indépendance qu'ils avaient conquise sur l'Espagne. Le père Commire fit sa fable, qui eut un grand succès et qui fut traduite par la Fontaine, par Furetière et par le père Bouhours.

« Les grenouilles, habitantes des marais, race ambi-« guë, moitié terrestre et moitié aquatique, née dans « la fange, avaient vu prospérer leur État, grâce à la « protection du Soleil. C'était par son secours qu'elles « avaient chassé les taureaux qui paissaient au bord « de leurs marais... Elles avaient même osé aborder « la vaste mer, et souvent elles avaient provoqué et « vaincu les poissons les plus formidables. Elles de-« vinrent orgueilleuses, et, ce qui est pis, ingrates. « Elles commencèrent à être jalouses de la gloire du « Soleil et à regarder de mauvais œil l'astre qu'adore « l'univers... Elles l'insultent par leurs coassements « et leurs clameurs ; elles osent même le menacer ; « elles lui signifient qu'il ait à s'arrêter dans sa course « céleste, et, comme le Soleil continuait à éclairer « le monde de ses feux, elles s'efforcent d'entraver

« sa marche. Elles agitent la vase de leurs marais
« et la font bouillonner : une noire vapeur s'élève
« du fond des marécages et cache la lumière du
« jour sous un épais nuage. Le roi des astres sou-
« rit de cette insolence : Vos traits retomberont
« sur votre tête, dit-il ; et, rassemblant ses rayons
« dispersés sur le monde, il change ces noires vapeurs
« en foudre et en grêle retentissante. Les Grenouilles
« sont accablées par une épouvantable tempête. En
« vain, elles cherchent à se cacher sous leurs joncs
« épais ; en vain elles s'enfoncent dans la vase pour
« échapper au désastre : le Soleil brûle tout par ses
« feux et dessèche les marais qui leur servaient de re-
« fuge. Les Grenouilles périssent sous ces traits en-
« flammés, et deviennent la proie des milans et des
« corbeaux. Alors une d'entre elles, plus sage que les
« autres, dit en mourant : Nous sommes justement
« punies d'avoir payé les bienfaits par l'insulte. Puis-
« sent nos malheurs avertir nos descendants de res-
« pecter les dieux[1] ! »

---

[1]   Ranæ paludis incolæ, ambiguum genus
    Limoque cretum, res in immensum suas
    Favore solis auxerant, et jam boves,
    Vicina circùm quæ tondebant gramina,
    Ipsasque ripis populerant metu feras.
    Quin se profundo credere ausæ gurgiti,
    Facto siluros atque thynnos agmine,
    Et provocarant sæpè et sæpè vicerant.
    Hinc fastus illas cepit et superbia,

La fable du père Commire est l'emblème de la guerre de Hollande, telle que la comprenait la France,

Majusque crimen, gratiarum oblivio.
Patroni solis invidere gloriæ
Ingrata gens occœpit, ac liventibus
Oculis tueri mundo adoratum jubar,
Nec se protervis abstinent conviciis :
Nàm sive ad Indi littora obvertit rotas,
Equos Ibero sive lavit flumine ;
Sive arduam Leonis ascendit domum,
Lunæve radiis cornua offudit suis,
Ranæ coaxant et clamore incondito
Queruntur omnia perdere. Ultrices simul
Minantur iras, ni stet immotus polo.
Pergenti terras flammeo non segniùs
Lustrare curru, perfidæ tentant viam
Obstruere. Fundo ab imo, cœnosos lacus,
Ulvasque putres et solo resides aquas
Pedibus petulcis commovent : cœlo vapor
Consurgit ater et diem caligine
Turbat serenum. Risit astrorum parens :
« Et ista vestrum tela recident in caput,
Procaces, inquit, bestiæ. » Ergo colligit
Quos dissiparât radios, inque fulmina
Nigros vapores, inque densam grandinem,
Momento vertit, et miseras tristi opprimit
Ranas procellà. Frustrà juncis corpora
Certant opacis tegere ; frustrà, sub luto
Defossæ, sperant publicæ stragi eripi :
Sol rapidus haurit cuncta, et ipsas ignibus
Absumit undas. Ranæ semiustæ crepant,
Milvisque et corvis dulce præbent pabulum.
Quarum una fertur cæteris consultior
Dixisse moriens : Jure pœnam exsolvimus,
Quæ pro benefactis sola reddidimus mala.
At vos, nepotes, discite vereri Deos.

(OEuvres latines du P. Commire, Paris, 1704,
page 134.)

cette guerre de Hollande qui fut peut-être la plus impolitique des guerres de Louis XIV et qui fut aussi la
plus populaire. Comme nous n'avons point à juger ici la guerre de Hollande, mais la fable de Commire, nous ne pouvons pas, quel que soit notre goût
pour les vers latins, ne pas remarquer combien toute
cette allégorie est froide, outre qu'elle est injurieuse.
A force de songer aux Hollandais, Commire a oublié
qu'il s'agissait des .Grenouilles dans sa fable, et que
leurs guerres avec les taureaux et avec les poissons
choquaient la vraisemblance. La Fontaine qui, en mettant des animaux en scène au lieu d'hommes, a toujours eu soin de ne pas forcer leur nature, n'a pas
fait des grenouilles du père Commire les adversaires
des taureaux et des poissons ; il se contente de dire
qu'avec les cris qu'elles poussaient contre le soleil, on
ne pouvait dormir en paix :

> S'il l'on eût cru leur murmure,
>   Elles auraient par leurs cris
>   Soulevé grands et petits
>   Contre l'œil de la nature.
> Le Soleil, à leur dire, allait tout consumer :
>   Il fallait promptement s'armer...
>   A les ouïr, tout le monde,
>   Toute la machine ronde
>   Roulait sur les intérêts
>   De quatre méchants marais.
>   Cette plainte téméraire
>   Dure toujours ; et pourtant

Grenouilles devraient se taire
Et ne murmurer pas tant;
Car, si le Soleil se pique,
Il le leur fera sentir;   -
La république aquatique
Pourrait bien s'en repentir [1].

La Fontaine a ôté à l'allégorie du père jésuite ce
qu'elle avait de pompeux et de faux : il est plus simple, mais il n'est ni piquant ni gracieux. Je ne sais
vraiment pas si Furetière, qui traduisit cette fable, ne
l'emporte pas sur la Fontaine; petite gloire, après
tout, d'être meilleur que la Fontaine là où la Fontaine
est mauvais. Voici, par exemple, quelques vers bien
tournés :

Mais le Dieu, souriant de cette folle guerre :
« Tous vos traits, leur dit-il, vont retomber sur vous. »
Aussitôt, animé d'un trop juste courroux,
De ces noires vapeurs il forme son tonnerre,
      En grêle il épaissit les airs.....
      Les malheureuses, sous les eaux,
      Dans la bourbe et dans les roseaux
      Vont en vain chercher des asiles [2].

Je suis fâché de donner à Furetière cette supériorité

[1] Liv. XII, f. xxiv.

[2] Je ne veux rien citer de la fable du P. Bouhours, sauf les quatre
derniers vers :

Vous donc qui viendrez après nous,
Si de notre malheur vous avez connaissance,
      En l'apprenant souvenez-vous
Qu'il ne faut pas des Dieux mépriser la puissance.
            (*Recueil de Vers choisis*, 1701, p. 14.)

d'un moment sur la Fontaine. Il s'était fait l'ennemi
de la Fontaine à l'Académie, et dans ses *factums*
il l'attaque de la manière la plus injurieuse, lui re-
prochant ses contes, ne parlant pas de ses fables et
l'accusant de n'être assidu à l'Académie que pour les
jetons qu'on y gagne, « dont il est si avide, dit-il,
qu'il s'en fait indemniser par ceux qui sont cause qu'il
s'absente [1]. »

Le père Commire a fait plusieurs fables allégoriques
de ce genre. Dans la fable du *Coq*, je trouve encore les
Hollandais sous l'emblème des oies, l'Espagne figurée
par le lion, la Prusse par le faucon, Montecuculli par
le coucou, l'Autriche par l'aigle, l'électeur de Cologne
par la colombe, l'évêque de Munster par le cygne, et
l'évêque de Paderborn par le rossignol. La France est
représentée par le coq, l'oiseau du soleil ou de
Louis XIV, et le coq bat tous ses ennemis et soutient
tous ses alliés. Quel plaisir puis-je trouver dans toutes ces personnifications? Il n'y a dans ces fables allégoriques ni caractère ni action; elles plaisaient cependant à la vanité guerrière de la France ; elles ajou-
taient à la faveur que les pères jésuites avaient à la
cour. Aussi, pendant que Commire faisait en vers latins
ces fables ou ces emblèmes, les pères jésuites les tra-
duisaient à qui mieux mieux en vers français. Fonte-

---

[1] Voir, à la fin du volume, le passage contre la Fontaine, tiré du
deuxième factum de Furetière.

nelle aussi s'en mêlait : c'est lui qui a traduit la
fable du *Coq vainqueur*.

Ainsi partout, au dix-septième siècle, se retrouve l'a-
pothéose de Louis XIV, au collége comme à l'opéra. Je
n'ai pas tort de me servir de ce mot d'apothéose. Voici,
en effet, comment finit une pièce de vers de Commire :

Heroum monumenta tuis qui conferet actis,
Illos esse homines, te feret esse deum.

La traduction française est plus naïve encore :

Louis, vous ternissez la gloire
Des héros et des demi-dieux
Les plus célèbres dans l'histoire.
Vos conquêtes semblent un jeu,
Tant elles vous ont coûté peu ;
Mais cela n'est point sans mystère :
On sait ce qu'un mortel peut faire.
Ah ! si vous n'êtes point un Dieu,
Grand monarque, il ne s'en faut guère [1].

Je ne suis point étonné que la fable ait eu sa part
dans ce concert de flatteries qui retentissaient aux
oreilles du roi ; mais, en se mêlant à ce concert, elle
s'éloignait singulièrement de son caractère, qui est
d'être une satire aimable et douce.

. Je dois remarquer qu'il n'a jamais profité à la fable
de prendre pour inspiration la passion politique du

[1] Commire, p. 133.

moment. La passion politique est quelque chose de trop
passager et de trop particulier pour donner à la fable
le caractère général qu'elle doit avoir. Il lui faut pour
sujet les mœurs et les qualités bonnes et mauvaises de
l'humanité, et non les opinions de tel ou tel jour.
L'homme change bien plus d'idées que de vices et de
vertus, aujourd'hui républicain, demain sujet et serviteur d'un prince, il est toujours ambitieux, frivole, in-
téressé, égoïste, capable de bien et de mal, de vices et
de vertus. La figure politique du monde change sans
cesse; la figure morale de l'homme est toujours la
même. Quand la fable s'attache à reproduire la figure
politique du monde, elle s'attache à ce qui passe et
passe avec ce monde changeant; quand elle s'attache
à reproduire la figure de l'homme, si elle a bien su la
peindre, l'original fait durer le portrait.

J'ai entendu des fables fort spirituelles, qui peignaient
les vices et les travers politiques de mon temps, et ces
fables m'amusaient beaucoup. Je me demande si elles
amuseront la postérité: les ridicules et les travers auront
changé; qu'on ne croie pas surtout que le succès du
jour puisse répondre du succès de l'avenir. Le caractère
des passions politiques est d'être universelles, irrésis-
tibles à certains moments et de durer peu. Tout le
monde en France, au temps de la guerre de Hollande, était contre les Hollandais; cette guerre, aujourd'hui, nous paraît injuste et impolitique. Com-

mire, quand il attaquait les Hollandais, avait la foule
pour lui, et sa fable semblait admirable; elle nous
semble aujourd'hui médiocre et plate: le souffle de
colère populaire qui l'animait s'est dissipé, et elle a
le tort d'être pour nous un mauvais sentiment
exprimé dans une allégorie sans vraisemblance et
sans grâce.

Tout le monde, au dix-septième siècle, aimait à faire
des fables, et tout le monde en fit plus que jamais
quand la Fontaine eut fait les siennes: c'était le genre
à la mode. Je trouve un témoignage de cette vogue dans
une fable d'un contemporain de la Fontaine, fort peu
connu, M. de Ficubet. Je la cite, parce qu'elle me
semble jolie, parce que, à en voir la tournure, il est
clair que l'auteur est un disciple de la Fontaine; parce
qu'enfin je ne cache pas que j'aime assez à tirer de
l'oubli quelques noms et quelques vers de personnages
obscurs: il me semble que je fais une bonne œuvre
qui me sera rendue un jour.

> Ces fables qui font tant de bruit
> Sont bien autres, Philis, que l'on ne s'imagine :
> Vous croyez que ce n'est qu'Arlequin qui badine,
>   C'est Ésope qui nous instruit.
>   La plus simple fable est divine
>   Quand on sait en tirer du fruit.
>   Par exemple, on m'en a dit une
>   Qui, dans mes naissantes amours,
>   Quoiqu'assez vieille et fort commune,

Pourra m'être d'un grand secours.
Dans quelque île jadis vivaient trois demoiselles,
    Moitié chair et moitié poisson.
Leur voix était si douce, elles étaient si belles
Que, dès qu'elles chantaient, les cœurs les plus rebelles
Ne pouvaient résister à leur tendre chanson.
L'on voyait tous les cœurs s'empresser autour d'elles;
Aucun ne se sauvait du fatal hameçon,
    Et Dieu sait de quelle façon
    Les traitaient après ces cruelles.
Un seul d'entre les Grecs, dit-on, leur échappa :
    Je crois qu'il se nommait Ulysse.
C'était un fin narquois, un vieux singe en malice,
    Qui les trois trompeuses trompa.

Que voulait dire le poëte par sa fable? Iris, qu'il
craignait de commencer à aimer, l'avait invité à dîner ;
il refuse d'y aller : il y perdrait sa liberté. Non,.
dit-il :

    Je sais bien quels plaisirs m'y pourraient engager ;
    Mais je m'appelle Ulysse, et je crains le danger.

Nouveau témoignage de la popularité de la fable
au dix-septième siècle, de la voir ainsi tomber dans
la frivolité et l'affectation des petits vers de société.

Je puis encore compter, parmi les disciples de la Fontaine, un poëte dont j'hésite à citer le nom, Grécourt,
parce qu'il a imité la Fontaine dans ses contes et qu'il
en a surpassé la licence. Il a fait aussi un assez grand

nombre de fables, toutes fort médiocres, sauf celle-ci
peut-être :

LE PAPILLON ET LES TOURTERELLES

Un Papillon, sur son retour,
Racontait à deux tourterelles
Combien, dans l'âge de l'amour,
Il avait caressé de belles.
Aussitôt aimé qu'amoureux,
Disait-il, ô l'aimable chose !
Lorsque, brûlant de nouveaux feux,
Je voltigeais de rose en rose.
Maintenant on me fuit partout,
Et partout aussi je m'ennuie.
Ne verrais-je jamais le bout
D'une si languissante vie ?
Les Tourterelles sans regret
Répondirent : dans la vieillesse
Nous avons trouvé le secret
De conserver notre tendresse.
A vivre ensemble nuit et jour
Nous goûtons un plaisir extrême.
L'amitié qui vient de l'amour
Vaut encore mieux que l'amour même [1].

Ces tourterelles me rappellent la pièce charmante
attribuée par les uns à Pellisson, et par le père Bouhours à M. de Fourcroy :

_____

[1] *Œuvres* de Grénourt, nouvelle édition, t. 4, p. 20. — Amsterdam, 1746.

LE PASSANT ET LA TOURTERELLE

LE PASSANT.
Que fais-tu dans ce bois, plaintive tourterelle?
LA TOURTERELLE.
Je gémis, j'ai perdu ma compagne fidèle.
LE PASSANT.
Ne crains-tu point que l'oiseleur
Ne te fasse mourir comme elle?
LA TOURTERELLE.
Si ce n'est lui, ce sera ma douleur [1].

De tous les fabulistes contemporains de la Fontaine,
les deux que je mets au-dessus des autres, à titres fort
différents, sont Lenoble et Fénelon.

J'ai déjà parlé de Lenoble [2] ; je n'y reviens aujour-
d'hui que pour dire un mot de sa vie et pour citer encore une de ses fables, afin que son nom ne manque pas
dans cette galerie des fabulistes du dix-septième siècle.
J'ai dit qu'il était d'une bonne famille de magistra-
ture, et il fut, fort jeune encore, procureur général au
parlement de Metz; mais il avait un goût excessif pour
tous les plaisirs : bientôt il fut forcé de vendre sa charge.
Accablé de dettes et ne sachant comment les payer, il
fit des faux et fut condamné par le Châtelet à neuf ans
de bannissement. Il appela du jugement du Châtelet
et fut transféré à la Conciergerie, où se trouvait une

---

[1] *Recueil de vers choisis*, p. 95.
[2] Ier vol., 1re et 2e leçon.

femme appelée la *belle épicière*, que son mari avait
fait enfermer pour ses désordres. Lenoble l'aima, s'en
fit aimer et obtint qu'elle fût transférée dans un couvent, d'où elle s'évada. Lenoble, de son côté, s'étant
évadé de la Conciergerie, ils vécurent ensemble jusqu'à ce que Lenoble ayant été arrêté de nouveau, le
jugement qui le condamnait fût confirmé. Cependant
l'arrêt ne fut point exécuté. Déjà, dans sa prison, Lenoble, écrivant pour vivre et pour faire vivre sa maîtresse, s'était fait le pamphlétaire de Louis XIV. Le
grand roi, attaqué par les pamphlets de la Haye,
attaquait aussi ses ennemis par des pamphlets. C'était
une guerre de plume, qui tantôt précédait, tantôt
accompagnait la guerre véritable. Il est curieux de
voir, en parcourant les œuvres volumineuses de Lenoble [1], particulièrement ses dialogues politiques, il est
curieux de voir la vivacité souvent injurieuse de cette
polémique. Les pamphlets hollandais étaient interdits et
brûlés à Paris ; les pamphlets de Lenoble étaient aussi
brûlés à la Haye par la main du bourreau.

Je ne dis pas que Louis XIV connaissait les pamphlets
de Lenoble ; mais son lieutenant de police les autori-
sait en secret. Ils n'avaient point de privilége du roi
pour être imprimés ; ils ne l'étaient pas moins. Tous
les personnages du temps, tous ceux qui étaient oppo-

---

[1] Vingt volumes. Paris, 1718.

sés à la politique de Louis XIV, les ministres de l'Angleterre et de la Hollande, les généraux de l'empereur d'Allemagne y sont raillés et calomniés à plaisir.
Le pape Innocent XI, un des adversaires de Louis XIV,
n'est pas plus épargné que le roi Guillaume. C'est dans
ces pamphlets qu'on peut voir l'opinion publique
qu'on donnait à la France. Le roi Louis XIV n'aimait
pas la presse; mais il aimait à s'en servir contre ses
adversaires.

Lenoble avait quelques-unes des qualités de l'écrivain polémique : la facilité, la clarté, la raillerie plutôt
abondante que fine. Du reste, il ne faisait pas seulement des pamphlets politiques : il faisait toute sorte
d'ouvrages, des romans, des nouvelles, des histoires,
des contes, des odes, des poëmes épiques, des poëmes
héroï-comiques, des dialogues moraux où il enseignait
l'art de se bien conduire, lui qui n'avait jamais su
conduire sa vie. Il était à la solde des libraires, et il
gagnait beaucoup d'argent, plus de mille francs par
mois, somme énorme pour le temps; mais il dépensait
tout en plaisirs, travaillant comme un esclave pour
vivre pendant quelques heures en riche libertin.
Poëte et prosateur négligé, mais ne manquant ni
de verve ni d'audace, le malheur de Lenoble, c'est
qu'il n'a pas su mieux conduire son talent que sa
vie. Je suis sûr que, si quelque homme d'esprit de
nos jours, se dévouant à la gloire de Lenoble,

voulait extraire de ses vingt volumes un ou deux volumes de prose et de vers, il ferait un ouvrage agréable. Il pourrait, par exemple, prendre quelques fables; mais il faudrait les abréger, car Lenoble est long et diffus. En voici une, où il y a des traits charmants, *le Renard et le Loup*, ou *l'Ami de cour*. Elle vaut mieux cependant à lire par extraits que tout entière.

> A la cour d'un fameux lion
> Le Loup et le Renard, faufilés pour affaire,
>   Devinrent amis et compères,
> Et vécurent longtemps en étroite union.

Un jour, le Loup, voulant entrer dans une étable, ne vit pas un puits qui était placé auprès, et il tomba dedans. Que faire? Il essaye vainement d'en sortir; il se met à crier au secours.

> Le Renard vient aux cris, et le Loup plein de joie :
> Oh! que fort à propos, lui dit-il, te voici!
>   Vite, compère, je me noie;
>   Retire-moi vite d'ici.
>   — Quelle infortune est donc la tienne?
> Répondit le Renard; que je plains ton malheur!
>   Non, jamais il ne fut douleur
>   Si véritable que la mienne.
>   Quoi! le plus cher de mes amis,
> Tout prêt à se noyer! Dis-moi : là qui t'a mis?
> Serait-ce le berger? j'en veux prendre vengeance.
>   — Eh! mon ami, tends-moi la main,
> Lui répartit le Loup; nous jaserons demain;
>   J'ai besoin de ton assistance

Et non pas d'un discours si frivole et si vain.
Encore un coup, tends-moi la main.

Mais le Renard continuant son discours :

Crois-moi, la vie est peu de chose ;
Ce n'est qu'un tissu de chagrins,
Et c'est en vain qu'on se propose
De s'y faire d'heureux destins.

. . . .

Adieu ! que le ciel te console [1].

La fin du sermon du Renard est excellente. C'est là
vraiment le genre de comédie propre à la fable.

Lenoble, dans quelques-unes de ses fables, a le mérite de ressembler de temps en temps à la Fontaine.
Fénelon, dans les fables en prose qu'il faisait, en se
jouant, pour l'éducation du duc de Bourgogne, ne songe
pas le moins du monde à la Fontaine. Il s'en rapproche
cependant par l'agrément et le charme du récit, s'il
s'en éloigne par le sujet. Fénelon, en effet, ne vise pas
à instruire le public : il n'a pas de public, il n'a qu'un
élève. C'est cet élève qu'il faut avertir, prenant pour
occasions les divers incidents de l'éducation, et faisant
une fable conforme à la leçon qu'il s'agit de donner
au jeune prince, afin de mieux graver la leçon dans
son esprit. Tout bonhomme qu'il est, la Fontaine a ses
préoccupations littéraires ; Fénelon n'a aucune préoc-
cupation de ce genre : il ne veut que faire comprendre

---

[1] *OEuvres* de Lenoble, t. XIV, p. 315.

à son élève quelques-unes de ces vérités que les princes ont de la peine à se mettre dans l'esprit. Si la fable dans laquelle il enveloppe la vérité est gracieuse et piquante, il le faut pour attirer l'attention de l'élève, et, de plus, le génie de Fénelon est si heureux qu'il ne peut rien dire qui n'ait cette grâce simple et ingénue qui est aussi le propre du génie de la Fontaine, mais qui, chez Fénelon, se mêle sans effort aux pensées les plus graves. L'agrément abonde si naturellement dans Fénelon, qu'à lire ses fables on peut hésiter un instant à croire qu'il y a là une leçon : il semble qu'il n'y a qu'un plaisir que le précepteur a voulu donner à l'élève. Je prends, pour justifier ce que je viens de dire, la fable intitulée : *Histoire d'une vieille reine et d'une jeune paysanne.*

« Il était une fois une reine si vieille, si vieille, qu'elle n'avait plus ni dents ni cheveux ; sa tête branlait comme les feuilles que le vent remue ; elle ne voyait goutte, même avec ses lunettes ; le bout de son nez et celui de son menton se touchaient ; elle était rapetissée de la moitié et toute en un peloton, avec le dos si courbé qu'on aurait cru qu'elle avait toujours été contrefaite. Une fée, qui avait assisté à sa naissance, l'aborda et lui dit :

« — Voulez-vous rajeunir ?

« — Volontiers, répondit la reine ; je donnerais tous mes joyaux pour n'avoir que vingt ans,

« — Il faut donc, continua la fée, donner votre
vieillesse à quelque autre, dont vous prendrez la
jeunesse et la santé. A qui donnerons-nous vos cent
ans?

« La reine fit chercher partout quelqu'un qui voulût
être vieux pour la rajeunir. Il vint beaucoup de gueux
qui voulaient vieillir pour être riches; mais, quand ils
avaient vu la reine tousser, cracher, râler, vivre de
bouillie, être sale, hideuse, puante, souffrante et ra-
doter un peu, ils ne voulaient plus se charger de ses
années, ils aimaient mieux mendier et porter des hail-
lons. Il venait aussi des ambitieux à qui elle promet-
tait de grands rangs et de grands honneurs. Mais que
faire de ces rangs? disaient-ils après l'avoir vue; nous
n'oserions nous montrer, étant si dégoûtants et si hor-
ribles. Enfin il se présenta une jeune fille de village,
belle comme le jour, qui demanda la couronne pour
prix de sa jeunesse; elle se nommait Péronnelle. La
reine s'en fâcha d'abord; mais que faire? à quoi sert-il
de se fâcher? elle voulait rajeunir.

« — Partageons; dit-elle à Péronnelle, mon royaume:
vous en aurez la moitié, et moi l'autre; c'est bien assez
pour vous, qui êtes une petite paysanne.

« — Non, répondit la fille, ce n'est pas assez pour
moi : je veux tout. Laissez-moi mon bavolet avec mon
teint fleuri; je vous laisserai vos cent ans avec vos rides et la mort qui vous talonne.

« — Mais aussi, répondit la reine, que ferais-je, si je
n'avais plus de royaume?

« — Vous ririez, vous danseriez, vous chanteriez
comme moi, lui dit cette fille.

« En parlant ainsi, elle se mit à rire, à danser et à
chanter.

« La reine, qui était bien loin d'en faire autant,
lui dit :

« — Que feriez-vous à ma place? Vous n'êtes point
accoutumée à la vieillesse.

« — Je ne sais pas, dit la paysanne, ce que je ferais ; mais je voudrais bien l'essayer, car j'ai toujours
ouï dire qu'il est beau d'être reine.

« Pendant qu'elles étaient en marché, la fée survint,
qui dit à la paysanne :

« — Voulez-vous faire votre apprentissage de vieille
reine, pour savoir si ce métier vous accommodera?

« — Pourquoi non? dit la fille.

« A l'instant, les rides couvrent son front, ses cheveux blanchissent; elle devient grondeuse et rechignée;
sa tête branle et toutes ses dents aussi : elle a déjà cent
ans. La fée ouvre une petite boîte et en tire une foule
d'officiers et de courtisans richement vêtus, qui croissent à mesure qu'ils en sortent, et qui rendent mille
respects à la nouvelle reine. On lui sert un grand festin; mais elle est dégoûtée et ne saurait mâcher; elle
est honteuse et étonnée; elle ne sait ni que dire, ni que

faire; elle tousse à crever; elle crache sur son menton;
elle a au nez une roupie gluante, qu'elle essuie avec sa
manche; elle se regarde au miroir et se trouve plus
laide qu'une guenuche. Cependant la véritable reine
était dans un coin, qui riait et qui commençait à devenir jolie; ses cheveux revenaient, et ses dents aussi;
elle reprenait un bon teint frais et vermeil; elle se re-
dressait avec mille petites façons; mais elle était cras-
seuse, court vêtue, et faite comme un petit torchon qui
a traîné dans les cendres; elle n'était pas accoutumée
à cet équipage; et les gardes, la prenant pour quelque
servante de cuisine, voulaient la chasser du palais.
Alors Péronnelle lui dit :

« — Vous voilà bien embarrassée de n'être plus
reine, et moi encore davantage de l'être : tenez, voilà
votre couronne; rendez-moi ma cotte grise.

« L'échange fut aussitôt fait, et la reine de revieillir,
et la paysanne de rajeunir. A peine le changement
fut fait, que toutes deux s'en repentirent; mais il
n'était plus temps. La fée les condamna à demeurer
chacune dans sa condition. La reine pleurait tous les
jours. Dès qu'elle avait mal au bout du doigt, elle
disait :

« — Hélas! si j'étais Péronnelle, à l'heure que je parle
je serais logée dans une chaumière et je vivrais de
châtaignes; je danserais sous l'orme avec les bergers,
au son de la flûte. Que me sert d'avoir un beau lit, où

je ne fais que souffrir, et tant de gens qui ne peuvent
me soulager?

« Ce chagrin augmenta ses maux. Les médecins, qui
étaient sans cesse douze autour d'elle, les augmentèrent
aussi; enfin elle mourut au bout de deux mois. Péronnelle
faisait une danse ronde le long d'un clair ruisseau avec
ses compagnes, quand elle apprit la mort de la reine;
alors elle reconnut qu'elle avait été plus heureuse que
sage d'avoir perdu la royauté. La fée revint la voir et
lui donna à choisir de trois maris : l'un vieux, chagrin, désagréable, jaloux et cruel, mais riche, puissant
et très-grand seigneur, qui ne pourrait ni jour ni nuit
se passer de l'avoir auprès de lui; l'autre, bien fait,
doux, commode, aimable et d'une grande naissance,
mais pauvre et malheureux en tout; le dernier, paysan
comme elle, qui ne serait ni beau ni laid, qui ne l'aimerait ni trop ni peu, qui ne serait ni riche ni pauvre.
Elle ne savait lequel prendre, car naturellement elle
aimait fort les beaux habits, les équipages et les grands
honneurs. Mais la fée lui dit :

« — Allez, vous êtes une sotte. Voyez-vous ce
paysan? voilà le mari qu'il vous faut. Vous aimeriez trop
le second; vous seriez trop aimée du premier; tous
deux vous rendraient malheureuse; c'est bien assez
que le troisième ne vous batte point. Il vaut mieux
danser sur l'herbe ou sur la fougère que dans un palais, et être Péronnelle au village qu'une dame mal-

heureuse dans le beau monde. Pourvu que vous n'ayez aucun regret aux grandeurs, vous serez heureuse avec votre laboureur toute votre vie. »

Quelle est la moralité de ce joli conte de fées?

La moralité est évidemment à l'adresse du prince. Fénelon ne veut pas seulement lui montrer que le bonheur vaut mieux que la grandeur : tous les princes savent cela pour l'avoir lu, ce qui n'empêche pas qu'ils ne savent être heureux qu'avec la grandeur. Les divers genres de bonheur dans ce monde ne peuvent pas se substituer les uns aux autres : je ne puis pas prêter mon bonheur au prochain, qui ne peut pas non plus me prêter le sien. Aussi chaque bonheur est intolérant de sa nature ; il ne croit pas à celui des autres. Les princes surtout, qui sont habitués à tout rapporter à eux, croient aisément qu'il n'y a de bonheur qu'autour d'eux et par eux. La plus grande et la meilleure vérité à leur enseigner n'est pas tant qu'il y a au-dessous d'eux beaucoup d'hommes qu'ils doivent aimer et soulager , — les bons princes sont volontiers de ce sentiment, — mais qu'il y a des hommes qui sont heureux sans eux et loin d'eux. Le bonheur indépendant les convainc bien mieux que tout le reste qu'ils ne sont pas le centre de tout dans ce monde, et ils ne peuvent comprendre que les hommes, après tout, ne sont pas faits pour eux, que le jour où ils voient qu'il y a des hommes qui peuvent se passer d'eux. Péronnelle peut se passer d'être

reine; elle peut même se passer d'être la femme d'un
grand seigneur : elle sera paysanne et elle sera heureuse
à sa manière. Quelle leçon d'égalité! car quelle plus
grande égalité que d'avoir tous un bonheur à notre
portée? S'il n'y avait qu'un seul genre de bonheur, il
n'y aurait qu'un seul heureux. La diversité des bonheurs ici-bas fait leur égalité. Quelle révélation en
même temps des vraies conditions de l'humanité, conditions fort différentes de celles de la cour, où personne
n'est heureux que par le prince! On s'est souvent demandé d'où venait la supériorité des princes qui ont
vécu dans l'exil, sur les princes qui sont nés, qui ont
vécu et qui sont morts sur le trône. Les princes dans
l'exil n'apprennent qu'une chose, mais la chose la plus
importante et la plus instructive du monde : c'est que
l'humanité naît, vit et meurt, souffre et jouit, travaille
et se repose, pense et sent en dehors d'eux. Cette
science-là, nous l'avons tous naturellement dans la condition privée, et il ne nous est pas difficile de comprendre que l'univers n'est pas fait pour nous; encore
faut-il que nous prenions la peine d'y réfléchir. Les
princes, au contraire, doivent acquérir par l'éducation
ce qui nous vient par la simple réflexion. Ce qui est instinct pour nous est sagesse pour eux, et c'est cette
sagesse que Fénelon enseignait par ses fables au duc
de Bourgogne.

VINGT-TROISIÈME LEÇON

Les fabulistes ne sont pas moins nombreux au dix-
huitième siècle qu'au dix-septième; et là aussi, il faut
faire un choix. Si je voulais prouver cette vogue et
ce crédit de la fable dès le commencement du dix-
huitième siècle, je prendrais pour exemple une fable de Voltaire, que je trouve dans ses poésies mêlées
et qui date évidemment de sa jeunesse. Voltaire, dont
le génie souple et actif aimait à s'exercer dans les genres de littérature les plus accrédités, voyant que Lamotte faisait des fables et les faisait applaudir, a fait
aussi une fable, *le Loup moraliste*; elle est spirituelle
et personne ne peut s'en étonner, la fable étant de Voltaire :

> Un Loup, à ce que dit l'histoire,
> Voulut donner un jour des leçons à son fils,

Et lui graver dans la mémoire,
Pour être honnête loup, de beaux et bons avis :
Mon fils, lui disait-il, dans ce désert sauvage,
A l'ombre des forêts vous passerez vos jours ;
Vous pourrez cependant avec de petits ours
Goûter les doux plaisirs qu'on permet à votre âge.
Contentez-vous du peu que j'amasse pour vous ;
Point de larcins, menez une innocente vie ;
　　Point de mauvaise compagnie ;
Choisissez-pour amis les plus honnêtes loups ;
Ne vous démentez point, soyez toujours le même ;
Ne satisfaites point vos appétits gloutons.
Mon fils, jeunez plutôt l'Avent et le Carême
Que de sucer le sang des malheureux moutons.
　　Car, enfin, quelle barbarie !
Quels crimes ont commis ces innocents agneaux ?
Au reste, vous savez qu'il y va de la vie :
D'énormes chiens défendent les troupeaux.
Hélas ! je m'en souviens, un jour votre grand-père,
Pour apaiser sa faim, entra dans un hameau.
Dès qu'on l'eut aperçu : O bête carnassière !
Au loup ! s'écria-t-on. L'un s'arme d'un hoyau,
L'autre prend une fourche, et mon père eut beau faire,
　　Hélas ! il y laissa sa peau.
De sa témérité ce fut là le salaire.
Sois sage à tes dépens ; ne suis que la vertu,
Et ne sois point battant, de peur d'être battu.
Si tu m'aimes, déteste un crime que j'abhorre.
— Le petit vit alors dans la gueule du loup
De la laine et du sang qui dégoûtait encore ;
　　Il se mit à rire à ce coup.
Comment, petit fripon, dit le Loup en colère,
　　Comment vous riez des avis
　　Que vous donne ici votre père !
Tu seras un vaurien, va, je te le prédis.

Quoi, se moquer déjà d'un conseil salutaire !
    — L'autre répondit en riant :
    Votre exemple est un bon garant ;
Mon père, je ferai ce que je vous vois faire.

    Tel un prédicateur, sortant d'un bon repas,
        Monte dévotement en chaire,
        Et vient, bien fourré, gros et gras,
        Prêcher contre la bonne chère.

Je trouve que le sermon est un peu long et que la
moralité est trop aiguisée en épigramme. La prépondérance toute naturelle que les exemples ont sur les
paroles méritait, si Voltaire voulait l'ériger en moralité, d'avoir une application plus générale que celle
qu'il en fait aux abbés gourmands qui prêchent la
sobriété. La Fontaine s'y est mieux pris dans sa fable
de *l'Écrevisse et sa fille*, si nous en retranchons le
prologue et l'épilogue, consacrés à l'éloge de Louis XIV
et qui tiennent à peine à la fable :

    Mère Écrevisse un jour à sa fille disait :
    Comme tu vas, bon Dieu ! ne peux-tu marcher droit ?
    Et comme vous allez vous-même ! dit la fille ;
    Puis-je autrement marcher que ne fait ma famille ?
    Veut-on que j'aille droit quand on y va tortu [1] ?

J'ai une autre critique à faire au *Loup moraliste* de
Voltaire. Ce n'est pas la première fois que le loup dans
la fable feint de se corriger et prend un air hypocrite,

---

[1] La Fontaine, livre XII, fable 10,

ou pour mieux préparer ses larcins, ou touché d'une
sorte de repentir qui ne va jamais jusqu'à la pénitence. Quand le loup, dans la Fontaine, se décide
à jouer ce nouveau personnage, il ne se contente
pas de payer de paroles comme le loup moraliste de
Voltaire, il prend la contenance et le geste de son nouveau rôle, et par là il est plus comique et plus plaisant que s'il se contentait, de parler ; parfois même il
espère réussir sans avoir à parler : ainsi

> Il s'habille en berger, endosse un hoqueton,
>   Fait sa houlette d'un bâton,
>   Sans oublier la cornemuse.
>   Pour pousser jusqu'au bout la ruse,
> Il aurait volontiers écrit sur son chapeau :
> C'est moi qui suis Guillot, berger de ce troupeau.
>   Sa personne étant ainsi faite
> Et ses pieds de devant posés sur sa houlette,
> Guillot le sycophante approche doucement.
> Guillot, le vrai Guillot, étendu sur l'herbette,
>   Dormait alors profondément ;
> Son chien dormait aussi, comme aussi sa musette [1].

Voilà-t-il pas un vrai tableau, une vraie mascarade
d'hypocrisie et plus animée que le sermon du *Loup
moraliste ?*

Lorsque les loups de la Fontaine ajoutent la parole
au masque et à la contenance, comme dans la fable
du *Loup et des Bergers*, ils sont encore plus plai-

---

[1] La Fontaine, livre III, fable 3

sants que celui de Voltaire. À quoi cela tient-il? à ce
qu'ils sont plus loups, et ce point est important. Les
animaux qui dans la fable représentent l'homme, doivent cependant garder toujours quelque chose de leur
caractère naturel. Ce qu'ils représentent ne doit pas
complétement effacer ce qu'ils sont. Le poëte a tort
d'oublier le masque pour ne songer qu'au visage, d'oublier l'animal pour ne songer qu'à l'homme. Il faut
qu'il mêle les deux figures dans la figure qu'il compose; il faut, s'il donne les traits du loup à l'homme
qu'il met en scène, qu'il conforme jusqu'au bout son
récit, son action, ses discours à la métamorphose qu'il a
faite. Voltaire oublie un peu qu'il fait parler un loup :

> Contentez-vous du peu que j'amasse pour vous.

Ainsi pourrait parler un usurier qui prêcherait contre
l'usure. La Fontaine, dans sa fable du *Loup et des Bergers*, fait parler son loup, mais en loup. L'animal domine l'homme, et la fable y gagne en vérité, sans que
l'allégorie y perde en transparence :

> Un Loup, rempli d'humanité
> (S'il en est de tels dans le monde),
> Fit un jour sur sa cruauté,
> Quoiqu'il ne l'exerçât que par nécessité,
> Une réflexion profonde.
> Je suis haï, dit-il, et de qui? de chacun.
> Le loup est l'ennemi commun :
> Chiens, chasseurs, villageois, s'assemblent pour sa perte.
> Jupiter est là-haut étourdi de leurs cris.

C'est par là que de loups l'Angleterre est déserte ;
   On y met notre tête à prix.
   Il n'est hobereau qui ne fasse
   Contre nous tels bans publier;
   Il n'est marmot osant crier,
Que du loup aussitôt sa mère ne menace ;
   Le tout pour un âne rogneux,
Pour un mouton pourri, pour quelque chien hargneux,
   Dont j'aurai passé mon envie.
Eh bien ! ne mangeons plus de chose ayant eu vie :
Paissons l'herbe, broutons, mourons de faim plutôt.
   Est-ce une chose si cruelle?
Vaut-il mieux s'attirer la haine universelle ?
Disant ces mots, il vit des bergers, pour leur rôt,
   Mangeant un agneau cuit en broche.
   Oh ! oh ! dit-il, je me reproche
Le sang de cette gent ; voilà ses gardiens
   S'en repaissant eux et leurs chiens;
   Et moi, loup, j'en ferais scrupule !
Non, par tous les dieux, non ! Je serais ridicule.
   Thibaut l'agnelet passera,
   Sans qu'à la broche je le mette ;
Et non-seulement lui, mais la mère qu'il tette
   Et le père qui l'engendra [1].

Certes, si nous comparons cette fable avec celle de Voltaire, le loup de la Fontaine parle bien plus en vrai loup, du moins en loup du temps que les bêtes parlaient, que celui de Voltaire. Derrière celui-là, je vois trop Voltaire raillant pour son compte les prédicateurs qui aiment mieux

[1] Liv. X, f. vi.

prêcher contre la bonne chère que de pratiquer la sobriété, Voltaire qui a toujours été un satirique trop
moqueur pour être jamais un grand auteur comique :
car la comédie ne sacrifie jamais la vérité à la satire,
elle reste toujours dans le cercle de la vraisemblance ;
la satire se dispense plus aisément de cette condition.
La Fontaine, véritable auteur comique, ne manque jamais à la vraisemblance de ses personnages, et son
loup se repent en loup et non en homme. A voir même
ce repentir peint si naturellement, nous sommes tentés de croire qu'il est sincère et que, sans ce malheureux agneau que rôtissent les bergers, la conversion
du loup était faite. Mais comment épargner les agneaux
pour les voir manger par les bergers ? comment résister à cette tentation ? Le chien qui porte au cou le dîner
de son maître, le chien lui-même n'y résiste pas ; il est
le premier à prendre ce qu'il ne peut défendre, comme
le loup se résigne aussi à continuer de prendre les
agneaux pour ne pas les laisser manger aux bergers.

J'ai voulu montrer, par l'exemple de Voltaire, que la
fable au dix-huitième siècle n'avait rien perdu de son
crédit, et que celui qui devait être le grand maître des
esprits pendant ce siècle n'avait pas dédaigné le genre
de poésie oublié par Boileau dans l'*Art poétique*.

Voyons maintenant, parmi les poëtes et les écrivains
du dix-huitième siècle, ceux qui se sont consacrés
plus régulièrement à la fable.

Je commence par Lamotte. Lamotte est un écrivain fort spirituel qui, à côté de Fontenelle et faisant comme lui la transition de l'esprit du dix-septième siècle à celui du dix-huitième, a composé des odes, des tragédies, des églogues ; il a fait aussi des fables. Il croyait et soutenait de bonne foi que, dans l'ode et dans la tragédie, la prose serait bien mieux de mise que les vers. Sa prose, il est vrai, valait mieux que ses vers ; mais il avait tort de conclure du particulier au général.

La préférence que Lamotte donnait à la prose sur les vers n'était pas son seul paradoxe : comme Fontenelle, il préférait les modernes aux anciens, et, pensant qu'Homère était trop grossier et trop diffus pour plaire aux modernes, il crut lui rendre service en l'abrégeant, en le faisant poli et tout français. Cette entreprise rendit Lamotte ridicule et a fait tort, dans la postérité, à la réputation d'esprit et de talent qu'il mérite de conserver.

Lamotte est surtout un critique ingénieux. C'est lui qui a dit, avant Buffon, que « le style n'est autre chose que les idées mêmes et l'ordre dans « lequel on les range [1]. » Comme tous les hommes qui ont l'esprit plus critique que poétique, La-

---

[1] *Discours sur l'Églogue*, t. III de ses œuvres, p. 318. — Buffon a dit : « Le style n'est que l'ordre et le mouvement qu'on met dans ses « pensées. » (*Discours de réception à l'Académie.*)

motte, quand il abordait un genre de littérature
quelconque, soit la tragédie, soit l'ode, soit l'églogue,
soit la fable, avait toujours soin de faire un discours
préliminaire où il expliquait ses idées sur le genre de
poésie qu'il essayait. Il faisait ainsi la théorie avant d'en
venir à la pratique, et sa théorie, bien entendu, n'a-
vait d'autre intention que de justifier sa pratique.
Dans ses divers traités sur la tragédie, sur l'ode, sur
l'églogue, sur la fable, Lamotte a beaucoup d'idées
fines et ingénieuses. Ses *poétiques* étaient bonnes; le
poëme malheureusement gâtait la poétique, quoiqu'il
ne faille pas pourtant mettre trop bas dans la tragédie
l'auteur d'*Inès* et des *Machabées*.

Examinons quelques-unes des idées de Lamotte
dans son *Discours sur la fable*. Lamotte se fait
un grand mérite d'avoir inventé ses fables : « La
Fontaine, dit-il, ne s'est pas proposé le mérite de
l'invention; il a donné aux fables anciennes des
agréments tout nouveaux et si précieux qu'on ne
sait le plus souvent auquel on doit le plus, de l'inventeur ou de l'imitateur. Les embellissements l'em-
portent quelquefois de beaucoup sur le fonds, quelque
ingénieux qu'il puisse être; mais enfin ce fonds n'est
pas à lui. Son esprit n'avait, pour ainsi dire, qu'une
affaire, et, débarrassé du soin de l'invention principale, il s'épuisait tout entier sur les ornements, qui
ne sont que les inventions accessoires. Je me suis pro-

posé des vérités nouvelles. A huit ou dix idées près,
qui ne m'appartiennent que par des additions ou par
l'usage moral que j'en fais, il a fallu inventer les fables
pour exprimer mes vérités ;. il a fallu enfin être tout
à la fois Ésope et la Fontaine. C'en était sans doute
trop pour moi [1]... »

L'invention et les idées nouvelles, voilà donc le mérite que cherchent.et que s'attribuent les fabulistes du
dix-huitième siècle. J'ai déjà remarqué que dans la fable les idées doivent être générales, s'adresser à tout le
. monde et venir aussi un peu de tout le monde. Les
idées particulières, celles qui viennent d'un auteur,
les idées fines et délicates n'y sont pas toujours
de mise. La fable fait partie des genres qui com-
posent la littérature populaire. Non pas que tous les
genres de littérature n'aient pas leur source dans
l'imagination populaire : l'ode, la tragédie, la
comédie, la satire ont leurs commencements et
leurs ébauches dans l'esprit et le goût du peuple;
elles n'auraient pas sans cela de cause et de raison
d'être. Mais il y a des genres de littérature qui sont
restés plus près du peuple que les autres; il y en a
même, comme la légende, qui n'ont jamais pu quitter
la forme populaire, et il n'y a de bonnes légendes que
celles que fait le peuple. Celles des lettrés sont froi-

---

[1] *OEuvres* de Lamotte, t. IX, p. 9.

des et glacées; elles ne se font pas croire. Toutes les
fois qu'un genre de littérature a besoin du merveilleux, il faut que l'imagination populaire vienne à son
aide. Il n'y a que le peuple qui s'entende au merveilleux, et, comme la fable fait usage du merveilleux,
elle l'emprunte au peuple, qui seul sait le créer.

La fable, de ce côté, tient de plus près qu'on ne le
croit à l'épopée. Le peuple ne fait pas les épopées;
mais il en donne le sujet et les héros. Les poëtes qui
ont essayé de créer, à eux tout seuls, des héros épiques,
n'y ont pas réussi. Si le héros n'est pas populaire depuis longtemps, si le peuple ne l'a pas déjà célébré dans
ses conversations et dans ses récits, s'il ne lui a pas
fait une légende, la poésie lettrée aura beau faire, elle
ne fera pas d'épopée. Les héros de l'*Iliade* étaient populaires avant qu'Homère les chantât; les héros de
l'*Arioste* étaient populaires dans l'Europe du moyen
âge avant que le poëte en fit les héros de son épopée
héroï-comique. Le héros de *la Henriade*, au contraire,
touchait de si près à l'histoire que le peuple n'avait pas
encore pu lui faire sa légende : il n'était pas encore devenu un héros épique, c'est-à-dire moitié fabuleux et
moitié historique. Aussi le merveilleux de la *Henriade*
est-il un merveilleux de rhétorique : il vient de l'école,
il ne vient pas du peuple.

Le peuple, encore un coup, ne fait pas d'épopées;
mais on n'en fait pas sans lui. Je crois qu'il y a eu un

homme qui a fait *l'Iliade* et *l'Odyssée*, et je ne prends
pas ces deux poëmes pour des chants populaires mis
les uns au bout des autres. Je reconnais dans *l'Iliade*,
dans *l'Odyssée* surtout, l'œuvre d'un poëte, l'œuvre
d'une pensée unique ; mais l'imagination populaire a
commencé, par la légende et par la chanson, ce qu'Homère a achevé par la poésie. Le génie grec a conçu ; le
génie d'Homère a enfanté. Peut-être même ce poëte
qui va mendiant de ville en ville n'est-il que l'emblème
du poëme lui-même, qui recevait dans son vaste sein
les récits de chaque race hellénique. La Thessalie lui
donnait Achille ; l'Asie-Mineure lui donnait Hector,
Priam et Pâris ; Argos lui donnait Agamemnon ; l'Étolie,
Diomède ; l'Élide ; Nestor. Les héros se formaient dans
le sein du peuple ; ils grandissaient, et, quand ils
avaient la taille épique, alors ils entraient dans le
poëme. Le poëte n'avait pas d'efforts à faire pour les
faire accepter par le peuple, puisqu'il les avait reçus de
sa main.

Je suis persuadé que, comme Homère, Ésope a reçu
aussi ses héros des mains de la foule. L'imagination populaire prêtait volontiers aux animaux les mœurs et les
habitudes de l'humanité ; elle les faisait parler et agir
selon le caractère humain qu'elle leur attribuait. Ésope
a donc trouvé ses acteurs tout prêts et tout vivants :
il n'a eu qu'à les mettre en scène. Sans faire un aussi
grand usage du merveilleux que l'épopée, la fable ce-

pendant en comporte une dose qui dépasse l'imagination d'un poëte ou d'un auteur particulier; un poëte n'aurait jamais pu créer à lui seul le merveilleux de la fable, tout modeste qu'il est. Il n'aurait jamais pu surtout y faire croire; il n'est accepté si aisément par tout le monde que parce qu'il vient de tout le monde.

Ne nous laissons donc pas séduire par le mérite de l'invention, dont Lamotte et les fabulistes du dix-huitième siècle sont disposés à se vanter. Inventez ou n'inventez pas votre sujet et vos acteurs; faites ce que vous voulez; mais faites-moi croire à la vie et à la parole de vos héros : c'est là le mérite de la fable, c'est par là qu'elle est une leçon vivante, au lieu d'être un précepte de morale.

Mettant si haut l'invention, Lamotte essaye d'enseigner comment il faut inventer : « La fable, dit-il, est une instruction déguisée sous l'allégorie d'une action. » Cette définition est juste; mais il en tire, pour la composition de la fable, des règles qui sont inapplicables à force d'être méthodiques : « Il faut d'abord, dit-il, chercher la vérité morale qu'on veut prouver. Cela fait, on cherche l'allégorie qui doit déguiser l'instruction; puis l'action dans l'allégorie, puis l'expression. » Que dites-vous de cette marche rigoureuse? elle n'est guère conforme à la nature de l'esprit humain, qui tantôt va du précepte à l'action, et tantôt de l'action au précepte. Quelquefois la vue des choses nous fait comprendre

telle ou telle vérité morale; quelquefois, ayant l'idée
d'une vérité morale, nous en cherchons et nous en
trouvons l'image dans la nature. Comme l'allégorie ou
la fable n'est qu'une image continuée, il est tout naturel qu'elle naisse de la même manière dans l'esprit
humain et qu'elle produise les mêmes effets, c'est-
à-dire que tantôt l'idée abstraite appelle l'image, et
que tantôt l'image appelle l'idée abstraite, la réflexion
et l'imagination s'exerçant tour à tour et se portant
un mutuel secours.

Je ne crois pas qu'aucun fabuliste, même Lamotte,
ait jamais procédé de cette manière rigoureuse, repoussant l'allégorie, si elle lui venait à l'esprit avant
la vérité morale, ou l'expression, si elle lui venait en
même temps que l'idée de l'action. L'esprit humain se
met plus à son aise quand il compose. Lamotte confond
ici deux choses fort différentes, l'analyse que la critique fait des œuvres de l'esprit, avec la manière dont
l'esprit compose ces œuvres. La critique dans une fable peut reconnaître trois ou quatre choses différentes,
une vérité morale, une allégorie, une action et des acteurs, le style; mais je ne puis pas déterminer dans
quel ordre tout cela a fait la fable, l'esprit humain
concevant presque toujours du même coup tout ce qui
est nécessaire à ses œuvres.

Non-seulement Lamotte enseigne dans quel ordre
il faut procéder pour la composition des fables, il

enseigne aussi dans quel ordre doivent se placer les
conceptions diverses qui font la fable, à savoir : la
vérité morale, l'allégorie et l'action ; car l'ordre de
distribution dans la fable n'est pas, selon lui, le
même que l'ordre de composition. Par exemple, la
vérité morale ne devrait, à la rigueur, être exprimée
« ni à la fin ni au commencement de la fable. C'est à
« la fable à faire naître la vérité dans l'esprit de ceux
« à qui on la raconte : autrement le précepte est direct
« et à découvert contre l'intention de l'allégorie, qui se
« propose de le voiler [1]. » Mais, comme on n'est pas
toujours sûr de s'adresser à des gens intelligents, il faut
exprimer la vérité morale ; seulement il ne faut l'exprimer qu'à la fin de la fable : « Si vous la mettez à la
« tête, vous émoussez le plaisir de l'allégorie ; je n'ai
« plus qu'à juger de sa justesse, mais je ne puis avoir
« l'honneur d'en pénétrer le sens, et je suis fâché que
« vous ne m'en ayez pas cru capable. Si, au contraire,
« vous la renvoyez à la fin, mon esprit fait dans le
« cours de la fable tout l'exercice qu'il peut faire, et je
« suis bien aise, en finissant, de me rencontrer avec
« vous, ou je vous suis obligé de m'apprendre mieux
« que je ne pensais.

« La Fontaine commence la fable de l'Alouette et de
« ses petits avec le maître d'un champ, par ce proverbe :

---

[1] Œuvres de Lamotte, t. IX, p. 17. (Discours sur la Fable.)

« *Ne t'attends qu'à toi seul.* C'est la maxime qu'Ésope
« avait dessein de prouver par la fable même. Or,
« après cette préparation, quand les petits disent à
« leur mère que le maître du champ a donné l'ordre à
« son fils d'assembler ses amis ou ses parents pour
« couper le blé le lendemain, je prévois sans mérite
« la réponse, de l'alouette à ses petits, et la maxime
« préliminaire m'a déjà averti que ni les amis ni les
« parents ne viendront ; au lieu que, si on l'avait re-
« culée jusqu'au dénoûment, j'aurais eu jusque-là le
« plaisir amusant de la suspension, ou, ce qui est plus
« flatteur, le mérite de prévoir ce qui devait arriver.
« L'esprit est jaloux de toutes les preuves qu'il peut se
« donner à lui-même de sa pénétration, et il ne sau-
« rait voir sans quelque dépit qu'on lui enlève les oc-
« casions de se faire honneur. Le grand art est de lui
« en ménager le plus qu'il est possible, et nous pou-
« vons compter alors sur sa reconnaissance : il nous
« trouvera fin et ingénieux, selon que nous lui donne-
« rons lieu de l'être lui-même [1]. »

Tout cela est dit avec beaucoup de finesse. Est-il vrai
cependant que la Fontaine a eu tort, dans la fable de
l'Allouette et ses petits, de commencer par la moralité?- Non. Combien de fois ne nous arrive-t-il pas,
dans la conversation, d'énoncer une maxime, puis

_____

[1] Lamotte, p. 18, 20.

de raconter une histoire à l'appui de notre maxime?
L'histoire perd-elle de son prix pour avoir été précédée
par la maxime? Non, certes! La maxime est la règle,
l'histoire est l'exemple; l'expérience vient confirmer
la morale. Cet ordre est tout naturel, et le lecteur ne
languit pas en écoutant le récit; le plaisir de voir le
récit confirmer la maxime vaut celui de deviner d'a-
vance la maxime dans le récit.

Lamotte a une si grande confiance dans les règles
qu'il établit pour la fable, que toutes les fois qu'une
des fables de la Fontaine ne lui paraît pas conforme
à ces règles, il n'hésite pas à la blâmer. Quant à
moi, je doute plus volontiers des règles de Lamotte
que des fables de la Fontaine. La fable des *Deux Pi-*
geons a tort devant la règle, dit Lamotte. Je réponds :
non; c'est la règle qui a tort devant la fable. Voyons
un instant cette règle qui condamne la fable des *Deux*
Pigeons.

« Le choix de l'image sous laquelle on veut cacher
« la vérité exige plusieurs conditions. Elle doit être
« juste, c'est-à-dire signifier sans équivoque ce qu'on
« a dessein de faire entendre. Elle doit être une, c'est-
« à-dire que tout doit concourir à une fin principale
« dont on sente que tout le reste n'est que l'acces-
« soire.

« L'image pèche contre l'unité, quand tous les traits
« ne s'en réunissent pas à un certain point de vue.

« Deux pigeons s'aimaient en frères. L'un veut voyager
« contre l'avis de l'autre; il voyage en effet, il essuie
« mille dangers dans sa course. Le pigeon sédentaire
« souffre tous les dangers qu'il craint pour son ami.
« Le voyageur revient enfin après avoir évité vingt fois
« la mort, et voilà désormais nos pigeons heureux. Je
« ne sais ce qui domine dans cette image, ou des dan-
« gers du voyage, ou de l'inquiétude de l'amitié, ou du
« plaisir du retour après une longue absence; et je de-
« meure vide au milieu de cette abondance d'idées que
« je ne saurais réduire à une. Si, au contraire, le pi-
« geon voyageur n'eût pas essuyé de dangers, mais
« qu'il eût trouvé les plaisirs insipides loin de son ami,
« et qu'il eût été rappelé près de lui par le seul besoin
« de le revoir, tout m'aurait ramené à cette seule idée,
« que la présence d'un ami est le plus doux des plai-
« sirs [1]. »

Voilà une nouvelle fable des *Deux Pigeons* opposée
à l'ancienne. Lamotte blâme l'abondance d'idées que
nous offre la fable de la Fontaine. En quoi cette
abondance d'idées nuit-elle à l'intérêt ou à la moralité
de la fable? Vous êtes heureux dans le calme d'une vie
médiocre : pourquoi aller chercher fortune ou plaisir
ailleurs? pourquoi laisser à votre compagnon le chagrin de l'absence et courir vous-même le risque des

---

[1] Lamotte, p. 20, 25.

aventures? Il n'y aura de beau jour que celui de votre retour. Eh bien! ne partez pas, et tous les jours seront doux et charmants :

> Soyez-vous l'un à l'autre un monde toujours beau,
>   Toujours divers, toujours nouveau ;
> Tenez-vous lieu de tout, comptez pour rien le reste [1].

« Le voyageur, dit Lamotte, rencontre trop d'échecs, et il n'est pas extraordinaire qu'il revienne au logis, dégoûté du voyage. Mais c'est le malheur qui l'y ramène; ce n'est pas l'amitié. Il vaudrait bien mieux qu'il ne trouvât sur la route que des plaisirs; que ces plaisirs lui semblassent insipides, comparés à ceux de l'amitié, et qu'il revînt rappelé par le seul besoin de revoir son ami. » — Voilà un sentiment raffiné, mais peu conforme à la nature des choses. Et, si le voyageur trouve partout amusement et plaisir, qui vous dit qu'il reviendra, qu'il n'oubliera pas son ami et les joies paisibles du foyer domestique? Qui vous dit que l'enfant prodigue serait revenu vers son père, s'il n'avait pas été malheureux? Oui, dites-vous, c'est la nécessité qui le ramène, et non la tendresse filiale. Eh! il y a de tout dans le cœur de l'homme, et le malheur, qui est un grand maître, nous révèle tout ce que contient notre cœur, en bien comme en mal. Il ne dit pas seulement à l'enfant prodigue que la maison pater-

---

[1] LA FONTAINE, livre IX, fable II.

nelle est le lieu où il ne souffrira plus, le lieu où il
n'aura plus à supporter la faim et le froid ; il lui dit
aussi qu'il y sera aimé et qu'il y retrouvera tout ce qu'il
a aimé dans son enfance ; il lui enseigne l'ineffable
douceur des joies de la famille, et les lui fait comparer
aux tristes plaisirs qu'il a cherchés. L'enfant prodigue
ne revient pas comme un égoïste désappointé et non
corrigé : il revient repentant et attendri. Voilà pourquoi son père l'embrasse et fait tuer le veau gras pour
son retour. Que penserions-nous du père de famille, si,
au lieu d'accueillir son fils, de comprendre, en le voyant
et en l'embrassant, qu'il est ramené par ses bons sentiments en même temps que par le malheur, et qu'il a
retrouvé dans l'infortune l'affection filiale qu'il avait
oubliée dans la prospérité, que penserions-nous, s'il
disait à son fils : Distinguons. Revenez-vous à moi
par satiété des plaisirs ou par lassitude du malheur ? Revenez-vous par amour ou par crainte de la
souffrance ?

Dieu lui-même ne demande pas au cœur de l'homme
l'amour pur, et il lui permet de revenir au bien par la
crainte de sa justice, mêlée à l'amour de sa bonté.
Pourquoi serions-nous plus sévères que Dieu ? pourquoi
dans le repentir ne voudrions-nous que l'amour de la
vertu, sans le moindre mélange de chagrin et d'horreur des maux qu'entraîne le vice ? Le cœur de l'homme
ne peut pas supporter un triage aussi exact. Le pigeon

revient au colombier, parce qu'il a souffert et parce
qu'il aime ; il y est reçu avec les mêmes sentiments qui
l'y ramènent, parce qu'il est plaint et parce qu'il est
aimé. Concevriez-vous que le pigeon voyageur dît au
pigeon sédentaire : Voyons, avec quel sentiment me
recevez-vous? avec le sentiment de la pitié ou avec celui de l'amour? — Eh! je vous reçois avec tout mon
cœur, comme vous me revenez avec tout le vôtre. Ne
raffinons pas et aimons-nous.

Les deux pigeons, comme les a faits la Fontaine,
sont la fidèle image de la vie et du cœur de l'homme.
Les deux pigeons de Lamotte seraient un chapitre de
métaphysique sentimentale.

Les fables des *Deux Pigeons*, de l'*Alouette et ses petits*, ne sont pas les seules fables de la Fontaine
que critique Lamotte parce qu'elles contrarient les règles qu'il établit : il blâme vivement le *Lion amoureux*.
Un lion être amoureux d'une jeune fille et demander à
l'épouser! Est-ce là une image naturelle? où est la
vraisemblance? La Fontaine semblait avoir prévu la
critique de Lamotte, car il dit en commençant sa
fable :

> Du temps que les bêtes parlaient,
> Les lions entre autres voulaient
> Être admis dans notre alliance.
> Pourquoi non, puisque leur engeance
> Valait la nôtre en ce temps-là[1] ?

[1] Livre IV, fable 1ʳᵉ.

Le merveilleux de la fable de la Fontaine est fondé tout entier sur l'idée que les bêtes parlaient. Or, s'il ne nous paraît pas invraisemblable que le corbeau s'entretienne avec le renard, pourquoi nous étonnerions-nous qu'un lion se soit épris d'une bergère? Il n'y a pas de degrés dans le merveilleux. L'image est naturelle, c'est-à-dire, comme le dit Lamotte, « fondée « sur la nature ou du moins sur l'opinion, puisqu'en « prenant un livre de fables nous admettons tous l'o-« pinion qu'il y a eu un temps où les bêtes par-« laient [1]. »

J'ai saisi volontiers l'occasion de discuter avec Lamotte quelques-unes des questions littéraires qui se rattachent au genre de la fable, ne l'ayant pas fait jusqu'ici. Je dois maintenant citer une ou deux de ses fables pour faire connaître le fabuliste à mes auditeurs, qui ne connaissent encore dans Lamotte que le critique. L'idée de la fable intitulée *la Magicienne* est piquante. Les noirs enchantements de la sorcière font trembler la terre et pâlir les cieux; les Ombres viennent du fond des enfers; Hécate descend du ciel :

---

[1] Lamotte a dit lui-même dans une de ses fables : « Nous autres fabulistes,

> Nous pouvons, s'il nous plaît, donner pour véritables
> Les chimères des temps passés.
> Un fait est faux, n'importe. On l'a cru : c'est assez.

> (*L'Écrevisse qui se rompt une jambe.*)

... Dès que tout s'est rendu
Aux lois de la Magicienne,
Tirez-moi de Souci, leur dit la Carienne :
Où puis-je retrouver le chien que j'ai perdu ? —
Quoi ! fallait-il troubler l'ordre de la nature,
Lui dit Hécate, pour ton chien ? —
Eh ! que m'importe ton allure,
Dit la vieille, pourvu que je n'y perde rien ?

La fable de Lamotte n'a qu'un malheur : c'est de rappeler pour le sujet la fable de la Fontaine, l'*Homme et la puce*. C'est la même pensée :

Par des vœux importuns nous fatiguons les dieux,
Souvent pour des sujets même indignes des hommes :
Il semble que le ciel sur tous tant que nous sommes
Soit obligé d'avoir incessamment les yeux,
Et que le plus petit de la race mortelle,
A chaque pas qu'il fait, à chaque bagatelle,
Doive intriguer l'Olympe et tous ses citoyens,
Comme s'il s'agissait des Grecs et des Troyens.

Un sot par une puce eut l'épaule mordue.
Dans les plis de ses draps elle alla se loger.
« Hercule, ce dit-il, tu devrais bien purger
La terre de cette hydre au printemps revenue !
Que fais-tu, Jupiter, que du haut de la nue
Tu n'en perdes la race afin de me venger ! »

Pour tuer une puce il voulait obliger
Les dieux à lui prêter leur foudre et leur massue [1].

Il y a un peu trop d'apparat et de fracas dans la fable de Lamotte, quoique cet apparat soit destiné à pro-

----

[1] La Fontaine, liv. VIII, f. v.

duire un contraste. La Fontaine produit le même contraste d'une manière plus simple, plus naturelle et
par conséquent plus piquante. La Motte a fait usage
de la mythologie dans une autre fable que j'aime mieux,
Mercure et les Ombres. Ici le cadre n'écrase pas le tableau comme dans *la Magicienne.*

> Mercure conduisait quatre ombres aux enfers.
>   Comptons-les : une jeune fille,
>   Item un père de famille,
> Plus un héros, enfin un grand faiseur de vers.
> Allant de compagnie au gré du caducée,
>   Ils s'entretenaient en chemin.
> Hélas! dit l'ombre-fille en pleurant son destin,
> Que l'on me plaint là-haut! Je lis dans la pensée
> De mon amant : il mourra de chagrin.
> Il me l'a dit cent fois du ton qui se fait croire,
> Que loin de moi le jour ne lui serait de rien ;
> Que l'amour chaque instant en serrait le lien ;
> M'aimer, me plaire étaient son plaisir et sa gloire.
>   S'il ne meurt, je me promets bien
>   De revivre dans sa mémoire.
> Pour moi, dit l'ombre-père, il me reste là-haut
>   Des enfants bien nés, une femme,
> Qui m'aimaient tous du meilleur de leur âme.
> Je suis sûr qu'à présent on pleure comme il faut.
> Ils me regretteront longtemps sur ma parole.
> Les pauvres gens! que le ciel les console!
> L'ombre-héros disait : — Eh! qu'êtes-vous vraiment
> Près d'un mort comme moi, par cent combats célèbre?
>   Je m'assure qu'en ce moment
> Les cris du peuple font mon oraison funèbre.
> Mon nom ne mourra point; du Gange jusqu'à l'Èbre,
> D'âge en âge il ira semant l'étonnement.

Croirai-je que quelque autre espère
De vivre autant que moi? — Moi! dit le fier rimeur;
   Qu'est-ce qu'Achille auprès d'Homère?
On me lira partout, on m'apprendra par cœur.
Dieu sait comme à présent le monde me regrette.
— Vous vous trompez, héros, père, amante, poëte,
Leur dit le dieu. Toi, la belle aux doux yeux,
Ton amant consolé près d'une autre s'engage.
Toi, père, tes enfants, chiffrant à qui mieux mieux,
Calculent tous tes biens, travaillent au partage;
Ta femme les chicane, et de toi pas un mot ;
   Chacun ne songe qu'à son lot.
   Quant à toi, général d'armée,
   On a nommé ton successeur.
C'est le héros du jour ; déjà la renommée
Le met bien au-dessus de son prédécesseur.
Et vous, monsieur l'auteur, qui ne pouviez comprendre
   Que de vous on pût se passer,
La mort, disent-ils tous, a bien fait de vous prendre :
   Vous commenciez fort à baisser.

Les Ombres se trompaient. Nous faisons même faute :
Aux morts comme aux absents nul ne prend intérêt.
Nous laissons en mourant le monde comme il est.
Compter sur des regrets, c'est compter sans son hôte [1].

On voit que Lamotte, dans ses fables, ne manque pas
d'esprit et de talent ; il manque de poésie : il est trop
fidèle à son principe, que la prose vaut mieux que les
vers. Que ne faisait-il ses fables en prose? Je ne demande pas à tous les fabulistes d'être de grands poëtes
comme la Fontaine ; il faut cependant à la fable un de-

---

[1] Lamotte, livre II, f. xiii.

gré de grâce et d'élégance que Lamotte n'atteint pas.
Il sait bien que cette grâce et cette élégance sont nécessaires à la fable ; il en fait même une règle, car
aime les règles et croit les suivre. Souvent, dit-il
dans sa fable de *l'Éclipse*,

> Souvent un auteur sans adresse
> Veut être simple : il est grossier,
> Point de tour trivial, aucune image basse.
> Apollon veut expressément
> Que l'on soit rustique avec grâce
> Et populaire élégamment [1].

J'ai déjà cité quelques fables de Richer. Ce n'est pas
un grand poëte ; mais il est plus poëte que Lamotte,
plus facile, plus élégant, plus précis. Son défaut est
de ne pas établir un rapport assez exact entre l'histoire et la moralité. L'histoire est piquante et bien
contée ; mais la moralité qui arrive à la fin ne s'y applique qu'à moitié. Voyez, par exemple, la fable de
l'Éléphant et du Singe :

> Un Éléphant rempli de vanité
> Et qui tenait sa gravité
> En personnage d'importance,
> Disait au Singe un jour : « Quel est donc ton emploi
> Parmi les animaux ? Tu n'en as point, je pense.
> Le lion commande, il est roi ;
> Les rhinocéros, les panthères
> Sont colonels ; le loup est un soldat ;
> Nous sommes, l'ours et moi, des conseillers d'État ;

---

[1] Fables de Lamotte, livre II, f XII.

Le renard est agent d'affaires.
Il est peu de sujets qui ne soient nécessaires :
Le lièvre nous sert de courrier ;
L'âne est juré crieur. Chacun fait son métier ;
Toi seul es fainéant. Que je plains ta misère !
C'est un pesant fardeau que n'avoir rien à faire.
Sans doute, il doit bien t'ennuyer.
— M'ennuyer ! vous n'y pensez guère,
Dit le Singe riant de son grave discours.
Les ennuis sont pour vous, pour nosseigneurs les ours,
Qui gouvernez la république.
Me préserve le ciel d'être grand politique,
Docteur ou suppôt de Plutus !
J'aurais mille soucis, et je ne rirais plus.

Après cela l'auteur conclut, d'une manière inopinée, avec l'Éléphant, que

Le plus utile est le plus sage [1].

Cette fable a le tort de désappointer plusieurs fois le lecteur, c'est-à-dire de tromper les conjectures qu'il fait sur le caractère des personnages et sur l'intention de l'auteur. A voir l'air grave et important de l'Éléphant, je suis d'abord tenté de croire que c'est lui dont nous aurons à nous moquer, et je me mets volontiers du parti du Singe, qui rit des ennuis de ceux qui veulent gouverner l'État. Ils ont les honneurs : qu'ils aient les charges ! Puis, pourquoi prendrais-je au sérieux les rhinocéros qui sont colonels, les ours qui sont conseil-

---

[1] RICHER, liv. IV, f. xix.

lers d'État, et l'âne juré crieur? pourquoi ne m'en
moquerais-je pas librement? La moralité m'apprend
tout à coup que c'est l'Éléphant qui est le plus sage, et
que les administrateurs valent mieux que les adminis-
trés. Soit! mais je ne m'en doutais pas pendant toute
la fable.

D'autres fois les moralités de Richer, toujours honnêtes, enseignent la bienséance et la politesse plutôt
que la sagesse ou la vertu ; telle est celle de la fable,
le Cheval, le Chien, le Bœuf et l'Éléphant :

> Jadis, quand les bêtes parlaient,
>   Divers animaux s'assemblaient
> Pour babiller et conter des nouvelles.
>   Ils en débitaient des plus belles,
> Chacun suivant son goût et selon son état.
> Un vieux Cheval, de retour de la guerre,
>   Parlait de maint et maint combat,
> Et de maint ennemi qu'il avait mis par terre,
>   Détaillant au long ses exploits.
>   Il en aurait eu pour un mois,
> Quand un Chien impoli, ne pensant qu'à la chasse,
> L'arrête et dit : Voilà le temps de la bécasse ;
> Hier j'en fis lever plusieurs dans un taillis.
> Quand je sens du gibier, jamais je ne me lasse ;
> Je brille dans la plaine en quêtant des perdrix.
>   Médor allait donner la liste
> Des lièvres, des lapins qu'il suivit à la piste.
> Mais le Bœuf s'ennuyait : quoique animal grossier,
> Il voulait dire aussi deux mots de son métier.
> Ses poumons étaient forts ; avec cet avantage,
> Il se fit écouter: Mes amis, la saison

Est favorable au labourage,
Et Cérès nous promet abondante moisson.
Vous vous souciez peu, vous autres, du ménage,
Et je puis assurer, sans paraître trop vain,
    Que sans moi vous mourriez de faim.
        Il en aurait dit davantage :
        Un Éléphant l'interrompit,
Et, les regardant tous du haut de son esprit,
    Il étale en docteur un grave verbiage.

Comme ces animaux l'homme aime à se vanter ;
    Peu de gens veulent écouter [1].

Les gens qui ne veulent pas ou ne savent pas écouter ont tort. Souvenons-nous de Racine, à qui on demandait comment il s'y prenait pour réussir auprès des grands seigneurs de la cour : « Je les écoute, répondit-il, et je leur fais croire qu'ils ont de l'esprit. » Je demandais un jour à M. Molé, alors président du conseil des ministres, comment il avait fait pour avoir l'adhésion d'un député de l'Opposition, très-honnête homme, mais le plus contredisant des mortels : « Je me suis fait expliquer par lui les affaires d'Espagne. » Le don ou le talent de savoir écouter est une politesse, une amabilité ou une habileté. Je l'estime, parce qu'il impose un sacrifice à la vanité ; mais, quelque excellent que soit ce mérite, je n'en fais pas une vertu ni un devoir de morale.

Lamotte et Richer ne seraient pas des écrivains du

[1] Livre IV, f. III.

dix-huitième siècle, si l'on ne trouvait pas dans leurs
fables quelque chose de l'esprit qu'on a appelé *l'esprit
philosophique*. La philosophie du dix-huitième siècle,
s'éloignant en cela de la tradition du dix-septième,
s'attache à étudier et à critiquer la société plutôt que
les individus. Elle aime à censurer la hiérarchie sociale,
le gouvernement, les grands; elle s'attendrit sur le
malheur du peuple plus qu'elle ne s'applique à corriger
ses défauts, et elle attribue, sans hésiter, les maux dont
souffre l'humanité, à l'injustice des lois et des institutions. Une des fables de Lamotte représente des enfants qui s'amusent à lancer des pierres dans un marais pour voir qui ira le plus loin; ils blessent avec
leurs pierres je ne sais combien de grenouilles, et Lamotte finit sa fable par ce vers :

> Rois, serons-nous toujours des grenouilles pour vous [1] ? .

La fable de Richer, *les Échasses*, est aussi une fable
philosophique, quoique l'auteur ne fût pas du parti
des philosophes; mais il cédait à l'esprit du siècle.

> Quel spectacle s'offre à mes yeux ?
> Des géants dont la tête atteint jusques aux cieux !
>   Disait un manant dans la plaine.
>   Or c'étaient de jeunes enfants
>   Qui, sur des échasses errants
>   Au haut de la roche prochaine,
>   Paraissaient de nouveaux Titans.
> .   .   .   .

[1] Livre III, f. v.

Voyez-les de plus près, lui dit certain railleur.
Le manant s'approcha : leur taille diminue
A chaque pas qu'il fait ; il connaît son erreur.
Ceux qui lui paraissaient avoir plus de vingt brasses,
    A peine avaient quatre pieds de hauteur.
Nous admirons ainsi de loin maint grand seigneur,
Qui de près n'est qu'un nain monté sur des échasses [1].

Le trait qui finit la fable est vif et tout à fait d'un
frondeur. J'aime mieux cependant la moralité des
Bâtons flottants de la Fontaine :

    J'en sais beaucoup de par le monde
    A qui ceci conviendrait bien :
De loin, c'est quelque chose, et de près ce n'est rien [2].

La Fontaine n'applique sa moralité à personne, mais
à tout le monde. Il en sait beaucoup à qui elle peut
convenir ; il ne fait la part d'aucune classe ou d'aucun
ordre. Ne croyons pas cependant que le nouveau fonds
d'idées et de sentiments qui fait l'esprit philosophique
du dix-huitième siècle, ne date que de Lamotte ou des
écrivains de ce temps : il a ses interprètes dans tous les
siècles, et il en a, dès le dix-septième, dans la fable
aussi, sans même le chercher dans la Fontaine, où il
ne serait pas difficile de le trouver. Voici, par exemple,
un apologue de l'abbé Regnier-Desmarais, qui a été
secrétaire perpétuel de l'Académie française, intitulé :
La Raison et l'Autorité. L'abbé Regnier-Desmarais

[1] Richer, liv. VIII, f. x.
[2] Livre IV, f. x

était un homme d'esprit et d'érudition, et je cite volontiers sa fable, d'une part parce qu'elle témoigne d'une certaine hardiesse de pensée et de sentiment qui sied aux hommes d'esprit et leur fait tenir leur rang, d'autre part parce qu'elle est tout à fait inspirée par l'esprit philosophique, et qu'elle montre que ce genre d'esprit est, même dans la fable, plus ancien que Lamotte et Richer.

Jadis à la Raison l'univers fut soumis ;
Elle y régnait en paix sur un peuple fidèle.
Mais enfin dans la suite il s'éleva contre elle
    Un nombre infini d'ennemis,
    Et, dès les premières nouvelles,
    Le soin de ranger les rebelles
Fut à l'Autorité par la Raison commis.

    L'Autorité marche à grand bruit
    Et vers les révoltés s'avance,
    Les joint, les force, les réduit,
    Soumet tout à l'obéissance.
Mais à peine avait-elle affermi sa puissance
    Qu'elle aspire à l'indépendance
Et veut de ses progrès recueillir tout le fruit.
Bref, du suprême rang uniquement charmée
Et ne respectant plus la Raison désarmée,
Contre sa souveraine elle se révolta,
Puis rangea sous ses lois tout l'univers timide,
    Que par la force elle dompta
    Et qu'elle tient encore en bride [1].

[1] Poésies françaises de l'abbé Regnier-Desmarais, p. 435, La Haye, 1716.

Les fables du dix-huitième siècle se partagent entre
ces deux genres de moralité : la moralité qui ne s'applique qu'aux individus, à nos vices et à nos travers
privés ; la moralité qui s'applique à la société, à ses institutions et à ses lois. La première moralité suit l'exemple du dix-septième siècle, qui prend sans cesse
l'homme à partie et tâche de corriger l'individu ; la
seconde prend l'esprit du nouveau siècle et ne vise à
rien moins qu'à réformer la société et les gouvernements. C'était alors la prétention de toute la littérature : pourquoi la fable ne s'y serait-elle pas essayée à
son tour ? Ce sont ces deux genres de fables que je
veux étudier dans les fabulistes de la fin du dix-huitième siècle.

VINGT-QUATRIÈME LEÇON

LES FABULISTES DU DIX-HUITIÈME SIÈCLE — FLORIAN

De tous les fabulistes du dix-huitième siècle, Florian est celui qui a gardé le plus de réputation et qui le mérite ; c'est aussi celui qui, avec des qualités fort différentes de celles de la Fontaine, est, quoique de loin encore, le plus rapproché de lui. Il est donc juste qu'il ait une place à part dans cette revue des successeurs et des imitateurs de la Fontaine. Les fables de Florian ont de plus l'avantage d'appartenir aux deux genres de moralité que j'ai indiqués : la moralité qui s'adresse à l'individu pour le corriger, la moralité qui s'adresse à la société pour la réformer ; celle du dix-septième siècle et celle du dix-huitième. Enfin, comme Florian a vécu jusqu'après 1793 et qu'il a, dès le commencement, res-

senti les désappointements que la Révolution faisait
éprouver aux partisans de l'esprit philosophique, il représente pour nous les divers sentiments d'espérance
et de présomption, de dépit et de regret, qui remplissent
les cinquante dernières années du dix-huitième siècle.
A tous ces titres, on ne s'étonnera pas que je consacre
à l'étude des ouvrages de Florian, particulièrement de
ses fables, cette leçon presque entière.

Quand Florian entra dans le monde littéraire, c'était
le moment de la grande vogue des pastorales de
Gessner. La société la moins champêtre et la moins
simple du monde s'était prise de goût pour les idylles
et les pastorales, sur la foi des écrivains qui vivaient
le plus dans les salons. « Gessner, disait Diderot de
ce ton d'hiérophante qu'il prenait volontiers et qui a
fait école dans les coteries littéraires, Gessner unit
la grâce et le charme avec l'honnêteté. C'est un fait
qu'on est meilleur après avoir lu ses idylles... il
faut les lire dans le recueillement et le silence de la
nuit. Une par nuit, pas davantage[1] ! » Léonard, Berquin
et Florian se firent les disciples de Gessner; mais Florian
fut de ces disciples le plus heureux et le seul qu'on lise
encore, parce qu'il fut le moins fidèle et celui qui resta
le plus original[2].

---

[1] Grimm, *Correspondance*, t. IV, p. 160.
[2] Léonard, né en 1744, mort en 1793. — Berquin, né en 1749,
mort en 1791. — Florian, né en 1755, mort en 1793.

Berquin, dans la préface de ses idylles, trouve que
Gessner réunit les qualités de tous les poëtes bu-
coliques qui l'ont précédé. « Il est aussi simple que
Théocrite, et moins rustique; aussi gracieux que
Virgile, quoique moins poëte; aussi sensible et aussi
affectueux que d'Urfé et Racan, sans être jamais
langoureux; aussi doux que Segrais, et plus original;
aussi fin que Fontenelle, plus naturel que Lamotte,
aussi naïf que Longus, aussi aimable que le Tasse;
mais il les surpasse tous, parce qu'il est plus philosophe et parce qu'il a donné à ses bergers, non-
seulement de l'amour comme l'ancienne idylle, mais
des vertus. » Formés à l'image des bergers de Gessner,
les bergers de Berquin sont donc tous honnêtes et vertueux; mais, comme la vertu, au dix-huitième siècle,
semble inventée pour autoriser la déclamation, ils déclament un peu, en gens qui ont fait leur rhétorique et
qui ne sont aux champs que pour leur plaisir. Quand
  ergers de Berquin voient un orage, ils ne son-
  ent pas tant à leurs moissons qu'à admirer la tempête :

Que j'aime, dit Lycas, ces lugubres horreurs!
. . . . !
Je ne sais quel transport, surmontant mes terreurs,
    Verse en mon âme une ivresse sacrée!
Quel spectacle imposant frappe déjà nos yeux!
L'orage dort encore dans un morne silence;
Mais qu'il s'éveillera d'un réveil furieux!

Si l'aspect d'un beau jour peint la bonté des Dieux,
Qu'ils font dans la tempête éclater leur vengeance[1] !

Les vers de Berquin sont très-mauvais assurément ;
mais ce sont surtout les sentiments qui sont faux. Les
orages sont pour les laboureurs des fléaux et jamais des
spectacles. Il n'y a que les citadins, et ceux-là seulement qui ne sont pas propriétaires, qui se fassent un
spectacle des orages et les trouvent beaux. Les bergers de Berquin ne sont pas seulement des admirateurs
de la nature qui déclament ; ce sont aussi des économistes, qui prennent parti pour Turgot et pour la
liberté du commerce des grains :

Grâce te soit rendue, ô notre jeune prince[2],
Pour le choix bienfaisant qu'a su former ton cœur !
Turgot faisait fleurir une vaste province[3] ;
Tu veux que tout l'État lui doive son bonheur...
Liberté pour nos champs, ce don est le seul gage
      De tous les biens qu'il t'a promis[4].

Les idylles de Léonard n'ont pas plus de vérité que
celles de Berquin. Léonard a tous les défauts de l'école
de Gessner, la fausse mélancolie et la mauvaise sentimentalité. Tantôt ce sont deux époux qui, s'entretenant
de leur mutuelle tendresse, trouvent qu'ils n'ont rien
de plus doux à se dire que de se parler de leur mort,

[1] Idylle X°.
[2] Louis XVI.
[3] Le Limousin.
[4] Idylle III°, deuxième recueil.

et le mari supplie sa femme de se consoler le plus tôt
possible [1]; tantôt ce sont des amants qui, comme dans
Gessner, mêlent aux doux entretiens de l'amour la con-
templation mystique et vague des beautés de la nature. Mais, où Léonard surpasse Berquin et même
Gessner, c'est qu'il est poëte. Il ne l'est que peu;
il l'est pourtant. Il y a parfois dans Léonard de la
grâce et de la finesse; non pas quand il fait parler ses personnages d'invention ou d'imitation, mais
quand il exprime pour son compte quelque sentiment
ou quelque idée douce et simple, point passionnée ou
profonde, car la passion ou la profondeur ne lui vont
pas. Grimm dit quelque part, dans sa correspondance,
que M. Léonard a le ramage d'une jeune et jolie femme
sans idées. C'est traiter bien dédaigneusement un disciple de l'afféterie champêtre, que Gessner avait mise
à la mode et que Grimm et Diderot avaient préconisée.
Malheureusement Léonard veut avoir des idées graves
ou de grands sentiments, et il les prend dans l'encyclopédie; mais, quand il se laisse aller à sa nature, qui
est élégante et facile, il réussit mieux. J'aime ses vers
intitulés *les Plaisirs du rivage* :

> Assis sur la rive des mers,
> Quand je sens l'amoureux zéphire

---

[1] Quand la mort, dans tes bras, viendra me visiter,
      Console-toi, je t'en conjure!
                    (Idylles, liv. Ier, *les Époux.*)

Agiter doucement les airs
Et souffler sur l'humide empire,

Je suis des yeux les voyageurs,
A leur destin je porte envie :
Le souvenir de ma patrie
S'éveille et fait couler mes pleurs.

Je tressaille au bruit de la rame
Qui frappe l'écume des flots ;
J'entends retentir dans mon âme
Le chant joyeux des matelots.

Un secret désir me tourmente
De m'arracher à ces beaux lieux,
Et d'aller, sous de nouveaux cieux,
Porter ma fortune inconstante.

Mais, quand le terrible aquilon
Gronde sur l'onde bondissante,
Que dans le liquide sillon
Roule la foudre étincelante,

Alors je repose mes yeux
Sur les forêts, sur le rivage,
Sur les vallons silencieux
Qui sont à l'abri de l'orage ;

Et je m'écrie : Heureux le sage
Qui rêve au fond de ces berceaux,
Et qui n'entend sous leur feuillage
Que le murmure des ruisseaux [1] !

Il y a du charme aussi, et il y a même une sorte de
simplicité champêtre dans le *Village détruit.* C'était

---

[1] Idylles, Liv. IV.

un beau village, que le poëte aimait et dont il faisait un
de ses séjours favoris. La guerre l'a dévasté, et, lorsque le poëte y revient, il se souvient des douces jour-
nées qu'il y a passées :

> Combien de fois, le soir, dans la saison fleurie,
> J'entendais résonner les frêles chalumeaux,
> Le cornet des bouviers rappelant leurs taureaux,
>   Le bruit d'une rustique orgie,
>
> . . . .
>
>   Et le bêlement des agneaux
>   Qui regagnaient leur bergerie.

Il ne dédaigne même pas de peindre le cabaret de
village, et il le peint presque sans périphrase, ce qui
est à noter dans un poëte descriptif du dix-huitième
siècle :

> J'aime à me rappeler encore
> L'humble appareil de ce réduit,
> Le mur blanc, le plafond sonore,
> Le meuble savamment construit,
> Servant le jour d'armoire et d'alcôve la nuit ;
> Le jeu de l'oie et ses images,
> Les foyers égayés, dans la belle saison,
>   D'une tenture de feuillages,
> Et le chambranle orné de tasses du Japon,
> Qui du temps ennemi laissaient voir les ravages,
> Et l'horloge de bois suspendue au salon [1].
>
> . . . .

Voilà un véritable tableau rustique, où n'y a ni ap-
prêt ni fausse élégance, et qui se rapproche de la vé-

---

[1] Idylles, liv. II.

ritable idylle, de l'idylle de Woss plutôt que de Gessner.

Les pastorales de Florian né ressemblent pas, pour la forme surtout, aux idylles de Berquin et de Léonard. Ce sont de petits romans, et Florian, dans la préface d'*Estelle*, s'applaudit beaucoup d'avoir ainsi changé l'idylle en roman : « Ce qui fait, dit-il, que l'idylle ennuie, « c'est que c'est une scène détachée au lieu d'être un « drame. Le lecteur n'a pas le temps de s'intéresser aux « personnages. » Si Florian a mieux réussi dans la pastorale que Berquin et Léonard, cela ne tient pas, selon moi, à ce que ses pastorales sont longues comme des romans, au lieu d'être courtes comme des idylles ; cela tient à ce qu'il avait l'esprit plus vif et plus fin, et à ce qu'il a pris des modèles meilleurs que Gessner, c'est-à-dire les pastorales italiennes et espagnoles du seizième et du dix-septième siècle.

Un des principaux charmes d'*Estelle*, le meilleur roman pastoral de Florian, tient à la beauté et à la douceur des lieux où le romancier a placé les deux amants. Florian a choisi son pays d'enfance et de jeunesse, pour y mettre ses bergers. Le pays de notre jeunesse, surtout si, comme Florian, nous l'avons quitté de bonne heure, si nous y sommes rarement revenus et pour peu de jours ; si, comme Florian encore, qui était gentilhomme ordinaire du duc de Penthièvre, nous avons vécu à la cour et dans un palais, le pays de notre jeunesse est toujours pour

nous le plus charmant et le plus propre à la pastorale,
à l'amour ingénu, à la vie et aux sentiments enfin que
nous n'avons pas eus, mais que nous trouvons tous
au fond de notre imagination. « Heureuse patrie! dit
« Florian en finissant son *Estelle*, d'où la fortune m'a
« exilé et qui n'en est pas moins chère à mon cœur,
« je t'aurai, du moins, célébrée, je t'aurai consacré les
« derniers accents de ma flûte champêtre... Beaux
« vallons, fortunés rivages où, jeune encore, j'allais
« cueillir des fleurs! beaux arbres que mon aïeul
« planta et dont la tête touchait les nues, lorsque,
« courbé sur son bâton, il me les faisait admirer!
« Ruisseaux limpides, qui arrosez les prairies de Flo-
« rian et que je franchissais dans mon enfance avec
« tant de peine et de plaisir, je ne vous verrai plus!
« Je vieillirai tristement, éloigné du lieu de ma
« naissance, du lieu où reposent mes pères; et, si je
« parviens à un âge avancé, le beau soleil de mon pays
« ne ranimera pas ma foiblesse... Oh! que ne puis-je au
« moins espérer que ma dépouille mortelle sera portée
« dans le vallon où, enfant, j'allais voir bondir nos
« agneaux! que ne puis-je être certain de reposer sous
« le grand alizier où les bergers du village se rassem-
« blent pour danser! Je voudrais que leurs mains pieu-
« ses vinssent arroser le gazon qui couvrirait mon tom-
« beau; que l'amant et la maîtresse le choisissent tou-
« jours pour siége; que les enfants, après leurs jeux,

« y jetassent leurs bouquets ; je voudrais enfin que les
« bergers de la contrée fussent quelquefois attendris
« en lisant cette inscription :

> Dans cette demeure tranquille
> Repose notre bon ami ;
> Il vécut toujours à la ville,
> Mais son cœur fut toujours ici.

J'ai cité cet épilogue d'*Estelle*, parce c'est le meilleur exemple que je puisse donner du genre de naïveté
de Florian, naïveté où il y a de l'élégance, j'allais dire
de la grâce, car la grâce n'a pas besoin d'être naïve ;
où il y a aussi la sentimentalité banale du temps, et où
il y a pourtant un peu de vérité. Non pas que je veuille
dire que Florian, capitaine de dragons et gentilhomme
ordinaire du duc de Penthièvre, commensal d'un prince
et sachant fort bien arranger sa vie dans la petite cour
où il vivait, ait jamais voulu aller vivre aux champs pa-
ternels. Il prenait fort en patience ce qu'il appelle son
exil ; il ne s'en plaignait que dans ses romans. Cependant, quand il écrivait ou bien encore quand il res-
sentait quelques-uns des ennuis qu'amène la vie des
cours, le gentilhomme ordinaire pensait aux prairies de Florian et s'en souvenait avec émotion. Ces moments d'émotion suffisent pour donner aux regrets qui
terminent *Estelle*, le degré de vérité que comportent
les vers et les romans. Le poëte bucolique, en effet, ne
peut pas être tenu de mettre d'accord sa vie et ses ou-

vrages; mais, si l'accord n'est pas entièrement possible, il ne faut peut-être pas, du moins, que le contraste soit trop grand et que le lecteur, quand il passe
de l'écrivain à l'homme, se trouve tout à fait dépaysé.

C'est ce qui arrive cependant, quand on lit la vie de
Florian après avoir lu *Galathée* et *Estelle*. Florian, né
en 1755, était destiné par sa famille à l'état militaire.
Il entra, à treize ans, comme page chez M. le duc de
Penthièvre. Ce prince, qui était riche et bienfaisant,
était pourtant l'homme de France qui s'ennuyait le
plus; il prit Florian en amitié, parce que le jeune page
était aimable et gai. Il se plaisait à causer avec lui, et,
un jour que le curé de Saint-Eustache était chez le
prince et qu'on parlait sermons, Florian, usant de la
liberté que lui laissait le duc de Penthièvre, se mit à
dire qu'il n'était pas difficile de faire un sermon et
qu'il en ferait bien un, s'il le fallait. Le prince le prit
au mot et paria cinquante louis qu'il n'en viendrait pas
à bout; le curé de Saint-Eustache fut pris pour juge.
Florian fit un sermon sur la mort, et ce sermon prouve
du moins que Florian avait lu ou entendu beaucoup de
sermons. Je serais tenté de croire qu'il a fait ses pastorales comme il fit son sermon, grâce à la facilité
qu'il avait de prendre aisément le ton et l'air du genre
d'ouvrage qu'il entreprenait, plutôt que par une inspiration naturelle.

De page, Florian devint élève de l'école militaire de

Bapaume, bientôt après capitaine de dragons et enfin
gentilhomme ordinaire du duc de Penthièvre. C'est
alors qu'il fit ses pastorales, plus tard ses comédies
d'Arlequin, enfin ses fables. Ceux qui l'ont connu dans
le monde ne s'en faisaient pas l'idée d'un fidèle berger
ou d'un personnage romanesque : il était aimable et
habile; il ménageait, avec un savoir-faire discret, sa
fortune et son talent. Un de mes confrères de l'Académie et du professorat, que j'ai le plus aimé et respecté,
M. de Lacretelle, raconte fort gaiement dans ses *Dix ans
d'épreuves*, qu'à vingt-six ans et pendant la Révolution, il fut, sans le savoir, le rival de Florian. M. de Lacretelle aimait mademoiselle le Sénéchal, et, ayant avoué
cet amour à madame le Sénéchal, « Ne vous abusez pas,
« lui dit cette mère excellente et judicieuse, ma fille
« est aimée du chevalier de Florian et ne me paraît pas
« insensible à cet hommage. Je souhaiterais pourtant
« qu'elle en perdît le souvenir, car j'ai vu l'amour du
« chevalier décliner à mesure que notre fortune lui a
« paru baisser, et chaque jour de la Révolution en
« compromet les restes. N'imaginez pas qu'il soit
« l'homme de ses bergeries. Il a trop de probité pour
« être un séducteur ; mais il a trop de prudence et de
« calcul pour être un Némorin. '»

Ainsi, à prendre le jugement d'une mère, et il n'y en

---

1 *Dix ans d'épreuves*, chap. VII, p. 126.

a pas de plus clairvoyant, Florian n'était point romanesque; je dirais volontiers qu'il ne le fut pas assez pendant la Révolution et qu'il chercha trop son salut dans les calculs d'une fausse et misérable prudence. Il flatta le grossier et sanguinaire pouvoir du temps, tâchant de faire oublier qu'il avait été gentilhomme ordinaire du duc de Penthièvre [1]. Il n'y réussit pas et fut mis en prison, d'où il ne sortit qu'après le 9 thermidor. Cette nature faible et douce ne résista pas au coup que lui avaient porté la captivité et la peur de l'échafaud : il mourut peu de temps après être sorti de prison.

Si nous voulons trouver quelque part chez Florian cet heureux don de naïveté qui semble devoir être l'apanage des poëtes pastoraux, ce n'est certes pas dans sa vie qu'il faut le chercher; ce n'est guère non plus dans ses romans. Florian n'a vraiment de naïveté ou de finesse gracieuse et délicate que dans les arlequins de son théâtre et dans ses fables.

Nous ne voulons pas ici rechercher l'origine d'Arlequin. D'où vient-il? des Grecs, des Latins ou des Italiens, peu importe. Nous prenons le personnage, quand il arrive en France, avec les comédiens italiens, sous Louis XIV, et nous trouvons qu'il y a eu, depuis ce temps jusqu'à Florian, plusieurs sortes d'Arlequins. L'Arlequin

---

[1] Voir la vie de Florian par Jauffret, et la lettre qu'il écrivait à un membre de la Convention.

de la comédie italienne, sous Louis XIV, ne ressemble pas
à l'Arlequin du théâtre de la foire, au commencement
du dix-huitième siècle, qui lui-même diffère de l'Ar-
léquin des théâtres du boulevard au milieu du
même siècle ; ces divers Arlequins sont aussi fort différents de l'Arlequin de Florian.

De ces quatre Arlequins, celui que je préfère
est l'Arlequin de la comédie italienne sous Louis XIV [1].

L'Arlequin de la comédie italienne n'a pas de caractère à part ; car il est, à cette époque, le représentant
successif de tous les vices et de tous les travers du
temps. Faut-il bafouer les procureurs et les ruses de la
chicane ? Arlequin est procureur [2]. Faut-il se moquer des
médecins et continuer contre la faculté les farces de
Molière ? Arlequin se fait médecin. Faut-il railler la galanterie des commis marchands, qui prétendent faire la
cour aux dames auxquelles ils portent des étoffes ? Arlequin est commis marchand. Arlequin est aussi, au besoin, homme à bonnes fortunes ; il fait le libertin et le
fat : il est parfois financier et prend les grands airs d'un
millionnaire. Dans *le Banqueroutier*, comédie digne
-peut-être d'être mise à côté de Turcaret, Arlequin est
homme d'affaires ; il enseigne l'art de faire des banque-
routes utiles [3] et toutes sortes de grandes sciences qui

---

[1] Voir le théâtre de Gherardi.
[2] Voir *Arlequin Grapignan.*
[3] Voir la scène entre Arlequin et M. Persillet, dans *le Banque-*

ne se sont pas perdues de nos jours, celle, par exem-

routier, p. 412 à 421, théâtre de Gherardi. En voici quelques passages :

« M. PERSILLET. — Mais à propos de banqueroute, tenez-vous que cela puisse rétablir les mauvaises affaires d'un homme? ce serait un beau secret.

« ARLEQUIN. — Il est infaillible; c'est ce qu'on appelle l'émétique des gens ruinés. Par exemple, si vous étiez en cet état-là..... le ciel vous en préserve !

« PERSILLET (*à part.*) — J'en suis plus près qu'on ne pense.

« ARLEQUIN. — Il faudrait mettre du côté de l'épée le million que vous cherchez pour marier votre fille (prendre pour gendre un homme d'épée); acheter un duché et établir votre fils dans le crédit où vous êtes. Voilà les trois hameçons capables de prendre toutes les dupes de Paris : car, afin que vous l'entendiez, quand on veut faire son coup, il faut être dans cette odeur de fortune et d'opulence.

« PERSILLET. — Il ne faut donc pas attendre à l'extrémité.

« ARLEQUIN. — Nenni, diable, nenni! dès que le crédit chancelle, il n'y a plus rien à faire ; mais quand tout vous rit et que le monde est bien infatué de vos richesses, il faut prendre à toutes mains l'argent qu'on vous offre, faire grande dépense à l'ordinaire, et puis, un beau matin, après avoir mis tous vos meilleurs effets dans une cassette, déloger à petit bruit et donner ordre à votre portier de dire à tout le monde qu'on ne sait où vous êtes allé. A cette nouvelle, ceux qui ont prêté le million s'alarment; la frayeur les prend. D'abord ils proposent de perdre le tiers de leur dû. A cela, mot : point de réponse. Ils s'assemblent, ils vont, ils viennent, ils se tourmentent. A la fin, désolés de votre absence et ne sachant sur quoi se venger, ils font dire sous mains qu'ils perdront les deux tiers, si on veut assurer l'autre. Oh ! quand ils se mettent comme cela à la raison, on entre en pourparlers, on écoute, on négocie; et enfin, après un bon contrat bien et dûment homologué, vous revenez sur l'eau avec sept ou huit cent mille livres d'argent comptant et tous vos meilleurs effets divertis (détournés). Un homme qui a cette prudence une seule fois en sa vie est pour toujours au-dessus de ses affaires. Voilà comme je parlerais à mon frère, si j'en avais un.

« PERSILLET. — Ah! monsieur de la Ressource, que vous êtes bien nommé et que j'ai de grâces à rendre au ciel de m'avoir adressé un homme de votre probité et de votre expérience!

ple, de créer force actions au porteur [1]. Arlequin prend
à merveille ces divers masques des vices du temps,
mais il n'en est pas moins aussi Arlequin, avec sa balour-
dise ou sa naïveté originelle. Ainsi, quand il fait l'homme
à bonnes fortunes, après avoir quitté Colombine, celle-
ci le poursuit sous toute sorte de masques, se faisant toujours reconnaître à la fin de chaque déguise-
ment et s'enfuyant tout à coup, ce qui fait grand'peur
à Arlequin, qui la prend pour l'ombre de Colombine
attachée à ses pas : le libertin a peur des revenants.
Ailleurs, Arlequin n'est qu'un valet imbécille qui fait
rire par sa simplicité ; mais sa simplicité a toujours un
tour naïf et original. Ainsi, quand Isabelle court après
Cinthio, son amant volage, Arlequin, valet d'Isabelle,
fatigué de voyager toujours, de mal dormir et de peu
manger, conseille à Isabelle d'oublier Cinthio et de
prendre parti ailleurs. — Ah! plutôt mourir un million de fois! s'écrie Isabelle.

ARLEQUIN. — Apparemment, vous n'êtes encore jamais morte [2]?

Dans ce premier moment de son histoire, Arlequin
a une double physionomie: il sert de cadre aux vices et

« ARLEQUIN. — Comment, monsieur, mon discours vous aurait-il ému?
« PERSILLET. — Il a fait bien plus, il m'a tellement persuadé, que je
crois qu'un bon père de famille est obligé en conscience de faire banqueroute au moins une fois en sa vie, pour l'avantage de ses enfants.

[1] Page 451. — Arlequin fonde une entreprise des eaux de la rivière
d'Oürcq qu'il veut amener à Paris.

[2] Théâtre de Gherardi. — *Isabelle médecin*, p. 267.

aux ridicules du temps ; il est une sorte de personnage à tiroirs, qui prend tour à tour tous les rôles ;
mais il garde toujours son visage et son costume particulier. Il est toujours Arlequin, quoique financier, ou
homme d'épée, quoique abbé ou médecin. Arlequin, à
cette époque, est en même temps Français et Italien :
Français, quand il est comique et satirique ; Italien,
quand il est bouffon.

Le théâtre de la foire, qui succéda aux comédiens
italiens, fit aussi d'Arlequin son acteur principal.
Mais l'Arlequin de la foire rompit avec l'Arlequin
italien et devint tout français. Ce fut un personnage
de convention qui, n'ayant aucun caractère propre,
prenait tous les rôles. Il ne garda, de son ancienne condition, que le masque et la batte. Faut-il parodier un
opéra ou une tragédie? nous voyons Arlequin-Thétis ou
Arlequin-Romulus. Éclate-t-il, dans la république des
lettres, une querelle pour ou contre Homère? le théâtre
de la foire joue *Arlequin défenseur d'Homère*[1]. L'Arlequin de la foire s'en prend, comme celui des Italiens,

---

[1] Voici un couplet de cette farce. C'est Arlequin qui chante. (Air
Vivent les Gueux :)

> A l'instar de don Quichotte,
>   Je cours les champs ;
> Pour la beauté d'Aristote,
>   Je bats les gens.
> Je fais dire aux passants suspects :
>   Vivent les Grecs!

« Allons, monsieur le bailly, chapeau bas! dites : Vivent es Grecs!

aux financiers et aux traitants ; mais il est moins brave
et moins généreux, car il ne s'attaque à eux que lorsqu'ils sont poursuivis par la chambre de justice[1]. Il
raille aussi les folies de la rue Quincampoix ; mais il
se promet surtout d'amuser, à la foire, les parvenus
et les enrichis de Law, et de leur faire payer leurs
plaisirs[2].

Du théâtre de la foire, Arlequin passa aux théâtres
du boulevard, qui ne jouaient alors que des parades entre Gilles, Arlequin, Cassandre, Colombine
et le beau Léandre, et là il sembla tout à fait reprendre
son ancien personnage d'Italie : rien qui sente la comédie, ou la satire, ou la parodie ; il ne figure plus
que dans les parades des tréteaux, disant et faisant
force grossièretés.

Tel était Arlequin et telles étaient les vicissitudes de
son caractère, quand Florian le prit et en fit un personnage plus nouveau que comique. J'ai tort même de
dire que Florian fit d'Arlequin un personnage nouveau.
La comédie larmoyante, ou le drame, avait déjà été
inventée, et Florian ne fit que changer Arlequin en
personnage de drame. Non qu'il l'ait fait larmoyer toujours : il lui laisse son vieil et bon rire, mais il en fait

---

[1] *Arlequin traitant*, 1716.

[2] « Je me sens dans la tête une nouvelle provision de quolibets, de
billevesées et de babioles propres à délasser les génies supérieurs de
la rue Quincampoix de leurs sérieuses occupations. »

(*Le Diable d'argent.*)

un personnage qui égaye et attendrit en même temps le spectateur, qui fait rire et pleurer à la fois[1]. C'est là la nouveauté du personnage et qui fit le succès des Arlequins de Florian. L'Arlequin de Florian est un bon et honnête bourgeois de Bergame, qui s'est fait riche et qui s'est marié, qui a vieilli dans l'aise et dans la joie du foyer domestique, qui a des enfants et qui joue avec eux. Il est naïf et aimable; non pas qu'il ait la vraie naïveté, celle qui émeut : il a la naïveté qui fait rire, celle que peut trouver un esprit fin et délicat, comme était celui de Florian; celle qui trompe aisément le vulgaire, parce qu'il la prend pour la naïveté du cœur; celle enfin qui plaît même aux esprits d'élite, à défaut de la vraie naïveté, qui est fort rare et qui est plutôt en général la qualité d'un temps que celle d'un homme. Il n'y a rien, en effet, de si difficile que d'être naïf dans un temps qui ne l'est pas, de même qu'il est presque impossible de n'être pas naïf dans un temps qui l'est. Si je voulais donner un exemple du genre de naïveté que Florian sait prêter à son Arlequin, je prendrais volontiers la scène où Arlequin veut faire des couplets pour la fête de sa fille. Ne sachant pas comment s'y prendre, il dit quelques mots à Cléanthe, son secrétaire, amant déguisé de sa fille, qui fait les couplets comme si Arlequin les lui avait dictés.

ARLEQUIN. — Prends cette mandoline et chante-moi

---

[1] Préface des comédies de Florian.

les couplets que je viens de faire, pour que je corrige.

Cléanthe chante le premier couplet.

ARLEQUIN. — C'est mot à mot ce que j'ai dit. Je croyais cela plus difficile. Voyons l'autre couplet.

Cléanthe chante l'autre couplet.

ARLEQUIN, *surpris*. — C'est moi qui ai fait celui-là ?

CLÉANTHE. — Vous venez de me le dicter.

ARLEQUIN. — Cela est vrai; mais il n'avait pas l'air si joli quand je l'ai fait. C'est fort bien, c'est fort bien, et je ne vois rien là à corriger. Sans me flatter, conviens qu'ils ne sont pas mal[1].

Les fables de Florian ont le même mérite que ses arlequinades. Elles ne sont pas naïves à la façon des fables de la Fontaine, et nous ne sommes pas tentés de nous intéresser aux animaux du poëte ou au poëte lui-même, comme cela nous arrive avec la Fontaine. Le grand fabuliste du dix-septième siècle nous fait aimer ses bêtes, tant il semble les aimer et les prendre au sérieux, ou il se fait aimer lui-même, quand il se prend à nous entretenir de ses goûts et de ses sentiments. Avec Florian, nous ne nous intéressons qu'au sens de la fable, à sa moralité, qui est toujours fine et délicate, et à la manière ingénieuse ou même épigrammatique, dont cette moralité est amenée par le récit.

---

[1] *Le bon père*, scène IV.

Florian n'est pas un satirique mordant ou un moraliste profond : il est trop homme du monde pour être un
vrai satirique, et son esprit délicat et fin n'atteint pas à
la grande morale. Mais il observe bien les petits travers
de l'humanité et les défauts particuliers de son temps.
Il écrivait dans les dernières années de l'ancienne monarchie, de 1775 à 1789, dans ces années encore belles
et douces qui n'étaient pas sans gloire, grâce à la guerre
d'Amérique, et qui étaient pleines d'illusions géné-
reuses, grâce aux vertus de Louis XVI. Les vertus de
Louis XVI promettaient en effet à la France un règne
heureux et doux, pourvu qu'elle voulût. s'y prêter et
qu'elle sût supporter son bonheur. C'est là malheureusement, pour les individus et pour les peuples, une épreuve
difficile : le bonheur ennuie, et il faut souvent le perdre pour s'apercevoir qu'on l'avait. Florian a dépeint
spirituellement cette maladie de son temps dans sa
fable du *Cheval et du poulain*. Le poulain s'ennuie
d'être toujours dans un pâturage abondant; il veut
changer. Son père alors, vieux cheval plein d'expérience, le conduit

> Sur des monts escarpés, arides, sans herbage,
>   Où rien ne pouvait le nourrir.
>   Le soir vint : point de pâturage.

Après trois jours de fatigue et de famine, le cheval ramène le poulain, par un sentier détourné, dans les
belles prairies qu'il avait voulu quitter, et le poulain

alors de s'écrier que voilà le séjour qui lui convient, et que c'est là qu'il faut demeurer. « C'est là que nous étions, » dit alors le vieux cheval ;

> Mon cher enfant, retiens cette maxime :
> Quiconque jouit trop est bientôt dégoûté ;
> Il faut au bonheur du régime [1].

Le mot régime n'est pas ici le mot juste et n'exprime pas bien la modération et la prudence que Florian recommande ; mais il a eu, du moins, le mérite de signaler une des maladies de son temps, la maladie du bonheur.

C'est encore une maladie du temps qu'il signale dans la fable du *Perroquet confiant*. Le trouble avait déjà succédé au repos ; les mauvais jours de la Révolution commençaient. Beaucoup de personnes pourtant, cherchant à se faire illusion, ou ne pouvant pas croire au mal, par je ne sais quelle mollesse de caractère qui croit anéantir le danger qu'elle se dissimule, beaucoup de personnes s'obstinaient à dire : « Ce n'est rien. »

> *Cela ne sera rien*, disent certaines gens,
> Lorsque la tempête est prochaine ;
> Pourquoi nous affliger avant que le mal vienne ?
> Pourquoi ! pour l'éviter, s'il en est encor temps.
> Un capitaine de navire,
> Fort brave homme, mais peu prudent,
> Se mit en mer malgré le vent.

[1] Liv. II, f. x.

Le pilote avait beau lui dire
Qu'il risquait sa vie et son bien,
Notre homme ne faisait qu'en rire,
Et répétait toujours : *Cela ne sera rien.*
Un perroquet de l'équipage,
A force d'entendre ces mots,
Les retint et les dit pendant tout le voyage.
Le navire égaré voguait au gré des flots,
Quand un calme plat vous l'arrête.
Les vivres tiraient à leur fin ;
Point de terre voisine, et bientôt plus de pain.
Chacun des passagers s'attriste, s'inquiète ;
Notre capitaine se tait.
Cela ne sera rien, criait le perroquet.
Le calme continue ; on vit vaille que vaille ;
Il ne reste plus de volaille ;
On mange les oiseaux, triste et dernier moyen
Perruches, cardinaux, catakois, tout y passe,
Le perroquet, la tête basse,
Disait plus doucement : *Cela ne sera rien.*
Il pouvait encor fuir : sa cage était trouée.
Il attendit, il fut étranglé bel et bien,
Et mourant, il criait d'une voix enrouée :
Cela... cela ne sera rien [1].

Avant le temps où Florian exprimait déjà dans cette
fable ses craintes et ses inquiétudes, et combattait les
optimistes de 1789, en des jours plus heureux et
plus confiants, il partageait ses fables entre les deux
moralités que j'ai indiquées, la moralité privée et la
moralité politique, faisant dans l'une la leçon aux individus, comme s'il espérait les corriger, et faisant

[1] Liv. III, f. xx.

dans l'autre la leçon au gouvernement et à la société,
comme s'il espérait les réformer. Au fond, il se contentait,
en habile homme qu'il était, d'être applaudi, quand il
lisait ses fables à l'Académie, par les travers privés qu'il
critiquait et par les abus sociaux qu'il censurait. Il en
est et il en sera ainsi de tout temps. Les travers privés
et les abus sociaux consentent volontiers à leur confession ; ils ne résistent qu'à la pénitence et à la réforme.

Faut-il mettre le *Château de cartes* dans la classe
des fables qui ont une moralité privée ou de celles qui
ont une moralité politique? Les deux sens s'y rencontrent d'une manière ingénieuse.

Un bon mari, sa femme et deux jolis enfants
Coulaient en paix leurs jours dans le simple ermitage
Où, paisibles comme eux, vécurent leurs parents.
Ces époux, partageant les doux soins du ménage,
Cultivaient leur jardin, recueillaient leurs moissons,
Et le soir, dans l'été, soupant sous le feuillage,
    Dans l'hiver devant leurs tisons,
Ils prêchaient à leurs fils la vertu, la sagesse,
Leur parlaient du bonheur qu'ils procurent toujours;
Le père par un conte égayait ses discours,
    La mère par une caresse.
L'aîné de ces enfants, né grave, studieux,
    Lisait et méditait sans cesse ;
Le cadet, vif, léger, mais plein de gentillesse,
Sautait, riait toujours, ne se plaisait qu'aux jeux.
Un soir, selon l'usage, à côté de leur père,
Assis près d'une table où s'appuyait la mère,
L'aîné lisait *Rollin*; le cadet, peu soigneux
D'apprendre les hauts faits des Romains ou des Parthes,

Employait tout son art, toutes ses facultés,
A joindre, à soutenir par les quatre côtés
    Un fragile château de cartes;
  n'en respirait pas d'attention, de peur.
    Tout à coup voici le lecteur
Qui s'interrompt : Papa, dit-il, daigne m'instruire :
Pourquoi certains guerriers sont nommés conquérants,
    Et d'autres fondateurs d'empire :
    Ces deux noms sont-ils différents?
Le père méditait une réponse grave,
Lorsque son fils cadet, transporté de plaisir,
Après tant de travail, d'avoir pu parvenir
    A placer son second étage,
S'écrie : Il est fini! Son frère, murmurant,
Se fâche et d'un seul coup détruit son long ouvrage;
    Et voilà le cadet pleurant.
    — Mon fils, répond alors le père,
    Le fondateur, c'est votre frère,
    Et vous êtes le conquérant [1].

Les singes et le léopard, au contraire, me paraissent tout à fait appartenir à l'esprit du dix-huitième siècle, quand il frondait sans scrupule la hiérarchie sociale, critiquant les grands et se moquant volontiers des ministres. C'était le bon temps; on avait le plaisir de la démolition, l'espoir de la reconstruction en beau, et on n'avait encore ni l'appréhension ni l'embarras de loger en plein air.

Des singes dans un bois jouaient à la main chaude.
    Certaine guenon moricaude,
Assise gravement, tenait sur ses genoux
La tête de celui qui, courbant son échine,

Liv. II, f. XII.

Sur sa main recevait les coups.
On frappait fort, et puis devine!
Il ne devinait point : c'étaient alors des ris,
Des sauts, des gambades, des cris.
Attiré par le bruit du fond de sa tanière,
Un jeune léopard, prince assez débonnaire,
Se présente au milieu de nos singes joyeux.
Tout tremble à son aspect. « Continuez vos jeux.
Leur dit le léopard ; je n'en veux à personne ;
Rassurez-vous, j'ai l'âme bonne,
Et je viens même ici, comme particulier,
A vos plaisirs m'associer.
Jouons, je suis de la partie.
— Ah! monseigneur, quelle bonté!
Quoi! votre altesse veut, quittant sa dignité,
Descendre jusqu'à nous? — Oui, c'est ma fantaisie.
Mon altesse eut toujours de la philosophie
Et sait que tous les animaux
Sont égaux.
Jouons donc, mes amis, jouons, je vous en prie. »
Les singes enchantés crurent à ce discours,
Comme l'on y croira toujours.
Toute la troupe joviale
Se remet à jouer : l'un d'entre eux tend la main ;
Le léopard frappe, et soudain
On voit couler du sang sous la griffe royale.
Le singe cette fois devina qui frappait ;
Mais il s'en alla sans le dire.
Ses compagnons faisaient semblant de rire,
Et le léopard seul riait.
Bientôt chacun s'excuse et s'échappe à la hâte
En se disant entre les dents :
Ne jouons point avec les grands;
Le plus doux a toujours des griffes à la patte [1].

Florian, liv. III, f. 1re.

Le Pacha et le dervis, que je place parmi les fables
qui ont une intention philosophique, pourrait peut-être
aussi se placer, comme le *Château de cartes*, parmi celles
qui visent plutôt à corriger les hommes de leurs défauts
qu'à réformer la société. C'est une critique ingénieuse
de l'ambition.

Un Arabe, à Marseille, autrefois m'a conté
  Qu'un pacha turc dans sa patrie
Vint porter certain jour un coffret cacheté
 Au plus sage dervis qui fût en Arabie.
Ce coffret, lui dit-il, renferme des rubis,
  Des diamants d'un très-grand prix.
   C'est un présent que je veux faire
   A l'homme que tu jugeras
   Être le plus fou de la terre.
   Cherche bien : tu le trouveras.
Muni de son coffret, notre bon solitaire
S'en va courir le monde. Avait-il donc besoin
    D'aller loin?
L'embarras de choisir était sa grande affaire :
Des fous toujours plus fous venaient de toutes parts
   Se présenter à ses regards.
   Notre pauvre dépositaire
Pour l'offrir à chacun saisissait le coffret ;
   Mais un pressentiment secret
   Lui conseillait de n'en rien faire,
   L'assurant qu'il trouverait mieux.
   Errant ainsi de lieux en lieux,
   Embarrassé de son message,
   Enfin, après un long voyage
Notre homme et le coffret arrivent un matin
   Dans la ville de Constantin.

Il trouve tout le peuple en joie :
Que s'est-il donc passé? Rien, lui dit un iman;
C'est notre grand visir que le sultan envoie,
        Au moyen d'un lacet de soie,
        Porter au prophète un firman.
Le peuple rit toujours de ces sortes d'affaires,
        Et, comme ce sont des misères,
Notre empereur souvent lui donne ce plaisir.
— Souvent? — Oui. — C'est fort bien. Votre nouveau visir
Est-il nommé? — Sans doute, et le voilà qui passe.
Le devin, à ces mots, court, traverse la place,
Arrive et reconnaît le pacha son ami.
        Bon ! te voilà ! dit celui-ci ;
Et le coffret? — Seigneur, j'ai parcouru l'Asie ;
J'ai vu des fous parfaits, mais sans oser choisir.
        Aujourd'hui ma course est finie :
        Daignez l'accepter, grand visir [1].

J'ai recherché dans Florian la trace des deux moralités différentes auxquelles se rattachent ses fables et
celles des fabulistes du dix-huitième siècle. J'ai indiqué aussi dans Florian une autre inspiration qu'il
ne faut point non plus oublier, celle des regrets,
des désappointements qu'éprouvait le dix-huitième siècle, à mesure qu'il voyait que la Révolution ne répon-
dait pas à ses espérances. Je devrais maintenant faire
la même étude sur les autres fabulistes, et il ne me
serait pas difficile de retrouver, dans l'histoire de l'apologue, l'histoire de la littérature ou plutôt de la marche

───

[1] Liv. IV, fable vn.

des idées et des opinions en France de 1700 à 1800.
Mais, au lieu de cette étude. qui s'écarterait de mon
sujet à force de l'étendre, j'aime mieux faire une observation qui se rapporte aux réflexions que j'ai déjà
faites au commencement de cet ouvrage sur la nature
même et sur le but de l'apologue [1].

A voir l'allure nouvelle que prenait l'esprit du dix-
huitième siècle, on aurait pu croire que la fable ne
serait guère de mise dans ce siècle; car, d'une
part, l'esprit nouveau n'était rien moins que naïf, et
d'autre part il était assez hardi pour n'avoir pas besoin
de déguiser ses malices sous le voile de la fable. La
déclamation devait dispenser de l'apologue, s'il est
vrai que l'apologue ait été inventé pour faire entendre
les vérités qu'on n'ose pas dire. Y avait-il, en effet, au
dix-huitième siècle, une vérité qu'on n'osât pas dire?
La littérature avait alors l'effronterie de la vérité, si je
puis ainsi parler, au lieu d'en avoir l'embarras. Malgré
ces dispositions, qui semblaient contraires à l'apologue,
la fable, au dix-huitième siècle, ne fut pas moins cul-
tivée qu'au dix-septième, parce que, comme je l'ai déjà
dit, ce genre de littérature est naturel à l'esprit
humain, propre à toutes les sociétés et à tous les temps.
La fable, du reste, au dix-huitième siècle, eut le bon
goût de ne hausser ni baisser la voix; elle garda

---

[1] Voy. le 1er volume.

forme et son allure, prenant l'esprit nouveau, mais
l'exprimant à sa façon et continuant à plaire sous ses
anciens traits.

Florian, qui, comme les auteurs du dix-huitième
siècle, siècle plus critique que poétique, aime à donner
les règles du genre dans lequel il veut s'exercer, a défini d'une manière ingénieuse ce don qu'a la fable de
plaire dans tous les temps et tous les pays, par le
mélange de vérité et de fiction qui fait son charme.
Elle n'a pas été inventée par la nécessité pour servir de
passe-port à la vérité, que les tyrans et les peuples
irrités n'aiment pas à entendre; elle a été et elle est
un genre et une forme à part de l'enseignement moral.
C'est ce que Florian explique fort bien dans une très-
jolie fable qui sert de prologue à son recueil et dans
laquelle il donne à la fois le précepte et l'exemple.

LA FABLE ET LA VÉRITÉ

La Vérité toute nue
Sortit un jour de son puits.
Ses attraits par le temps étaient un peu détruits;
Jeunes et vieux fuyaient sa vue.
La pauvre Vérité restait là morfondue,
Sans trouver un asile où pouvoir habiter.
A ses yeux vient se présenter
La Fable richement vêtue,
Portant plumes et diamants,
La plupart faux, mais très-brillants.
Eh! vous voilà! bonjour, dit-elle;

Que faites-vous ici seule sur un chemin?
La Vérité répond : Vous le voyez, je gèle.
   Aux passants je demande en vain
   De me donner une retraite ;
Je leur fais peur à tous. Hélas! je le vois bien,
   Vieille femme n'obtient plus rien. —
   Vous êtes pourtant ma cadette,
   Dit la Fable, et, sans vanité,
   Partout je suis fort bien reçue.
   Mais aussi, dame Vérité,
   Pourquoi vous montrer toute nue?
Cela n'est pas adroit. Tenez, arrangeons-nous :
   Qu'un même intérêt nous rassemble ;
Venez sous mon manteau, nous marcherons ensemble:
   Chez le sage, à cause de vous,
   Je ne serai point rebutée ;
   A cause de moi, chez les fous
   Vous ne serez point maltraitée.
Servant par ce moyen chacun selon son goût,
Grâce à votre raison et grâce à ma folie,
   Vous verrez, ma sœur, que partout
   Nous passerons de compagnie [1].

---

[1] Florian, fable 1re.

VINGT-CINQUIÈME LEÇON

LE PÈRE DESBILLONS — L'ABBÉ AUBERT — LE BAILLY

―――

Si j'avais à choisir le meilleur fabuliste du dix-
huitième siècle après Florian, je choisirais le père
Desbillons, quoiqu'il ait écrit en latin, à l'exemple de
Faerne au seizième siècle, de Milton et du père Commire au dix-septième. Ne nous étonnons pas de la popularité de la fable latine même au dix-huitième siècle.
L'Université de Paris et les jésuites entretenaient encore dans le monde le goût de la langue latine. Grenan, Hersant, Coffin, Lebeau, le Père Porée avaient
des lecteurs dans la société. Le latin était même encore si peu discrédité, au commencement du dix-huitième siècle, que Leclerc, dans sa *Bibliothèque ancienne*, donne en latin un récit des événements de

la guerre de la Succession[1]. Ainsi le journal lui-même, c'est-à-dire la forme de littérature qui a le plus besoin de l'assentiment du public, ne dédaignait pas de parler latin. Le Père Jouvency, dans son traité *de Ratione docendi et discendi*, publié en 1692, veut que les écoliers s'exercent à parler latin[2]. Cependant, il recommande aussi l'étude de la langue nationale et veut que les élèves s'habituent, dans leurs conversations familières, à parler français avec correction et élégance[3]. Même adoucissement à la règle du latin dans l'Université. En effet, en 1713, Grenan, professeur de rhétorique au collége d'Harcourt, fait représenter par ses élèves une tragédie française, intitulée *Joas* et qui n'est autre que la tragédie d'*Athalie* où les rôles de femmes ont été changés en rôles d'hommes. Mais cette représentation est une hardiesse dont Grenan s'excuse : « Nous ne devons, dit-il, avoir d'autre but dans nos exercices que d'inspirer à ceux dont l'éducation nous est confiée, des sentiments également nobles et pieux, et j'ai cru que l'on me saurait gré de l'usage que je fais de l'*Athalie*

---

[1] Tome IV, année 1715, p. 284.

[2] In his omnibus (exercitationibus) nefas sit alium sermonem adhibere quam latinum. Éd. Barbou, 1778, p. 155.

[3] Quamvis præcipua magistrorum cura versari debeat in linguis latina et græca penitus cognoscendis, non negligenda tamen lingua vernacula .. Dabitur opera ut in privatis colloquiis et quotidiano congressu sermo adhibeatur quam minime barbarus. Ibid., p. 37-38.

de Racine, qui répond si dignement à ce dessein. Je
ne me flatte pourtant pas de trouver dans tous les
esprits une approbation générale. On ne secoue point
impunément le joug de la coutume, et je ne saurais
douter que cette nouveauté ne suscite bien des censeurs. Je crois avoir prévu toutes leurs objections, et
c'est pour y répondre que je me suis déterminé à faire
un prologue latin, où j'introduis d'abord deux personnages d'un caractère tout opposé : l'un, nommé Philo-
romée (ami du langage romain), homme chagrin, dur,
entêté de ses sentiments, partisan outré des anciens
usages jusqu'à en défendre les abus, crie, s'emporte
et fait autant de bruit que s'il s'agissait du renverse-
ment total des lois et de la discipline de l'Université ;
l'autre, appelé Eulalus (qui aime le bon langage), d'un
esprit paisible et doux, s'efforce de lui faire entendre
raison. Un troisième personnage, que j'appelle Chry-
sippe, survient dans le plus fort de la dispute. Il paraît d'abord prévenu contre moi ; mais il revient peu à
peu, à mesure qu'il apprend les raisons qui me justifient. Je le fais conclure à ma manière, sans prétendre pour cela que les Philoromées changent de
sentiment. Je ne leur en saurai même pas mauvais
gré[1]. »

Grenan s'excusant d'introduire la langue française

[1] *Selecta Carmina*, ou Recueil de poésies de plusieurs professeurs
de l'Université de Paris. — Avertissement de l'édition de 1713.

dans les exercices du collége, montre l'ascendant
qu'avait encore la langue latine. La fable latine, soit
en vers, soit en prose, profitait de cet ascendant.
C'était un des exercices les plus accrédités, chez les
jésuites surtout, et je trouve, dans un recueil de vers
latins faits par les élèves de rhétorique du collége Louis-
le-Grand, et publié en 1745 par le père Xavier de la
Sante, un livre entier de fables[1].

Comme la fable a plus besoin encore d'observation
que d'imagination, je n'ai pas été très-étonné de
trouver peu de sagesse pratique dans ces fables d'écoliers. Leurs moralités sont bonnes, mais un peu banales.
Ce qui m'a semblé le plus intéressant, c'est de lire,
au bas de ces fables, les noms de quelques-unes des
grandes familles de France, les Rohan, les de Bro-
glie, les Voyer d'Argenson, les Soubise, les Nicolaï,
et de rapprocher les exercices scolaires de ces jeunes
rhétoriciens de la vie qu'ils ont eue plus tard dans
le monde et dans l'histoire. Turgot fait une pièce
de vers latins élégants sur la paume[2]; Étienne de
Silhouette, qui fut pendant quelque temps contrô-
leur général des finances, qu'à son avénement Voltaire comparait à Colbert, et qui succomba, au bout
de huit mois, sous le mauvais état des finances et
l'impossibilité des réformes, de Silhouette fait une

---

[1] *Musæ rhetorices*. 2 vol, in-12, 1745.
[2] Tome Ier, p. 31.

fable du Singe et de l'Ane [1], dont la moralité est qu'on réussit mieux auprès des hommes en les amusant qu'en les servant.

Il ne faut pas chercher dans ces fables, faites au collége des jésuites, les traces de l'esprit philosophique du dix-huitième siècle; il s'y montre cependant çà et là, parce qu'il est impossible que le collége, si bien surveillé qu'il soit, reste toujours fermé aux idées et aux opinions du monde. N'est-ce point, par exemple, une fable empruntée à l'esprit du temps que celle de Bucéphale adoptant le fils d'un cheval de bagage et rejetant son propre fils dont il avait vu la lâcheté et la mollesse dans les combats? Et la fable finit par cette moralité toute philosophique : « Bonne leçon que Bucéphale donnait par là, que les fils qui n'ont point le mérite des pères ne doivent pas avoir leur rang ; que ceux qui sont nobles de race, sans l'être de cœur, doivent être rejetés dans les conditions inférieures de la société, ou tout au moins ne pas être honorés des dignités paternelles, puisqu'ils en déshonorent les vertus [2]. » Ce qui ajoute encore à la signification philosophique de cette fable, c'est qu'elle

---

[1] Tome II, p. 152.

[2] Non unum inter homines edocens patrem, degeneres filios e paterno esse dejiciendos gradu, nobiles genere, animo ignobiles, conditioni addicendos vili et ignobili, aut certe paternis non decorandos dignitatibus, qui paternas virtutes dedecorant. (Tome II, p. 186.)

est signée d'un nom tout roturier, Pierre Nicolas [1].

Je n'ai cité ces fables de collége que pour faire comprendre qu'il n'y a rien d'extraordinaire que le Père Desbillons se soit avisé, en plein dix-huitième siècle, de

[1] Le rôle que Bucéphale joue dans la fable du rhétoricien Nicolas me rappelle celui que lui fait jouer aussi un fabuliste du commencement du dix-huitième siècle, Lebrun, dont je n'ai pas parlé. *Alexandre et Bucéphale* est à peu près la seule fable un peu piquante que j'aie trouvée dans son recueil :

ALEXANDRE ET BUCÉPHALE

Êtes-vous fils de Jupiter ?
Disait Bucéphale à son maître,
Si l'on en croit Antipater,
Cela n'est point et ne peut être.
Comment le prouvez-vous ? Si c'est la vérité,
Le ciel est votre patrimoine ;
Mais j'ai peine à le croire, et dans la Macédoine
Ce titre vous est contesté.
On doute que votre origine
Soit manifestement divine.
Mes services, mon zèle et ma sincérité
Autorisent la liberté
Qu'avec vous, seigneur, j'ose prendre.
Excusez ma témérité.
— Qui peut douter, répondit Alexandre,
Du sang dont je prétends descendre ?
Ma mère a déclaré qu'Ammon, épris d'amour,
Promettant à leur fils une gloire immortelle,
Entre ses bras reçu, m'avait donné le jour.
Eh ! qui peut mieux le savoir qu'elle ?
Le cheval repartit : Mon incrédulité
Ne se rend pas : il faut une preuve plus sûre ;
J'en doute encore plus que je n'en ai douté,
Quoique Olympias vous l'assure.
Qui d'un crime fait vanité
Est capable d'une imposture.

(*Fables de Lebrun*, 1722, p. 56)

se faire poëte latin et de composer des fables latines.
Élevé chez les jésuites, au collége de Bourges, reçu
dans la Société dès l'âge de seize ans, et chargé d'enseigner la rhétorique à Nevers, à Caen, à la Flèche, le
père Desbillons appartenait, par sa vie et par ses goûts,
au collége plutôt qu'au monde, au latin plutôt qu'au
français; il lui semblait donc tout naturel, ayant beaucoup de goût pour la littérature, d'être un littérateur
latin. Dans cette langue seulement, il a tout son
mérite. Quand il écrit en français, son style est gêné et
pénible; en latin il est élégant et vif, tant il s'était
formé par l'étude à l'imitation des bons modèles et
surtout de Térence et de Phèdre, ses deux auteurs
favoris. Quoique très-bon professeur, il n'enseigna pas
longtemps, ayant obtenu de bonne heure de ses supérieurs la permission de quitter l'enseignement pour se
consacrer tout entier aux lettres latines. Quand vint la
dissolution des jésuites, le Père Desbillons ne quitta
pas Paris, qu'il aimait beaucoup à cause de ses grandes
bibliothèques. Mais bientôt le parlement exigea des
jésuites restés en France un serment que le Père Desbillons ne crut pas devoir prêter. Les serments religieux ou politiques sont une sorte de torture appliquée
aux honnêtes gens, et qui a cela de curieux qu'il faut
que les honnêtes gens aident par leurs scrupules à se
la donner. Le Père Desbillons quitta la France et se
réfugia à Manheim, où l'électeur de Bavière lui offrit

une retraite honorable. C'est là qu'il mourut en 1781,
homme simple et bon, qui, avec la sévérité de mœurs
convenable à son état, avait quelque chose de la facilité
d'humeur et du charme d'imagination de la Fontaine;
malheureux de ne pouvoir pas faire sentir ce charme
à un plus grand nombre de lecteurs et de ne plaire
qu'aux amis des lettres latines; malheureux aussi de
vivre dans un siècle où, dès 1764 pour les Jésuites,
la paix de la vie privée était troublée par les événements publics : troubles pénibles et cruéls pour les
hommes qui, comme Desbillons, avaient le droit de
croire qu'ils avaient pourvu pour toujours à leur tran-
quillité, en se tenant à l'écart du monde et en ne parlant pas même sa langue.

Je ne veux pas faire une analyse détaillée des fables
du Père Desbillons. J'en citerai seulement quelques-
unes pour indiquer quel en est l'esprit général.

La morale des fables du Père Desbillons appartient
à la morale du dix-septième siècle, c'est-à-dire à celle
qui s'adresse à l'individu plutôt qu'à la société. Cependant l'esprit du dix-huitième siècle a aussi sa
part dans le Père Desbillons. Les grands y sont parfois censurés : c'était la manie du temps, et il faut
avouer que les grands, au dix-huitième siècle, ne
s'inquiétaient pas beaucoup de donner prise à la
censure. Les grands, dans le Père Desbillons, sont
surtout censurés comme hommes : il blâme leurs vices

plutôt que leurs priviléges. Sans doute beaucoup de
leurs travers tiennent à leur condition ; leur faute est
de ne pas songer à les surveiller ou à les réformer.
Par là ils tombent comme hommes sous la juridiction
de la satire ou de la fable, plutôt encore que de
la déclamation politique qui n'est pas du goût du
fabuliste jésuite. Voyez la fable de *la Grenouille*, *la
Couleuvre*, *la Cigogne et le Lézard*[1]. « Une grenouille
avait pour ennemie mortelle une couleuvre, qui la

Voici la fable latine pour ceux qui aiment les vers latins.

Ab hoste Colubro Rana perniciem sibi
Valde timebat, quippe quæ ter aut quater
Experta jam esset persequentis impetum,
Suaque magna diligentia necem
Vix effugisset. At Ciconia interim
Prædonem in udo dormientem pratulo
Videt, simulque præpes illuc devolat ;
Ipsumque curvis unguibus violens petit,
Et premit, et obluctantem adunco saucians
Rostro coercet, et discerpit, et vorat.
E litore lacus proximi Rana adspicit
Omnia, suique causa rem peragi putans,
Prædæ vorantem reliquias Ciconiam
Adire properat, gratias ut protinus
Victrice dignas, et beneficio pares
Persolvat, ipsique in clientelam ac fidem
Se conferat. Dum levibus autem saltibus
Iter institutum conficit, forte obviam
Habet Lacertam ; cui suum, quo pergeret
Interroganti, sponte consilium explicat.
At illa rerum improvidam sic admonet :
Bene tibi quod voluisse credis hanc avem
Magnam et potentem, falleris multum, ô soror :
Namque, fruerere luce hac communi, an secus,
Ea plane, opinor, nesciit, nedum tuas
In animo haberet vindicare injurias,
Tuamque vitam protegere. Verum unice
Id expetebat, scilicet prædam sibi

poursuivait partout; elle ne lui échappait qu'à grand
peine. Un jour, la méchante couleuvre dormait dans
un pré au soleil. Une cigogne l'aperçoit, fond sur
elle, la saisit dans ses serres et la mange. La pauvre
grenouille, qui avait tout vu des bords de son marais,
s'applaudit de la mort de son ennemie et croit que la
cigogne n'a tué la couleuvre que pour la délivrer elle-
même. Elle se met donc en route pour aller remercier
sa libératrice, quand, passant près d'un lézard, celui-ci
lui demande où elle va d'un air si joyeux? « Remercier,
répond-elle, la cigogne qui m'a sauvée.—Vous êtes folle,
ma sœur, dit le lézard, de croire que la cigogne a voulu
vous défendre; elle ne sait même pas si vous existez,
loin de songer à vous sauver la vie. Elle cherchait une
proie pour apaiser sa faim; elle a trouvé la couleuvre,
elle l'a prise, et, si elle ne l'avait pas trouvée, c'est
vous ou moi peut-être qu'elle aurait mangée. » A ces
mots, la grenouille s'enfuit et se cache dans son marais.
« Cette fable nous fait voir, dit le père Deshillons,

Occurrere aliquam, explere qua posset famem.
Quod si ista, quam nunc strenue depascitur,
Inventa non fuisset, heu! dubio procul
Famelica meum se ad genus, vel ad tuum
Vertisset, atque nos etiam ambas forsitan
Admittere dignata esset ingluviem in suam.
Lacerta vix finierat, extensis tremens
Repente Rana cruribus se sustulit;
Nec subsilire destitit, donec lacum
Attigit, et imo se recondidit vado.

Fabula potentes indicat, quos, infimis
Si forte prosint, sola sua utilitas monet.

(Deshillons, liv. VI, fable xxvi.)

que les grands, lorsque par hasard ils rendent service
aux petits, ne sont poussés que par leur propre intérêt. »

La fable est d'un misanthrope peut-être ; elle n'est
pas d'un réformateur public. J'en dirai autant d'une
autre fable qui exprime à peu près la même pensée :
la Biche et le bœuf[1]. « Une biche allait partout vantant

---

¹

CERVA ET BOS

Per viride pratum Cerva cum erraret, Bovem
Adspexit herbis reficientem se novis :
Accedit, et sic alloqui prior incipit :
Nihil audisti de facinore nobili
Leonis, hic qui regnat in vicinia,
Et montis ad radicem in exeso specu
Solet habitare ? Laudes ejus inclytas
Omnia etiamnunc resonant, et quotidie
Ingens ad ipsum, gratulandi gratia,
Undique caterva belluarum confluit.
Cumque generosum prædico, sciens loquor ;
Rei omnis actæ magna nempe pars fui.
Nam sola nuper, proximo in saltu, famem
Sedare dum quæro apicibus tenerrimis
Ramusculorum, noster accurrit Leo
Repente et inscienti se mihi objicit,
Clausæque densis hinc et hinc arbusculis ;
Et ipse spatium callis augusti occupans,
Præcludit omnem prorsus effugio viam.
Cohorrui, et (quod supererat) misera accidi
Regis famelici ad pedes, genibus minor.
At ille motus misericordia gulam
Compescuit, suæque victor indolis,
Incolumem abire me permisit ; et loco
Cessit, tremendo ne ejus ex præsentia
Frigidus inertem detineret me pavor.

la belle action d'un lion, roi de la forêt voisine. Ce lion
l'avait rencontrée dans un endroit où elle ne pouvait
pas s'échapper, et, touché de ses prières, il l'avait
épargnée.« Quelle générosité, disait-elle, quelle grandeur d'âme ! » Comme elle contait cela à un bœuf,
celui-ci se mit à ruminer, puis lui dit : « Tu crois que
le lion avait faim quand il t'a rencontrée, et qu'il t'a
épargnée par clémence. Peut-être était-il bien repu ;
peut-être aussi t'a-t-il trouvée trop maigre. J'ai de la

Bos ruminatur omnia hæc, et sensibus
Reponit imis, et re ad extremum satis
Considerata : Se tibi Leo obtulit
Inopinanter, ais, et quidem famelicus,
Ut reris ; at ego verius forsan putem
Saturum fuisse ; et (pace cum tua bona
Dictum, oro, fuerit) visa tu forsan quoque
Macra nimis esca, nec satis tam nobile
Tergere palatum digna. Sed ne pertinax
Tibi esse videar, esto, siccis faucibus
Venerit, abierit ; teque cum dimitteret
Incolumem, sanctis legibus clementiæ
Sit obsecutus : at nec idcirco tamen
Descendere cogar in tuam sententiam,
Neque recta ratio credere unquam me sinet,
Ita esse penitus mutatam ejus indolem,
Ut sine periclo a ceteris animantibus
Deinceps adiri possit. Immo hæc omnium,
Quam dicis, exorta undique admiratio,
Quod te innocentem non voraverit Leo,
Vesci innocentum carnibus solitum probat.

Fabella multos ad potentes pertinet,
Qui calamitosum in vulgus aliquando suam
Crudelitatem adhibere si neglexerint,
Humanitatis laudem apud stultos ferunt.

(Desbillons, livre VIIe, fable Ire.)

peine à croire qu'il ait changé de caractère pour toi
seule et que nous puissions désormais, sur ta parole,
l'aborder sans effroi et sans péril. Tout le monde
l'admire, dis-tu, de ne pas t'avoir dévorée, pauvre
innocente; l'admirerait-on ainsi, si ce n'était pas son
habitude de se repaître de la chair des innocents? »
« Cette fable, dit Desbillons, s'applique aux grands dont
les sots célèbrent l'humanité, lorsque par hasard ils
ont laissé échapper une occasion d'exercer leur cruauté
envers leurs inférieurs. »

Desbillons n'est donc pas disposé à voir les grands du
beau côté ; mais ce qui fait la différence de ses moralités avec celles du dix-huitième siècle, c'est qu'il
n'oppose pas l'égalité populaire à la grandeur seigneu-
riale comme le remède au mal. Les vices, les défauts,
les duretés, l'égoïsme des petits ne lui semblent pas
moins mauvais que ceux des grands. Il voit le mal en
bas comme en haut et ne croit pas que ce soit réformer l'humanité que de la bouleverser ou de la niveler.
Ce n'est pas lui qui eût jamais fait la fable de l'abbé
Aubert, intitulée *la Main droite et la main gauche*,
où il oppose le tiers-état, qui est la main gauche, à
la noblesse, qui est la main droite, d'une façon aussi
dure et aussi révolutionnaire que le fera en 89 l'abbé
Sieyès dans sa brochure du *Tiers-État.*

L'abbé Aubert n'est pourtant pas non plus de l'école
des philosophes du dix-huitième siècle; il les attaque

même souvent, quoiqu'il loue Voltaire afin de se ménager un appui dans le monde littéraire. Il préfère hautement l'obéissance à la liberté, et il dit dans la moralité d'une de ses fables :

> L'indépendance a beau vous plaire,
> O peuples! vrais moutons pour la stupidité,
> L'obéissance importe à votre sûreté.
> Sachez donc être heureux sous un joug nécessaire,
> Moins à craindre pour vous que n'est la liberté[1].

Tout cela n'empêche pas que sa fable de *la Main gauche et la main droite* ne soit un manifeste de la roture contre la noblesse. L'allégorie ne me semble pas juste, et je ne comprends pas bien comment la main droite, qui est ordinairement la main qui travaille avec l'outil et qui écrit avec la plume, représente seulement la noblesse qui combat avec l'épée, tandis que la main gauche représente le tiers-état et les arts utiles. Mais, malgré la maladresse de l'allégorie, l'intention est évidente.

LA MAIN DROITE ET LA MAIN GAUCHE

> Mille besoins pressants assiègent les humains[1];
> Pour les soulager mieux, l'homme a reçu deux mains;
> Mais dans le champ de Mars, fière de le défendre,
> La main droite, dit-on, dès le commencement,

---

[1] Tome 1er, p. 89

Osa refuser hautement
Les services communs qu'elle devait lui rendre.
Bien qu'elle tînt au corps, le corps n'en recevait
Le manger ni le boire ; il avait beau prétendre,
    La dame se tranquillisait.
Elle eût cru déroger en nourrissant son père :
    La main gauche était roturière,
    Et cet emploi la regardait.
  Ainsi, du moins, la droite raisonnait :
Je protége vos jours et vos biens à la guerre ;
    N'est-ce pas faire assez pour vous !
Je porte aux ennemis les plus terribles coups ;
Je dirige le fer, la fronde et la massue ;
Et, quand j'ai satisfait à des devoirs si beaux,
    Pour vaquer aux plus vils travaux
    Vous voulez que je me remue !
— Vante un peu moins ton pénible secours,
Dit l'homme ; ta compagne aide mieux ma faiblesse.
Je n'ai point d'ennemis qui m'attaquent sans cesse,
    Au lieu que j'ai faim tous les jours.
    Les mets que ta sœur me présente
    Rendent la vie à tous mes sens.
Elle engraisse d'autant, et sa force en augmente.
    Tu dédaignes ces aliments:
    Sans eux tu serais languissante..
L'art de se battre est noble, on ne sait pas pourquoi ;
J'estime bien mieux l'art d'éviter la disette.
    Mourir de faim est, selon moi,
    La roture la plus complète.

La fable n'est pas bonne ; mais, encore un coup, elle est révolutionnaire. Elle oppose le tiers-état, qui nourrit la société, à la noblesse, qui la défend ; elle sème la division et la haine entre les différents ordres de

l'État. A Dieu ne plaise que je fasse de l'honnête abbé
Aubert, professeur au Collége de France, très-attaché
à la royauté et à la famille royale, ennemi des philosophes, traité par eux en ennemi, et dont Grimm,
dans sa correspondance, parle avec beaucoup de
dédain, à Dieu ne plaise que j'en fasse un précurseur
des Jacobins ! Ce serait un paradoxe à propos d'un inconnu, ce qui est la pire espèce de paradoxe ; je veux
seulement montrer, par la fable de l'abbé Aubert,
l'ascendant singulier que l'esprit du temps exerçait
même sur ceux qui le combattaient.

Le père Desbillons ne tombe jamais dans des fautes
de ce genre, non qu'il soit conservateur plus outré
de l'ordre établi que l'abbé Aubert ; mais il est, comme
fabuliste et comme moraliste, d'une meilleure école, et
il songe à la réforme des individus plutôt qu'à celle
de la société. Partout, dans ses fables, l'individu est
en jeu avec ses vices, ses travers, ses ridicules, que
Desbillons critique doucement et sans aigreur, à l'aide
de la fable, sans s'inquiéter de la différence des conditions, sans mettre toujours, par exemple, les vertus dans
le peuple et les vices à la cour, comme on aimait à le
faire au dix-huitième siècle. Desbillons distribue équita-
blement les vertus et les vices entre toutes les classes
de la société, parce que partout il voit l'homme et non
le grand seigneur ou le roturier, le magistrat ou le
paysan. Voici un ânier qui a chargé son âne autant qu'il

pouvait le charger. Ils traversaient, l'âne et lui, un terrain plein de broussailles. « Si je coupais ici quelques fagots, dit l'homme, ils pourraient m'être utiles au besoin, et, pour toi, mon âne, ce ne serait pas un grand surcroît de fardeau. » Il s'arrête, coupe le bois, le met en fagot et le charge sur son âne. Voilà l'âne qui a déjà plus de poids qu'il n'en faut ; cependant il marche encore assez lestement. « Bon, dit le maître, la charge n'est pas trop forte, et elle pourrait encore augmenter un peu sans rien risquer. » Disant cela, il aperçoit sur la route un monceau de pierres, et dans ce monceau deux belles pierres qui pourraient lui servir, s'il avait à bâtir. « Je serais bien fou de manquer cette occasion, et, puisque je puis avec la main soulever ces deux pierres, le fardeau de ma bête n'en sera pas beaucoup plus lourd. » Le pauvre âne ne peut presque plus supporter sa charge ; il fait un dernier effort cependant, et marche sous le faix. « Quel bon âne j'ai là, dit le paysan, et comme il résiste à la fatigue ! » Las lui-même de la chaleur, il ôte son habit et le met sur son âne. Ce surcroît de charge accable le baudet, qui tombe pour ne plus se relever, et le paysan de dire[1] : « Maudite bête, qui

---

[1] Sua gravatum sarcina, quantum satis
Debebat esse, agebat asinum Rusticus.
Cum carperet iter per fruticosum locum :
Ni sum falsus, ait, hinc prope adstant en mihi
Virgulta, vario quæ esse possint usui.
Nam illa certe faciunt ad cupidinem;

crève pour si peu ! » Oui, mais ce peu s'ajoutait à beaucoup. Desbillons eût pu appliquer sa fable aux princes
qui oppriment longtemps leurs sujets impunément :
une dernière mesure, et souvent la moins grave de

Decerpere igitur esse operæ pretium puto.
Ohe ! resiste, barde : id oneris additum
Feres, nec, opinor, magno incommodo tuo.
Resistit ille. Nec mora, imprudens herus
Virgulta cœdit, mundat, aptat, colligat,
Pondusque justo ponderi adjiciens novum,
Plus ratio quam sinat, Asini dorsum premit.
At sic tamen cum progredi viam videns
Satis expedito incessu, sarcinam putat
Non esse tantam, major ut aliquantulo
Non illa fieri sine periculo queat.
Lapidum ergo forte cum strues occurreret
Juxta viam seposita, et ex illis duos
Videret, qui placerent sibi præ ceteris :
Stulte facerem, ait, si, quod objecit mihi
Fortuna tam benigna, negligerem bonum.
Atque duo lapides, facile quos tollit manus,
Quantillum est oneris? Ilos et, aselle mi, feres.
Officium vires prope recusant; fert tamen
Pecus misella; colligit etiam breves
Sui vigoris reliquias, et exerit,
Ita ut miretur gaudeatque Rusticus,
Asinum sibi esse talem, quem nullus labor
Debilitet; cumque gravior nudum incedere
Suaderet æstus, detrahit vestem sibi
Et cœteris quoque impedimentis eam
Non dubitat super ingerere; nil dum suspicans
Quanto prope esset bajulus infelix malo,
Ut conficeretur denique. Enimvero in via
Grave offendiculum cum fefellisset pedem
Simul cadit, et sarcina oppressus perit.

Qui minimus, sæpe summus est mali gradus.

(Desbillons, liv. II, fable XIIe.)

toutes, amène la révolte. Se révolter pour si peu ! Oui,
mais ce peu s'ajoutait à beaucoup : c'est la dernière
goutte qui fait déborder le vase. Un déclamateur du
dix-huitième siècle n'eût pas manqué de faire la leçon
aux rois. Desbillons se contente de l'exemple de son
paysan : profite de la fable qui voudra.

Le Buisson et la Brebis, autre occasion de gourman-
der les grands et les puissants, et manquée encore à
dessein par Desbillons. « Il allait pleuvoir ; le Buisson
dit à la Brebis : « Ne vois-tu pas l'orage qui s'approche?
que tardes-tu? viens promptement te réfugier dans mon
sein. » La Brebis, incapable de défiance, va se cacher
entre les bras épineux du Buisson. Elle évita la pluie,
mais elle paya cher cet avantage : elle ne put se tirer
des bras avides de son hôte qu'en y laissant une grande
partie de sa toison. Cette fable s'applique aux protec-
teurs intéressés [1]. »

[1] Pluvia imminebat; sic hortatus est Ovem
Rubus : Procellam non vides? quid restitas?
Huc recipe te celeriter in meos sinus,
Tua ne tam nitida permadescant vellera.
Diffidere cuiquam nescia bidens paruit :
Utque Rubi densis protegeretur frondibus,
Spinosa se hujus brachia inter condidit.
Pluviam quidem vitavit ; at beneficium
Hospitis avari pretio magno constitit,
Abire nullo quippe jam potuit modo
Quin lanæ id omne, quod fuisset ab improbis
Semel apprehensum brachiis, relinqueret.

Fabula rapaces ad patronos pertinet.

(Desbillons, livre X, fable xiie.)

Ailleurs, dans la fable du *Chien et du Maître*, Desbillons blâme les faux bienfaiteurs et les faux philan-
thropes. « Un chien courageux, fidèle et vigilant, défendait la maison de son maître contre toute sorte de
voleurs : aussi son maître lui prodiguait sans cesse les
éloges ; il le flattait et le caressait chaque fois qu'il le
rencontrait, mais il ne lui donnait à manger que d'une
main avare. Le pauvre gardien réclame et dit à son
maître qu'il ne se nourrit pas de caresses ; que les
louanges ne l'empêchent pas de maigrir ; qu'il peut se
passer de toutes ces douceurs ; il demande seulement
qu'on lui donne quelque chose de solide pour apaiser
sa faim. Le maître rit de ses justes plaintes, redouble
de caresses pour le pauvre affamé et lui prodigue sa bienveillance stérile, sans lui donner un morceau de plus.
— Riches, donnez au pauvre ce dont il a besoin ; ce n'est
pas lui donner que lui donner ce qui lui est inutile [1]. »

Ainsi les vices et les défauts de chacun de nous, et

---

[1] Acer, fidelis, strenuus, herilem domum
Bene tutam ab omni fure præstabat Canis.
Quapropter ipsi maximas laudes Herus
Tribuebat ultro, et occurrenti sæpius
Palpationes et blanditias affatim
Impertiebat ; at cibos dabat manu
Parcissima. Ergo clamitat custos miser,
Et objicit Hero : Non se blanditiis ali,
Neque recreari laudibus corpus macrum ;
Ilis se carere posse ; tribueret modo
Solidius aliquid, quo repelleret famem ;
Nil se obstiturum, cœtera quin omitteret.

parmi ces vices et ces défauts ceux qui étaient surtout
à la mode du temps de Desbillons, la fausse philanthropie et la fausse sensibilité, voilà le sujet de ses
fables; car cet homme, qui vivait au milieu de ses
livres, était presque aussi bon observateur du monde
que la Fontaine lui-même, qui semblait vivre au milieu
de ses rêves. Ils avaient tous deux le don de voir
sans paraître regarder.

Avec le goût qu'avait Desbillons pour ne représenter
dans ses fables que les sentiments bons ou mauvais qui
appartiennent à tous les hommes, il a traité, comme l'a
fait la Fontaine, les grands lieux communs de l'humanité,
l'instabilité de la vie, l'égalité de la mort, la vanité de
tout ce qui est le monde et la terre, la faiblesse originelle de l'homme; seulement il les a traités en latin,
ce qui ôte la popularité. Souvent il trouve pour les exprimer des allégories ingénieuses et poétiques. De ce
côté, le Père Desbillons semble, comme la plupart des
fabulistes du dix-huitième siècle, faire grand cas de
l'invention. Je veux bien lui tenir compte du mérite
des allégories qu'il invente; leur seul tort est d'être

Justos at ille questus elusit jocans,
Famelicoque blandiens multo magis
Quam prius, inanem effudit benevolentiam,
Victumque nihilo liberalius dedit.

Largire, dives, pauperi quibus indiget :
Non es benignus, si das quæ nihil hunc juvant.

(Desbillons, livre VII, fable v.)

parfois un peu subtiles. C'est le défaut que je trouve
à l'allégorie qui fait le fond de la fable intitulée : *la
Goutte d'eau, la Mer et l'Huître*. « Une goutte d'eau
qui tombait du haut des airs dans le vaste sein de
l'Océan se disait : Hélas! petite comme je suis, à quoi
puis-je servir dans ce gouffre immense, où le premier
flot venu va m'engloutir et m'anéantir à jamais? —
Tandis qu'elle s'humilie elle-même, elle rencontre dans
sa chute une huître béante, qui la reçoit et la cache au
fond de son écaille; elle s'y durcit, et de goutte d'eau
devient une perle digne d'orner la couronne d'un monarque. Dieu élève ceux qui s'humilient[1]. »

Je ne reproche pas au Père Desbillons de louer l'humilité et d'en montrer la récompense; mais quelle allégorie
singulière et subtile, quoiqu'elle ait pourtant, dans sa singularité même, quelque chose de poétique! J'ajoute que

---

[1] Cum tenuis alto Gutta cadens ab æthere
Vastos devolveretur in Ponti sinus :
Heu! tantula, inquit, tanto quid voragini
Prodesse possum, primo fluctu scilicet
Exhaurienda, et interitura funditus?
Dum sic misella deprimit sortem suam,
Patulo dehiscens ore summis Ostreum
Emergit undis, hancque delapsam excipit,
Penitus recondit, induratam perficit.
Quæ Gutta fuerat extitit demum unio,
Ac deinde honoris illud ad fastigium
Evectus est, ut regis ornaret caput.

Qui se fatentur humiles, extollit Deus.

(Desbillons, livre IX, fable xii.

l'humilité, toute précieuse qu'elle est parmi les vertus
chrétiennes, est, si je l'ose dire, une vertu d'élite et dont
l'éloge, par cela même, convient moins à la fable. La
morale de la fable peut s'élever très-haut, et la Fontaine
l'a montré quelquefois ; elle doit pourtant rester ordinairement dans le cercle des qualités humaines. Les
vertus qui viennent de plus haut et qui visent plus haut
ne sont guère de mise dans la fable, ni pour le récit, ni
pour la moralité.

Le théologien se montre parfois dans les fables de
Desbillons, et ces fables quasi-théologiques ne sont
pas les moins bonnes ; elles ont seulement quelque
chose d'étrange. La fable semble, pour ainsi dire,
embarrassée d'avoir à exprimer des idées de ce
genre. L'allégorie est ingénieuse, élégante ; mais elle
est bizarre, et surtout la vérité qu'elle enveloppe est
supérieure aux vérités ordinaires de la fable. De là
une sorte de gêne, non pour l'auteur, qui, fabuliste
et théologien, se trouve tout à fait à son aise en mêlant la théologie à la fable, mais pour le lecteur,
que ce mélange déconcerte, parce qu'il ne s'y attendait
pas. Nous attendons-nous, par exemple, à rencontrer
la doctrine de la grâce dans la fable des *Deux Apodes*?
Les apodes sont des oiseaux dont les pieds sont si petits qu'ils peuvent à peine marcher quand ils se posent
à terre, et que, pour reprendre leur vol, ils ont besoin
que le vent les soulève. Deux apodes voyageant de com-

pagnie voient dans un champ une nourriture qui les
tente fort. Ils voudraient descendre ; mais, une fois
posés à terre, comment pourront-ils s'envoler de nouveau ? Ils hésitent, ils cèdent enfin, et les voilà à terre
se repaissant à loisir. Après avoir mangé, ils regardent
aux quatre coins de l'horizon pour voir s'il ne viendra
pas quelque vent favorable qui les soulève. Rien : l'air
est partout d'un calme désespérant. Bientôt vient le
sommeil. Des deux voyageurs, l'un s'endort, l'autre
veille. Celui qui veille est récompensé : un vent léger
vient le soulever, et il reprend son vol. L'autre reste
à terre, pesant et immobile, attendant du hasard
quelque chance heureuse. Voilà la fable en abrégé ; que
signifie-t-elle ? « Cette fable, dit Desbillons, nous apprend,
pauvres mortels qui ne sommes que faiblesse, misère et
infirmité, avec quelle vigilance nous devons attendre les
secours divins, sans lesquels nous ne pouvons rien faire
de bien[1]. » La fable est bonne, l'allégorie ingénieuse ; mais je ne croyais pas rencontrer une expression si vive et si forte de la doctrine de la grâce dans
un fabuliste et dans un jésuite.

La meilleure de ces fables quasi-théologiques, et je
dirai même la meilleure des fables de Desbillons, est

---

[1] Hac edocemur fabula, quotquot sumus
Infirmi, egentes ac miselli homunculi,
Divina, sine quis facere nil boni licet,
Auxilia qualem diligentiam expetant.

(Livre VII, fable xxvii).

le Moucheron, parce que la vérité qu'elle met en action
est plutôt religieuse et philosophique que théologique,
et qu'elle a ce sens général qui convient à tout le
monde.

« Un moucheron, né de la lie d'un tonneau mis à sec,
volait d'une aile légère et parcourait le vide immense :
c'est ainsi qu'il appelait l'espace dans lequel il errait
au gré de son caprice. Bientôt il arrive à l'ouverture du robinet; il s'arrête, saisi d'étonnement et de
crainte : C'est, dit-il, l'entrée d'un gouffre large et profond ; que dois-je en penser? Ne m'a-t-on point dressé là
quelque piége? Je sens cependant l'impression d'une
douce lumière qui m'est aussi agréable qu'elle m'est
nouvelle. Allons, je veux tenter l'aventure. Il dit, et
s'avance hardiment. Mais, lorsqu'il est parvenu, tantôt
en volant, tantôt en rampant, jusqu'à l'extrémité du
canal : Où suis-je? s'écrie-t-il; quel nouveau monde
se développe devant moi? quelle immense étendue! et
que ce tonneau me semble petit comparé à ce que je
vois! Il entre aussitôt dans la cave et s'empresse de
la parcourir d'un bout à l'autre. Il rencontre un sou-
pirail, il s'y jette avec intrépidité, et le voilà dehors.
C'est ici que son étonnement redouble ; il est dans
l'admiration, dans l'extase. Cette cave, si vaste il n'y a
qu'un moment, ne lui semble plus qu'un point lorsqu'il
contemple l'immensité de l'univers. — Pauvres hommes! rien n'est grand des choses que vous croyez

grandes. Attendez, et vous saurez bientôt combien elles sont petites[1].

La vérité qu'enveloppe ici l'allégorie a bien encore quelque chose de théologique, puisque c'est une vérité qui dépasse le monde; mais elle tient aussi à ce monde, car cette vie a des grandeurs d'ordre différent, et ces grandeurs se surpassent progressivement les unes les autres, jusqu'à ce qu'elles soient toutes effacées par la

[1] E fœce vacui cum esset exortus cadi
Culex, volare cœpit et penna levi
Lustrare magnum inane : sic enim locum
Esse hunc vocandum credit, intra quem vago
Fertur volatu. Sed mox, ut foraminis
Exigui ad oram leniter sese appulit,
Resistit : Ecquod, inquit, attonitus metu,
Patulæ, profundæ ostium voraginis
Hoc esse dixerim ? Insidias hic suspicer
Aliquas latere : dulce nescio quid tamen
Insueta blandi spirat aura luminis.
Tentanda dubio est in periculo via.
Simul intrat audax; at canalem ut ultimum,
Partim volando, partim rependo, attigit
O ! clamat, ubi sum? se mihi explicat novi
Quam vasta mundi species! Iste quam cadus
Finiri angustis jam videtur terminis !
Cellam ergo volitans protinus vinariam
Pervadere omnem gestit ; cum vero sibi
Unum videret ejus ex spiraculis
Patescere, subit impavidus et se foras
Erumpit. Ipsum hic nova, subita, totum capit
At maxima, at incredibilis admiratio ;
Jamque aspernatur cellæ magnitudinem,
Dum spatia vasta, immensa spectat ætheris.

Non magna, mi homo, sunt, quæ tu magna judicas.
Exspecta ; minima mox videbuntur tibi.
                                        (Livre VI, fab'e 1re).

grandeur de l'autre vie. Il y a donc une portion de
cette vérité qui est applicable en ce monde-ci, et
l'autre portion, celle qui s'accomplit dans le ciel, fait
l'espoir et la consolation de l'homme ici-bas. Mais je
préfère la fable du *Moucheron* entre toutes, à cause
surtout de la vraisemblance et de la justesse de l'allégorie. Nous n'avons plus affaire à une goutte d'eau
qui est humble et qui est récompensée de son humilité, ou à ces oiseaux presque sans pieds qu'une
histoire naturelle suspecte a prêtés à une allégorie
subtile ; nous avons affaire à un moucheron novice
qui s'étonne de tout, admire tout et à qui, comme
aux enfants et aux jeunes gens, tout paraît succes-
sivement grand et petit. Le personnage est vraisemblable, et nous pouvons nous y intéresser, car
nous avons tous été ce moucheron et nous sommes
tous appelés à l'être, c'est-à-dire à connaître, au delà
de la mort, des grandeurs et des durées qui nous feront
prendre en pitié toutes celles que nous aurons con-
nues.

J'ai déjà parlé de l'abbé Aubert ; il serait, je pense,
fort étonné, s'il voyait que, comme fabuliste, je lui préfère le Père Desbillons. L'abbé Aubert était un homme
d'esprit et un habile homme, maître de deux journaux
et accrédité auprès de plusieurs autres, et cela dans un
siècle où les journaux commençaient à être importants.
Protégé par la cour et surtout par le duc de la Vrillière,

auquel il avait dédié un de ses journaux, et qui créa
pour lui une chaire de littérature française au Collége
de France ; adversaire modéré des philosophes, attaquant le parti, mais exceptant volontiers les hommes,
louant les tragédies de Voltaire, qui, à son tour, louait
ses fables, il passait, avant Florian, pour le fabuliste
du siècle qui s'était le plus rapproché de la Fontaine,
et il l'emportait sur Lamotte. Ses fables eurent six
éditions. On les lisait même encore il y a trente
ans, et quelques-unes peut-être méritent d'être lues,
quoique le style en soit en général plus facile qu'élégant.

Ce que j'ai dit du savoir faire de l'auteur indique
assez qu'il ne faut pas chercher à ranger systématique-
ment l'abbé Aubert parmi les fabulistes qui procèdent
des idées du dix-septième ou du dix-huitième siècle. Il
y a des deux dans ses fables comme dans sa vie. Tantôt,
avec sa fable de *la Main droite et la Main gauche*, il
pousse à l'excès l'esprit du dix-huitième siècle ; tantôt
il se contente de critiquer les vices et les travers de
l'homme. Sa meilleure fable en ce genre est la dernière
de son recueil, *le Miroir :*

> Un miroir merveilleux et d'utile fabrique,
> Où se peignait par art le naturel des gens,
> Attirait, au milieu d'une place publique,
>   Les regards de tous les passants.
> J'ignore chez quel peuple ; il n'importe en quel temps.
> Chacun glose à l'envi sur ce tableau fidèle.

Arrive une coquette ; elle y voit traits pour traits
Ses petits soins jaloux et ses penchants secrets :
Sans mentir, voilà bien le portrait d'Isabelle !
Présomption, désirs, mépris d'autrui : c'est elle !
C'est son esprit tout pur, je la reconnais là ;
    Le joli miroir que voilà,
Et combien je m'en vais humilier la belle !
    Un petit-maître succéda,
Et la glace aussitôt présente pour image
Beaucoup d'orgueil et fort peu de raison.
Parbleu ! je suis ravi que l'on ait peint Damon,
S'écrie, en se mirant, l'important personnage ;
    Et je voudrais que pour devenir sage
De ce miroir malin il prît quelque leçon.
    Après ce fat vint un vieil Harpagon [1],
      D'une espèce tout à fait rare ;
Il tire sa lunette et se regarde bien,
    Puis, ricanant d'un air bizarre :
C'est Ariste, dit-il, ce vieux fou, cet avare,
Qui se ferait fouetter pour accroître son bien.
J'aurais un vrai plaisir à montrer sa lésine
Et paierais de bon cœur cette glace divine,
    Si l'on me la donnait pour rien.
Mille gens vicieux sur les pas de cet homme
Tour à tour firent voir la même bonne foi :
Chacun d'eux reconnut dans le brillant fantôme
    Qui l'un, qui l'autre, et jamais soi.

Si l'on veut trouver quelque part, dans les fables du
dix-huitième siècle, l'expression vive et présomptueuse
des idées du temps, sans mélange d'habileté personnelle ou de circonspection politique, il faut la deman-

---

[1] Nom de l'avare dans la comédie de Molière

der aux fables qui sont insérées çà et là dans la
Correspondance de Grimm. Là l'apologue se met sans
scrupule et sans défiance au service de la philosophie du jour. Les fabulistes timides et incertains ne
sont pas admis dans le recueil de l'ami de Diderot.
Croyez-vous que la vérité et la justice ont pour interprètes infaillibles les écrivains de l'*Encyclopédie*?
Croyez-vous que quiconque les attaque est un partisan
de l'ignorance et de la superstition? Est-ce là la moralité de vos fables? Grimm est prêt à les insérer et à les
adresser à ses correspondants, princes et rois, d'au delà
du Rhin. Ainsi, cette fable de M. de Lille, capitaine
au régiment de Champagne :

> Aux portes de la Sorbonne
> La Vérité se montra,
> Le syndic la rencontra :
> — Que demandez-vous, la bonne?
> — Hélas ! l'hospitalité.
> — Votre nom? — La Vérité.
> — Fuyez, dit-il en colère,
> Fuyez, ou je monte en chaire
> Et crie à l'impiété!
> — Vous me chassez, mais j'espère
> Avoir mon tour, et j'attends :
> Car je suis fille du Temps,
> Et j'obtiens tout de mon père [1].

Jusqu'à l'assemblée des Notables, et même encore
un peu au delà, la correspondance de Grimm est fort

---

[1] *Correspondance de Grimm*, tome VIII, p. 359.

optimiste : tout est bien et tout sera mieux. « Il y a eu
des siècles, dit-il au mois de janvier 1787, où les lettres et les arts ont brillé avec plus de gloire ; mais peut-
être serait-il difficile de citer une seule époque où la
philosophie ait été appliquée plus heureusement ; où
l'on ait porté plus loin toutes les connaissances utiles
à la société ; où tous les droits, tous les titres de l'humanité aient été soutenus avec une plus grande force
d'éloquence et de raison ; où les maîtres du monde
aient donné enfin de plus grands exemples de patrio-
tisme et d'amour pour leurs peuples[1]. » Personne
assurément, parmi les princes de l'Europe, ne méritait
mieux cet éloge que Louis XVI. Il imposait des limites
à son pouvoir et s'applaudissait avec une généreuse
confiance de l'avenir qu'il préparait à son peuple et à
lui-même. Les partisans de l'ancien régime avaient
beau le dissuader de la surveillance qu'il appelait sur
son gouvernement, il gardait son espoir ou son illusion, et Grimm, dans une fable intitulée *le Fleuve et
les Ruisseaux*, approuvait cette touchante générosité.
Dans cette fable, un fleuve puissant, qui inondait souvent ses rivages, va être endigué ; il est content, mais
les ruisseaux tributaires s'indignent de cette tentative :

Seigneur, lui disaient-ils, vous voyez leur dessein :
Ils veulent construire une digue.

[1] *Ibid.*, tome XIII, p. 286.

Laissez-nous arrêter leurs bras ;
Ordonnez et ne souffrez pas
Que de ces peuples la licence
Ose borner votre puissance :
Elle vous vient du ciel, elle est de tous les temps.
Le fleuve à longue barbe avait, à ses dépens,
Appris à démêler le but et le langage
      Des flatteurs et des courtisans.
Ne prenant donc alors que les conseils d'un sage,
   Dont il s'aidait dans les cas importants[1] :
         Amis, dit-il, laissez-les faire ;
         Ne voyez-vous pas qu'en mettant
Sur les bords de mon cours une forte barrière,
S'ils préservent leurs champs d'un écart malfaisant,
Ils font aussi pour moi chose très-salutaire ?
La barrière sera pour moi comme pour eux :
Je ne pourrai plus nuire ; eh ! ce sont là mes vœux.
Mais aussi de mon lit l'enceinte limitée
Sera pour les humains à toujours respectée[2]...

Noble illusion, qui faisait croire à la royauté que, de
même qu'elle respectait les limites de la liberté populaire, le peuple respecterait aussi les limites du pouvoir
royal. Quelques fabulistes cependant commençaient
aussi à croire qu'il était à propos de conseiller au peuple la modération et de le dissuader des excès de
la liberté. Tel est le sens de la fable intitulée *le
Pêcher et le Peuplier*, faite par M. de Ségur, et que
Grimm insère aussi dans sa *Correspondance :*

[1] Necker, sans doute, dont Grimm parle en général avec faveur dans
sa correspondance de cette époque.
[2] *Ibid.*, tome XIV, juillet 1789, p. 409.

Un jeune peuplier, tout fier de sa verdure,
Portait jusques aux cieux l'orgueil de ses rameaux.
Un pêcher, qu'élevaient et l'art et la nature,
Produisait près de lui mille fruits les plus beaux.
    — Ah ! que je plains ton esclavage,
      Lui dit un jour le peuplier ;
Toujours sous le ciseau d'un cruel jardinier,
A peine on te permet d'étendre ton feuillage ;
Sans cesse on te contraint ; la douce liberté
Pour toi n'est plus qu'un nom. Moi, j'en connais l'usage
      Tantôt j'élève avec fierté
Mon feuillage ondoyant, qui se perd dans la nue ;
D'autres fois, pour montrer ma flexibilité,
Je m'agite en ployant mes rameaux à ta vue.
A tout ce beau discours, le pêcher, tout honteux,
      Ne répondait que par ses plaintes ;
Pour la première fois il se crut malheureux ;
De ces mauvais conseils il sentit les atteintes.
Tout à coup un orage obscurcit le soleil ;
Le vent souffle et mugit, un éclair fend le ciel ;
La foudre qui le suit gronde sur les montagnes ;
L'on voit le pâtre errant s'enfuir dans les campagnes.
      Le jardinier soigneux
        Accourt de sa chaumière
Et donne à son pêcher le secours nécessaire.
Il le couvre, il l'étaie avec de forts épieux,
Et sait le préserver du vent et de l'orage.
Le peuplier gémit en perdant son feuillage ;
Ses rameaux en débris tombent à chaque instant ;
Nul n'a pitié de lui dans ce danger pressant.
Le destin du pêcher alors lui fait envie ;
      Il paierait de sa liberté
       Des soins qui sauveraient sa vie.
      Le vent redouble sa furie,
L'abat, le déracine : il l'avait mérité.

L'entière indépendance est folie et chimère.
A tout âge, dans tout pays,
Pour les grands et pour les petits,
L'avis est sage et salutaire.
Nous avons tous besoin de secours et d'amis.

Le conseil donné au pêcher de comprendre son bonheur indique que le fabuliste craint déjà qu'il ne le
sente pas et ne le conserve pas assez attentivement.
L'optimisme du siècle commence à s'ébranler. Nous
avons vu, dans Florian, comment l'ingénieux fabuliste
ne voulait plus qu'on dit de la Révolution : *Cela ne
sera rien*, et il avait raison. La plupart des auteurs de
cette époque, ceux même qui avaient le plus donné
dans les espérances ou les illusions du temps, commençaient à ressentir une crainte instinctive. Quelques-uns,
plus hardis, entrent dans le parti révolutionnaire : ainsi
Laharpe et Chamfort, qui iront, l'un jusqu'à la prison,
où il trouvera sa conversion, l'autre jusqu'au suicide,
pour éviter l'échafaud. Le plus grand nombre recule.
Un poëte frivole et léger, Dorat, qui a fait des fables
parce qu'il s'est exercé dans tous les genres de littérature, témoigne aussi de ce nouvel esprit. Dorat est, pour
ainsi dire, un thermomètre d'autant meilleur du temps
que, n'ayant par lui-même aucune force originale, il ressent plus facilement l'impression de la nouvelle tempéra-
ture morale dans laquelle il vit Il avait été tout ce que le
siècle avait été : anglomane, quand le siècle s'était

engoué dés mœurs anglaises[1]; moniteur austère des
princes et des rois, quand la censure des grands était à
la mode[2]. Mais, lorsque les changements politiques et
sociaux cessent d'être des vœux pour devenir de vrais
événements, lorsque la société s'arrête effrayée et inquiète de l'accomplissement de ses désirs, Dorat aussi
s'arrête, et, dans sa fable du *Novateur*, il attaque vio-
lemment ceux qui prêchent les innovations : « Les
voilà, dit-il, parlant des deux faux législateurs qu'il
met en scène,

Les voilà travaillant tous deux
A préparer l'éclat et la ruine
D'un peuple obscurément heureux.

Il faut un autre Dieu, d'autres mœurs, d'autres lois.
Choisira-t-on des consuls ou des rois ?
On s'arme, on se bat, le sang fume,
La nation est aux abois;
Le laboureur raisonne et la faim le consume.
Tous les nœuds sont rompus ou prêts à se briser;
Et les mortels, hélas! qui vivaient si tranquilles,
Soumis à deux rêveurs fiers de les diviser,
Vont de leurs propres mains renverser leurs asiles
Et s'égorgent entre eux pour se civiliser[3].

---

1. Voyez sa fable des *Deux Montres.*
2. Voyez sa fable du *Jet d'eau et du réservoir*, qui finit par ce vers,
plus sententieux que sensé :

Appauvrissez le peuple : adieu l'éclat des grands.

3. *Le Novateur*, p. 308.

Je ne prends certes pas au sérieux ces invectives de
la frivolité mécontente, qui maudit la Révolution aussi
étourdiment qu'elle l'avait bénie. On ne peut pas cependant se dissimuler, même quand on étudie seulement l'histoire de l'apologue, que la révolution déjà
commencée plaisait moins que la révolution espérée.
A mesure que les événements marchent, ce sentiment
de désappointement et de douleur augmente. De là le
notable changement qui se manifeste dans les fabulistes
des dernières années du dix-huitième siècle et des premières du dix-neuvième. Autant ceux du milieu du
dix-huitième siècle sont confiants et hardis, prompts à
censurer les abus de la société et à en demander la
réforme, autant ceux de la fin du dix-huitième siècle et
du commencement du dix-neuvième sont prudents,
réservés et disposés à l'obéissance envers les pouvoirs
établis. Si même il y en a un parmi eux qui, par le
temps de sa vie, ait commencé à écrire avant 89 et ait
continué après 1800, il est curieux d'observer dans
ses fables l'abjuration progressive qu'il fait des idées
politiques du dix-huitième siècle. Le Bailly est un de
ces témoins des vicissitudes de l'opinion publique. Il
avait publié ses fables en 1784, et il en publia une
seconde édition en 1811. Voyez sa fable intitulée le
Gouvernail et les Rames :

> Les rames d'une galère
> Insultaient au gouvernail

Et disaient avec colère :
Nous faisons tout le travail,
Et quel en est le salaire ?
Monsieur nous regarde faire.
Gouvernail paresseux, inutile instrument,
Réponds du moins : voyez s'il bouge seulement !
Comme elles tenaient ce langage,
Tout à coup s'élève un orage ;
Un vent des plus impétueux
Tourmente la galère, et, soufflant avec rage,
La livre à la merci des flots tumultueux.
Voilà nos rames fort en peine ;
On les voit tour à tour s'élevant, s'abaissant
Pour fendre la liquide plaine.
Le danger va toujours croissant ;
En vains efforts elles s'épuisent.
Enfin contre un écueil voilà qu'elles se brisent.
Le gouvernail alors, agissant à propos,
Maîtrise la vague indocile,
Et par une manœuvre habile
Sauve le bâtiment de l'abîme des flots.
Je compare à cette galère
Le vaisseau de l'État qu'un seul doit commander :
Obéir au pilote et le bien seconder,
C'est ce qu'on a de mieux à faire.

Voilà bien les sentiments de 1811, c'est-à-dire d'un
temps où la France s'applaudissait encore d'avoir donné
sa démission entre les mains d'un grand despote, quitte
à en gémir douloureusement deux ans plus tard. Il n'y
a pas un seul fabuliste du dix-huitième siècle, même
parmi ceux qui n'étaient pas du parti philosophique,
qui aurait osé préconiser aussi franchement le pouvoir

absolu. On voit qu'entre ces sentiments d'abnégation
politique et les sentiments d'indépendance du dix-huitième siècle, il y a eu le désappointement d'une grande
révolution.

Avec cette disposition générale des esprits, l'apologue, à la fin du dix-huitième siècle, devait revenir
volontiers à la méthode du dix-septième, c'est-à-dire à
la censure des individus plutôt qu'à celle de la société.
Tel est le caractère général des fables de Le Bailly. Il
s'adresse aux défauts de chacun de nous et fait de
cette manière quelques jolies fables, témoin celle intitulée *le Chameau et le Bossu* :

> Au son du fifre et du tambour,
> Dans les murs de Paris on promenait un jour
> Un chameau du plus haut parage.
> Il était fraîchement arrivé de Tunis,
> Et mille curieux, en cercle réunis,
> Pour le voir de plus près lui fermaient le passage.
> Un riche, moins jaloux de compter des amis
> Que de voir à ses pieds ramper un monde esclave,
> Dans le chameau louait un air soumis ;
> Un magistrat aimait son maintien grave,
> Tandis qu'un avare enchanté
> Ne cessait d'applaudir à sa sobriété.
> Un bossu vint, qui dit ensuite :
> Messieurs, voilà bien des propos ;
> Mais vous ne parlez pas de son plus grand mérite :
> Voyez s'élever sur son dos
> Cette gracieuse éminence ;
> Qu'il paraît léger sous ce poids
> Et combien sa figure en reçoit à la fois ·

> Et de noblesse et d'élégance !
> En riant du bossu, nous faisons comme lui ;
> A sa conduite en rien la nôtre ne déroge,
> Et l'homme tous les jours, dans l'éloge d'autrui,
> Sans y songer fait son éloge [1].

J'aime mieux les fables de Le Bailly que celles de l'abbé Aubert. Le style de l'abbé Aubert est simple et clair, mais sa simplicité touche à la banalité. Celui de Le Bailly est plus élégant, quoiqu'il penche un peu vers la rhétorique et qu'il donne trop à la périphrase. Il a inventé la plupart de ses fables : c'était, on le sait, l'usage des fabulistes du dix-huitième siècle. Mais les fables qu'il n'a pas inventées, et dont il a pris le sujet dans les auteurs anciens ou dans les contes orientaux, sont bien choisies, et ce sont certainement quelques-unes de ses meilleures. J'aime beaucoup, par exemple, la fable intitulée : *la Vénus de Zeuxis*. Les plus belles filles de la Grèce viennent poser devant Zeuxis, qui peint sa Vénus. Toutes se dévoilent devant le peintre, fières d'aider de leur beauté à la beauté de la déesse. Une seule refuse : c'était Anaïs. Zeuxis achève son ouvrage et l'expose aux yeux des Grecs. Tout le monde l'admire, tout le monde le loue : c'est Vénus elle-même !

Le Bailly, livre I", fable x, édition de 1811. — Le Bailly n'est mort qu'en 1832, et j'aurais pu le mettre parmi les fabulistes du dix-neuvième siècle ; mais ses fables ont paru pour la première fois en 1784.

> Loin de partager ce délire,
> Zeuxis sur son tableau jette un œil inquiet,
> S'en détourne, y revient et se tait et soupire.
> Un connaisseur lui dit : Pourquoi cet air distrait?
>   Quand la Grèce entière l'admire,
> Jugerais-tu donc seul ton ouvrage imparfait?
> — Oui, répond-il. — Erreur! détaillons chaque trait :
> Pouvais-tu rendre mieux la jambe de Thémire,
> Et la taille d'Aglaure et le sein de Zélis?
>   Je vois Glycère me sourire ;
>   Non, je me trompe, c'est Cypris.
> — Cher ami, c'est en vain que tu flattes Zeuxis.
> Ce qui manque à Vénus manquait à mes modèles,
>   Ce charme pur, ce fard des belles...
>   — Quoi donc? — La pudeur d'Anaïs [1].

Je veux citer encore une fable de Le Bailly, dont le sujet est tout différent, mais dont la moralité, très-significative, est tout entière aussi dans le dernier vers :

> Fléau de ses États, un farouche sultan
> Ne dormait plus ; tant pis : le sommeil d'un tyran,
>   Dit un sage par excellence,
>   Fait le repos de l'innocence.
> Un jour, las de chercher le sommeil qui le fuit,
>   De son palais il sort sans bruit,
> Vole au désert : peut-être un remords salutaire
> Dirige-t-il ses pas vers ce lieu solitaire.

---

[1] Le Bailly, dans ses notes, indique qu'il a tiré cette histoire de Pline l'Ancien, livre XXXV, chap. x. — J'ai cherché dans ce XXXV⁵ livre et je ne l'ai pas trouvée. Si Le Bailly l'a inventée, elle lui fait honneur.

Là vivait loin du monde un derviche pieux,
    Détaché des biens de la terre;
Déjà par la pensée il habitait les cieux
Et reposait alors couché sur une pierre.
— Ce misérable, il dort, dit le sultan, et moi...
Moi qui peux à mon gré disposer de sa vie,
    Il faut que je lui porte envie !
    Il soupire à ces mots : Holà ! réveille-toi,
    Écoute et réponds à ton maître.
    En te voyant dormir ainsi,
    Il est aisé de reconnaître
    Que tu vis exempt de souci ;
Mais, ton lit, c'est la pierre, et couché de la sorte,
Comment peux-tu dormir aussi bien? — Eh! qu'importe ,
    Dit le dervis, de sommeiller
    Sur le duvet ou sur la dure?
J'ai fait un peu de bien, ma conscience est pure ;
    Est-il un plus doux oreiller?

VINGT-SIXIÈME LEÇON

LES FABULISTES ANGLAIS DU DIX-HUITIÈME SIÈCLE

J'aurais mauvaise grâce à dire que l'Angleterre et l'Allemagne, au dix-huitième siècle, n'ont eu de fabulistes qu'à cause de l'imitation de la Fontaine. Mais il m'est permis de croire, sans trop me laisser aller à l'amour-propre national, que le crédit que la Fontaine a donné à l'apologue a profité à ce genre de littérature en Europe, et que les poëtes ont été d'autant plus disposés à faire des fables qu'ils savaient, par l'exemple de la Fontaine, qu'elles n'étaient plus considérées comme un genre de littérature secondaire.

Les fables anglaises, et particulièrement celles de Gay, le plus accrédité des fabulistes anglais au dix-huitième siècle, ne ressemblent aucunement aux fables

de la Fontaine. Elles n'en ont ni la grâce, ni la malice,
ni la causerie ingénieuse, ni l'élévation simple et touchante. Nous verrons plus tard quel est leur mérite.
Elles sont souvent toutes politiques[1]; mais nous aurions tort de croire que dans ces fables politiques il
y ait quelque chose de l'esprit philosophique du dix-
huitième siècle français. Rien ne se ressemble si peu,
de ce côté, que l'esprit des deux littératures. En
France, la littérature attaque l'ordre social ; en
Angleterre, la littérature attaque le gouvernement.
L'apologue français censure les ministres, moins
comme ministres que comme grands seigneurs, et
comme étant privilégiés dans l'ordre civil encore plus
que comme étant élevés dans l'ordre politique. L'apologue anglais ne censure que l'homme politique, le
membre du ministère, un des chefs du gouvernement,
un des directeurs de la majorité du parlement. En
Angleterre, la satire littéraire plaide pour la liberté,
qui est toujours en cause plutôt qu'en danger, et il en
est ainsi dans tous les pays politiques, c'est-à-dire que
la liberté y est toujours entretenue par l'attaque et par
la défense. Mais la satire ou la fable en Angleterre ne
songe pas à plaider pour l'égalité, qui est malheureusement en France la question toujours débattue au fond
de toutes les discussions.

[1] Voyez surtout la seconde partie des fables de Gay, qui parut après
a mort de l'auteur.

Gay, attaquant le ministère, attaque aussi le parlement, ou plutôt la majorité parlementaire qui soutient
le ministère. Il, introduit dans une de ses fables, *la
Fourmi en charge*, une fourmi présomptueuse qui veut
gouverner l'État. Dans la république des fourmis, les
ministres rendent des comptes. La fourmi en charge
est donc obligée de comparaître devant le parlement,
et elle « apporte quelques chiffons de papier pour
amuser les députés. » Une fourmi patriote s'élève contre la dilapidation des finances. La fourmi en charge,
ou le premier lord de la trésorerie, « répond, avec son
arrogance ordinaire : « Considérez, gracieux milords,
« que, si les secrets de l'État étaient révélés, les projets
« les mieux concertés n'auraient que des suites funestes.
« Si nous laissions découvrir ces mystères importants,
« ce serait prêter le flanc à nos ennemis. Mon devoir,
« mon zèle éprouvé m'ordonne de cacher nos projets
« actuels ; mais je jure, sur mon honneur, que toutes
« ces dépenses, quoique grandes, n'ont eu d'autre
« objet que la défense de la république. » Les auditeurs, satisfaits, visent le compte et vouent à leur tré-
sorier une confiance illimitée. » La même scène se
renouvelle l'année suivante ; les magasins se trouvant
encore vides, on demande des comptes : la fourmi.
ministre paye de belles paroles. Ç'allait être la même
chose la troisième année, quand cette fois, « un
des auditeurs, saisi d'une honte subite : « Que sommes-

« nous? dit-il ; des outils de fraude ou de grands
« sots. Ce n'est qu'en nous corrompant que ce
« maître fripon épuise nos magasins. Pour chaque
« grain qu'il nous a donné, il en a détourné mille.
« Ainsi, pour de vils et minces présents, nous nous
« dupons nous-mêmes et toute la nation, puisque ces
« trésors qu'on nous distribue sont les produits de
« nos travaux et de nos peines annuelles. » Les auditeurs ordonnèrent que les comptes fussent revus ;
l'adroit fripon, démasqué, fut condamné à l'instant,
et ses amas de grains furent, comme il était juste,
rapportés au trésor public[1]. »

Je ne prétends pas que les fautes des ministres et des
députés doivent être couvertes d'un silence prudent.
J'ai vécu dans un temps où la vie parlementaire cou-
lait à pleins bords dans mon pays, et je n'ai jamais
songé à invoquer la discrétion publique. C'était le
temps des péchés médiocres et des grandes accusa-
tions. Les censures étaient plus fortes que les fautes.
Je trouve donc tout naturel que Gay dénonce dans ses
fables les ministres de son temps, surtout s'il avait
raison contre eux, comme je le crois, en songeant au
ministère de Walpole. Mais je veux surtout remarquer
la différence considérable qu'il y a entre ce genre d'esprit des fables politiques de Gay et l'esprit philoso-

---

[1] Fables de Gay, partie II.

phique des fabulistes français du dix-huitième siècle :
différence de causes et d'effets. Quand Gay attaque les
vices des ministres et des parlements anglais, il attaque
des hommes et des choses qui peuvent changer. Si le
ministère perd la majorité dans les chambres, si la majorité n'est pas réélue dans les élections, tout se renouvelle, non pas du pire au mieux, comme le disent les
vainqueurs du jour : un gouvernement qu'on peut
censurer librement n'est jamais le pire des gouvernements. Le mal qu'on dit de lui l'empêche de faire tout
ce mal. Quoi qu'il en soit du changement qui se fait
alors, ce changement suffit pendant quelque temps
pour calmer l'imagination du public. Il apaise les co-
lères du jour, il les amortit avant qu'elles aient le temps
de se tourner en haines durables. Quand, au contraire,
la littérature, comme en France, attaque, non pas des
ministres et des parlements plus ou moins durables,
mais des classes composées de grands seigneurs ou de
magistrats, qui s'élèvent ou tombent, il est vrai,
selon la faveur du monarque, mais dont les préroga-
tives subsistent parce qu'elles font corps avec les institutions et avec la monarchie, alors ce n'est pas seulement le gouvernement et ses chefs changeants qui sont
en cause, c'est la société elle-même. Il ne suffit plus,
pour satisfaire aux mécontentements de l'opinion publique, d'un changement de ministère ou d'une réélec-
tion du parlement : il faut une révolution.

L'Angleterre, entre tous les bonheurs politiques qui
ont fait sa grandeur et sa liberté, en a eu un plus
grand peut-être que les autres et que nous pouvons
d'autant plus apprécier qu'il nous a toujours été refusé.
Elle a eu, dès le commencement, de sa révolution de
1688, son parti conservateur dans l'opposition. Comme
les whigs ont gouverné l'Angleterre pendant tout le
commencement du dix-huitième siècle, les tories ont
attaqué ce gouvernement à l'aide de la liberté que
donnaient les institutions anglaises ; mais ils n'ont pas
attaqué la société, car cette société, c'étaient eux-
mêmes. La liberté s'est donc habituée à défendre
l'ordre social qui la soutenait elle-même, au lieu de
s'habituer, comme en France, à attaquer l'ordre social
qui, loin de lui prêter son appui, la répudiait et la
dédaignait. Une bonne partie des grands écrivains du
dix-huitième siècle en Angleterre, Pope et Swift par
exemple, sont dans l'opposition conservatrice ; ils défendent la société anglaise telle qu'elle est constituée ;
ils défendent aussi le christianisme, et ils soutiennent
ces deux causes, d'une part avec plus d'énergie qu'ils
ne défendent la monarchie elle-même, qui a le tort, à
leurs yeux, d'être représentée par une dynastie hano-
vrienne ; et, d'autre part, avec les véritables armes de la
liberté : la discussion, la publicité, l'association, l'élection. Moins heureux en France, le parti conservateur
n'a jamais été dans l'opposition et ne s'est jamais ou

presque jamais servi de la liberté pour se défendre ou
pour défendre la société et la religion. Il a toujours
mieux aimé se servir de la monarchie et de la police
pour protéger l'ordre social, croyant que cette protection était la plus sûre parce qu'elle semblait la plus
forte à tel ou tel moment. Il n'a pas compris que les
bonnès causes ne vivent que par la vitalité qu'elles ont et
qu'elles entretiennent en elles-mêmes, non par celle
qu'elles reçoivent du dehors. Nous n'avons entrevu en
France qu'un moment où le parti conservateur a pu se
défendre par la liberté : ç'a été sous la monarchie de
1830. Il ne se sentait alors aucune tendresse pour
la monarchie qu'il croyait usurpatrice. Ses chefs les
plus éclairés, ceux surtout qui avaient place dans
les chambres, le poussaient du côté de la liberté
de la presse. Il ne cédait qu'à moitié à cette im-
pulsion ; il aimait mieux bouder et s'abstenir que de
lutter, et cela parce qu'il n'avait pas le pouvoir pour
lui et qu'il s'était habitué à regarder comme révolutionnaire tout effort qui n'est pas prescrit ou secondé
par le gouvernement. Au reste, l'expérience n'a pas
pu se faire complétement. Une révolution est venue [1],
que le parti conservateur n'avait pas faite, et qui a
interrompu son apprentissage d'opposition à peine
commencé.

[1] 1848.

Si je remarque, comme un trait des fables politiques de Gay, qu'elles n'ont pas ce ton de mécontentement contre la société, qui est le caractère général de la littérature en France au dix-huitième siècle, je dois dire qu'il y a dans la vie et dans les ouvrages de Gay une grande exception à cette règle : c'est son opéra du *Gueux* et l'immense succès qu'il eut. Il y a entre cette pièce et *les Brigands* de Schiller une certaine ressemblance. C'est à peu près la même idée mère, c'est-à-dire la pensée de représenter les hommes qui se mettent en guerre contre la société, comme ayant au moins autant de qualités et de vertus que les hommes qui se renferment dans le cercle des lois sociales et qui en profitent. Les personnages que Gay a mis en scène sont les filous et les voleurs de Londres; mais ces voleurs sont, sauf leur métier, les plus braves gens du monde et les plus intéressants. Leur capitaine Macheath est un homme plein de courage, très-aimable et aimé de toutes les femmes, le plus fidèle et le plus honnête des hommes avec ses compagnons :

« Y a-t-il quelqu'un ici, dit-il à la bande assemblée, qui soupçonne mon courage?

« Mat, un des voleurs. — Nous en avons tous été témoins.

« Macheath — Où mon honneur et ma fidélité envers la bande?

« Mat. — Je m'en fais caution.

« MACHEATH. — Dans le partage du butin, ai-je jamais
montré la moindre marque d'avarice ou d'injustice?

« MAT. — Ces questions indiquent qu'il y a quelque
chose qui vous trouble. Soupçonnez-vous quelqu'un
d'entre nous?

« MACHEATH. — J'ai en vous tous, messieurs, une
confiance absolue, comme gens d'honneur, et c'est à
ce titre que je vous estime et que je vous respecte
tous[1]. »

Quel langage! quel ton! Sommes-nous à une assemblée de gentilshommes ou à une réunion de
voleurs dans une taverne, près de Newgate? Toute la
pièce est faite sur cette idée : « qu'il y a entre la société d'en haut et celle d'en bas une telle ressemblance, qu'il est difficile de dire, en fait de vices à la
mode, si les gentilshommes de grand chemin imitent
les gentilshommes à la mode, ou si les gentilshommes
à la mode imitent les gentilshommes de grand chemin[2]. »

Ces honnêtes gens de l'opéra de Gay ne s'en tiennent pas à l'imitation des bonnes manières et des mauvaises mœurs du monde pour lui faire pièce en lui
ressemblant : à table, dans leur taverne, ils revendi-
quent pour eux l'honneur de pratiquer la justice

---

[1] *Le Gueux*, acte II, scène 1ʳᵉ.
[2] Voir l'*Histoire de la littérature anglaise* de M. Taine, vol. III,
p. 15.

et l'honnêteté, mieux que ne le fait la société; et en cela ils se rapprochent des sentiments des brigands de Schiller. Ils ne font pas seulement la guerre à la société par la force, ils la lui font aussi par le sophisme :

JEMMY. — Pourquoi les lois sont-elles dirigées contre nous? Sommes-nous moins honnêtes que le reste des hommes? Ce que nous gagnons, messieurs, nous appartient par la loi de la guerre et le droit de conquête.

JACK. — Où trouverons-nous une autre réunion de philosophes pratiques, qui sont tous jusqu'au dernier au-dessus de la crainte de la mort?

WAT. — D'hommes fermes et sincères?

ROBIN. — D'un courage éprouvé et d'une infatigable activité?

RED. — Est-il un de nous qui ne soit point prêt à mourir pour ses amis?

HARRY. — Un de nous qui veuille trahir ses amis par intérêt?

MAT. — Montrez-moi une bande de courtisans dont on puisse en dire autant.

BEN. — Nous sommes pour la juste distribution des biens de ce monde, car chaque homme a droit de jouir de la vie.

MAT. — Nous n'ôtons aux hommes que leur superflu. Le monde est avare, et je hais l'avarice... Les avares

sont les vrais voleurs de ce monde ; ils dérobent et
cachent ce dont ils ne savent pas jouir. L'argent a été
créé pour les bons cœurs et pour les généreux :
quelle injustice y a-t-il à prendre aux gens ce dont ils
n'ont pas le cœur de faire usage ? »

Nous voilà loin, ce me semble, des doctrines con-
servatrices que nous avons attribuées à Gay ; mais
d'abord Gay est un conservateur comme nous le sommes presque tous, c'est-à-dire conservateur de tout ce
qui lui plaît et non pas de ce qui le choque ou le blesse.
De plus, Gay a contre la cour et contre la ville un peu
de l'humeur qu'ont en général les campagnards. La
vie de campagne et de province est le genre de vie dominant en Angleterre ; le campagnard, en général, est
prêt à croire qu'à la ville il y a beaucoup de voleurs,
et qu'à la cour il y a bien des gens qui ne valent pas
mieux que les voleurs : préjugé grossier, mais qui plaît
à sa vanité de campagne. En France, rien de pareil. La
ville fait de l'opposition contre la cour, Paris contre Versailles ; mais la province admire avec jalousie peut-être,
sans oser murmurer, la vie brillante de la cour et
de la ville. C'est à peine si les économistes de l'école
de Quesnay, et surtout le père de Mirabeau, *l'ami des
hommes*, osent, au nom de la province déshéritée et
appauvrie, attaquer Paris et son irrésistible ascendant.
Il y eut un moment dans la vie de Gay où, à ce préjugé général de la société campagnarde et féodale de

l'Angleterre contre la ville et la cour, il ajouta une ran-
cune particulière. Ses amis du monde et de la cour lui
avaient promis beaucoup. On lui offrit une place subalterne dans la maison des princesses, et il prit l'offre pour
une insulte. De là le fiel, dit-on, qu'il mit dans son
opéra du *Gueux* [1]; mais j'aime mieux expliquer ce fiel
par les opinions générales de Gay que par un mécontentement particulier; et surtout je dois remarquer que,
même dans le *Gueux*, où il y a tant de traits violents
contre la cour et les gens du monde, il n'y a pas un
mot contre la noblesse et le clergé, c'est-à-dire contre
la société anglaise. C'est là la différence capitale avec le
ton de la littérature en France.

Autre témoignage de cette différence et plus curieux
encore : en France, la littérature du dix-huitième
siècle surtout abonde en allusions malicieuses contre
la religion et contre l'Église; en Angleterre, au contraire, Gay se moque des prétendus esprits forts :
« Comme vous êtes savant, dit un libraire à un bel
esprit, et afin de vous mettre à la mode, écrivez contre
la religion [2]. » Ce n'est pas Gay seulement qui attaque
les libres penseurs : contre les adversaires du christianisme, Swift est un railleur mille fois plus terrible et
plus implacable que Gay, railleur inconséquent peut-

[1] C'est ainsi que mistress Inchbald, dans la préface qu'elle a mise
à l'opéra de Gay, explique les invectives ou les épigrammes de l'auteur
contre la cour et les courtisans.
[2] Fables de Gay, *l'Éléphant et le Libraire*, part. I.

être, puisque dans son conte du *Tonneau* il semble attaquer non pas seulement la manie des disputes théologiques, mais le fond même de toute controverse religieuse. Ne nous inquiétons pas de savoir si Swift est conséquent dans ses railleries, et tirons-en seulement cette conclusion, qui marque encore une différence avec la France : c'est que Swift n'est pas d'un parti, comme l'est Voltaire en France. Toutes les railleries de Voltaire sont dans le même sens, contre la religion et contre l'Église. Swift raille en tous sens, mais il aime surtout à se moquer des puissants et de ceux qui gouvernent. C'est à ce titre qu'il attaque avec tant de force les libres penseurs, amis et clients des whigs. « Il n'est peut-être ni très-sûr ni très-prudent, dit Swift dans son pamphlet intitulé : *Argument contre l'abolition du christianisme*[1], de raisonner contre l'abolition du christianisme, dans un moment où tous les partis sont déterminés et unanimes sur ce point. Cependant, soit affectation de singularité, soit perversité de la nature humaine, je suis si malheureux que je ne puis être entièrement de cette opinion. Bien plus, quand je serais sûr que l'attorney général va donner ordre qu'on me poursuive à l'instant même, je con-

---

[1] J'emprunte la traduction de quelques passages de ce pamphlet à l'ouvrage de M. Taine, qu'on ne saurait ni trop louer ni trop blâmer. Le chapitre sur Swift est un des meilleurs, et l'analyse du pamphlet est faite avec une impartialité admirable.

fesse encore que, dans l'état présent de nos affaires soit
intérieures, soit extérieures, je ne vois pas la nécessité
absolue d'extirper chez nous la religion chrétienne.
Ceci pourra peut-être sembler un paradoxe trop fort,
même à notre âge savant et paradoxal : c'est pourquoi
je l'exposerai avec toute la réserve possible et avec une
extrême déférence pour cette grande et docte majorité
qui est d'un autre sentiment[1]. » Il indique alors les
avantages que le parti des libres penseurs trouve à
abolir le christianisme, et chacun de ces avantages
est une ironie insultante : « On représente encore comme
un grand avantage pour le public que, si nous écartons
tout d'un coup l'institution de l'Évangile, toute religion
sera naturellement bannie pour toujours, et, par suite,
avec elle tous les fâcheux préjugés de l'éducation, qui,
sous les noms de vertu, conscience, honneur, justice
et autres semblables, ne servent qu'à troubler la paix
de l'esprit humain. » Puis il conclut en doublant l'insulte : « Ayant maintenant considéré les plus fortes
objections contre le christianisme et les principaux
avantages qu'on espère obtenir en l'abolissant, je vais,
avec non moins de déférence et de soumission pour de
plus sages jugements, mentionner quelques inconvénients qui pourraient naître de la destruction de l'Évangile et que les inventeurs n'ont peut-être pas suffisam-

---

[1] M. Taine, t. III, p. 210.

ment examinés. D'abord je sens très-vivement combien
les personnes d'esprit et de plaisir doivent être choquées
et murmurer à la vue de tant de prêtres crottés qui se
rencontrent sur leur chemin et offensent leurs yeux;
mais en même temps ces sages réformateurs ne consi-
dèrent pas quel avantage et quelle félicité c'est pour de
grands esprits d'avoir toujours sous la main des objets
de mépris et de dégoût pour exercer et accroître leurs
talents et pour empêcher leur mauvaise humeur de
retomber sur eux-mêmes ou sur leurs pareils, particulièrement quand tout cela peut être fait sans le moindre
danger imaginable pour leurs personnes. Et, pour
pousser un autre argument de nature semblable, si le
christianisme était aboli, comment les libres penseurs,
les puissants raisonneurs, les hommes de profonde
science sauraient-ils trouver un autre sujet si bien disposé à tous égards pour qu'ils puissent développer leurs
talents? De quelles merveilleuses productions d'esprit
serions-nous privés, si nous perdions celles des hommes
dont le génie, par une pratique continuelle, s'est entièrement tourné en railleries et en invectives contre la
religion et qui seraient incapables de briller ou de se
distinguer sur tout autre sujet? Nous nous plaignons
journellement du grand déclin de l'esprit parmi nous, et
nous voudrions supprimer la plus grande, peut-être la
seule source qui lui reste! Mais voici la plus forte des
raisons; celle-là est tout à fait invincible : il est à crain·

dre que six mois après l'acte du parlement pour l'ex-
tirpation de l'Évangile, les fonds de la banque et des
Indes orientales ne tombent au moins de 1 pour 100,
et, puisque c'est cinquante fois plus que la sagesse de
notre siècle n'a jamais jugé à propos d'aventurer pour
le salut du christianisme, il n'y a nulle raison de s'exposer à une si grande perte pour le seul plaisir de le
détruire [1]. »

Je me suis laissé entraîner, par l'étude des fables politiques de Gay, à signaler la différence de l'esprit politique dans la littérature en France et en Angleterre.
C'est par là en effet que l'étude de ces fables peut avoir
quelque intérêt; car, du côté de l'invention et à
les considérer comme fictions, j'avoue qu'elles ne m'attirent guère. *La Fourmi en charge, le Vautour et le
Moineau, l'Ours dans un bateau*, sont de pauvres apologues et des cadres fort insignifiants de satire. Le
premier recueil de Gay, qui ne contient que des fables
purement morales contre les vices et les travers indivi-
duels des hommes, me semble beaucoup meilleur.
Non-seulement la moralité y est ingénieuse et piquante,
mais l'histoire est bien mise en scène et le drame vif
et animé, digne de l'auteur du *Gueux*. Voyez *le Renard
mourant :*

« Un renard, à sa dernière heure, gisait faible,

---

[1] M. Taine, t. III, p. 212, 213, 214.

abattu, presque expirant. Son estomac avait perdu l'appétit, et l'approche de la mort faisait trembler sa mâchoire
vacillante. Sa nombreuse famille se tenait autour de lui
pour recueillir les derniers avis de son chef mourant. Il
leva la tête avec un gémissement plaintif et parla ainsi
d'une voix faible : « Ah! mes enfants, éloignez-vous de
la route du mal ; mes crimes en ce moment pèsent lour-
dement sur mon âme. Voyez, voyez ces oies égorgées!
D'où viennent ces coqs d'Inde ensanglantés? Pourquoi
autour de moi cette troupe de poules gémissantes qui me
redemandent leurs poulets immolés ? » Ses enfants affa-
més regardaient autour d'eux et se préparaient au festin
que leur père leur annonçait : « Où donc est, disaient-
ils, seigneur, la bonne chère dont vous parlez? Nous ne
voyons ni oies, ni poules, ni coqs d'Inde. Ce ne sont que
des fantômes de votre cervelle, et c'est en vain que nous
nous léchons les lèvres. — O gloutons! répondit le père
en gémissant, réprimez ces désirs effrénés ; il viendra un
jour où, livrés à vos remords, vous déplorerez votre gourmandise... Aujourd'hui la vieillesse, que si peu d'entre
nous ont le temps d'atteindre, vient finir mes maux.
J'ai beaucoup vu ; croyez-moi : voulez-vous être heureux? que l'honnêteté règle vos passions. C'est ainsi
que vous vivrez estimés, honorés, et que vous rachè-
terez votre réputation perdue. — Le conseil est bon,
dit un des renards, et nous voudrions de grand
cœur pouvoir suivre vos avis ; mais songez à ce que

nos aïeux ont fait. Nous sommes de pères en fils une
race de voleurs ; ils nous ont transmis leur mauvaise
renommée, et notre famille est depuis longtemps mar-
quée d'infamie. Quand même nous vivrions comme
d'innocentes brebis et que nous n'aurions plus que des
pensées, des paroles et des actions honnêtes, partout
où le nombre des poules diminuera dans une basse-
cour, c'est nous qui serons accusés, et jamais on ne
voudra croire à notre changement. La réputation, une
fois perdue, ne se répare pas. — Soit donc comme il a
été jusqu'ici ! dit le mourant. Mais qu'entends-je ? ce
sont, je crois, des poules qui gloussent. Allez ! mais
soyez sobres. Je sens aussi qu'un poulet pourrait me
faire grand bien [1]. »

Que dites-vous de cette dernière heure de vie employée
à la pratique du péché dont le mourant se repent ? C'est
la vérité prise sur le fait et vivement représentée. Chaque personnage est dans son rôle d'incorrigible, comme
nous le sommes tous, et les repentirs de cérémonie du
mourant ne persuadent aucun de ses enfants. Ils sont
nés renards, ils mourront renards, et le père lui-même,
dès qu'il entend glousser une poule, meurt en renard,
voulant croquer encore un poulet. A prendre le fond de
la fable du *Renard mourant*, elle est triste, puisqu'elle
enseigne l'irrésistible ascendant des vices avec lesquels

[1] Fables de Gay, Iʳᵉ partie, fable xxix.

nous avons vécu. Mais le drame est piquant et animé :
c'est vraiment la fable comme l'entend la Fontaine,
c'est-à-dire une petite comédie dont les personnages
ont le double caractère qui convient aux héros de l'apologue : la ressemblance avec l'homme et avec les animaux, de telle sorte qu'il y ait dans la bête assez de
l'homme pour que nous puissions nous en appliquer
la morale, et dans l'homme assez de la bête pour que
nous retrouvions l'histoire naturelle.

Cette vraisemblance que 'les acteurs de l'apologue
empruntent à l'histoire naturelle manque tout à fait
aux fables dont les personnages sont des abstractions
allégoriques. Tel est le défaut d'une des fables morales de Gay, intitulée *la Cour de la Mort*. L'invention est piquante, l'action est froide, parce que tous
les personnages sont des figures de rhétorique.

« La Mort, voulant faire choix d'un premier ministre,
assemble sa cour, composée des Maladies, et ordonne
à chacune de faire valoir ses droits : la plus habile
à détruire les hommes recevra la baguette noire,
signe du pouvoir souverain. La Fièvre, la Goutte,
la Pierre, la Phthisie, la Peste, allèguent tour à tour
les services qu'elles rendent à la Mort. Après les avoir
écoutées, la Mort reprend la parole : « Le vrai mérite,
dit-elle, est toujours modeste : d'où vient qu'aucun
médecin ne fait ici valoir ses droits? Il est vrai que
leurs travaux trouvent déjà une récompense dans leurs

honoraires. Je confie donc la baguette à la Gourmandise : c'est elle qui fait la fortune des médecins. Vous toutes, Fièvre, Goutte, Peste et autres maladies des hommes, renoncez à vos prétentions. Les hommes vous connaissent et vous détestent comme des ennemis ; mais la Gourmandise est traitée par eux comme une amie ; elle partage leurs joies, leurs plaisirs, et les détruit en les flattant. C'est à elle que je dois confier le ministère, car c'est elle qui fait plus de besogne que vous toutes.[1] »

De toutes les fables morales de Gay, celle que j'aime le mieux est la fable des *Deux Corneilles, du Fossoyeur et du Ver de terre*. Elle a le mérite d'exprimer un des grands lieux communs de l'humanité, c'est-à-dire l'égalité des hommes. Or ce sont, comme je l'ai déjà dit, ces grands lieux communs qui conviennent le mieux à la poésie en général et à la fable en particulier. De plus, la fable de Gay exprime ce lieu commun d'une façon singulière et avec ce goût de la mort qui est propre à la littérature anglaise.

« Deux corneilles s'étaient perchées sur un vieil if dans un cimetière d'église, et, en croassant d'un air grave, l'une d'elles disait à sa compagne affamée : « Je crois sentir quelque bon repas ; à mesure que le vent s'élève, l'odeur est plus forte. Flaire un peu : ne respires-tu pas la senteur de la viande ?... Près de ces arbres, le cheval d'un fermier, libre désormais de ses misères quotidiennes, est venu

<hr />

[1] Fables de Gay, 1re partie, fable XLVII.

sans doute rendre le dernier soupir. Quelle bonne chère!
quel festin pour des oiseaux qui se piquent d'être gour-
mets! » Près d'elles, un fossoyeur, qui creusait une fosse,
s'arrêta penché sur sa bêche et se mit à écouter la causerie des deux oiseaux. La mort n'avait jamais éveillé en
lui d'autre idée que celle des gains qu'elle lui procurait.
« Y eut-il jamais, dit-il, oiseaux plus stupides? Pour l'esprit et la raison, vous ne valez pas même les hiboux.
Apprenez, têtes sans cervelles, à respecter ce qu'il faut
respecter. Savez-vous de qui vous parlez comme vous
faites? Dans cette fosse (et quiconque sera juste avouera
que c'est là une fosse bien creusée et bien faite), le
seigneur de ce beau château qui est là-bas viendra
cette nuit déposer ses os ; et comment pouvez-vous vous
tromper entre un cheval et un seigneur? Ce seigneur,
il est vrai, était un peu gras ; mais quoi? le plus médiocre
oiseau de proie ne montrerait pas un pareil manque de
sens. Il y a pour ceux dont l'odorat est sain quelque
différence entre les carcasses des diverses créatures.
Sans cela, que deviendrait la dignité de l'homme? »
Comme les corneilles ne voulaient pas se rendre aux
raisons du fossoyeur et que le fossoyeur ne cessait de
leur reprocher le peu de discernement de leur goût, on
résolut de prendre un arbitre. Un grand ver sortait à
ce moment de la terre en déroulant ses longs anneaux.
Ce fut lui qui fut choisi pour juge, et, s'en rapportant
à l'expérience de son palais, les parties lui exposèrent

la chose. Le ver se tut un instant, puis, d'un ton solennel, prononça son arrêt : « J'ai fait de fort bons dîners sur des corps de toute espèce, et, selon mon caprice ou le besoin, j'ai mangé du quadrupède, de la volaille ou de l'homme. Il y a si peu de différence de goût qu'il n'y a en tout cela qu'une saveur imaginaire. Cependant je dois reconnaître que la bête humaine, appelée le glouton, est un mets très-délicat... Donc, honnête fossoyeur, comme la question que tu me proposes est très-douteuse, je ne me soucie pas de la décider. Après tout, chaque ver trouve un corps à son goût[1]. »

Étrange leçon d'égalité que nous donne là le ver de terre, et qui fait penser à la promenade d'Hamlet dans le cimetière. Dans Shakespeare, les fossoyeurs « jouent aux quilles avec les os des morts, comme s'ils n'avaient rien coûté à former. » Ici les vers dissertent sur le goût des corps qu'ils dévorent et ne sont pas bien sûrs qu'il y ait une différence entre le corps d'un homme et celui d'un cheval. Ce qui m'étonne, c'est que le ver de terre ne prétende pas que le corps qu'il dévore n'a été fait et engraissé que pour lui. Comme l'homme prétend que tout a été fait pour lui et que, de ce côté, il abuse singulièrement de l'argument des causes finales, les fabulistes et les moralistes anglais du dix-huitième siècle ont souvent raillé son orgueil en lui montrant des

[1] Partie II, fable xvi.

animaux qui avaient la même présomption et rappor-
taient aussi tout à eux. C'est ainsi que Gay met en
scène un limaçon qui soutient que les fruits et les
fleurs n'ont été créés que pour lui, et une puce qui
déclare hardiment à l'homme qu'il ne vit que pour
la nourrir de son sang[1]. Un autre fabuliste anglais
du dix-huitième siècle, Calton, né en 1711, mort en
1788, dans sa fable de *l'Abeille, la Fourmi et le
Moineau franc*, introduit un moineau, franc vaurien, qui dit tout haut que, « lorsqu'il a besoin de
dîner, il pense que toute la création est à lui; qu'il
est un oiseau de haut rang et que tous les insectes sont
à lui : voilà pourquoi il cherche les fourmis noires, qui
sont une excellente nourriture, « et souvent, dit-il, en
« voltigeant et en me jouant, j'en tue dix mille en un
« jour. » En vain l'honnête abeille veut rappeler le
moineau à la vertu et à la pitié, le roué se moque de
la vertu; d'ailleurs, il ne fait qu'imiter l'homme et il
prend comme lui sa passion et son appétit pour règle.
Pendant qu'il parlait ainsi, un chat, qui était de la
même école, attrape le moineau et le mange parce qu'il
avait faim. La fourmi, que guettait le moineau, est
sauvée; mais ce n'est point à la vertu qu'elle doit attribuer sa délivrance.

De tous ces animaux qui croient que la création n'a

---

[1] Gay, 1re partie, fable XLIX.

été faite que pour eux, *le Vieux Vautour* de Samuel
Johnson est le dialecticien le plus convaincu de sa prépondérance dans le monde, et par cela même le railleur
le plus piquant des causes finales.

« Un vieux vautour, perché sur une montagne pelée,
avait autour de lui ses petits, qu'il instruisait dans l'art
de la vie de vautour et qu'il préparait par une dernière
leçon, avant qu'ils prissent leur congé pour s'envoler
vers les montagnes. « Mes enfants, disait le vieux vautour, vous avez moins besoin de mes leçons, parce que
vous avez eu mes exemples devant vos yeux. Vous avez
vu comment j'allais ravir à la ferme les volailles domes-
tiques, comment j'attrapais le levraut dans le bois et le
chevreau dans le pré. Vous savez comment il faut en-
foncer vos serres et comment régler votre vol quand
vous êtes chargés de votre proie ; mais vous vous sou-
venez surtout de notre mets le plus délicieux : je vous
ai souvent régalés avec de la chair humaine. — Eh
bien! apprenez-nous, dit un jeune vautour, où l'on
peut trouver l'homme et comment on peut le reconnaître. Sa chair est sans doute la nourriture naturelle
du vautour; pourquoi n'avez-vous jamais apporté un
homme dans vos serres jusqu'à notre nid? — C'est trop
lourd, répondit le père. Quand nous trouvons un
homme, nous ne pouvons qu'en arracher la chair par
morceaux et laisser les ossements à terre. — Puisque
l'homme est si grand, dit le jeune vautour, comment

pouvez-vous le tuer? Vous avez peur du loup et de l'ours : par quelle force le vautour est-il supérieur à l'homme? Est-il encore plus dépourvu de défense que la brebis? — Nous n'avons point la force de l'homme, répondit le père, et je doute quelquefois que nous en ayons l'adresse. Aussi les vautours se régaleraient rarement de sa chair, si la nature, qui a créé l'homme pour notre usage, ne lui avait inspiré une férocité que je n'ai jamais observée à un pareil degré dans aucun des autres êtres qui vivent sur la terre. Souvent deux troupeaux d'hommes se rencontrent, ébranlent la terre par leurs combats et remplissent l'air de feux. Quand vous entendez le bruit du combat, et quand vous voyez le feu avec ses lueurs qui éclairent la plaine, c'est alors qu'il faut de votre vol le plus rapide aller vous placer sur les lieux, car les hommes vont certainement se détruire les uns les autres. Vous trouverez la terre fumante de sang et couverte de cadavres, dont plusieurs seront déjà démembrés et découpés pour la commodité des vautours. — Mais, dit le jeune vautour, quand l'homme a tué sa proie, pourquoi ne la mange-t-il pas? Lorsque le loup a tué une brebis, il ne souffre pas que le vautour vienne y toucher, jusqu'à ce qu'il soit rassasié lui-même. L'homme n'est-il pas une espèce de loup? — L'homme, dit le père, est la seule bête qui tue et qui ne dévore pas ce qu'il a tué. C'est cette qualité qui en fait le grand bienfaiteur de notre race. — Si l'homme se charge de

tuer notre proie et de la mettre sur notre route, dit un
jeune vautour, quel besoin avons-nous de nous occuper
nous-mêmes du soin de chercher notre nourriture? —
parce que, répondit le père, l'homme reste quelquefois
tranquille pendant longtemps dans sa caverne. Les
vieux vautours vous diront comment il faut surveiller
ses mouvements. Quand vous voyez les hommes en
grand nombre se mouvoir en se serrant les uns contre
les autres comme des compagnies de cigognes, vous pouvez conclure qu'ils se mettent en chasse et que vous allez bientôt vous repaître joyeusement de chair humaine.
— Mais enfin, dit le jeune vautour, je voudrais bien
savoir la raison de ces mutuels carnages. Quant à moi,
je ne voudrais jamais tuer ce que je ne pourrais pas
manger. — Mon enfant, dit le père, c'est là une question à laquelle je ne puis pas répondre, quoique je sois
regardé comme le plus habile oiseau de la montagne.
Quand j'étais jeune, j'avais l'habitude de visiter souvent l'aire d'un vieux vautour qui habitait dans les
rochers des monts Krapaks. Il avait fait beaucoup d'observations; il connaissait les lieux qui, autour de son
habitation, fournissaient le plus de proie, et cela dans
le cercle le plus étendu que pouvait embrasser un vol
de vautour, depuis le lever jusqu'au coucher du soleil. Il
s'était nourri, d'année en année, d'entrailles humaines.
Son opinion était que les hommes ont seulement l'apparence de la vie animale, mais qu'en réalité ce sont

des végétaux qui ont la faculté de se mouvoir, et
que, de même que les branches d'un chêne se brisent
les unes contre les autres dans l'orage, afin que les
porcs puissent se repaître des glands qui sont tom-
bés, de même les hommes, par l'effet d'une force inex-
plicable, sont poussés les uns contre les autres jusqu'à
ce qu'ils perdent leur mouvement et que de cette manière les vautours puissent s'en nourrir. D'autres parmi
nous croient avoir observé qu'il y a une sorte de concert et de gouvernement chez ces êtres malfaisants, et
que, lorsqu'on peut voltiger adroitement autour d'eux,
on voit dans chaque troupeau un homme qui conduit
les autres et qui semble s'intéresser au carnage et en
jouir plus particulièrement. Nous ne savons pas à quoi
il doit cette prééminence, car c'est rarement le plus
grand ou le plus léger d'entre eux. Mais il montre, par
son ardeur et par son activité, qu'il est plus qu'aucun
autre l'ami des vautours. »

Quand on étudie avec quelque attention la littérature
anglaise du dix-huitième siècle [1], on s'aperçoit bien vite
que le goût de la morale est le goût dominant du temps.
Addisson dans son *Spectateur*, Pope dans sa poésie, Richardson dans ses grands romans, sont des moralistes.
La littérature anglaise, s'éloignant à la fois du puri-

---

[1] Voir, dans le troisième volume de l'*Histoire de la littérature anglaise* de M. Taine, le chapitre sur Addisson.

tanisme des temps de Cromwell et de la licence du règne
de Charles II, cherchait, pour ainsi dire, à faire la
morale de la société anglaise, et elle y a réussi. Elle a
donné à l'Angleterre cette habile pratique des choses
et ce goût de la vie religieuse qui fait sa grandeur.
Occupée en même temps et presque également d'industrie et de théologie, l'Angleterre a la main dans
tous les travaux de ce monde et la pensée dans toutes
les affaires du ciel. L'Anglais veut faire à la fois sa
fortune et son salut ; il est manufacturier et théologien, parfois d'une façon étrange, comme quelques-uns
des missionnaires des sociétés bibliques en Afrique
et en Océanie, mais en général d'une façon excellente, parce qu'elle représente bien la double activité
qui convient à l'homme ici-bas, celle de l'âme et celle
du corps. Le grand service que la littérature anglaise
du dix-huitième siècle a rendu à son pays, c'est de
lui avoir donné cette morale tempérée et élevée qui
travaille à l'amélioration de ce monde et cultive l'espérance de l'autre. Chose singulière : les nations et
les individus qui ne songent qu'à prospérer sur la terre
ne sont pas ceux qui s'en tirent le mieux ; il semble
qu'il faut songer plus ou moins à ce qu'il y a au delà,
ne fût-ce que pour bien comprendre et bien régir ce
qu'il y a en deçà.

Avec cette disposition à moraliser et le goût qu'avait
la société anglaise à écouter ses moralistes, l'apologue

paraissait devoir être un des genres de littérature les
plus accrédités du dix-huitième siècle en Angleterre.
Il y a sa place en effet, mais il n'a pas la première. Les
moralistes anglais aiment mieux moraliser pour leur
propre compte que de le faire sous le voile de la fable,
et, de son côté, le lecteur anglais n'a pas besoin qu'on
lui déguise la leçon qu'on veut lui donner. La fable,
depuis la Fontaine surtout, a un ton de badinage qui
s'éloigne de la simplicité du vieil apologue, et nous
verrons que le fabuliste allemand Lessing, toujours un
peu paradoxal et toujours préoccupé de la manie de
ne point imiter les Français, voulait que les fabulistes
revinssent à la simplicité de l'apologue d'Ésope, mettant le principal mérite de la fable dans la justesse et
dans le piquant de l'allégorie. Les fabulistes anglais ne
sont point si sévères. Ils ne proscrivent pas le charme
du récit, l'entrain des personnages, l'intervention
railleuse ou touchante du poëte ou du narrateur.
Ils ne veulent pas seulement piquer la curiosité du
lecteur, comme par une énigme, ou l'avertir par un
précepte : ils veulent lui plaire et l'attirer; mais ils
tiennent plus au fond de l'apologue que ne paraît
y tenir la Fontaine, qui, il faut en convenir, cherche
plutôt l'occasion de faire une petite comédie amusante
que de donner une leçon salutaire. L'utilité a plus de
part dans les fables anglaises que dans les fables françaises ; et cette utilité, qui rentre si bien dans le génie et

dans le caractère anglais, mais qui est accompagnée de
grâce, souvent même d'élévation, me touche beaucoup. Voyez cette belle fable de Jérémie Taylor, *Abraham et le Vieillard* [1] :

« Abraham était assis à la porte de sa tente, le soir,
selon sa coutume, attendant les étrangers pour leur
offrir l'hospitalité ; il aperçut un vieillard qui chemi-
nait, appuyé sur son bâton, chargé d'ans et de fatigue
et qui s'avançait vers lui. Il avait au moins cent ans.
Abraham le reçut avec bonté, lui lava les pieds, pré-
para le souper et lui dit de s'asseoir. Mais, voyant que
le vieillard mangeait sans prier et sans appeler la
bénédiction sur sa nourriture, il lui demanda pourquoi
il n'adorait pas le Dieu du ciel. Le vieillard répondit
qu'il n'adorait que le feu et ne connaissait pas d'autre
Dieu. Cette réponse irrita tellement Abraham qu'il
chassa le vieillard de sa tente, sans craindre de l'exposer
aux inconvénients de la nuit et aux dangers de sa faiblesse. Quand le vieillard fut parti, Dieu appela Abraham et lui demanda où était l'étranger. Il répondit :
« Je l'ai chassé parce qu'il ne t'adorait pas. » Dieu dit :
« Je l'ai bien supporté pendant cent ans, quoiqu'il ne
m'honorât pas, et tu ne pouvais pas le supporter pendant une nuit, quoiqu'il ne te causât aucun trouble ! »
L'histoire dit que sur ces mots Abraham alla recher-.

[1] Jérémie Taylor, chapelain de Charles Iᵉʳ, né en 1613, mort en 1667.

cher le vieillard, lui donna l'hospitalité et y joignit une sage instruction. »

Voilà, outre la belle leçon de tolérance que contient ce récit, le modèle le plus élevé de la fable, et j'allais dire cette fois de la parabole anglaise. Je retrouve ce même tour d'imagination gracieuse et grave dans une fable ou une allégorie d'un savant de nos jours, sir Charles Lyell, président de la Société géologique de Londres. « Un jour, dit le *Génie des temps* dans une allégorie arabe, je passais par une très-ancienne ville, extraordinairement peuplée, et je demandai à un de ses habitants combien il y avait de temps qu'elle avait été fondée. « Oui, répliqua-t-il, c'est « une grande et puissante ville; mais nous ne savons « pas depuis combien de temps elle existe, et nos an- « cêtres n'en savaient pas plus que nous sur ce point. »

« Cinq cents ans après, comme je passais par le même lieu, je ne vis plus la moindre trace de la grande ville. Je demandai à un paysan qui coupait de l'herbe à la place où était autrefois la ville, s'il y avait longtemps qu'elle avait été détruite. « En vérité, re- « prit-il, voilà une singulière question ! Ces lieux n'ont « jamais été autrement que vous les voyez maintenant. « — N'y avait-il pas là, il y a longtemps, une grande « et belle ville ? — Jamais nous n'avons rien vu de « pareil, et jamais nos pères ne nous ont parlé de rien « de pareil. »

« Je revins cinq cents ans après, et je trouvai la
mer couvrant la même place. Sur le rivage, il y avait
des pêcheurs, à qui je demandai s'il y avait longtemps
que le pays avait été couvert par les eaux. « Un homme
« comme vous, dirent-ils, peut-il faire cette question?
« Cet endroit a toujours été comme il est. »

« Je revins encore cinq cents ans après : la mer
avait disparu, et je demandai à un homme qui était
seul sur la place, quand avait eu lieu ce changement.
J'en reçus la même réponse. Enfin, revenant encore
une fois après le même espace de temps, j'y trouvai une ville florissante, plus peuplée, plus riche et
plus magnifiquement bâtie que la ville que j'y avais
vue la première fois, et, quand je me hâtai de m'in-
former de son origine, les habitants me répondirent : « Sa fondation se perd dans la nuit des temps;
« nous ne savons pas depuis combien d'années elle
« existe, et nos pères eux-mêmes n'en savaient pas
« plus que nous[1].»

Je ne rechercherai pas quelle est la signification
scientifique de cette allégorie: Le savant géologue a-t-il
voulu indiquer combien les diverses périodes de l'histoire de la terre sont séparées les unes des autres et
pour ainsi dire étrangères l'une à l'autre? Il nous suffit,

---

[1] Voir, dans les poésies de Ruckert, poëte allemand contemporain,
la même parabole.

quant à nous, de trouver dans cette fable un emblème
expressif du temps qui entraîne dans sa course les
choses et les souvenirs des hommes. Ce n'est pas seulement la tradition des révolutions géologiques qui
s'efface; et comment s'en étonner, si les témoins périssent avec les événements? La tradition des révolutions
historiques s'efface également : faiblesse de l'humanité
qui éclate dans l'instabilité de sa mémoire comme partout ailleurs! Mais les hommes aident eux-mêmes à la
faiblesse de leur mémoire; ils secouent ardemment le
joug et l'idée du passé. Il y a des temps et des pays où
cette impatience de l'ancienneté, où cette manie de
renouveler sans cesse la figure du monde fait le fonds
même de la civilisation. Est-ce un bien de tourner
sans cesse la vie des peuples et des individus vers l'a-
venir? L'idée de l'ancienneté, soit dans les institutions,
soit dans les monuments, calme et affermit les imagi-
nations; elle donne du lest aux sociétés. La nouveauté
perpétuelle agite les esprits, rien n'y prend racine;
elle rend l'homme impatient et haletant. Ce que je
reproche surtout à la nouveauté, c'est que, datant
d'hier, elle croit que rien n'existe avant elle et que ce
qui n'est plus n'a pas été. C'est cette brutalité de l'oubli que représentent, dans la fable de sir Lyell, les
générations ignorantes et insouciantes qui croient que
le monde a toujours été ce qu'il est aujourd'hui. ..

VINGT-SEPTIÈME LEÇON

LES FABULISTES ALLEMANDS DU DIX-HUITIÈME SIÈCLE. — LESSING

Les peuples et les générations qui arrivent les derniers en date dans l'histoire littéraire du monde, n'ayant plus la fraîcheur et la simplicité des premières inspirations, ont l'avantage de la science; mais ils en ont aussi l'inconvénient. Un de ces inconvénients, c'est d'avoir à profiter de leurs devanciers, sans pourtant les trop imiter. Il faut qu'ils aient une originalité qui leur soit propre : sans cela point de salut en littérature. Mais la science qu'ils ont gêne leur originalité : il faut donc qu'ils fassent le triage entre ce qu'ils acceptent du passé et ce qu'ils tiennent d'eux-mêmes. De là le

penchant irrésistible que les derniers venus en littérature ont pour la critique. Quelque genre qu'ils traitent,
tragédie, comédie, épopée, drame, satire, idylle ou
fable, ils en font la poétique, critiquent le passé, enseignent les nouvelles règles, et, après avoir donné le
précepte dans la préface, tâchent de donner l'exemple
dans leur ouvrage.

Le plus célèbre des fabulistes allemands du dix-
huitième siècle, Lessing, n'a pas·manqué à cette habitude. Il a fait des fables, mais il a fait aussi des dissertations sur la fable, et ce sont ces dissertations que je
veux examiner avant de parler de ses fables.

Lessing est un grand critique, et ce grand critique
est aussi, chose rare, un homme d'imagination et un
grand poëte dramatique. Les Allemands lui attribuent
toutes ces qualités, et il serait messéant à un étranger de
les lui contester. Mais ce n'est point dans ses fables et
ses dissertations sur la fable que je puis les retrou
·ver, car dans ses fables il s'est interdit d'être poëte,
et dans ses dissertations il se contente presque toujours
de critiquer ceux qui, avant lui, ont fait la poétique de
la fable, et surtout les écrivains français, Lamothe et
Le Batteux, par exemple, qu'il prend pour de grands critiques par ce défaut de discernement qui est propre
aux étrangers et qui nous empêche de distinguer, hors
de notre pays, entre les hommes du premier et du second
rang.

Lessing s'étonne, dans la préface de ses fables,
« que les modernes aient abandonné le ton d'Ésope,
le ton simple de la vérité, pour les détours fleuris
d'une narration verbeuse. » Cette narration verbeuse,
c'est, selon Lessing, la fable de la Fontaine, et voilà
deux genres de fables opposés l'un à l'autre : le genre
d'Ésope et le genre de la Fontaine ; la fable simple,
qui ne contient qu'une allégorie ingénieuse et une
moralité sensée, et la fable ornée et développée, où
l'auteur met ses personnages en scène et leur prête
souvent ses propres sentiments ; la fable en prose,
enfin, qui est une des formes de la morale, et la fable
en vers, qui est un genre de poésie, encore ignoré ou
oublié dans les poétiques au temps de Boileau, fort
accrédité et fort populaire depuis la Fontaine. C'est à
la Fontaine que Lessing reproche d'avoir fait passer la
fable de la morale dans la poétique. Déjà les maîtres
anciens de la rhétorique, Aristote par exemple, avaient
transporté l'apologue, de la philosophie, à laquelle il
appartenait primitivement, dans la rhétorique. Faisant un pas de plus, que Lessing a l'air de considérer
comme un degré de décadence, l'apologue passa dans
la poésie. Ce fut surtout la Fontaine qui, au dix-
septième siècle, fit cette révolution. « Cet auteur célèbre, dit Lessing, réussit à faire de la fable un pompon
poétique ; il plut, il enchanta. Ses imitateurs ne crurent pas pouvoir acquérir le nom de poëtes à meilleur

marché que par des fables délayées dans des vers agréables. » Je ne veux rien dire de l'expression dédaigneuse de Lessing; il a le malheur de n'être presque jamais juste envers la littérature française. Il nous reproche la légèreté, l'indiscrétion, la frivolité, l'étourderie, que sais-je? Il a même fait plusieurs fables contre nous, *la Poule aveugle*, par exemple :

« Une poule devenue aveugle, habituée à gratter la terre avec ses pattes, n'avait pas cessé de le faire, quoique n'y voyant plus. Qu'y gagnait cette folle laborieuse? Une autre poule, qui voyait fort bien, mais qui voulait épargner ses pattes délicates, se tenait sans cesse à ses côtés, et, sans gratter la terre, jouissait du travail de l'autre : dès que la poule aveugle avait découvert quelque grain, l'autre le prenait et le mangeait. — L'Allemand laborieux fait de grandes collections, et le Français adroit en profite[1]. »

Lessing a tort de reprocher à la Fontaine d'avoir changé le caractère de la fable. La révolution est plus ancienne, et tellement ancienne qu'elle me semble toute naturelle. Aussitôt que la fable a été inventée, aussitôt qu'une moralité a été mise en récit et en action à l'aide d'une allégorie, il a paru tout naturel de donner à ce récit le plus d'agrément ou le plus d'intérêt possible.

[1] Fable ix, livre II.

Quintilien remarque avec raison que la narration,
étant la partie la plus difficile du discours, est aussi
celle à laquelle il faut donner le plus de grâce et de
charme[1]. La Fontaine, qui lisait tout et aimait tout,
cite cette phrase de Quintilien en l'appliquant à ses
Fables : « J'ai cherché à donner cette gaieté à mes Fables
avec d'autant plus de hardiesse que Quintilien dit que
l'on ne saurait trop égayer les narrations. Il ne s'agit
pas ici d'en apporter une raison : c'est assez que Quintilien l'ait dit.[2] » Là-dessus, vive objurgation de Lessing, qui blâme la Fontaine d'appliquer à la fable ce
que Quintilien dit surtout du discours judiciaire.
Le récit, pour être dans une harangue judiciaire ou
politique, n'en est pas moins la partie du discours
qui a le plus besoin d'être ornée et rendue agréable, et cela, non à cause de la sévérité des sujets,
mais à cause surtout de la difficulté générale du récit.
Quiconque a jamais parlé en public sait qu'il n'y a
rien de plus juste que cette réflexion de Quintilien. Les
longs et graves récits nous font peur : il faut donc
que l'orateur tâche d'animer ou d'égayer son récit,
et le fabuliste qui entreprend de raconter pour arriver à nous instruire, doit suivre cet exemple, afin,
comme le dit encore Quintilien dans le même endroit,

---

[1] « Ego vero narrationem omni qua potest gratia et venere exornan-
dam puto. » — Quintilien, livre IV, chap. ii.

[2] La Fontaine, Préface de ses Fables.

d'arriver à se faire croire en se faisant écouter [1].

Or, quel meilleur moyen de plaire pour le fabuliste que d'animer ou d'égayer son récit par de brèves et piquantes réflexions, ou de mettre en scène les personnages qu'il introduit dans sa fable et de leur prêter les sentiments de l'homme? C'est ce que fait la Fontaine; mais c'est ce que Phèdre avait fait avant lui, quel que soit son goût pour la brièveté; c'est ce que faisaient au moyen âge tous les fabulistes, soit en France, soit en Allemagne, soit ceux qui écrivaient en latin, soit ceux qui écrivaient dans leur langue nationale. Ils font tous parler leurs animaux, et ils ne croient pas manquer en cela aux règles de la fable [2]. Leurs apologues sont déjà des scènes de comédie ou des récits amusants. La Fontaine est le modèle inimitable de ce genre de fables; mais il n'en est pas l'inventeur.

Lessing veut revenir à l'apologue ésopique; il tâche de faire une révolution en arrière. C'est la muse elle-même qui le détourne de faire des fables dans le genre de la Fontaine : « Jeune homme, me dit-elle en riant, pourquoi prendre une peine ingrate? La

---

[1] « Præterea, nescio quomodo etiam credit facilius quæ audienti jucunda sunt, et voluptate ad fidem ducitur. » — *Ibid.*

[2] Voyez, dans les *OEuvres complètes* de Lessing, édit. de Berlin, 1793, tomes XIII et XIV, deux dissertations sur les fables allemandes du temps des Minnesinger et sur le recueil des fables latines sous le nom de Romulus et de Rimicius. Ces vieilles fables allemandes et latines s'éloignent toutes de la fable ésopique.

vérité a besoin des ornements de la fable; mais la
fable a-t-elle besoin de l'ornement des vers? Tu veux
assaisonner l'assaisonnement. Il suffit que le fabuliste
ait le mérite de l'invention; l'expression doit être celle
du simple historien, et la moralité celle du sage qui a
l'expérience du monde[1]. »

La définition que Lessing donne de l'apologue ésopique, qu'il prétend restaurer, me paraît quelque peu
pédantesque, et je m'étonne que, voulant être si simple
dans ses récits, l'auteur soit si systématique dans la
définition de ces récits mêmes : « La fable, dit-il, est
le moyen de ramener une proposition générale à un
événement individuel[2]. » On pourrait dire, avec autant
de vérité, que c'est le moyen de ramener un événement
individuel à une proposition générale. Mais le tort
commun des deux définitions est de laisser croire que
les fables se font de cette manière systématique, c'est-
à-dire que, tantôt ayant une proposition générale à exprimer, on cherche une action ou un événement individuel à l'aide duquel on mette en saillie l'idée morale
qu'on veut rendre, et que, tantôt ayant une action ou
un événement individuel à raconter, on cherche la
proposition générale ou la moralité qu'on peut tirer de
l'événement, afin d'en rendre le récit instructif. La
fable ne se fait pas de cette manière et en deux fois ;

---

[1] Lessing, livre I, fable I.
[2] Première dissertation : *De la nature de la fable.*

le fabuliste n'est pas d'abord un moraliste en quête
d'une action ou un conteur en quête d'une réflexion.
La fable se crée en bloc; l'action et la moralité se
présentent ensemble à l'esprit ; l'inspiration du poëte
produit d'un seul et même jet ce que la critique sépare
et divise pour l'étudier.

Je retrouve le grand critique et l'un des maîtres de
l'esthétique allemande dans la seconde dissertation de
Lessing intitulée : *De l'usage des animaux dans la
fable*.

Pourquoi la fable a-t-elle pris les animaux pour personnages des scènes qu'elle invente? Pour nous amuser et pour piquer notre curiosité, disent quelques
critiques; pour avoir son genre de merveilleux, disent
quelques autres, un peu de merveilleux étant nécessaire à toutes les sortes de poëmes. — Non, répond
Lessing avec un sens juste et profond : si la fable prend
les animaux pour personnages des scènes qu'elle invente, « c'est que les animaux ont un caractère invariable et connu de tout le monde. Les personnages de
l'histoire, quelque célèbres qu'ils soient, ne sont pas
connus de tout le monde, comme le lion, l'âne, le loup,
le renard. De plus, leur caractère est mobile, incertain, composé de bien et de mal, et leur renommée,
c'est-à-dire ce qui fait que le monde les connaît, est
ordinairement conforme à leur caractère. De là certain
doute et certaine incertitude quand on parle d'eux.

On entend nommer Britannicus et Néron : qu'il y a
peu de gens qui sachent bien qui était Néron, qui
était Britannicus et quel rapport il y a de l'un à
l'autre! Mais si l'on vous dit : *le loup et l'agneau*,
qui ne connaît sur-le-champ ce qu'on lui dit? qui ne
sait le rapport qu'il y a entre ces deux animaux?....
Que dans la fable du loup et de l'agneau on mette
Néron au lieu du loup, et Britannicus au lieu de l'a-
gneau, elle aura perdu dès lors ce qui en fait une
fable aux yeux de tout le genre humain [1], » c'est-à-dire
une action dont nous connaissons d'avance les personnages, dont nous pressentons le dénouement et dont la
signification morale se manifeste à tous les yeux par la
nature même des personnages et de l'action. »

Pour mieux nous faire comprendre cette vérité, Lessing, unissant dans cette Dissertation le critique et le
fabuliste, prend le bel apologue du prophète : *la Brebis
du pauvre* [2], et le refait d'une façon curieuse. Il suppose, je ne sais trop pourquoi, que le riche est un
grand prêtre, dur et inhumain envers les misérables,
un grand prêtre tel que le dix-huitième siècle les repré-
sentait volontiers. Ce grand prêtre va vers le pauvre
et lui dit : « Les dieux demandent une offrande;
apporte ton agneau blanc au pied de l'autel. — Mon
voisin a un troupeau nombreux, répond l'autre; et

---

[1] Deuxième dissertation, p. 203, 204, 205.
[2] Voyez le second livre des Rois, chap. xii.

moi, je n'ai que ce seul agneau. — Mais, répliqua le
prêtre, tu as fait vœu de le donner aux dieux, parce
qu'ils ont béni ton champ. — Mon champ! je n'en ai
point. — Eh bien, c'est parce qu'ils ont sauvé ton
fils de sa maladie. — Hélas! dit le pauvre, les dieux
l'ont pris lui-même en offrande! — Impie, dit le prêtre en grondant, tu blasphèmes! » et il arracha l'agneau
de ses bras[1]. Qui ne reconnaît ici une paraphrase de la
fable du loup et de l'agneau? Mais, comme le remarque
Lessing, le loup et l'agneau sont encore un symbole
plus expressif de l'innocence opprimée par la violence
que cette fable du pauvre et du grand prêtre, parce
que personne n'hésite sur le caractère du loup et de
l'agneau, et qu'il suffit de prononcer les deux noms
pour savoir la signification de la fable, tandis que les
deux noms du pauvre et du grand prêtre n'expriment
pas aussi clairement le sens de la parabole. Il est nécessaire que le loup, puisqu'il est loup, soit violent et
injuste. Cela n'est point certainement nécessaire pour
le grand prêtre; cela même ne l'est pas non plus pour
le riche de la parabole primitive, quelque connue et
quelque expressive que soit par son titre même l'antique histoire de la brebis du pauvre.

Tout ce que dit Lessing sur cette invariabilité de la
nature des animaux, qui en fait des personnages excel-

---

[1] Deuxième dissertation, Ibid., p. 206 et 207.

lents pour la fable, parce que leur nom seul dit leur
caractère et leurs actions vraisemblables, tout cela est
à la fois très-juste et très-ingénieux. Les hommes que
nous introduisons dans la comédie ne nous font connaître leur caractère qu'à mesure qu'ils agissent, quand
bien même ils porteraient le nom caractéristique de
leurs vices, comme l'avare, le tartufe, le jaloux : car,
après tout, il n'y a pas de type absolu de ces vices, et
les hommes avares, hypocrites ou jaloux, le sont très-
inégalement, tandis que la tradition populaire a fait des
animaux des types absolus. Il y a très-probablement
des loups plus cruels les uns que les autres, des renards
aussi plus rusés les uns que les autres ; mais la tradition populaire ne fait point de différence entre eux.
Aussitôt qu'elle voit le renard paraître dans la fable,
elle sait que c'est pour y ruser et pour attraper les autres animaux. La tradition populaire aime ces attribu-
tions absolues de telle ou telle qualité bonne ou mauvaise, non-seulement à tel ou tel animal, mais aussi à
telle ou telle race, à telle ou telle classe d'hommes; elle
a un penchant naturel pour généraliser les observations qu'elle fait. Ainsi, elle assigne aux habitants de
certaines provinces certains défauts ou certains travers :
pour elle, le Gascon, c'est la vanterie et la pauvreté;
le Normand, c'est la finesse et le goût des procès ; le
Parisien, c'est la badauderie. Mais, toute disposée
qu'elle est à croire à la vérité de ces personnifications,

elle sait bien cependant que la liberté humaine dérange
à chaque instant ces généralisations impertinentes; elle
sait qu'il y a des. Gascons qui ne sont ni pauvres ni
vantards, des Normands qui ne sont ni rusés ni proces-
sifs, des Parisiens qui ne sont ni indiscrets ni curieux.
Elle a même appris, depuis quelque temps, que la civilisation va détruisant chaque jour davantage ces traits
du caractère moral de nos provinces, et qu'elle ne laisse
plus aux hommes que leurs qualités particulières en
bien et en mal. Depuis longtemps déjà, dans la haute
société, il n'y avait plus ni Gascons, ni Normands, ni
Provençaux, ni Parisiens ; il n'y avait plus que des hommes plus ou moins honnêtes, plus ou moins habiles,
sans distinction d'origine provinciale. La civilisation
étend et généralise cette égalité morale ; l'abolition des
caractères provinciaux est un des effets de la civilisation moderne. Mais, pour en revenir à la conclusion de
Lessing, l'abolition des instincts caractéristiques de
chaque race d'animaux est impossible, et la fable peut
conserver les animaux comme personnages de ses petits
drames, sans avoir à craindre que rien vienne jamais
détruire les types absolus qu'elle s'est créés.

Voyons maintenant ces fables dans lesquelles Lessing se pique de revenir au genre d'Ésope. Elles sont
en général brèves et précises ; mais cette précision
touche parfois à la sécheresse. Je trouve même qu'elle
a un autre défaut. Dans les apologues du vieil Ésope,

il y a presque toujours un grand-sens moral, une
leçon grave et forte, plutôt qu'une réflexion ingénieuse
et fine. Alors la brièveté même de la fable met en
relief la gravité de la leçon. Il n'en est pas de même
dans Lessing. Sa moralité n'est souvent qu'une remarque piquante et juste, mais qui n'a ni la gravité ni la
hauteur des sentences de la sagesse antique. Dans ce
cas, la brièveté ésopique donne à la moralité moderne
quelque chose de mesquin et d'écourté ; le lecteur
est tenté de se dire que ce n'était pas la peine de
faire une fable pour si peu. Aussi Lessing lui-même
oublie souvent son système et développe librement
son sujet, ne négligeant pas de l'animer par le récit
et par le dialogue : il suit alors les traces de la Fontaine plutôt que celles d'Ésope. Voyez la fable des
Furies :

« Pluton disait un jour au messager des dieux : « Mes
Furies sont vieilles et fatiguées, j'ai besoin d'en avoir
de jeunes. Va donc, Mercure, et cherche-moi sur la terre
trois femmes propres à cet emploi. » Mercure partit.
Quelques jours après, Junon disait à sa suivante : «Crois-
tu, Iris, pouvoir trouver parmi les mortelles deux ou
trois filles parfaitement sages ? Mais comprends-moi
bien : je veux qu'elles soient tout à fait sévères. Je veux
m'en servir pour faire affront à Vénus, qui se vante de
s'être soumis tout le sexe féminin. Va et cherche où tu
pourras les rencontrer. » Iris partit. Où n'alla-t-elle

pas? quel coin de la terre ne visita pas la bonne Iris?
Ce fut en vain : elle fut forcée de revenir seule. « Quoi!
toute seule? dit Junon en la recevant; est-ce possible?
O'pudeur! ô vertu!

« — Déesse, dit Iris, j'aurais bien pu vous amener
trois filles parfaitement sages et parfaitement sévères,
qui n'ont jamais souri à aucun homme et qui ont étouffé
dans leur âme jusqu'à la plus petite étincelle d'amour;
malheureusement je suis arrivée trop tard.

« — Trop tard, dit Junon, et comment?

« — Mercure les avait déjà engagées pour Pluton.

« — Pour Pluton! et que veut faire Pluton de ces
vertus?

« — Des Furies[1]! »

Essayez de ramener cette fable aux formes de l'apologue ésopique, que trouvez-vous? Un récit sec et froid :
« Pluton, voulant remplacer les Furies, envoya sur la
terre Mercure, qui lui ramena trois filles qui n'avaient
jamais aimé personne. » La moralité sera aussi sèche
que le récit : « La vertu trop sévère touche à la dureté. »
Voyez, au contraire, la fable des *Furies*, comme l'a faite
Lessing sans plus se soucier de son système. Le récit
est vif et piquant; le dialogue de Pluton avec Mercure et
de Junon avec Iris égaye le sujet et prépare le dénoûment.
La moralité est dans le dernier mot, et le mot suffit

---

[1] Lessing, livre II, fable xxviii.

pour faire comprendre l'idée de l'apologue ; car cette
idée, qui est une observation ingénieuse et plaisante
plutôt qu'une sentence générale, n'a pas besoin d'être
exprimée tout entière. La précision ici ajoute à la finesse, mais elle n'est pas dans le récit. Or, selon Lessing, la précision du récit est le caractère distinctif de
la fable ésopique.

Si je cherchais, parmi les fables de Lessing et parmi
ses meilleures, une fable ésopique, je prendrais volontiers celle des *Moineaux francs :* « Il y avait une
vieille église où des milliers de moineaux francs faisaient leurs nids. On la répara. Quand elle fut dans
son nouvel état, les moineaux francs revinrent y chercher les anciennes places de leurs nids : les trous
étaient bouchés. — A quoi peut servir maintenant ce
grand bâtiment ? s'écrièrent-ils. Partons, abandonnons
cette masse inutile de pierres[1]. »

L'idée de cette fable est la même que celle du *Vieux
Vautour.* Mais, quoique j'aime la fable de Lessing,
j'aime mieux celle de Johnson. Les moineaux de Lessing croient que la vieille église était faite pour eux,
puisqu'ils y nichaient, de même que les vautours de
Johnson croient que l'homme est la nourriture pré-
destinée des vautours, puisqu'ils le mangent. Mais,
quand il s'agit de réfuter l'argument des causes finales

---

[1] Livre I, fable XVII.

et de montrer que l'homme a tort de les rapporter toutes
à lui-même, le détail de ces causes, l'idée qu'elles ne
peuvent s'expliquer que par l'utilité qu'elles procurent à l'homme ou à l'animal, qui les explique à son
profit, tout cela ajoute beaucoup à la force du raisonnement et à la vivacité de la raillerie. C'est là
ce qui fait, selon moi, la supériorité de la fable de
Johnson sur celle de Lessing. Les moineaux de Lessing ne trouvent à la vieille église qu'un seul usage,
celui d'avoir des trous où ils font leurs nids. S'ils
avaient plus raisonné ou s'ils ne s'étaient pas piqués
de brièveté ésopique, ils auraient trouvé au vieux bâtiment bien d'autres utilités à leur profit, et des utilités réservées uniquement aux moineaux francs, de
même que le vautour de Johnson explique gravement
les guerres de l'homme, ses armées, ses marches et
ses généraux, par la nécessité imposée à la race humaine de servir de nourriture aux vautours.

Je voudrais cependant citer une fable de Lessing où
il ait gagné à être court et précis, comme il suppose
qu'a voulu l'être la fable ésopique. Je choisis l'*Arrivée
d'Hercule dans l'Olympe :* « Lorsque Hercule arriva dans
le ciel, il alla saluer Junon la première avant tous les
autres dieux. Tout l'Olympe, Junon elle-même, s'en
étonna. — Pourquoi, lui cria-t-on, est ce ton ennemie que tu salues la première? — Parce que, répondit
Hercule, ce sont ses persécutions qui m'ont donné l'oc-

casion de faire les exploits qui m'ont mérité le ciel.
Les dieux approuvèrent la réponse du nouveau dieu,
et Junon se réconcilia avec lui. »

Ici la brièveté ne fait tort ni au récit ni à la moralité;
elle leur donne, au contraire, le relief qu'ils doivent
avoir. Je ne puis point, cependant, ne pas remarquer
que je ne retrouve, ni dans cette fable, ni dans la plupart des fables de Lessing, la simplicité des sujets de
la fable antique. L'invention est plus raffinée, plus
compliquée, plus moderne en un mot. On sent que le
fabuliste est un de ceux qui sont venus les derniers
pour traiter de l'apologue, et que, voulant inventer ses
sujets, comme c'est la prétention de tous les fabulistes
après la Fontaine, il s'éloigne naturellement de la simplicité antique, quoiqu'il tâche de s'en rapprocher par
la forme. La ressemblance de la forme n'est rien, la
différence du fond est tout. Inventer selon les modernes
et s'exprimer selon les anciens, entreprise difficile que
les Allemands ont souvent tentée sans y réussir. On a
beau faire, en littérature le fond emporte la forme et
la bouche parle toujours de l'abondance du cœur.
Aussi, quel que soit le système de Lessing, ses meilleures fables sont celles qu'il a traitées à la moderne,
c'est-à-dire celles où il a introduit dans le récit la grâce
et la vivacité qu'il répudie ailleurs, et dans le dialogue
la vérité et le mouvement empruntés à l'imitation de
l'humanité. Je veux citer une de ces fables où Lessing

est piquant et agréable presque malgré lui, la fable intitulée *Jupiter et le Cheval* :

« Père des animaux et des hommes, dit le cheval en s'approchant du trône de Jupiter, on dit que je suis une des plus belles créatures dont tu aies orné le monde, et mon amour-propre me porte à le croire. Cependant, n'y aurait-il pas en moi bien des choses à corriger ?

« — Que crois-tu donc qu'il y ait à corriger en toi ? Parle, je veux bien prendre leçon de toi. » Ainsi parla le dieu indulgent, et il se mit à sourire.

« — Peut-être, dit le cheval, serais-je plus rapide à la course, si mes jambes étaient plus hautes et plus effilées ; un long cou comme celui du cygne ne me messiérait pas ; une poitrine plus large augmenterait mes forces ; et, comme tu m'as destiné à porter l'homme, ton favori, ne pourrais-je pas avoir une selle naturelle au lieu de celle que la main bienfaisante du cavalier met sur mon dos ?

« — Bien ! dit Jupiter ; prends patience un moment. Et alors Jupiter, d'un visage majestueux, prononce le mot créateur : la vie se répand dans la poussière, la matière s'organise, s'anime, et tout à coup, devant le trône du dieu, paraît le hideux chameau.

« Le cheval le voit, tressaille et tremble d'horreur.

« Voilà, dit Jupiter, des jambes plus hautes et plus effilées ; voilà un long cou de cygne ; voilà une large

poitrine; voilà une selle naturelle. Veux-tu que je te
donne la même forme?

« Et le cheval de trembler plus fort.

« Va, poursuivit le dieu, pour cette fois; profite de
la leçon; je veux bien t'épargner le châtiment. Mais,
pour que le cheval se souvienne de temps en temps de
sa témérité et pour qu'il puisse s'en repentir, toi, nouvelle créature, vis et dure! — En parlant ainsi, Jupiter
jeta sur le chameau un regard de vie et de durée. —
Et que le cheval ne te regarde jamais sans tressaillir
d'effroi! »

L'invention de cette fable est ingénieuse et poétique.
Comme le cheval a une répugnance instinctive pour le
chameau, Lessing explique cet instinct par une légende
mythologique. Il interprète l'histoire naturelle par une
fiction piquante; mais le récit s'éloigne assurément de
la simplicité de l'apologue ésopique, et je ne m'en
plains pas. Cette légende, en même temps, a sa moralité : elle montre au cheval que Dieu, en le créant, lui
a donné les qualités et la forme qu'il doit avoir pour
être à la fois utile et beau; qu'à choisir lui-même sa
condition, il choisirait pire. Elle justifie le plan général
de la création, sauf peut-être pour le chameau, qui
semble durer pour faire ombre au tableau et pour servir d'avertissement au cheval. Il est vrai que le chameau a tant d'utilités diverses, qu'il peut se passer de
la beauté.

Il y a une autre leçon encore à tirer de la fable de
Lessing, une leçon d'art, et c'est cette leçon sans doute
qu'avait en vue l'auteur du *Laocoon*. La beauté n'est pas
dans le choix de tel ou tel détail plus ou moins élégant :
la beauté est dans la proportion et dans le rapport des
parties entre elles. Le large poitrail du taureau lui sied,
parce qu'il est en rapport avec le reste de l'animal ; les
jambes fines et déliées de la gazelle font sa grâce, parce
qu'elles ne portent pas un corps lourd et épais ; le long
col du cygne lui donne une élégance admirable, tant que
le cygne vogue sur l'eau, et il commence seulement à
paraître moins gracieux quand il est à terre, parce
que les oiseaux aquatiques n'ont leur véritable aspect
que vus sur l'eau. Ainsi la Providence n'a pas seulement fait les créatures dans une vue d'utilité : elle les a
faites aussi selon certaines règles de beauté dont le
principe est la proportion et le rapport des parties entre
elles. C'est l'intelligence de ces règles qui constitue la
science de l'art.

A côté de Lessing et après lui, puisque les Allemands lui ont donné le premier rang parmi les fabulistes et qu'il n'appartient pas aux étrangers de déranger
les rangs établis dans chaque littérature, il y a en Allemagne, au dix-huitième siècle, beaucoup d'auteurs qui
ont fait des fables. Celui que je préfère entre tous est
Gellert. Ses fables me semblent charmantes, faites sans
aucun esprit de système et sans parti pris d'avance

pour ou contre la Fontaine[1]. De plus, l'homme me
plaît par sa bonté ingénieuse et douce, par l'élévation
de ses sentiments et de ses idées, par sa résignation
aux souffrances d'une longue mauvaise santé, par son
état enfin, le dirai-je, car il était professeur et très-
aimé, c'est-à-dire très-estimé de ses élèves.

J'ai toujours regardé le professeur des universités allemandes comme étant l'idéal du professeur, et, chaque
fois que j'ai été en Allemagne, ce sentiment est devenu
plus vif. Les universités allemandes ont deux grands
avantages : elles servent à beaucoup instruire la jeunesse
et à beaucoup faire honorer les professeurs, soit comme
individus, soit comme corps. Je me souviens toujours
avec joie des égards et des attentions que me valait
en Allemagne mon titre de professeur, et cela dès mon
premier voyage. Je commençai à comprendre la dignité que la société allemande attribue à la profession
de l'enseignement, et celle aussi qu'elle lui impose.
Le corps n'est pas moins honoré que les individus. Là,

---

[1] « On veut, dit Gellert, que j'aie imité la Fontaine, et je puis
assurer qu'il n'en est rien. Je le connaissais déjà, à la vérité, dans le
temps que je travaillais à la première partie de mes fables ; j'avais lu,
et non sans difficulté, quelques-unes des siennes, mais ce n'était point
dans le dessein de les imiter. Pour sentir toutes les beautés d'un poëte
aussi délicat, je ne possédais pas encore assez bien sa langue. Je ne
suis point un la Fontaine ; aussi je regarde comme un bonheur de
m'être fait une manière avant de l'avoir étudié. Comme imitateur, je
serais demeuré fort au-dessous de lui, j'en étais convaincu ; et, comme
original, je ne me suis point flatté de parvenir jamais à l'atteindre. »
— *Vie de Gellert, fragments de mémoires*, p. 54.

l'État ou l'Administration n'a pas contre les corporations savantes cette jalousie mesquine qui finit par les détruire ou les aplatir. Il semble tout naturel à l'État, qui veut que les professeurs aient autorité sur la jeunesse, d'avoir lui-même grande considération pour eux. Il les respecte pour les faire respecter. Là, n'est pas de mise la fameuse maxime française, qu'il ne faut point d'État dans l'État. Il y a en Allemagne beaucoup de petits États, et dans ces petits États beaucoup de corporations savantes. Tout n'en va que mieux, et les universités des petits États allemands les soutiennent et les défendent, au lieu de les affaiblir et de les ébranler.

En France, les institutions de l'ancien régime et celles du régime moderne n'ont pas donné au professeur l'ascendant et l'autorité qu'il a en Allemagne. Il y a eu assurément des professeurs qui ont joué un grand rôle dans notre pays; mais ils n'ont pas dû leur importance à leur titre seul de professeur. Leurs talents, leur éloquence, la part qu'ils ont prise au gouvernement de l'État, ont fait leur grandeur. Ce n'est pas comme membres de tel ou tel collége ou de telle ou telle corporation, qu'ils ont conquis un rang élevé dans le monde. Nous n'avons pas des universités en France : nous n'avons qu'une administration, qui s'appelle université; mais cette administration n'a de commun que le nom avec les universités de l'Allemagne ou de l'Angleterre. Le professeur, chez nous, est un employé

d'enseignement; le professeur, en Allemagne, est membre d'un corps qui s'administre lui-même; il est citoyen
d'un petit État lettré et scientifique, presque indépendant du grand État politique; il a ses droits et ses pré-
rogatives, non pas seulement à titre général et comme
Allemand, mais à titre spécial et comme professeur.

Ce n'est pas de nos jours que la condition du professeur s'est élevée et agrandie dans la société allemande : cette élévation sociale est de vieille date. La
vie de Gellert en est un bel exemple[1] au dix-huitième siècle. Il commença, à Leipsick, par donner des
leçons particulières à quelques élèves, et bientôt il
obtint le droit de donner des leçons publiques dans l'U-
niversité. Cette liberté d'enseigner dans l'Université,
qui n'est soumise qu'à quelques conditions préalables
de capacité, est un des droits les plus précieux des
universités allemandes, parce que, grâce à cette liberté,
les abus de l'esprit de corps et de la routine sont pré-
venus et empêchés, sans que l'État ait à s'en mêler. En
même temps qu'il enseignait, il écrivait des comédies,
des contes, des fables, des romans, et prenait part au
mouvement littéraire qui précéda l'âge d'or de la littérature allemande, le siècle de Schiller et de Gœthe.
Gardons-nous donc bien de nous représenter dans Gellert le professeur allemand, tel que se le figuraient les
vieilles idées françaises, espèce de magister et de pé-

[1] Gellert, né en 1715, mort en 1769.

dant, sombre et grondeur, d'un caractère difficile,
enfermé dans ses études et dans sa science, ne commu-
·niquant ni avec le monde, ni même avec la littérature.
Gellert est souvent triste, parce qu'il est souvent malade
et qu'il souffre ; mais sa bonté surmonte ses souffrances,
et il tâche de venir en aide aux malades ses frères. Il
écrit un livre : *Conseils pour les personnes valétudi-
naires*, où il essaye de changer la douleur en résignation, s'appuyant de sa pénible expérience du mal et
disant comment la maladie est un apprentissage de la
piété. Il aime beaucoup ses amis, il aime ses élèves, il
sent qu'il en est aimé ; il les avertit, il les conseille, non
pas seulement dans sa chaire, où il tache d'unir sans
cesse la morale à la littérature : il reçoit leurs lettres et
leurs confidences, même quand ils l'ont quitté et qu'ils
sont déjà dans le monde ; il leur répond, il entre dans
leurs chagrins pour les consoler, dans leurs espérances
pour les diriger. Il a ce que le dix-huitième siècle
appelait une âme sensible, et ce que j'aime mieux appeler une âme bonne et tendre.

Sa réputation, à mesure qu'elle s'accroît, lui attire
une nombreuse clientèle d'amis, d'élèves, de correspondants et même de correspondantes. Il se prête à
ces soins de correspondance si souvent ennuyeux, non
par vanité, ce qui fait parfois le fond du courage que
les hommes célèbres mettent à répondre à leurs admi
rateurs, mais par l'idée d'être utile.

On sait comment madame Bettina d'Arnim, toute
jeune encore, se mit à entretenir avec Gœthe octogé-
naire une correspondance presque amoureuse. Je trouve
dans la vie de Gellert une histoire presque du même
genre, mais plus sérieuse, plus sincère, j'allais dire
plus honnête, et où la vanité entre pour peu de chose
des deux côtés. En 1762, Gellert avait alors quarante-
sept ans ; mais la mauvaise santé le vieillissait plus que
l'âge. Une jeune fille de Dresde et de bonne famille lui
écrivit pour lui demander la permission d'entrer en
correspondance avec lui. Gellert accepta, et, dès sa
seconde lettre, la jeune fille le prenait, si je puis ainsi
dire, pour son directeur. Le goût et le besoin de la direction se ressentent hors de l'Église catholique, et c'est
un goût ou un talent qu'ont aussi certaines personnes,
hommes ou femmes. Gellert l'avait, et sa correspondante l'avait senti dans ses ouvrages. Elle lui confesse
donc, quoique la confession soit interdite dans les
églises protestantes, ou plutôt elle lui confie ses idées,
ses penchants, ses sentiments. Gellert ne se sert de
cette confiance que pour avertir son admiratrice, pour
la ramener vers la vie simple et ordinaire. Il retranche
d'une main sûre et ferme tout ce qu'il peut y avoir de
romanesque dans cette âme honnête et tendre, qui se
plaignait de sa tristesse à un homme triste lui-même.
« Lisez moins, dit Gellert à sa correspondante, c'est
mon premier conseil. Votre *Grandisson*, votre *Clarisse*

sont des livres admirables [1]; mais ils paraissent dangereux pour votre cœur.... Secondement, évitez la solitude, quoi qu'il puisse vous en coûter ; faites-vous de
petites occupations convenables à votre rang et à votre
sexe, et, si vous n'avez pas d'ouvrage déterminé, travaillez pour les pauvres.... La connaissance et le soin
des affaires du ménage est pour les femmes une occu-
pation très-louable, et le talent d'aider à gouverner une
maison avec sagesse est préférable à la lecture des
meilleurs livres.... Troisièmement, que la crainte de
faire un mauvais choix ne vous inspire point d'éloigne-
ment pour le mariage. Les dangers de cet état sont
grands, j'en conviens, mademoiselle ; mais il y a cependant des hommes estimables et dignes d'être aimés,
quoique les Grandissons n'existent pas [2].... »

Sa maladie était une maladie du foie, qui le poussait
à la tristesse ; il ne se ranimait et ne se relevait que
par ses sentiments de piété et par les témoignages, qui
lui arrivaient de plusieurs côtés, du bien qu'il faisait par

---

[1] Dans son discours d'ouverture sur l'influence que les belles-lettres
ont sur le cœur humain et sur les mœurs, Gellert dit « qu'il ne serait
pas surpris qu'un seul bon livre, tel que *Clarisse* par exemple, ou
Grandisson, inspirât à un lecteur attentif plus de sentiments nobles et
vertueux que toute une bibliothèque d'ouvrages moraux... » (Tome III,
p. 229.) Est-ce une contradiction ? Non : c'est une preuve que Gellert
était un habile et sage moraliste, un bon directeur. Il ne conseillait
pas la même chose à tout le monde ; il faisait la différence des caractères
et des sentiments ; il ne parlait pas de la même manière à une jeune
fille et à un auditoire de jeunes gens.

[2] Vie et lettres de Gellert, tome II, p. 232.

ses ouvrages et ses leçons. Le tableau qu'il fait dans
ses lettres de ses souffrances et de son abattement est
touchant. Nulle part le malade et le chrétien ne se
manifestent plus sincèrement : « Quels tristes jours,
quels jours douloureux viennent de s'écouler!... écrit-il
à sa correspondante ordinaire; combien ne fus-je pas
humilié dimanche dernier lorsque, entrant dans l'é-
glise accablé de tristesse, j'entendis chanter ce cantique :

> Mon seigneur et mon Dieu, c'est par toi que je vis;
> Fais qu'à tes saints décrets toujours je sois soumis[1].

« Est-ce bien toi, me disais-je à moi-même, qui as
« composé ce cantique, toi dont l'âme abattue ne sent
« plus la force des vérités qu'il exprime! » Cette pensée
me fit verser des larmes amères, et je priai Dieu avec
ardeur de m'accorder le courage et la fermeté dont
j'avais besoin[2]. »

C'est à la même correspondante affectueuse ou au
comte Maurice de Bruhl, un de ses élèves et de ses
amis, qu'il raconte avec un cœur touché, ou avec une
gaieté qui émeut, venant à travers tant de souffrances,
les remerciements qu'il reçoit du bien moral que

---

[1] Gellert avait fait un recueil de cantiques spirituels que l'Église
protestante de Saxe avait adopté.
[2] Vie et lettres de Gellert, tome III, p. 51.

produisent ses ouvrages. Je pourrais parler de l'estime et de l'affection que lui témoignent l'électeur de
Saxe, ou les princes Charles et Henri de Prusse, ou le
général autrichien Laudon, ou les généraux prus-
siens qui, pendant la guerre, accordent aux maisons
qu'habite Gellert ou à la petite ville d'Haynichen, sa
patrie, des sauvegardes que Gellert n'a pas même eu
besoin de demander; j'aime mieux prendre des témoignages venus de plus bas et qui montrent mieux l'influence qu'exerçait Gellert par son enseignement et par
ses livres. Tantôt c'est un officier prussien qui vient le
voir à Leipsick et le remercier de l'avoir ramené, par
la lecture de ses ouvrages, à la religion et aux bonnes
mœurs. Malheureusement, l'officier prussien crut devoir ajouter à ses remerciements un présent d'argent,
ce qui déplut à Gellert et lui gâta la reconnaissance de
son admirateur. En même temps, cependant, il pensait
que, pour être mal exprimé, le remerciement n'était
pas moins sincère, et il était ému. « La pensée que je
n'étais pas entièrement inutile au monde, une voix
consolante qui me disait intérieurement que je devais
prendre courage, que ma vie n'était pas destinée à
s'écouler toujours dans la tristesse et dans l'abattement, voilà ce qui me donnait tant d'émotion.... Il n'y
a rien de si petit qui ne soit sous l'empire de la divine
Providence. Ne puis-je pas me flatter qu'elle a dirigé tout
ceci pour ma consolation? Et quel n'est pas mon bon-

heur d'avoir rendu meilleur un de mes semblables [1] ! »

. Une autre fois, le témoignage rendu à l'influence
de Gellert venait du milieu de la foule et ne lui en
plaisait que plus sans doute, parce que les écrivains
commencent leur réputation par les suffrages du monde,
mais ils ne sont contents que lorsqu'ils arrivent aux
suffrages du public. C'est un sergent qui sort du service
de Prusse et qui assiste à une des leçons de morale de
Gellert. « Il vint à moi quand j'eus fini, écrit Gellert à
sa jeune correspondante de Dresde. » (Je me laisse aller
à citer cette lettre, parce qu'elle respire une gaieté douce
que la maladie ôtait souvent à Gellert, mais que lui
rendait de temps en temps la joie de savoir qu'il avait
rendu meilleur un de ses semblables.)— « Je le con-
duisis de l'auditoire dans ma chambre : « Excusez, mon-
« sieur le professeur, me dit-il, la liberté que je prends
« de demander à vous parler. Je suis un sergent prussien :
« j'ai servi pendant trente-trois ans, et j'ai enfin obtenu
« mon congé. Maintenant je retourne en Livonie, où je
« suis né; mais j'ai fait un détour de cinq milles pour
« vous voir et vous remercier du fond de mon cœur de
« tout le bien que vous m'avez fait. — Asseyez-vous,
« mon cher monsieur; en quoi ai-je pu mériter votre
« reconnaissance? — Par tous vos ouvrages, que je lis
« depuis 1748, mais surtout par les derniers. Souvent
« ils m'ont détourné du mal et animé à faire le bien.

. [1] Vie et Lettres de Gellert, tome I, p. 95.

« Dieu veuille vous en récompenser, vous bénir, vous
« donner la santé, une vie longue et la félicité éternelle!
« Si vous saviez combien je vous aime et combien je
« suis ravi de vous voir ! — Votre visite, monsieur, me
« procure une satisfaction bien douce et bien inatten-
« due, et je vous remercie à mon tour de cette affection
« que vous m'exprimez avec tant de candeur.... Si mes
« écrits vous ont fait du bien, j'en bénis Dieu et je me
« félicite d'être à même de connaître un aussi brave et
« pieux militaire. Mais, dites-moi, êtes-vous content
« de votre retraite? avez-vous amassé au service de
« quoi passer tranquillement le reste de vos jours? —
« Je n'en rapporte que ma liberté; mais je retrouverai
« chez moi ce qui suffira à mes besoins. Me voici encore
« en bonne santé, nonobstant toutes mes blessures, et
« combien de fois Dieu ne m'a-t-il pas visiblement pro-
« tégé et garanti au milieu des dangers de la guerre!
« Il continuera donc à prendre soin de moi. » Il raconte
alors à Gellert que, pendant qu'il était prisonnier de
guerre en Bohême, il a lu tous ses ouvrages et plusieurs fois: « Je suis pénétré de joie d'avoir pu vous
« voir et vous parler. A présent, je vais continuer ma
« route, et j'espère l'avancer aujourd'hui d'un ou deux
« milles. » Sur cela, il prit congé de moi de la manière
la plus touchante. Qu'en dites-vous, mademoiselle?
L'approbation et la reconaissance de cet honnête militaire, tout subalterne, tout inconnu qu'il est, doivent-

elles me toucher moins que le suffrage et la bienveillance du plus grand et du plus brave général, d'un
Laudon, par exemple[1]? »

Voilà les consolations de ce malade accablé par la
souffrance; voilà les joies de cet écrivain et de ce professeur, aujourd'hui presque oublié, heureux de croire
qu'il n'avait pas inutilement traversé la vie, qu'il avait
fait quelque bien sur son passage, semé çà et là dans
les esprits quelques idées justes et quelques bons sentiments, et qu'il laisserait de lui dans quelques âmes
d'élite, quel que fût leur rang, un souvenir reconnaissant!

Une autre fois, un bûcheron qu'il rencontre chez
un relieur lui donne cette idée de la popularité, si
douce au cœur de l'homme et si légitime quand la
popularité s'est acquise à faire le bien et non à flatter
le mal. « J'étais, il n'y a pas longtemps, chez mon
relieur; pendant que je lui parlais, entre un bûcheron
de sa connaissance, qui tire d'une hotte assez bien gar-
nie de pain et de beurre un exemplaire en feuilles de
mes fables et de mes contes : « Tenez, dit-il dans son
« jargon, faites une belle et forte reliure à ce livre-là.
« — Mais, Christophe, dit le relieur, par quel hasard
« ce livre est-il tombé entre vos mains? » Il répondit
fièrement qu'il l'avait acheté ici; que le magister et le

---

[1] Tome III, p. 80-83, 15 septembre 1765.

bailli de son village, chez qui il l'avait vu pour la première fois, avaient pensé étouffer de rire en le lisant,
tant ce livre était *drôle;* que, comme il avait un fils
qui commençait déjà à lire couramment, il pourrait,
le soir, au retour de son travail et tout en fumant sa
pipe, en entendre quelque chose, et que, de cette manière, il oublierait presque d'aller au cabaret. » Dans
son inexpérience, le bûcheron croyait que le libraire
qui lui avait vendu ce livre l'avait écrit, et tous les autres aussi qu'il avait dans sa boutique; le relieur le
désabusa de cette idée. « J'aurais bien pu me retirer
alors, continue Gellert; mais ma vanité ne le permit
point. J'espérais que le relieur me ferait connaître, et
heureusement il le fit, sans quoi je me serais découvert
moi-même. Si vous eussiez pu voir avec quelle admiration le paysan me contemplait alors, comme il me
frappait amicalement sur l'épaule, en m'exhortant à
écrire encore d'autres ouvrages aussi plaisants! Je fus
tout ce jour-là de la meilleure humeur du monde[1]. »

Le bûcheron de Gellert soulève ici une question importante. Il croit que lire ou entendre lire un bon
livre le soir, au retour de son travail, vaut mieux que
d'aller au cabaret; et je me souviens moi-même d'avoir
entendu deux ouvriers qui sortaient des conférences
littéraires faites à Paris, en 1864, au profit des blessés

---

[1] Tome III, p. 183 et 185.

polonais, se dire gaiement que cela valait mieux que
d'aller passer sa soirée à l'estaminet. Les ouvriers sont-
ils donc aussi capables que les bourgeois de goûter les
plaisirs littéraires et de se plaire aux jouissances de
l'esprit? J'en suis persuadé. Il s'agit seulement de les
leur offrir sous la forme convenable. C'est sur ce point
surtout qu'il y a de grands préjugés.

Il y a des gens prétendant aimer beaucoup le peuple,
qui croient qu'il faut faire des ouvrages pour le peuple,
et, avec cette idée, ils font ou ils font faire des ouvrages
dans lesquels l'auteur, sous prétexte de se mettre à la
portée du peuple, prend un ton puéril ou vulgaire. Le
peuple, qui a un sens juste de beaucoup de choses,
s'abstient ordinairement de lire les livres qui sont,
dit-on, faits pour lui. Voici pourquoi, selon moi : Ces
frivolités ou ces banalités préméditées n'attirent pas la
foule, qui n'aime point à lire et qui n'a point l'instinct
du plaisir littéraire; c'est là le grand nombre, non-
seulement dans le peuple, mais dans la bourgeoisie et
dans la noblesse. Il n'y a jamais que l'élite, à tous les
degrés, qui soit sensible aux jouissances des lettres. Or,
dans le peuple, cette élite rejette bien vite les vulga-
rités prétendues populaires. Je suis persuadé, au contraire, que pour le peuple il n'y a de bons livres que
les meilleurs.

On m'a conté qu'en 1848, dans un des faubourgs de
Paris, le peuple cherchait un prêtre pour bénir un de

ces arbres de la liberté sans racines qu'il aimait alors
à planter. On arrive à l'église, on trouve le curé et son
vicaire et on leur demande qu'ils viennent bénir l'arbre.
« Allez avec ces braves gens, monsieur le vicaire, dit le
curé. — Non, répond un homme du peuple ; nous ne
voulons pas de M. le vicaire : il nous faut un vrai curé
pour bénir notre arbre. » Eh bien, je dirais volontiers
qu'il faut aussi une vraie littérature pour le peuple et
non pas une littérature de commande. J'ai lu devant un
auditoire tout populaire quelques-unes des plus belles
fables de la Fontaine et quelques passages des sermons
de Bossuet ; c'étaient les plus beaux morceaux qui
étaient le plus goûtés. Le grand et le simple ne man-
quaient pas leur effet. Je suis sûr, au contraire, que le
joli, le mignard, l'affecté, n'auraient eu aucun succès.
Entre un tableau de Boucher et un tableau de Lesueur,
entre une statue grecque et une sculpture du dix-
huitième siècle, le peuple, je parle toujours de l'élite,
de celle qui a le goût instinctif des arts et des lettres,
le peuple ira au beau et laissera le joli.

Ne craignez donc pas de faire connaître au peuple
la grande littérature ; sachez la lui expliquer. En faisant ainsi partager à l'élite de la société d'en bas les
jouissances littéraires de la société d'en haut, vous faites
deux bonnes choses : vous préparez à notre grande
littérature un nouveau public, et, si la société d'en haut
perd le sens littéraire à force de satiété et de mollesse,

vous appelez de jeunes et ardents prosélytes pour remplacer les fidèles abâtardis. En même temps que vous
éclairez et que vous élevez les esprits, vous réconciliez
les âmes; vous travaillez à abolir cette funeste division
des classes qui a été la plaie de la France et l'obstacle
à sa liberté.

De nos jours, il n'y a d'inégalité sociale que la différence d'éducation. Je ne suis pas assez chimérique pour
croire qu'on peut abolir cette inégalité; mais je suis
persuadé qu'on peut la diminuer, que c'est le devoir de
tout bon citoyen de travailler à resserrer l'intervalle qui
sépare la société d'en haut de celle d'en bas; que la
vraie charité chrétienne le demande et que la politique
libérale l'exige. Le jour où il y aura entre les ouvriers et
les lettrés quelques jouissances littéraires en commun,
le jour où nous aurons lu et goûté ensemble quelques
scènes de Corneille et de Racine, quelques fables de la
Fontaine, quelques pages de Bossuet; le jour où nous
aurons ressenti en commun, ne fût-ce que pour quelques instants, l'éclair du beau et la chaleur du bon, ce
jour-là, il y aura bien des préjugés politiques et sociaux qui s'effaceront, bien des rancunes et des
jalousies qui disparaîtront. On se plaint que le luxe se
répande dans les classes inférieures, et on a raison,
parce que les jouissances du luxe sont à tous les degrés des causes de jalousie et de rivalité. Les jouissances
littéraires, qui sont un luxe aussi, sont, au contraire,

des causes d'union : elles se partagent, comme se partage la lumière, sans que la part de l'un diminue la
part de l'autre.

Ceux qui croient, comme moi, que les plaisirs de l'esprit sont bons pour tout le monde, pour le peuple comme
pour la bourgeoisie et pour la noblesse, n'ont pas la naïveté de croire que le peuple va être tout d'un coup trans-
formé tout entier et qu'il pourra entrer en masse à l'A-
cadémie française; ils ne veulent s'adresser qu'à l'élite
de ce peuple, à ceux qui, comme le bûcheron de Gellert,
ont l'instinct des jouissances littéraires. Qui choisira et
appellera cette élite? dit-on. — Personne, grâce à Dieu !
Ils s'appelleront eux-mêmes, comme le bûcheron de
Gellert, c'est-à-dire qu'ils payeront les jouissances littéraires dont ils auront le goût, comme le bûcheron
avait payé son exemplaire des fables de Gellert. Je suis
profondément convaincu que l'éducation littéraire du
peuple, telle que je viens de l'expliquer, ne peut être
efficace qu'à la condition de n'être pas gratuite. L'élite
ne peut se distinguer de la foule que par le prix, si
petit qu'il soit, qu'elle payera pour son plaisir. Ce que
j'aime dans le bûcheron, c'est qu'il avait payé le livre
qu'il préférait au cabaret; c'est là ce qui fait de sa
préférence un vrai progrès moral, et, quand je le vois
frapper amicalement sur l'épaule de Gellert et l'ex-
horter à continuer d'écrire, j'envie cet accord touchant
du travail des mains et du travail de l'esprit se com-

prenant l'un l'autre. La meilleure société, la plus pai-
siblement libérale, est celle où la littérature est naturellement populaire, celle où il y a dans le peuple
beaucoup de braves gens qui ont le goût des jouissances
littéraires et qui les payent.

Je demande pardon de m'être laissé aller à parler si
longuement de la vie et du caractère de Gellert. L'homme
et le professeur m'ont ravi. Voyons maintenant le fabuliste, et si nous partagerons, sur les fables de Gellert,
l'avis du bûcheron.

Comme les fables de Lessing, celles de Gellert sont
aussi presque toutes d'invention plutôt que de tradition.
Elles ont pour fonds une idée ou une observation ingénieuse et piquante, plutôt qu'une moralité grave et générale. Tous les fabulistes modernes en sont là, et la
fable ésopique, que Lessing se flattait de reproduire,
est chose introuvable de nos jours. Le mérite de Gellert
est de ne s'être point piqué de faire cette restauration
impossible. Il prend la fable où il la trouve dans la
littérature moderne, et c'est avec cette fable qu'il nous
amuse, sans qu'il s'inquiète et sans que nous nous
inquiétions plus que lui de savoir si ce genre de fables
s'accorde avec le genre d'Ésope. Que dirait, par exemple, l'antique fabuliste grec, de la fable du *Chapeau?*
Est-ce un conte? est-ce une fable? Tel qu'il est, le
récit est plaisant et il a sa moralité; je n'ai rien à
demander de plus.

HISTOIRE DU CHAPEAU

Le premier, qui d'une main savante, inventa le chapeau, ce bel ornement de l'homme, le porta sans qu'il
fût retapé. Les ailes étaient rabattues des deux côtés, et
cependant il savait le porter de telle façon que le chapeau lui donnait de la considération.

« Il mourut et laissa le chapeau rond à son plus
proche héritier.

« L'héritier ne savait pas manier commodément ce
chapeau rond : il se mit à réfléchir, et bientôt il s'avisa
de relever les deux ailes ; alors il parut devant le peuple,
qui resta immobile d'admiration et s'écria : « Ah ! c'est
maintenant que le chapeau est beau ! »

« Il mourut et laissa à son héritier le chapeau aux
ailes relevées.

« L'héritier prend le chapeau et se met à gronder :
« Je vois bien, dit-il, ce qui manque à ce chapeau. » Et
alors, en homme habile et hardi, il ajoute une troisième
corne au chapeau. « Ah ! s'écria le peuple, voilà celui
qui a du génie ! Voyez ce qu'un simple mortel a su
inventer ! C'est lui qui fait la gloire de sa patrie ! »

« Il mourut et laissa à son héritier le chapeau à
trois cornes.

« Le chapeau, il faut l'avouer, n'était plus propre, et
on peut dire qu'il n'en pouvait guère être autrement,

puisqu'il arrivait à la quatrième main. L'héritier le
teignit en noir, afin d'inventer à son tour quelque
chose. « Heureuse idée ! s'écria la ville ; personne n'a
encore eu des vues si étendues que celui-ci ! Un chapeau blanc était ridicule ; un chapeau noir, mes frères,
un chapeau noir, voilà ce qui convient ! »

« Il mourut et laissa le chapeau noir à son héritier.

« L'héritier porta le chapeau chez lui et s'aperçut
qu'il était tout usé et fané. Il médita beaucoup, et, en
méditant beaucoup, trouva le secret de le remettre sur
la forme et de le retourner. Il le nettoya avec des brosses
trempées dans l'eau chaude et l'entoura d'un cordonnet.
Alors il sort, et tout le monde de s'écrier : « Que voyons-
nous ? est-ce de la magie ? Le chapeau est neuf ! O
bienheureux pays ! Plus d'erreurs, plus d'ignorance !
tout est renouvelé. Non, jamais un mortel n'a eu plus
de génie que n'en a ce grand homme !

« Il mourut et laissa le chapeau repassé à son héritier.

« C'est l'invention qui fait la grandeur des artistes et
qui empêche que leur nom soit jamais oublié. L'héritier
arrache le cordon, entoure le chapeau d'un galon d'or,
le décore d'un bouton et l'enfonce de travers sur sa
tête. Dès que le peuple le voit, il tressaille de joie.
C'est maintenant, dit-il, que l'art est arrivé à son comble ! Ce n'est que celui-ci qui a de l'esprit et du talent,
et tous les autres ne sont rien auprès de lui ! »

« Il mourut et laissa à son héritier le chapeau galonné ; et, chaque fois qu'il y avait une nouvelle mode inventée, elle était imitée dans tout le pays.

« Qu'arriva-t-il ensuite du chapeau et qu'y changea-t-on ? C'est ce que je dirai dans un second livre. Jamais il n'y eut d'héritier qui lui laissât sa première forme. Le dehors était neuf, mais le vieux chapeau durait toujours. Et, pour tout dire d'un mot, il arriva au cha-peau ce qui arrive à la philosophie[1]. »

Voilà une piquante histoire de la philosophie, un peu sceptique, presque digne de Voltaire, plus française qu'allemande, et qui pourrait aisément devenir aussi l'histoire de la politique et de la littérature. Rien ne change au fond dans le monde ; les formes seules se renouvellent, et ce renouvellement du dehors suffit à l'activité humaine. Il est bon que la Providence ne lui ait pas donné prise sur le fond des choses : tout aurait péri depuis longtemps. J'aime donc le tour ingénieux que Gellert donne à l'expression de cette vérité. Je sais bien que cette vérité, toute générale, ne ressemble point aux moralités ordinaires de la fable, qui sont presque toujours des conseils de morale concernant la vie pri-vée. La conclusion de Gellert ne s'applique qu'à l'histoire générale de l'humanité. Prenons donc, si vous le vou-lez, l'histoire du chapeau pour un conte moqueur plu-tôt que pour une fable ; mais reconnaissons en même temps que ce conte, qui a un sens fort instructif, est

[1] Fables et contes de Gellert, Leipsick, 1767, p. 5-8.

fort bien conté. L'art du récit est un des plus grands mérites du fabuliste. Il ne faut pas que dans la fable moderne le récit soit seulement un acheminement plus ou moins rapide à la moralité : il faut que le récit ait son intérêt par lui-même, que nous prenions plaisir aux aventures qui nous sont racontées et que nous puissions même au besoin nous passer de la moralité. C'est le mérite des fables de la Fontaine : le récit s'y suffit à lui-même, la moralité s'entrevoit ou se devine, et assurément elle ne gâte rien. Mais elle pourrait ne pas se rencontrer sans que cela nous fît rien ; c'est là la grande différence de la fable moderne avec la fable antique, dans laquelle la moralité est tout et le récit presque rien. Au contraire, dans la fable moderne, le récit est presque tout. Dans le conte de Gellert, le récit est charmant. Occupés et amusés des réformes successives que subit le vieux chapeau et des succès qu'il obtient à chaque changement, nous attendons très-patiemment la moralité que nous pressentons ; elle arrive au dernier mot seulement, et sa brièveté rehausse sa vérité.

Cette manière de mettre la moralité dans le dernier mot de la fable et de la rendre, par là, plus vive et plus piquante, est un des talents de Gellert. Voyez sa fable du *Père mourant* :

« Un père avait deux héritiers : Christophe, qui était spirituel, et George, qui était bête. Voyant sa fin arriver, il se tourna tout troublé vers Christophe : Mon fils,

lui dit-il, je me sens tourmenté par une triste pensée.
Tu as de l'esprit : que vas-tu devenir? Écoute : J'ai dans
mon armoire une cassette avec quelques bijoux dedans ;
je te les donne. Prends-les, mon fils, et n'en donne rien
à ton frère.

« Le fils tressaillit et resta quelque temps immobile.
Ah! mon père, dit-il, si je reçois tout de vous, que
deviendra ensuite mon frère? — Lui! dit son père l'interrompant ; je ne suis pas inquiet pour George. Il est
sûr de faire fortune : il est bête[1].»

Il y a assurément ici un peu d'exagération : les bêtes
et les sots ne sont pas plus sûrs de faire fortune dans
le monde que les gens d'esprit. Ils ont cependant quelques chances de plus. Ils ne déplaisent à personne et
n'inquiètent personne ; ils n'inspirent aucune jalousie.
Le monde est volontiers sévère pour les défauts des
gens d'esprit et indulgent pour les défauts des sots.
Tout compte aux hommes d'esprit, et le mal encore
plus que le bien ; rien ne compte aux sots. Je crois
cependant que Gellert a oublié une qualité nécessaire
aux sots pour faire fortune : ayant l'esprit lourd, il
faut qu'ils aient le cœur un peu plat ; sans cela, ils
échoueront. J'ai vu beaucoup de sots dans le monde
qui ne réussissaient pas, et, quand j'en cherchais la
raison, je trouvais toujours que ces sots avaient par ci

---

[1] Fables et contes de Gellert, IIe partie, p. 6.

par là quelque honnèteté dans l'âme ou quelque générosité dans le cœur. Cela m'expliquait leur mésaven-
ture, et cela est si vrai que, lorsque les gens d'esprit
consentent à s'aplatir, ils surmontent aussitôt l'obstacle que leur fait leur esprit et réussissent merveil-
leusement.

Gellert a donc tort, selon moi, d'attribuer uniquement la fortune des sots à leur sottise; il y faut autre
chose. Mais le fabuliste n'a voulu, je le crois, que
donner un tour piquant et original à l'observation
qu'il avait faite dans le monde, de l'utilité de n'avoir
pas trop d'esprit. Ce tour original et piquant, qui est
propre à Gellert et qui étonne peut-être dans un Allemand, se montre presque partout dans ses fables. Cela
me rappelle que son bûcheron de Leipsick l'encourageait
« à écrire encore d'autres ouvrages aussi plaisants, » et
cela me fait souvenir aussi du mot que lui disait à
Carlsbad le général Laudon. Comme il voyait Gellert
fort mélancolique à cause de sa maladie : « Dites-moi,
« monsieur le professeur, lui demanda-t-il un jour,
« comment est-il possible que vous ayez pu écrire
« tant d'ouvrages et y mettre tant de gaieté? En vous
« voyant, je ne le conçois pas. — Je vous l'expliquerai,
« répondis-je; mais auparavant, monsieur le général,
« dites-moi comment il est possible que vous ayez gagné
« la bataille de Kunnerdorf et pris Schweidnitz dans
« l'espace d'une nuit? En vous voyant, je ne le con-

« çois pas. » Dans ce moment, je le vis rire pour la
première fois. D'ordinaire, il se borne à sourire[1]. »

Ce récit de Gellert ressemble à une de ses fables et
en a le tour piquant. Comment les poëtes et les écrivains font-ils leurs ouvrages, et comment les plus mé-
lancoliques et les plus tristes y mettent-ils une gaieté
singulière? comment Molière, triste dans sa vie, est-il
plaisant dans ses comédies? comment, d'un autre côté,
les hommes de guerre gagnent-ils leurs batailles? comment, souvent, les guerriers les plus froids sont-ils les
plus ardents dans l'action? comment les plus vifs et les
plus impétueux deviennent-ils, dans l'action, les plus
calmes et les plus clairvoyants? Demandez le secret de
tout cela à ces inspirations invisibles dont se sentent
pris les hommes de lettres et les hommes de guerre,
et ne vous étonnez pas de ne rien voir dans leur figure
qui révèle ces inspirations. L'homme n'a point le secret
et la science de tous ses sentiments. Mais ce que nous
apprend surtout le récit de Gellert, c'est que tout le
monde admirait la gaieté de ses fables ; que c'est par
leur forme ingénieuse et piquante, par leur ironie douce
et fine qu'elles plaisaient au public, et que ceux qui
voyaient l'auteur, surtout depuis sa maladie, s'étonnaient du contraste qu'il y avait entre sa personne et
ses ouvrages. Cette gaieté moqueuse de Gellert est le

---

[1] Vie et lettres de Gellert, tome I, p. 125

trait caractéristique de ses fables et de ses contes ; et,
comme à côté de cela, dans ses leçons de morale, dans
ses cantiques, dans sa correspondance, l'auteur est
plein de charité et de pitié, il faut en conclure qu'il
aimait les hommes, mais qu'il aimait aussi à railler
leurs défauts, trouvant que la plaisanterie, quand elle
n'est point accompagnée de malice et de misanthropie,
est la moins amère et la plus efficace des réprimandes.

Je ne veux plus citer qu'un exemple de ce tour original et vif que Gellert sait donner à ses pensées ou à ses
observations :

« On m'a conté qu'il y avait un spectre qui hantait
depuis longtemps une maison et en tourmentait le
propriétaire. Celui-ci, pour se défendre du revenant,
se fit enseigner les exorcismes d'usage ; mais toutes les
conjurations n'y firent rien : l'esprit n'avait peur d'aucune formule, et, enveloppé d'un grand drap blanc, il
visitait son hôte toutes les nuits.

« Un poëte vint, par hasard, habiter dans cette maison, et comme le propriétaire n'aimait pas à rester seul
la nuit, il demanda au poëte de venir causer avec lui
et de lui lire ses vers. Le poëte se mit à lui lire une
tragédie d'un froid mortel ; elle plaisait beaucoup à
l'auteur, sinon à l'auditeur.

« L'esprit arriva comme à l'ordinaire, se montrant
au propriétaire de la maison, mais point au poëte. Il
écouta la lecture ; mais voilà tout à coup qu'il se prit à

frissonner de froid, et il ne put supporter qu'une scène de la tragédie; aussitôt que commença la seconde scène, il disparut.

« L'hôte alors, reprenant espoir et courage, fit la nuit suivante revenir le poëte, qui se mit à lire. L'esprit reparut, mais il ne resta pas longtemps. «Bon! se dit « alors le propriétaire, puisque tu n'aimes pas les vers, « je saurai bien me délivrer de toi. »

«La troisième nuit, il resta seul. Aussitôt que minuit sonna, le spectre se montra. « Jean, se mit à crier « hautement notre homme, Jean, va vite savoir si le « poëte veut me prêter sa tragédie pour une heure. » L'esprit frémit, fit signe de la main que le serviteur ne fît pas sa commission; il disparut aussitôt avec son linceul blanc, et on ne le revit jamais dans la maison.

« Quiconque lira cette histoire merveilleuse peut en tirer cette conclusion : c'est qu'il n'y a point de poëme, si mauvais qu'il soit, qui ne puisse servir à quelque chose, et, si les spectres s'enfuient devant les mauvais vers, il y a là de quoi nous consoler : car supposez que de notre temps apparaissent encore des légions de fantômes, il suffira, pour nous en délivrer, de ne point manquer de mauvais vers[1]. »

Il y a dans la littérature allemande un genre de récits et de contes moitié merveilleux et moitié moraux, qui

---

[1] Vie et lettres de Gellert, p. 23-25.

se rapproche beaucoup de la fable, quoiqu'il en diffère
de plusieurs côtés. Ces contes et ces récits, qui s'ap-
pellent parfois paraboles, emploient volontiers le merveilleux et l'allégorie. Ils vont plus loin que l'apologue
dans le merveilleux ; mais leur allégorie n'est point
empruntée au monde des animaux. Elle est moins
familière et moins vivante. Les paraboles ont leur moralité, comme l'apologue, mais une moralité plus haute
et plus grave. La moquerie, qui tient une grande place
dans les fables de Lessing, et une plus grande encore
dans celles de Gellert, la moquerie ne tient aucune
place dans les paraboles. La meilleure manière, je crois,
de faire comprendre la différence de la parabole et de
la fable, est de traduire une parabole de Krummacher,
un des auteurs les plus estimés en ce genre [1]. Krummacher est de la dernière partie du dix-huitième
siècle, et par conséquent de la grande époque de la
littérature allemande.

LE TEMPLE DE MEMPHIS

« Quand Pythagore, le sage de Samos, vint en
Égypte pour puiser la sagesse à la source antique
et sacrée, les prêtres le conduisirent au temple de
Memphis. Immense et solide comme une montagne,

---

[1] Krummacher, théologien et poëte, né en 1768, mort en 1845.

le merveilleux édifice s'apercevait dans le crépuscule
du matin. « Comment des bras humains ont-ils pu
élever cette masse de pierres? dit le Grec frappé d'é-
tonnement. — La force unie peut tout, répondirent
les prêtres, quand l'esprit la dirige. » A ce moment,
les portes gigantesques du temple s'ouvrirent, comme
les portes de l'empire des ombres. Ils entrèrent et se
tinrent immobiles et silencieux entre les hautes colon-
nes qui soutenaient l'édifice. On entendait je ne sais
quel frémissement sous ces voûtes élevées, qui était
comme la voix des esprits. Le jeune sage de Samos
tressaillit, trembla, et, s'appuyant sur le mur, se mit à
pleurer. Un prêtre vint à lui et lui dit : « Pourquoi
pleures-tu? » Mais Pythagore se taisait. Enfin, après
quelques instants, il répondit : « Ah! laissez-moi! il
me semble que je suis dans le redoutable voisinage
de l'Être dont je n'ose pas prononcer le nom. » Le
prêtre lui dit : « Mon fils, sois béni dans ton humilité;
c'est elle qui te conduit à la Divinité, à laquelle ce temple
est consacré. Maintenant, que la majesté de ce temple
te ramène à l'humanité et te relève avec elle; songe
que ce temple était dans la tête d'un homme avant de
s'élever du sein de ces pierres. Sèche donc tes larmes,
prends confiance et marche avec joie dans la vie. »

Je laisse de côté la grave et pieuse signification de
cette parabole; je laisse de côté les deux termes ex-
trêmes de la pensée humaine, Dieu et l'homme, qui y

sont si bien exprimés : Dieu devant qui l'homme s'a-
baisse sans s'anéantir, l'homme en qui Dieu met sa
ressemblance sans se diminuer. Je veux seulement
faire remarquer combien, avec cette parabole, nous
sommes loin de la fable, de celle d'Ésope comme de
celle de la Fontaine, de celle de Lessing comme de
celle de Gellert. Cependant la parabole ou le conte
moral se rapproche parfois aussi de la fable. Souvent
une observation ou une réflexion morale est mise en
action dans un récit ingénieux sans merveilleux comme
dans la parabole, ou sans allégorie comme dans la
fable. La moralité y est, mais tournée en histoire et en
récit : voyez *le Remerciement singulier* de Schubert[1] :

« Un Chinois riche et fort considéré était tout fier de
porter un habit qui était tout couvert de pierres précieuses. Un vieux bonze fort mal vêtu le suivait dans
toutes les rues, s'inclinait devant lui jusqu'à terre et
le remerciait plusieurs fois de ses pierreries. « Mon
ami, lui dit le riche, je ne t'ai jamais donné mes pierreries. — C'est vrai, répondit le bonze; mais vous m'avez
donné l'occasion de les voir; et vous-même, vous ne
pouvez pas en faire un autre usage. Il n'y a donc entre
vous et moi aucune différence, sinon que vous avez la
peine de les porter et de les garder, tandis que je n'ai
pas cet embarras[2]. »

---

[1] Schubert, poëte lyrique, né en 1759, mort en 1791.
[2] *Lectures allemandes*, par Adler Menard, p. 4.

La moralité de ce conte est facile à trouver. Le luxe, selon le conteur, est la jouissance de ceux qui le voient, autant que de ceux qui le payent. Les diamants que porte une reine appartiennent à ceux qui les regardent autant qu'à la reine qui en fait son diadème et qui même ne peut les voir que dans la glace. Il y a donc bien des cas où la richesse n'a pas de jouissance qui lui appartienne exclusivement. Et combien d'autres cas où la richesse n'a pas d'usage! « Un Arabe, nous dit encore Schubert, s'était égaré dans le désert, et il était en danger de mourir de faim et de soif. Après avoir longtemps erré çà et là, il trouva une de ces citernes ou de ces puits où les pèlerins font boire leurs chameaux, et près du puits un petit sac de peau posé sur le sable : « Dieu soit béni! dit-il en le ramassant et « en le maniant, ce sont certainement des dattes ou des « noix. Comme elles vont me restaurer et réparer mes « forces! » Plein de ce doux espoir, il s'empresse d'ouvrir le sac, regarde ce qu'il contient et s'écrie en se lamentant : « Hélas! ce ne sont que des perles[1]! »

Ces deux petits contes moraux sont-ils plus propres à guérir les hommes de la passion des richesses, que ne le seraient des fables avec leur cortége ordinaire d'animaux raisonnant et parlant? Je n'en sais rien : les vices et les travers de l'humanité ont toujours su résister

---

[1] Lectures allemandes, p. 1.

aux leçons de la fable et de la parabole. Les hommes, et surtout les femmes, continueront à porter des diamants et des pierres précieuses, quoiqu'il soit vrai que les bijoux, ne pouvant servir qu'à être vus, appartiennent autant à ceux qui les voient qu'à ceux qui les portent; les hommes et les femmes continueront à aimer les perles fines, quoiqu'il soit vrai qu'au désert un sac de perles fines ne vaut pas un sac de dattes. Mais quoi! est-on toujours au désert? la propriété n'a-t-elle de jouissances que celles du luxe extérieur? que d'excuses les hommes trouveront pour garder leurs passions! L'Allemagne ne doit donc pas compter plus que la France et l'Angleterre sur ses fabulistes et sur ses conteurs moraux pour se corriger des vices de l'humanité. Quant à moi, j'ai voulu seulement, à côté des fables de Lessing et de Gellert, faire connaître un autre genre de récits allégoriques qui visent aussi à la moralité, qui abondent heureusement dans la littérature allemande et que les plus grands écrivains de l'Allemagne n'ont pas dédaigné de pratiquer. Témoin cette belle parabole d'Herder, intitulée *les Trois Amis*, par laquelle je conclus ce long chapitre :

« N'aie aucune confiance aux amis là où tu ne les as point éprouvés. Il y a plus d'amis qui vous suivent à la table du festin qu'à la porte de la prison.

« Un homme avait trois amis. Il y en avait deux qu'il aimait beaucoup; le troisième lui était presque

indifférent, quoique celui-ci lui fût très-sincèrement
attaché. Il arriva que l'homme fut traduit en justice.
Il était fortement accusé, quoique innocent. « Qui de
« vous, dit-il à ses amis, viendra avec moi et témoignera
« pour moi? car je suis fortement accusé, et le roi est
« très-irrité contre moi. » Le premier de ses amis s'ex-
cusa aussitôt de ne pouvoir pas l'accompagner, parce
qu'il avait des affaires ; le second l'accompagna jusqu'à
la porte du tribunal, et là il s'en retourna, ayant peur
de la colère du juge ; le troisième, sur lequel il comptait le moins, entra avec lui, parla pour lui et témoigna
si ardemment pour son innocence, que le juge le ren-
voya absous et même le récompensa.

« L'homme a trois amis dans le monde. Comment se
conduisent-ils avec lui à l'heure de la mort, quand Dieu
traduit l'homme devant son tribunal? L'argent, l'ami
qu'il aimait le plus, l'abandonne le premier et ne le
suit pas ; ses parents et ses amis l'accompagnent jusqu'à la porte du tombeau et s'en reviennent dans leurs
maisons ; son troisième ami, celui qu'il oubliait le plus
fréquemment dans la vie, ce sont ses bonnes actions.
C'est le seul de ses amis qui l'accompagne devant le
juge, qui marche devant lui pour le défendre, qui plaide
pour lui et obtient pitié et grâce pour ses fautes[1]. »

---

[1] Lectures allemandes, p. 162. — *Ecclésiastique*, chap. vi, verset 10.
« Est autem amicus socius mensæ et non permanebit in die neces-
sitatis. »

VINGT-HUITIÈME LEÇON

DE LA FABLE ET DES FABULISTES APRÈS LA FONTAINE
LE DIX-NEUVIÈME SIÈCLE

Je me suis promis de consacrer ce dernier entretien aux fabulistes du dix-neuvième siècle. Non que je veuille faire une revue complète où assigner des rangs : je n'ai pas cette prétention. Je ne veux juger les fabulistes du dix-neuvième siècle que dans leurs rapports avec la Fontaine ; je veux essayer de montrer quelle est la différence entre la fable dans la Fontaine, laissant de côté le génie particulier du poëte, et la fable telle qu'elle est de nos jours.

La première différence à noter est l'invention. Les fabulistes modernes sont tous sur ce point de l'école de Lamotte : ils veulent avoir des idées nouvelles, ils veulent inventer le sujet de leurs fables. Grand écueil :

la Fontaine l'a évité, sans paraître se douter du danger, avouant même que c'était un mérite qui lui manquait. Les idées nouvelles, celles qu'ont les auteurs, sont fines, ingénieuses, piquantes; mais elles ont beau faire, elles n'ont pas la simplicité et la solidité des idées populaires; ce ne sont pas enfin des lieux communs. Beaucoup diront : « Tant mieux ! » Je dis : « Tant pis !» Le lieu commun est le rendez-vous immémorial de toutes les intelligences; tout le monde y consent; personne ne le conteste; il fait règle, il fait proverbe. Aussi, tournez-le en fiction ou en récit, il s'empare aussitôt de tous les esprits; il prend l'homme tout entier, son imagination et sa raison. Les inventions particulières ne peuvent pas avoir le même ascendant. L'auteur n'a souvent vu qu'un détail ou qu'un côté : c'est le profil piquant d'une idée, ce n'est pas l'idée entière et vue de face. Comme il n'a vu qu'un côté, il n'en montre aussi qu'un aux spectateurs. Son idée et son invention n'ont rien d'assez général, rien qui frappe tout le monde et qui s'adresse à tout le monde. Les uns entrent dans sa pensée, les autres n'y entrent pas. Sa moralité n'est vraie que sur un point, fausse sur tous les autres. Voyez, par exemple, la fable intitulée *la Vigne et l'Ormeau*, d'un fabuliste moderne, M. Porchat[1] :

---

[1] M. Porchat avait, en 1840, dédié son recueil de fables à la reine des Français, Marie-Amélie. Il l'a réimprimé en 1854 et n'a pas sup=

Il était un ormeau, jeune enfant d'un bocage,
Qui, voyant à ses pieds ramper la vigne en fleurs,
    Lui dit : Venez à moi, ma sœur,
    Et marions notre feuillage.
    Quand la vigne embrasse l'ormeau,
    Elle est plus forte, il est plus beau.
Je serai votre appui, vous serez ma richesse.
    Il dit : le pampre avec souplesse
    S'entrelace au faible arbrisseau.
    La charge en fut d'abord légère ;
Mais la fleur devint fruit, chaque jour plus pesant ;
L'ormeau succombe enfin, et le voilà gisant
    Avec les enfants et la mère.
Avant que d'épouser, jeune homme, songe bien
Aux soins toujours croissants qu'une famille entraîne.
    Le mariage est un charmant lien ;
    Le ménage une lourde chaîne [1].

La moralité du fabuliste est-elle tout à fait vraie ?
Elle n'est pas assurément tout à fait fausse ; mais elle
pousse le siècle du côté où il penche : elle a l'air de
faire l'apologie des mariages d'argent et de convenance, ou l'apologie du célibat. Non que je conseille
de marier imprudemment la soif et la faim ; mais ne
pourra-t-on pas tirer de cette fable la conséquence qu'il
vaut mieux rester célibataire que de se marier, quand
on ne trouve pas une grosse dot ? Et, comme le célibat
n'équivaut pas toujours à la continence, je ne vois pas

primé cette dédicace. Pourquoi suis-je d'un temps où je dois remarquer
cela comme un trait honorable ?

[1] M. Porchat, *Fables et paraboles*, édit. de 1854, p. 72.

ce que la morale y gagnera. Il n'y aura peut-être que
le petit nombre qui, entrant dans la pensée du fabuliste, comprendra que la fable veut dire qu'il faut avoir
de la force et du courage pour suffire aux devoirs
qu'impose le titre de père de famille.

J'aime bien mieux la fable du même poëte, intitulée *le Monarque et ses Conseillers :*

> Deux officiers d'un monarque d'Asie
> En son conseil parlaient diversement
> De politique et de gouvernement.
> L'un, méprisant la basse flatterie,
> Disait qu'un prince est esclave des lois,
> Que la justice est la reine des rois...
> L'autre, à ces mots, de s'écrier : Blasphème !
> A ses sujets un prince ne doit rien ;
> Non, rien, seigneur ; nous sommes votre bien,
> Et la justice et la loi, c'est vous-même. —
> Bien, dit le roi ; voilà qui me plaît fort :
> Tout m'est permis, et jamais je n'ai tort ? —
> Jamais. — Je puis à mon sujet fidèle
> Dire aujourd'hui : Tous tes biens sont à moi ;
> Et, s'il murmure, étrangler le rebelle ? —
> Oui, sire. — Eh bien : je commence par toi[1].

Ici la moralité est excellente, parce qu'elle a un sens
clair et général.

Autre différence à noter entre la fable du dix-neuvième siècle et celle de la Fontaine : la Fontaine a

[1] Page 76.

fait une grande part à l'expression de ses sentiments, et c'est par là qu'il nous plaît. Il n'a rien de général ni de convenu : il est le plus particulier du monde, il est lui-même. Autant, dans l'invention de ses sujets, il a confiance au lieu commun, autant, dans l'expression de ses sentiments, il est original. Les réflexions qu'il fait sont de véritables confidences :

> Amants, heureux amants, voulez-vous voyager ?
> Que ce soit aux rives prochaines.

Qui ne voit que dans ces vers le cœur de la Fontaine se montre tel qu'il est? Il dit ce qu'il sent, il dit ce qu'il rêve :

> On m'élit roi, mon peuple m'aime ;
> Les diadèmes vont sur ma tête pleuvant.
> Quelque accident fait-il que je rentre en moi-même,
> Je suis Gros-Jean comme devant.

« Le cœur fait tout, » dit quelque part la Fontaine. Il a raison : c'est par le cœur que nous plaisons, parce que c'est par le cœur que nous nous communiquons aux autres. Il y a des cœurs qui aiment à s'ouvrir et à se répandre ; il y en a d'autres qui aiment à se laisser deviner, qui se cachent aux uns, se montrent aux autres. Nous sommes encore plus divers par le cœur que par l'esprit ; mais nous ne plaisons, soit par l'esprit, soit par le cœur, qu'à la condition de nous montrer tels que nous sommes :

Chacun pris en son air est agréable en soi;
Ce n'est que l'air d'autrui qui peut déplaire en moi [1].

Cette originalité de sentiments, qui est le grand charme de la Fontaine, ne semble pas le mérite caractéristique de la fable moderne. La sensibilité était fort à la mode, à la fin surtout du dix-huitième siècle et au commencement du dix-neuvième ; mais la sensibilité n'est pas la même chose que le sentiment. Le sentiment est d'autant meilleur qu'il est plus particulier. La sensibilité est une manière générale et convenue de sentir les choses, d'en prendre le côté touchant ; c'est une sorte de tendresse banale qui s'applique à tout, et cette tendresse est une habitude de l'esprit plutôt qu'un penchant naturel du cœur ; la réflexion s'y mêle, et elle en fait même le fond. La sensibilité de la Fontaine est tout à fait originale et personnelle ; la sensibilité moderne est une façon de considérer les choses et les hommes avec un attendrissement bénin ou une pitié philosophique, qui s'éloignent également tous deux du caractère original de la fable et de la malice naïve qui en fait le fond.

La première fable que je veux citer, celle qui représente l'attendrissement bénin, qui est le trait distinctif de la sensibilité du dix-huitième siècle, est de M. du

[1] Boileau.

Tramblay. Il était parent de la Fontaine et s'en faisait gloire, mais parent éloigné[1].

> La brebis au maître des dieux
>   Fit un jour cette remontrance :
> Il ne m'appartient pas d'importuner les cieux :
> Pourquoi priseraient-ils ma chétive existence?
> Mais mon sort, Jupiter, est un sort bien affreux ;
>   En ton courroux certes je pris naissance.
>   Contre les méchants, sans défense,
>   Ils m'oppriment à qui mieux mieux.
> Jupiter répondit d'un air fort gracieux :
>   Animal si bon, si paisible,
> On t'opprime ! Ah ! leurs cœurs sont donc bien vicieux !
> Le destin ne veut pas que tu sois invincible ;
> Tu leur rendras, du moins, tout le mal qu'ils te font :
> Des cornes du taureau je vais orner ton front.
>   Forte, valeureuse et terrible,
>   Malheur à tous tes ennemis !
> Grand Jupiter, s'écria la brebis,
>   On me craindra : je serai donc nuisible !
> Reprends tes dons, je n'en veux profiter.
>   Tu me formas douce et sensible :
>   Faire du mal me serait trop pénible ;
>   J'aime bien mieux le supporter [2].

Moralité excellente, mais difficile à faire accepter. La brebis, en effet, paraît trop bénigne, et sa bénignité touche à la duperie. Elle ne persuadera personne. L'homme peut être amené à croire qu'il vaut mieux

---

[1] Né en 1745, mort en 1819.
[2] *Apologues* par du Tramblay. 4e édit. Paris, 1818.

supporter le mal que de le faire, mais à une condition :
c'est qu'on lui montre qu'à faire le mal on perd encore
plus qu'à le supporter ; ou bien sa patience vient
d'un sentiment religieux, et ce genre de sentiment ne
convient pas en général à la fable.

L'autre fable, celle qui représente le genre de sensibilité ou de méditation mélancolique, est d'un auteur
qui a fait des tragédies jouées avec succès, qui a été
secrétaire général de l'Université sous l'Empire, qui
enfin a fait des fables souvent ingénieuses et piquantes,
M. Arnault.

> De ta tige détachée,
> Pauvre feuille desséchée,
> Où vas-tu? — Je n'en sais rien.
> L'orage a frappé le chêne
> Qui seul était mon soutien.
> De son inconstante haleine
> Le zéphyr ou l'aquilon
> Depuis ce jour me promène
> De la forêt à la plaine,
> De la montagne au vallon.
> Je vais où le vent me mène,
> Sans me plaindre ou m'effrayer ;
> Je vais où va toute chose,
> Où va la feuille de rose
> Et la feuille de laurier [1].

Pièce charmante, mais qui touche plutôt à l'élégie
qu'à la fable. C'est le lieu commun de la fragilité des

---

[1] *Fables* d'Arnault, liv. V, fable xvi, éd. de 1825,

choses de ce monde; c'est l'idée du peu qu'est l'homme
sous l'empire des événements ou du destin. Pour mieux
expliquer le caractère que j'attribue à ce genre de
fables, j'en prends une dans un recueil de vers tout
moderne, intitulé *les Olympiades.* Cette pièce exprime
la même idée que *la Feuille* de M. Arnault :

D'écume encore blanchi, le sable du rivage
Dit au flot qui partait : « Pourquoi quitter ma plage?
Pourquoi t'aller briser sur les rocs anguleux,
Braver la haute mer et les vents furieux? »

Tout chagrin du départ des douces hirondelles,
Un enfant leur criait : « Pourquoi, petits oiseaux,
Au toit hospitalier ne pas rester fidèles?
Pourquoi vous envoler vers des climats nouveaux? »

Enfin, mêlant sa plainte à la brise automnale,
La fauvette des bois demandait tristement
Aux feuilles qui tombaient au gré de la rafale
Et qui tourbillonnaient mystérieusement :

« O feuilles dont l'ombrage abrita ma couvée,
Pourquoi vous détacher de l'arbre paternel,
Et, laissant la forêt de parure privée,
Vous perdre en tournoyant sous un souffle mortel? »

Il leur fut répondu : « Rien ne vient de nous-mêmes;
Nous devons obéir à des arrêts suprêmes;
Ce qui nous pousse ainsi vers un but incertain,
Nous tous, feuilles, oiseaux et flots, c'est le destin! »

L'idée de la fable de M. Arnault s'est généralisée
dans l'apologue moderne, tournant de plus en plus à la

méditation philosophique. Le caractère primitif de la
fable, c'est-à-dire la leçon faite à nos vices et à nos
défauts sous le masque des animaux, disparaît chaque
jour davantage. Je retrouve cependant ce caractère
dans une autre petite fable de M. Arnault, intitulée
le Colimaçon :

> Sans amis, comme sans famille,
> Ici-bas vivre en étranger ;
> Se retirer dans sa coquille
> Au signal du moindre danger ;
> S'aimer d'une amitié sans bornes ;
> De soi seul emplir sa maison ;
> En sortir, suivant la saison,
> Pour faire à son prochain les cornes ;
> Signaler ses pas destructeurs
> Par les traces les plus impures ;
> Outrager les plus tendres fleurs
> Par ses baisers ou ses morsures ;
> Enfin, chez soi, comme en prison,
> Vieillir de jour en jour plus triste,
> C'est l'histoire de l'égoïste
> Et celle du colimaçon [1].

Vraisemblance dans la comparaison, moralité piquante et juste, cette petite fable a presque tous les
mérites du genre. Et voilà les hasards de la gloire !
M. Arnault a été un des grands dignitaires de l'Université impériale. Il a été souvent applaudi au théâtre
comme poëte tragique. Ce sont quelques fables ingé-

[1] Liv. I, fable IV.

nieuses qui sauveront surtout son nom de l'oubli.

Un autre dignitaire de l'Empire, le comte François
de Neufchâteau, qui fut ministre de l'intérieur, était
aussi un fabuliste. La littérature doit avoir un souvenir
reconnaissant pour M. François de Neufchâteau, qui
aimait les lettres et qui, pendant son ministère, plaça
dans les emplois publics le plus qu'il put de poëtes et
d'hommes de lettres, parmi ceux qui avaient plus d'esprit que de fortune, si bien que le ministère de l'intérieur semblait devenu une des succursales du Parnasse.
Le souvenir reconnaissant que nous devons avoir pour
M. François de Neufchâteau ne peut aller jusqu'à admirer ses fables. Il invente comme tous les auteurs
modernes; mais ses inventions sont communes, sa morale touche souvent à la civilité puérile et honnête.
Je l'aime mieux quand il prend pour sujets d'anciens
fabliaux qu'il met en vers avec une facilité aimable :

> Il fut un temps où nos belles contrées
> En mille fiefs se trouvaient séparées.
> Vassaux du roi, les moindres suzerains
> Étaient chez eux de petits souverains.
> La France alors était demi-sauvage.
> Un paysan, dans ce temps d'esclavage,
> A son seigneur s'adressa tout tremblant :
> « Grand chevalier, prince très-excellent,
> Souffrez, dit-il, qu'un sujet ait l'audace,
> A vos genoux, d'implorer une grâce ! —
> Qu'est-ce, voyons? — Hélas! pour mon péché,
> J'ai dans ma cour un porc qui s'est lâché ;

Il s'est rué sur un des chiens de chasse
De Votre Altesse. Ah! (j'en suis bien fâché)
Mais votre chien... est resté sur la place. —
Comment, coquin : Souffrir qu'un chien de race
Soit immolé par un porc roturier !
Puisqu'à mes pieds tu viens t'humilier,
C'est ma clémence, allons, que je veux suivre;
Je veux qu'on paye, à moi, haut justicier,
Cent francs d'amende. et, de plus, qu'on me livre
Ce méchant porc, afin d'épouvanter
Tous les vilains qui voudraient l'imiter;
C'est par sa mort qu'ils apprendront à vivre :
Chacun saura que le porc d'un rustaud
Doit respecter un mâtin comme il faut. —
Mais, monseigneur, dit l'homme de village,
Je me trompais; qu'ài-je dit? Ah! pardon !
Mon trouble avait égaré ma raison :
Car c'est moi seul qui souffre le dommage.
Il est constant, dans tout le voisinage,
Que votre chien a tué mon cochon.
C'est, monseigneur, ce que je voulais dire.
En ma faveur puis-je invoquer la loi
Que vous portiez à l'instant contre moi?
Vous êtes juste, et cela doit suffire. —
Oui ! ton verrat, sans doute, est l'agresseur,
Mon chien est sage et rempli de douceur.
En lui manquant, voilà ce qu'on s'attire.
Je le connais : il n'aime point à rire;
Vos animaux sont si mal policés !
Mais le coupable est puni : c'est assez
Pour cette fois. Si tu ne fais en sorte
Que tes cochons soient un peu mieux appris
Et qu'aucun d'eux de sa bauge ne sorte,
Tu n'en seras pas quitte à pareil prix. »
Disant ces mots, Son Altesse à la porte

Fit mettre alors le manant bien surpris.
Le double arrêt de l'équité du prince
Fut célébré dans toute la province,
Et les manants comprirent quel honneur
Ils devaient même aux chiens de monseigneur[1].

Je retranche l'épilogue, qui n'est qu'une censure plus ou moins piquante du régime féodal. Les dignitaires de l'Empire étaient restés libéraux contre l'ancien régime[2].

Si j'avais une critique à faire des fables de M. François de Neufchâteau et des autres auteurs que j'ai déjà cités, je leur reprocherais surtout d'être trop longs. Je dois excepter de ce reproche M. Arnault, dont les fables ont presque toujours une précision vive et ingénieuse. La fable a besoin de précision ; il faut que le récit y soit rapide ; il faut aussi que l'action soit vive et prompte. La Fontaine, dit-on, développe beaucoup plus son sujet qu'Ésope et Phèdre. Son exemple a fait croire aux fabulistes modernes qu'une fable un peu

---

[1] François de Neufchâteau, *Fables et Contes en vers.* IIe partie, p. 155.

[2] M. François de Neufchâteau était un des flatteurs excessifs de Napoléon Ier. C'est lui qui disait à l'Empereur : « Dieu protége la France, puisqu'il vous a créé pour elle, » et qui félicitait le pape d'avoir été désigné par la Providence pour sacrer Napoléon. Il fut président du sénat jusqu'en 1806. Il avait la sénatorerie de Bruxelles. En 1814, président de la Société d'agriculture, dans un discours adressé au ro Louis XVIII, il parlait « des temps bien difficiles » qu'il avait traversés et se félicitait du gouvernement tutélaire d'un père de famille, « qui nous est enfin rendu. » Il ne fut pourtant pas compris parmi les sénateurs qui devinrent pairs de France.

développée avait plus de grâce qu'une fable courte et
précise. Ici, nouveau témoignage qu'un bon exemple
peut amener une mauvaise imitation. La Fontaine développe surtout les caractères et les sentiments de ses
personnages ; il les met en action, et, s'il les fait parler,
c'est pour mieux expliquer l'action et les caractères.
De cette façon, le dialogue, soutenu par l'action, nous
intéresse et nous amuse : c'est le dialogue de la comédie. Le dialogue, dans les fables modernes, n'a point ce
caractère. Souvent même, ces fables ont peu d'action.
Elles ne sont qu'une conversation, où le fabuliste développe sa pensée et s'achemine plus ou moins vite à
sa moralité. Je cherchais un petit drame, je trouve un
dialogue qui ressemble aux dialogues de Lucien, dans
lequel le fabuliste discute une question morale. J'ajoute
que dans Lucien le dialogue est entre dieux, entre
hommes, entre philosophes, entre courtisanes, tous
personnages dont l'entretien n'a rien d'invraisemblable. Dans les fables modernes, l'entretien est souvent
entre des êtres abstraits : *la Gloire et l'Ombre, la Vir-
gule et l'Apostrophe, la Girouette et le Paratonnerre,
les Blés et les Fleurs, le Bon Grain et le Mauvais*. Avec
de pareils personnages, si vous voulez que j'admette la
fiction du langage, il faut aller jusqu'à la fiction de
l'action. Inventez une action, créez des caractères, ne
vous bornez pas à la parole. Mais comment, dira-t-on,
faire agir de pareils personnages ? — Pourquoi alors les

faire parler? pourquoi l'auteur ne parle-t-il pas seul et
pour son compte? pourquoi une demi-fiction, qui ne
nous trompe pas assez et dont je sens d'autant mieux
l'invraisemblance que le poëte semble l'avouer en ne
poussant pas l'invraisemblance jusqu'au bout? Il ne faut
pas s'adresser à moitié à l'imagination; il faut se jeter
tout entier dans ses bras ou ne rien lui demander du
tout. Derrière ces personnages abstraits et impossibles,
que vous faites parler, je vois trop l'auteur qui dis-
serte.

Je voudrais citer un exemple de ces fables qui ne
sont qu'un dialogue au lieu d'être un petit drame,
et un dialogue qui devient aisément trop long. Je
prends, dans le recueil de M. Derbigny, fabuliste ingénieux, la fable intitulée *la Girouette et le Paratonnerre* :

> Deux personnages de haut lieu,
> Plus élevés qu'on ne l'est d'ordinaire,
> La girouette et le paratonnerre,
> Dans un séjour voisin des cieux,
> Sur un point culminant de la machine ronde,
> Laissant loin, sous leurs pieds, tout le vain bruit du monde,
> S'entretenaient de leur utilité,
> De leur valeur et de leur consistance :
> L'une vantant sa mobile existence,
> L'autre son immobilité.
> « Moi, rester là, comme un terme planté!
> Disait la Girouette à la tête éventée ;
> Comme j'étais hier, être encore aujourd'hui,

Et demain et toujours : j'y périrais d'ennui !

. . . .

Non, non : l'activité, voilà mon élément ;
C'est là l'unique bien ; je n'en connais point d'autre,
Et ne troquerais pas mon lot contre le vôtre
    Une minute seulement.
Par bonheur, Dieu merci, j'ai bien assez à faire.

. . . .

    Travaux, plaisirs se règlent sur ma foi ;
    Bref, on ne veut s'en rapporter qu'à moi.
Aussi, prompte à servir la foule qui m'assiége,
Je dis au laboureur : Demain tu peux semer ;
Au pêcheur de la côte : Hâte-toi de ramer ;
    A l'amateur d'horticulture :
Crains ce souffle glacé pour ta jeune bouture ;
    Au vigneron gravissant ses coteaux :
Attends, pour émonder, la fin de la gelée.

. . . .

Au jeune ambitieux, législateur imberbe,
Qui veut être ministre et n'est que député :
    Regarde bien de quel côté
Le vent souffle ; rends-toi puissant par la parole,
Fais foin de tout le reste et prends-moi pour boussole.
    Et c'est ainsi que se passent mes jours.
Enfin je suis partout et pour tous et toujours. »

Le paratonnerre répond à son tour et presque aussi
longuement que la girouette. Enfin, les deux interlocuteurs concluent en se disant : ... Restons ce que
les hommes ont voulu que nous fussions :

Ne nous disputons pas, voisine ; c'est assez.
Des célestes fureurs dont ils sont menacés.
Vous les avertissez ; moi, je les en préserve[1].

_____

[1] M. Valery Derbigny : *Fables, contes*, etc., Paris, 1853, p. 239.

Il y a assurément de l'esprit dans cette fable; mais quels discours! car ce n'est plus même un dialogue. Si, au lieu de faire une fable, l'auteur s'était contenté de faire un parallèle en vers entre la girouette et le paratonnerre, je l'aurais beaucoup mieux aimé.

Vous avez remarqué ce trait de satire lancé contre le jeune ambitieux qui veut être ministre et n'est que député. C'est un des caractères particuliers de la fable, pendant les trente ans et plus qu'a duré en France la monarchie constitutionnelle, de se railler à cœur-joie de la vie parlementaire, des députés et des ministres. On sait quelle est ma prédilection déclarée pour les temps de la monarchie constitutionnelle. Croyez-vous que j'en veuille à la fable moderne de ses railleries contre les choses et les hommes de ce temps? Tout au contraire, je l'en remercie. J'entends souvent dire aujourd'hui que le gouvernement parlementaire ne convient pas à la France; qu'il n'a été qu'un rêve plus ou moins long, mais qu'il n'a jamais eu de réalité. Voici pourtant ce qui me persuade qu'il a existé aussi réellement que quoi que ce soit en France : c'est qu'il a été très-moqué, très-raillé, et cela pendant qu'il existait, ce qui lui fait honneur. L'histoire est pleine de gouvernements qui ont été raillés le lendemain de leur chute ; la monarchie constitutionnelle a été critiquée et raillée pendant sa puissance. Cette patience de l'épigramme n'a pas empêché sa mort; mais elle

lionore sa vie. M. Lavalette, M. Léon Halévy, M. Viennet, nos fabulistes les plus modernes, ne se sont jamais
fait faute de railler les ministres et les députés. Je
dois même remarquer que, des trois fabulistes que
je viens de nommer, celui qui attaque le moins les
hommes et les choses du gouvernement parlementaire
est celui qui n'a jamais été ministre ni député, M. Léon
Halévy. Non pas qu'il n'y ait un peu de politique dans
ses fables : où n'y en avait-il pas autrefois? mais c'est
de la politique toute générale et qui touche de près à la
morale, celle qui n'est d'aucun parti et qui s'adresse
à tous les hommes. Voyez la fable intitulée *le Feu
d'artifice* : .

> À Paris... non, à Tombouctou,
> La naissance d'un prince (on sait que c'est partout
> Des jours les plus heureux l'avant-coureur propice);
>   Amenait... un feu d'artifice !
> Le reste vient plus tard... ou ne vient pas du tout...
> La nuit étincelait; la rapide fusée
> Sur les ailes du vent s'élançait dans les cieux,
> Puis bientôt retombait en ardente rosée...
> Les soleils agitaient leur cercle radieux;
>   C'était un océan de feux,
> Soulevant ses flots d'or sous la nue embrasée...
>   De la foule les cris joyeux
> Éclataient, grandissaient, s'élevaient avec eux.
> Cependant sur la place où jaillit la lumière,
> Au milieu des splendeurs de ce ciel enflammé,
> Brûlait modestement un pauvre réverbère,
> Pour le bien du passant chaque soir allumé.

D'enfants une troupe moqueuse
Le remarque, et, riant de sa clarté fumeuse :
« Voyez donc, disent-ils; le bel astre vraiment !
        Et comme il brille en ce moment ! »
    Tout en parlant, l'un d'eux jette une pierre;
        Une autre la suit, et bientôt
        Notre infortuné réverbère
        Voit en éclats voler son verre
        Et s'éteint sous ce rude assaut.
        Pendant cet acte de justice,
        On avait tiré le bouquet :
        Tout ce grand fracas se mourait,
Et ce feu si brillant, si glorieux... durait
        Ce que dure un feu d'artifice.
    Chacun alors veut rentrer au logis ;
        Mais par malheur on n'y voit goutte ;
On s'agite, on se presse, on cherche en vain sa route ;
Les petits sur les grands, les grands sur les petits,
On s'écrase ; partout le désordre et les cris,
        Plaintes, querelles, gens meurtris;
        C'est un tumulte, une déroute
        A faire peur aux plus hardis !...
        Au loin se répand l'épouvante,
    Quand, par bonheur, une main bienfaisante,
Du pauvre réverbère, après de longs efforts,
        Ranimant la flamme expirante,
Donne un guide à la foule... On le bénit alors ;
A sa lueur modeste on rend plus de justice ;
Que dis-je? c'est un Dieu ! c'est un astre, un sauveur !
C'est un flambeau céleste, à la clarté propice !...
Et ce peuple, envers lui de tant d'affronts complice,
        Veut maintenant, en son honneur,
        Que l'on tire... un feu d'artifice !

Il est en cet exemple un utile conseil.

Craignons le vain éclat des lueurs mensongères,
Et des rêves trompeurs redoutons le réveil.
Si, dans l'enivrement de ces feux éphémères,
    On éteint partout les lumières,
    Au sortir d'un chaos pareil,
    On bénira, comme un soleil,
    Le plus humble des réverbères [1].

Quant à M. Viennet et à M. Lavalette, tous deux députés, Dieu sait quelles libertés ils se donnent! On voit
qu'ils frappent en famille. Que dites-vous, par exemple,
de la fable du *Chêne et du Lierre* de M. Lavalette?

    Un chêne à la tête superbe
Semblait régner sur les bois d'alentour.
    Auprès de lui, rampant sous l'herbe,
    L'humble lierre lui dit un jour :
    « Soyez mon protecteur, mon maître ;
Souffrez qu'à vous je m'attache, et peut-être,
    Si par vous je puis parvenir,
    Mon tour viendra de vous servir.
Ah! quel honneur pour moi, seigneur, si votre tête,
Brillante désormais en dépit de l'hiver,
    Acceptait mon feuillage vert! »
Devant la vanité, la prudence s'arrête,
    Et puis on aime à protéger.
Le lierre donc grimpa, tourna, gagna le faîte ;
Mais l'arbre eut à souffrir de ce luxe étranger :
A ses rameaux étreints la séve arrive à peine ;
    Bientôt se dessèche le tronc,
Et longtemps avant l'âge on vit tomber le chêne
    Sous la hache du bûcheron.

---

[1] M. Léon Halévy, *Fables*, liv. III, fable v, édit. de 1843.

Hommes d'État, ma fable vous regarde :
Le lierre, vil flatteur, veut croître à vos dépens ;
Il s'attache à vous ; prenez garde !
Plus que vos ennemis redoutez vos clients.

Que pensez-vous de *l'Os à ronger* de M. Viennet?

Un jeune groom, espiègle assez màlin,
Agitant un os dans sa main,
Donnait en plein air audience
Aux chiens et chats de son logis,
Qui, léchant leur museau d'avance
Et sur leur derrière accroupis,
Dévoraient de leurs yeux, brillants d'impatience,
Le rogaton qui leur était promis.
— Çà, dit le groom, quel en est le plus digne ?.
Je prétends le savoir avant de faire un choix.
Rangez-vous tous sur une ligne,
Et que chacun fasse valoir ses droits.
— Nuit et jour, dit le dogue, on sait bien que je veille ;
En paix, grâce à mes soins, notre maître sommeille ;
Et, l'autre jour, un polisson,
Qui médisait de la maison,
Dans ma gueule sanglante a laissé son oreille. —
Le chien qui gardait les brebis
Vante à son tour sa vigilance :
Jamais loups ne l'avaient surpris ;
Il imposait par sa vaillance
A ces terribles ennemis.
Un vieux chat, composant sa mine papelarde,
Compta les rats et les souris
Que dans sa vie il avait pris :
Des caves jusqu'à la mansarde
Il n'en restait gros ni petits,
Tant il était de bonne garde.

A la course, à l'arrêt, je puis tout défier,
    S'écrie enfin le chien de chasse ;
Je flaire à deux cents pas le lièvre et la bécasse,
Et mon maître jamais n'a manqué de gibier.
— C'est bien ! vous le servez ainsi qu'il faut le faire,
Dit le groom. C'est très bien ! votre zèle est parfait ;
    Vous en recevrez le salaire.
    Et toi, mon griffon, qu'as-tu fait ?
— Moi, répond le griffon, dont le poil sec et rêche
Se dressait de plaisir à cet appel si doux,
    Je n'ai tué ni rats ni loups ;
Mais je vous suis partout, je vous aime et-vous lèche,
    Et me ferais tuer pour vous.
    — A merveille, ma pauvre bête !
    Prends cet os, il est ta conquête,
    Reprit le groom en le flattant ;
    Et dans tout pays de la terre,
    Despotique ou parlementaire,
    Un ministre en eût fait autant.

Mettez, au lieu d'un os, une place importante :
De postulants divers la foule se présente ;
L'un est grand politique ou savant magistrat,
L'autre a pour son pays cent fois risqué sa vie ;
D'autres ont fait briller leurs talents, leur génie,
Leur amour pour le roi, leur zèle pour l'État,
    Leur dévouement à la patrie.
    On les loue, on les glorifie ;
Mais qu'il arrive un sot dont l'unique valeur
    Soit d'être, en toute circonstance,
    Le plat valet de monseigneur,
    Le sot aura la préférence [1].

---

[1] *Fables* de M. Viennet, 2ᵉ édit., liv. III, fable II.

Quelque plaisir rétrospectif que puissent me faire
ces malices politiques qui me reportent à nos anciennes
institutions et m'en prouvent la réalité libérale, j'avoue
cependant que ces moralités ne me semblent pas valoir, dans la fable, les moralités générales, celles qui
ne sont d'aucun temps particulier, mais de tous les
temps et de tous les pays. C'est une moralité générale,
par exemple, que celle de la fable de M. Lavalette
intitulée *le Jeune Lapin et le Renard* :

<blockquote>
Un lapin, dans cet âge heureux
Qui ne connaît soucis ni peine,
Folâtrait près de sa garenne.
Un ami cependant faisait faute à ses jeux :
Point de plaisir complet si l'on n'est au moins deux.
Tout à coup s'offrit à sa vue
Un animal d'une espèce inconnue..
C'était maître renard, qui lui dit : « Mon cousin,
Puisqu'un heureux hasard aujourd'hui nous rassemble,
Embrassons-nous, jouons ensemble.
J'ai toujours aimé le lapin.
Le lapin, oh ! oui, je le prise
Seul plus que tous les animaux,
J'en fais serment. J'ai des défauts ;
Mais ma vertu, c'est la franchise. »
Ces mots ont du lapin décidé le refus ;
Il s'enfuit au terrier, et là, par la fenêtre :
« Toi, franc ! je le croyais peut-être ;
Tu l'as dit : je ne le crois plus.
Une vertu dont on se vante
M'est suspecte ; elle m'épouvante.
Je vous suis inconnu : vous me tendez les bras !
Grand merci, mais n'approchez pas. »
</blockquote>

Même caractère dans la fable de M. Viennet, *les Deux Almanachs* :

> Un almanach de l'an passé,
> Étant sur un bureau côte à côte placé
>   Près de l'almanach de l'année,
> Lui disait : « Cher voisin, quel crime ai-je donc fait
> Qu'on ait si brusquement changé ma destinée ?
> Mon maître, chaque jour, m'ouvrait, me consultait ;
>   Et maintenant ma basane fanée
> A la poussière, aux vers demeure abandonnée,
>   Tandis que le capricieux
> Semble avoir pour toi seul et des mains et des yeux. »
>   L'autre almanach, tout frais doré sur tranche,
>   Lui répondit : « Mon pauvre ami,
> Tu n'es plus de ce temps, et le tien est fini.
>   Quand nous en sommes au dimanche,
>   Tu n'es encor qu'au samedi.
>   Ne t'en prends qu'à ton millésime.
> Si, grâce au mien, je suis ce que tu fus,
>   J'aurai mon tour, et mon seul crime
> Sera d'avoir compté douze lunes de plus. »
> Ainsi tout passe et change en ce monde fragile.
> N'être plus de son temps, c'est comme n'être pas.
> Les hommes sont charmants tant qu'on leur est utile ;
>   Qui ne l'est plus ne voit que des ingrats.
>   Résignez-vous à ces tristes pensées,
>   Gens d'autrefois, puissances renversées,
>   Vieux serviteurs, anciens soldats,
>   Amants trahis, beautés passées :
>   Vous êtes de vieux almanachs [1].

La fable, depuis Ésope, n'a donc pas changé de ca-

---

[1] Liv. II, fable x.

ractère : elle est vouée à la moralité générale, à celle
qui règle la vie humaine, qui avertit et conseille le
monde, et non à la moralité politique, à celle qui se
rapporte à certaines institutions et à certains temps.
Comme l'homme, sous tous les régimes, a à peu près
les mêmes défauts et les mêmes vices, la fable, en restant dans le domaine de la moralité générale, trouve
toujours à qui s'adresser ; et les bonnes fables de notre
temps ont le même caractère que les fables antiques :
elles enseignent la sagesse du monde, celle de l'expérience.

Cette moralité générale de la fable doit-elle cependant
se borner toujours à la sagesse de l'expérience, sagesse
peu élevée et qui n'a de préceptes que pour les jours
ordinaires de la vie ? Ayez de grands devoirs à rem-
plir ou de grands malheurs à supporter, la sagesse de
l'expérience ou de la fable nous laisse au dépourvu.
Elle n'a rien à nous dire ces jours-là ; elle nous renvoie à de plus hauts conseils. Quelques auteurs aussi
et, par exemple, les auteurs de paraboles en Allemagne, ont cru qu'il serait possible de donner à la
fable une vocation plus élevée, et de la ramener peu
à peu au genre des grandes et belles paraboles de
l'Ancien et du Nouveau Testament. Cette tentative
était difficile, en France surtout, où la Bible n'étant
pas un livre de lecture universelle, comme en Angleterre et en Allemagne, la littérature n'a guère l'habi-

tude des préceptes pieux et moraux. Je ne veux pas
dire que les écrivains qui, chez nous et de nos jours,
ont tâché de donner à la fable cette mission plus grave
et plus touchante ont entièrement échoué dans leur
entreprise : je ne me consolerais pas d'un pareil échec.
Je ne veux pas dire non plus pourtant qu'ils aient entièrement réussi. Parmi les fabulistes que je connais,
qui se sont essayés dans ce genre, j'en prendrai deux
plutôt comme exemples que comme modèles.

Le premier est M. de Gérando, qui était conseiller
d'État sous la Restauration et sous la monarchie de
1830, de plus membre de l'Institut, homme excellent
et très-honnête, qui avait une bonté réelle, un peu gâ-
tée seulement par l'exercice de la philanthropie. Il en
avait pris quelque chose de banal et de convenu qui
lui faisait tort. Les qualités qu'il avait valaient mieux
que celles qu'il pratiquait. Il avait composé des fables
qu'il n'avait pas publiées. Son fils, M. le baron de
Gérando, procureur général à la cour de Metz, les a fait
paraître sous le nom de *Fabuliste des Familles*. Ce
titre indique la pensée de l'auteur et de l'éditeur, et
il indique aussi le genre de jugement que nous devons
en porter. Il ne faut pas juger ces fables comme un
ouvrage destiné au public, mais à la famille. C'est une
sorte de cours d'éducation, une suite de leçons sous
forme de fables, adaptées à l'âge, aux qualités et aux
défauts des enfants de l'auteur. Les récits y sont moins

importants que la moralité, et cette moralité elle-même
ne procède pas de l'expérience : elle vise plus haut.
Elle n'enseigne pas seulement à éviter le mal et le malheur; elle n'apprend pas la pratique de la vie, elle
tourne aux préceptes et aux conseils moraux, elle
prêche la vertu et la sagesse, elle rappelle les quatrains
de Pibrac. La fable y sert à introduire le lecteur à la
science du bien. Il faut donc, pour goûter le *Fabuliste
des Familles*, être très-bon père comme l'était M. de
Gérando, ou très-bon fils comme l'a été son fils. Il est
vrai qu'avec ces qualités-là les enseignements moraux
de la fable deviennent superflus.

Je voudrais citer quelques-unes de ces fables de
M. de Gérando, qui s'approchent de la parabole. Mais,
comme je craindrais de ne pas pouvoir en faire sentir
le mérite, puisqu'il faudrait pour cela être sûr des
dispositions morales du public, j'aime mieux prendre
une fable qui se ressent plus de la malice de l'apologue,
et dont l'auteur n'avait certes point pris l'idée et le
modèle dans sa famille, la fable du *Dindon et des
Canards sauvages* :

> Ce sont de bonnes gens que les canards sauvages.
> *Sauvages!...* Un tel nom à tort leur est donné,
> Car ils savent fort bien goûter les avantages
> D'un état social sagement ordonné.

L'auteur décrit sans précision, mais avec une sorte
de grâce et de bonhomie « cette volante république, »

sa marche à travers les airs quand ils volent en triangle, chacun venant à tour de rôle prendre la pointe
du triangle, qui est le poste le plus fatigant.

> Or donc, un jour, la bande voyageuse,
>   Au bord d'une mare fangeuse,
> Ayant mis pied à terre, en paix se reposait,
> Semblait par mille jeux célébrer une fête,
> Glissait sur l'eau, plongeait, puis secouait la tête,
> Baissait, pliait le cou, nageait et replongeait.
> Sire dindon la voit; son étroite cervelle
>   Raisonne ainsi : Diantre! il serait fort doux
>   Que tout ce monde-là, pour nous,
>   Employât ses soins et son zèle.
>   Donc il s'avance gravement,
> De son rouge jabot déployant l'ornement
> Et pavoisant sa queue et gonflant son plumage,
> Faisant de son *glou-glou* retentir le rivage.
> — Or çà, messieurs, dit-il, je viens me présenter
> Pour être citoyen de votre république.
> Je suis plus gros que vous; voulez-vous m'adopter?
> Ce sera faire un trait de bonne politique.
>   Cette alliance au sénat des canards
>   N'offre pas un grand avantage ;
> On l'admet cependant avec beaucoup d'égards.
> Au milieu d'eux, Dindon planté sur le rivage,
> En chacun voit d'avance autant de serviteurs,
>   Leur sourit avec complaisance,
> Calculant à son gré sur leur obéissance,
> D'un avenir oisif se promet les douceurs.
>   — C'est bien, dit-il, qu'on se dépêche !
>   Mes amis, j'ai faim ; de la pêche
>   Que l'on m'apporte ici les dons,
> Et vous autres, pour moi, chassez aux moucherons!
> On se regarde... on rit; sans dire une parole,

Le signal est donné, la troupe part et vole.
— Voyez donc ces coquins, ils me laissent ici !
Déjà de ma personne on prend un tel souci !
  Ces gens ingrats, serviteurs infidèles,
    Ne m'emportent pas sur leurs ailes !
Pendant qu'il parle ainsi, déjà vers l'horizon
  La bande arrive, oubliant le dindon.

La fable est jolie et porte avec elle sa conclusion :
elle n'avait donc pas besoin de moralité ; mais, comme
dans ce genre de fables instructives la moralité est
plus importante que le récit, le *Fabuliste des Familles*
a cru qu'il fallait expliquer la leçon de la fable ; soin
bien inutile et dangereux, car sa moralité est lourde
et mal exprimée ; elle a de plus le défaut de ne pas
s'accorder avec la fable :

    Sur l'échange des biens toute amitié se fonde.
    Le mépris, seul retour qui soit digne de lui,
    Tombe sur qui ne sait s'oublier pour autrui.
    Donner pour recevoir, c'est la loi de ce monde.

Je prenais la fable pour le récit des mésaventures de
la vanité, et, comme ces mésaventures sont toujours
instructives, il y avait là pour nous une leçon suffisante.
En y ajoutant un précepte d'économie politique sur
l'échange des biens, l'auteur trouble le sens de sa
fable. Le dindon aurait eu quelque chose à donner aux
canards, que, s'il l'avait donné d'un air vaniteux et en
sot, il n'aurait pas moins mérité d'être laissé seul.

M. de Gérando est un moraliste plutôt qu'un fabuliste ; aussi, parmi les maximes d'éducation morale
que son fils a mises à la suite de ses fables, il y en a
plusieurs qui sont d'un grand sens ou d'une finesse
d'observation remarquable même. Je les aime mieux
détachées comme elles sont, que si elles étaient pré-
cédées d'une mise en action, c'est-à-dire d'une fable
qui s'accorderait plus ou moins bien avec la maxime
morale. Voyez, par exemple, cette pensée si juste et si
bien exprimée : « Le fanatisme, dans la religion, est
l'alliance des passions qu'elle condamne avec les
dogmes qu'elle professe. » Et cette autre, si fine et si
délicate : « Les égards expriment le sentiment, comme
le langage exprime la pensée. » Qu'auraient gagné
ces pensées à être accompagnées d'une fable? L'allégorie leur aurait ôté leur précision, et elles pénètrent
mieux dans l'esprit sous forme de maxime que sous
forme d'emblème et d'apologue.

Les auteurs de paraboles partent en général de la pensée morale pour arriver à l'allégorie ; ils trouvent l'image
après avoir trouvé l'idée. Il n'y a de bonnes paraboles,
selon moi, que celles où l'image et l'allégorie sont enfan-
tées du même coup. Le second ouvrage dont je veux
parler, l'*Ésope chrétien*, fables par M. Louis Tremblay,
est un exemple fort curieux de cette désunion qui se
manifeste souvent, dans les paraboles modernes, entre
la moralité et l'allégorie, entre le fond et la forme. Il

y a dans M.. Tremblay un moraliste et un poëte, un moraliste chrétien dont les pensées, par leur principe et par leur but, sont fort élevées au-dessus des leçons ordinaires de l'apologue ésopique, c'est-à-dire au-dessus de la sagesse de l'expérience. Le poëte aussi, quoique j'aie à reprocher à M. Tremblay un peu d'incorrection et de diffusion dans son style, est souvent bien inspiré. Ses pensées et ses sentiments valent mieux que son expression. Mais le principal défaut de ses fables est la désunion visible du fond et de la forme, de la maxime morale et du récit allégorique. L'auteur qui, comme M. de Gérando, est un moraliste plutôt qu'un fabuliste, invente médiocrement ses allégories et surtout ne sait pas raconter. J'ai dit, dans la première leçon, que la fable n'est souvent qu'une image développée et poussée jusqu'à l'allégorie. M. Tremblay, dans ses fables, en reste souvent à l'image, et, quand il va jusqu'à l'allégorie, ce n'était, en vérité, point la peine : l'image suffisait pour exprimer la pensée morale. Ce que l'allégorie y ajoute est inutile et nuit même à la vivacité du précepte moral. Ainsi, dans la fable *le Canard et les Poussins*, l'auteur a pour moralité une des plus piquantes pensées du duc de Lévis : « Tout est grand dans le temple de la faveur, excepté les portes, qui sont si basses qu'il faut y entrer en rampant. » Qu'est-ce qu'ajoute à l'idée, si bien exprimée par cette image, l'histoire du

canard qui veut entrer dans la cage des poussins et
leur dérober leur nourriture, mais qui, ne pouvant
pas pénétrer par les barreaux trop serrés, passe en
rampant par-dessous la cage? La phrase du duc de
Lévis,. toute courte qu'elle est, fait une parabole plus
piquante et plus significative que la fable entière de
M. Tremblay. La difficulté de mettre un parfait accord
entre le récit et la moralité se retrouve aussi dans
cette fable. L'auteur qui est poëte, moins la correction
et la précision, s'est laissé aller à décrire la basse-cour,
et j'aime sa description :

> J'ai pris plaisir à voir souvent tout un long jour,
> Depuis le perchoir jusqu'à l'auge,
> Le peuple qui glapit, qui glousse, qui patauge ;..
> Enfin, je l'avouerai, j'aime une basse-cour.
> Et savez-vous pourquoi? c'est que sur notre terre,
> Ce bonheur que l'on pare avec des noms si doux,
> Ce bonheur dont on parle et que l'on ne voit guère,
> Il est là complet, savez-vous?
> Pour moi, chercheur soigneux, infatigable,
> Je n'ai rien vu, je ne sais rien
> D'heureux comme un canard, surtout quand il pleut bien.
> Savez-vous rien aussi d'un aspect plus aimable,
> De plus charmant et de plus gracieux,
> Qu'une poule au milieu de ses poussins joyeux,
> Dont l'essaim frétillant court et vole autour d'elle?
> Non, je ne connais pas de tableau plus charmant,
> Lorsque le groupe accourt à la voix maternelle
> Et va sous son giron se blottir mollement,
> Que de voir çà et là sortir à tout moment
> Une tête passant au travers de chaque aile.

Il y a de la grâce et de la facilité dans cette description; je commence même à m'intéresser aux canards
et aux poussins. Tout à coup la scène change, et le
canard devient un vaurien qui réussit en rampant.
Cette brusque péripétie me déconcerte. La moralité
s'applique aux courtisans qui se font plats pour réussir, et la fable me conviait à admirer le bonheur du
canard, *quand il pleut bien.* Où est le rapport entre
la pensée morale et le récit?

Dans M. Tremblay pourtant, l'invention jaillit souvent en même temps que la réflexion, la fable en même
temps que la moralité, et alors son inspiration, toujours élevée, produit une fable ou plutôt une parabole
qui mérite vraiment ce nom. Voyez la pièce intitulée
Pauvre petit :

> Pauvre petit! De l'école chassé,
>   Viens, mon fils! Ces maîtres sévères
>   N'ont point des entrailles de mères.
>   Viens donc, et, dans mes bras pressé,
>   Disait la mère, oublions leurs colères.
>
>   Dix ans après : Va-t'en, maudit!
>   Pour le prix de mes sacrifices,
>   Dans le plus amer des calices
>   Tu ne m'as fait boire, ô bandit!
>   Que des larmes et des supplices,
>   Disait-elle au pauvre petit.

J'ai achevé la tâche que je m'étais donnée, et j'ai

étudié la fable sous les diverses formes qu'elle a reçues
du génie des fabulistes de l'antiquité et des temps
modernes ; je n'ai pas même voulu oublier le retour
que la fable de nos jours a fait vers la parabole évan-
gélique, heureux de reconnaître, en finissant, la seule
nouveauté que la fable se soit permise depuis la Fontaine, et qu'elle avait droit de se permettre, puisqu'en
visant à une moralité plus élevée, elle cherchait le
nouveau modèle qu'elle entrevoyait, du côté où notre
grand fabuliste avait souvent eu tort de ne pas chercher le sien.

FIN

NOTES

———

Page 156. Première note. — Dialogue d'Ulysse et du Loup. :

ULYSSE, s'adressant au loup.

Hé ! qui étais-tu, quand tu étais homme ?

LE LOUP.

J'étais un scrupuleux procureur.

ULYSSE.

Je t'entends : c'est-à-dire que tu dévorais tes parties.

LE LOUP.

Non. Je ne faisais que les gruger.

ULYSSE.

La distinction est d'une conscience délicate.

LE LOUP.

Oh, ça toujours été mon faible que la conscience.

ULYSSE.

Je vois bien que ce n'était pas ton fort.

LE LOUP.

Ma foi, j'ai gagné à ma métamorphose : j'exerce ici mes talents avec impunité.

ULYSSE.

Mais il me semble que, dans ces bois, le gibier ne vient pas te chercher.

LE LOUP.

Voilà le diable. Il m'évite avec soin, au lieu qu'étant procureur, les hommes venaient se mettre sous ma dent. Que je mangeais de friands morceaux !

AIR : La bonne aventure, ô gay!

Quand un procureur a faim,
Partout il pâture ;
Et, s'il trouve en son chemin
Ou la veuve ou l'orphelin,
La bonne aventure
O gay !..
La bonne aventure !

ULYSSE.

Tu as l'air d'en avoir bien expédié ?

LE LOUP.

Pas tant que je l'aurais voulu.

ULYSSE.

Ho çà babillard, veux-tu redevenir homme ?

LE LOUP.

Non. J'aime mieux croquer ici sûrement ce que je rencontre, que d'avoir des mesures à garder avec la justice.

ULYSSE.

O l'indigne loup! Je ne sais qui me tient...

LE LOUP, s'en allant.

Va, si j'étais plus affamé que je ne le suis, je te ferais voir ce que c'est qu'un loup enté sur un procureur.

(Théâtre de la foire, t. III.— *Les Animaux raisonnables*, par Fu-selier, Scène III.)

PAGE 156. Deuxième note.

LE LION ET LE MARSEILLOIS.

Un jour un Marseillois, trafiquant en Afrique,
Aborda le rivage où fut jadis Utique.
Comme il se promenait dans le fond d'un vallon,
Il trouva nez à nez un énorme lion
A la longue crinière, à la gueule enflammée,
Terrible et tout semblable au lion de Némée.

Le plus horrible effroi saisit le voyageur :
Il n'était pas Hercule, et, tout transi de peur,
Il se mit à genoux et demanda la vie.
Le monarque des bois, d'une voix radoucie,
Mais qui faisait encor trembler le Provençal,
Lui dit en bon français : « Ridicule animal,
Tu veux donc qu'aujourd'hui de souper je me passe!
Écoute, j'ai dîné, je veux te faire grâce,
Si tu peux me prouver qu'il est contre les lois
Que le soir un lion soupe d'un Marseillois. »
Le marchand, à ces mots, conçut quelque espérance.
Il avait eu jadis un grand fonds de science,
Et, pour devenir prêtre, il apprit du latin;
Il savait Rabelais et son saint Augustin.
D'abord il établit, selon l'usage antique,
Quel est le droit divin du pouvoir monarchique;
Qu'au plus haut des degrés des êtres inégaux
L'homme est mis pour régner sur tous les animaux;
Que la terre est son trône, et que, dans l'étendue,
Les astres sont formés pour réjouir sa vue.
Il conclut qu'étant prince, un sujet africain
Ne pouvait, sans pécher, manger son souverain.
Le lion, qui rit peu, se mit pourtant à rire,
Et, voulant par plaisir connaître cet empire,
En deux grands coups de griffe il dépouilla tout nu
De l'univers entier le monarque absolu.
Il vit que ce grand roi lui cachait sous le linge
Un corps faible monté sur deux fesses de singe,
A deux minces talons deux gros pieds attachés,
Par cinq doigts superflus dans leur marche empêchés;
Deux mamelles sans lait, sans grâce, sans usage;
Un crâne étroit et creux couvrant son plat visage,
Tristement dégarni du tissu de cheveux
Dont la main d'un barbier coiffa son front crasseux.
Tel était, en effet, ce roi sans diadème,
Privé de sa parure et réduit à lui-même.
Il sentit qu'en effet il devait sa grandeur
Au fil d'un perruquier, aux ciseaux d'un tailleur.
« Ah! dit-il au lion, je vois que la nature
Me fait faire en ce monde une triste figure.
Je pensais être roi; j'avais certes grand tort,

Car vous êtes le maître en étant le plus fort.
Mais songez qu'un héros doit dompter sa colère;
Un roi n'est point aimé, s'il n'est point débonnaire.
Dieu, comme vous savez, est au-dessus des rois.
Jadis, en Arménie, il vous donna des lois,
Lorsque, dans un grand coffre, à la merci des ondes,
Tous·les animaux purs, ainsi que les immondes,
Par Noé mon aïeul enfermés si longtemps,
Respirèrent enfin l'air natal de leurs champs :
Dieu fit avec eux tous une étroite alliance,
Un pacte solennel. — Oh ! la plate impudence!
As-tu perdu l'esprit par excès de frayeur?
Dieu, dis-tu, fit un pacte avec nous! — Oui, Seigneur;
Il vous recommanda d'être clément et sage,
De ne toucher jamais à l'homme son image;
Et, si vous me mangez, l'Éternel irrité
Fera payer mon sang à votre majesté.
— Toi, l'image de Dieu! toi, magot de Provence!
Conçois-tu bien l'excès de ton impertinence?
Montre l'original de mon pacte avec Dieu.
Par qui fut-il écrit? en quel temps? dans quel lieu?
Je vais t'en montrer un plus sûr, plus véritable :
De mes quarante dents vois la file effroyable,
Ces ongles dont un seul pourrait te déchirer,
Ce gosier écumant prêt à te dévorer,
Cette gueule, ces yeux d'où jaillissent les flammes.
Je tiens ces heureux dons du Dieu que tu réclames.
Il ne fait rien en vain : te manger est ma loi;
C'est là le seul traité qu'il ait fait avec moi.
Ce Dieu, dont mieux que toi je connais la prudence,
Ne donne pas la faim pour qu'on fasse abstinence.
Toi-même as fait passer sous tes chétives dents
D'imbéciles dindons, des moutons innocents,
Qui n'étaient pas formés pour être ta pâture:
Ton débile estomac, honte de la nature,
Ne pourrait seulement, sans l'art d'un cuisinier,
Digérer un poulet, qu'il faut encor payer.
Si tu n'as point·d'argent, tu jeûnes en ermite,
Et moi, que l'appétit en tout·temps sollicite,
Conduit par la nature attentive à mon bien,
Je puis t'avaler cru, sans qu'il m'en coûte rien.

Je te digérerai sans faute en moins d'une heure.
Le pacte universel est qu'on naisse et qu'on meure ;
Apprends qu'il vaut autant, raisonneur de travers,
Être avalé par moi que rongé par les vers.
— Sire, les Marseillois ont une âme immortelle :
Ayez dans vos repas quelque respect pour elle.
— La mienne apparemment est immortelle aussi.
Va, de ton esprit gauche elle a peu de souci.
Je ne veux point manger ton âme raisonneuse :
Je cherche une pâture et moins fade et moins creuse.
C'est ton corps qu'il me faut. Je le voudrais plus gras ;
Mais ton âme, crois-moi, ne me tentera pas.
— Vous avez sur ce corps une entière puissance ;
Mais, quand on a dîné, n'a-t-on point de clémence ?
Pour gagner quelque argent j'ai quitté mon pays ;
Je laisse dans Marseille une femme et deux fils ;
Mes malheureux enfants, réduits à la misère,
Iront à l'hôpital, si vous mangez leur père.
— Et moi, n'ai-je donc pas une femme à nourrir ?
Mon petit lionceau ne peut encor courir,
Ni saisir de ses dents ton espèce craintive.
Je lui dois la pâture : il faut que chacun vive.
Eh ! pourquoi sortais-tu d'un terrain fortuné,
D'olives, de citrons, de pampres couronné ?
Pourquoi quitter ta femme et ce pays si rare,
Où tu fêtais en paix Magdeleine et Lazare ?
Dominé par le gain, tu viens dans mon canton
Vendre, acheter, troquer, être dupe et fripon ;
Et tu veux qu'en jeûnant ma famille pâtisse
De ta sotte imprudence et de ton avarice !
Réponds-moi donc, maraud ? — Sire, je suis battu,
Vos griffes et vos dents m'ont assez confondu ;
Ma tremblante raison cède en tout à la vôtre.
Oui, la moitié du monde a toujours mangé l'autre :
Ainsi Dieu le voulut, et c'est pour notre bien.
Mais, sire, on voit souvent un malheureux chrétien,
Pour de l'argent comptant qu'aux hommes on préfère,
Se racheter d'un Turc et payer un corsaire.
Je comptais à Tunis passer deux mois au plus.
À vous y bien servir mes vœux sont résolus :
Je vous ferai garnir votre charnier auguste

De deux bons moutons gras, valant vingt francs au juste.
Pendant deux mois entiers ils vous seront portés,
Par vos correspondants chaque jour présentés ;
Et mon valet chez vous restera pour otage.
Ce pacte, dit le roi, me plaît bien davantage
Que celui dont tantôt tu m'avais étourdi.
Viens signer le traité ; suis-moi chez le cadi ;
Donne des cautions. Sois sûr, si tu m'abuses,
Que je n'admettrai point tes mauvaises excuses,
Et que, sans raisonner, tu seras étranglé
Selon le droit divin dont tu m'as tant parlé. »
Le marché fut signé ; tous les deux l'observèrent,
D'autant qu'en le gardant tous les deux y gagnèrent.
Ainsi, dans tous les temps, nosseigneurs les lions
Ont conclu leurs traités aux dépens des moutons.

(Voltaire, *Satires*, édit. de Kelh, t. XIV. p. 209.)

PAGE 175. — Dialogue d'Ulysse et du Cochon.

ULYSSE.

Il n'est rien tel que d'être homme. Veux-tu retourner dans la Grèce avec moi?

LE COCHON.

Je ne suis pas si fou.

ULYSSE.

Tu vivras dans ma cour.

LE COCHON.

Je serais votre esclave. Vivent nos étables ! nous y sommes tous camarades, comme cochons.

ULYSSE.

Suis moi, mon cher, tu seras mon favori.

LE COCHON.

Votre valet ! Je veux rester cochon toute ma vie ; c'est ma première vocation.

ULYSSE.

Encore un coup, mon ami, quitte ta sale figure. Viens avec moi dans Ithaque. Je t'y donnerai un bon emploi et une belle femme.

LE .COCHON.

Air : Si le roi me voulait donner.

Quand vous me pourriez donner
    Circé votre mie,
Pour me faire abandonner
    Mon aimable truie,
Je dirais, sans barguigner :
Reprenez votre Circé ;
    J'aime mieux ma truie,
        O gay !
    J'aime mieux ma truie.

(Théâtre de la foire, tome III. — *Les animaux raisonnables*,
Scène 5).

Page 216. — Fable de Milton.

DE RUSTICO ET HERO.

Rusticus ex malo· sapidissima poma quotannis
    Legit et urbano lecta dedit domino :
Hinc incredibili fructùs dulcedine captus,
    Malum ipsam in proprias transtulit areolas.
Hactenus illa ferax, sed longo debilis ævo,
    Mota solo assueto, protinus aret iners.
Quod tandem ut patuit domino, spe lusus inani,
    Damnavit celeres in sua damna manus,
Atque ait : Heu quanto satius fuit illa coloni,
    Parva licet, grato dona tulisse animo !
Possem ego avaritiam frænare gulamque voracem ;
    Nunc periere mihi et fœtus et ipse parens.

(Poëmes latins de Milton. Londres, 1747, p. 327.)

Page 225. — Extrait du deuxième factum de Furetière. Amsterdam, 1686, page 20.

« Jean de la Fontaine n'a pas été plus heureux que Boyer et que
Le Clerc, quand il a voulu mettre quelque pièce sur le théâtre. Les comédiens n'en ont pas osé faire une seconde représentation, de peur

d'être lapidés. Il a aspiré jusqu'à faire un opéra, et il s'est plaint, dans un conte du *Florentin*, que le sieur Lully l'avait *enquinaudé;* mais cet effort n'a servi qu'à donner au sieur Quinault le plaisir de voir qu'il y avait en France un auteur qui lui était inférieur en capacité. Il se vante d'un malheureux talent qui le fait valoir : il prétend qu'il est original en l'art d'envelopper des saletés et de confire un poison fatal aux âmes innocentes; de sorte qu'on lui pourrait donner à bon droit le titre d'*Arétin mitigé.* C'est ce qui l'a mis en réputation chez les coquettes, et c'est ce qui l'a longtemps éloigné de l'Académie, dont il a brigué une place pendant sept années. L'opposition qu'on y forma fut poussée si loin que, quand on parla de son élection, on jeta sur le bureau un de ses ouvrages, où la piété et la pudeur étaient tellement offensées que les plus sages se déclarèrent contre lui; si bien qu'il n'est redevable de son admission qu'aux ennemis qu'avait alors son compétiteur. On lui reprocha qu'il avait été obligé de faire imprimer clandestinement ses ouvrages, craignant la censure et la punition des magistrats de police. Je ne sais par quel bonheur il l'a évitée ; car, dans les contes dont il se pare le plus, il y a des choses si scandaleuses qu'elles choquent absolument les bonnes lois et notre religion; jusques là que, dans celui de la *Coupe enchantée,* il donne tant d'éloges au cocuage volontaire, que quelques-uns pourraient conclure de là qu'il y a apparence qu'il s'en est bien trouvé. Aussi n'en a-t-il pu infecter le public que par l'entremise d'une comédienne qui a été sa digne commissionnaire pour faire le débit de cette marchandise de contrebande. En reconnaissance, il l'a traitée d'héroïne et il lui a dédié un de ses ouvrages[1], dont il a été récompensé de la même manière que le poëte des *Visionnaires*[2] :

> Ces vers valent cent francs, à vingt francs le couplet.
> — Allez, je vous promets un habit tout complet.

« Tout ce qu'il a pu faire pour sa chère Académie, a été d'y donner une grande assiduité et de témoigner le grand amour qu'il a pour elle ou plutôt pour les jetons qu'on y gagne, dont il est si avide qu'il s'en fait indemniser par ceux qui sont cause qu'il s'en absente. D'ailleurs, comme la force de son génie ne s'étend que sur les saletés et les ordures sur lesquelles il a médité toute sa vie, il a le malheur de

[1] Le conte de *Belphégor,* dédié à Mme Champmeslé.
[2] Desmarets de Saint-Sorlin, membre de l'Académie.

voir que les plus sages de l'Académie s'opposent à recevoir tous les mots de sa connaissance, ce qui fait que toute sa prétendue capacité lui devient inutile. Elle est telle, qu'après avoir exercé trente ans la chargé de maître particulier des eaux et forêts, il avoue qu'il a appris dans le *Dictionnaire universel*[1] ce que c'est que du bois en grume, qu'un bois marmenteau, qu'un bois de touche, et plusieurs autres termes de son métier qu'il n'a jamais sus. Toute sa littérature consiste en la lecture de Rabelais, de Pétrone, d'Arioste, de Bocace et de quelques auteurs semblables. »

[1] Celui de Furetière.

TABLE

DU SECOND VOLUME

CORRECTIONS POUR LE SECOND VOLUME

Page 19, vers la fin. Au lieu de : « Bossuet dit, dans son Oraison
funèbre de la *duchesse de Bourgogne,* » il faut lire : « de la *duchesse d'Orléans.* »

Page 205, dernière ligne. Au lieu de : « *Saint-Malo,* » il faut lire
« *Saint-Malc.* »

TABLE ALPHABÉTIQUE

DES AUTEURS CITÉS DANS L'OUVRAGE

FIN DE LA TABLE ALPHABÉTIQUE.

PARIS. — IMP. SIMON RAÇON ET COMP., RUE D'ERFURTH, 1.